中国作家协会重点作品扶持项目

情暖陈家湾

聚焦的只是一个普通的北方村庄，讲述的却是一个乡村振兴的大故事……

杨伯良　著

天津出版传媒集团

天津人民出版社

图书在版编目（CIP）数据

情暖陈家湾 / 杨伯良著. —— 天津:
天津人民出版社, 2022.8
ISBN 978-7-201-18701-3

Ⅰ.①情… Ⅱ.①杨… Ⅲ.①长篇小说—中国—当代
Ⅳ.①I247.5

中国版本图书馆CIP数据核字(2022)第148883号

情暖陈家湾

QING NUAN CHENJIAWAN

出　　版	天津人民出版社	
出 版 人	刘　庆	
地　　址	天津市和平区西康路35号康岳大厦	
邮政编码	300051	
邮购电话	（022）23332469	
电子信箱	reader@tjrmcbs.com	
责任编辑	岳　勇	
装帧设计	明轩文化·贾丽娜	
印　　刷	天津海顺印业包装有限公司	
经　　销	新华书店	
开　　本	710毫米×1000毫米　1/16	
印　　张	27.75	
插　　页	2	
字　　数	330千字	
版次印次	2022年8月第1版　　2022年8月第1次印刷	
定　　价	79.00元	

"乡村振兴"风景与精神归乡（代序）

黄桂元

作家的故乡，往往就是文学的原乡。其写作旨归，自然也构成了某种文学母题的隐喻和象征。于是可以看到，那些密布于中国地理版图间的名不见经传的偏僻角落，经由作家别出心裁的叙事表达，成为神奇而茂密的小说生长地，自带风景和魅力。杨伯良的长篇小说《情暖陈家湾》，没有宏大的结构，没有华丽炫技的铺陈，聚焦的只是一个普通的北方村庄，虽切口很小，却讲述了一个与新时代风雨同舟的大故事，很有滴水映日、春风化雨之妙。

优秀小说的高明之处，在于既有意蕴飞翔的超越性，又有形式表达的模糊性。《情暖陈家湾》的意向明确，却鲜见乡村振兴的"标签"痕迹。杨伯良仅仅把乡村振兴主题当作历史背景，深意在于展示秘藏其间的曲折故事和各色人物。乍一进入阅读，似乎并不觉出如何惊艳，甚至还略显沉缓，但随着故事的推进，读者会被作家丝丝入扣、趣味盎然的叙述所吸引，如饮一壶陈年佳酿，品出越来越浓的香醇味道。那些一地鸡毛、天天拌嘴的"庸常"村野日子，遂焕然一新、熠熠生辉。

曾几何时，随着中国城市化进程的不断提速，无数农民背井离乡，进城打工，已成为风景移动的"他乡时代"。中国现代文学有着深厚的乡土小说传统，如今也被进行了大幅度甚至颠覆性改写。作家大多围绕土地的凋敝、田野的衰微、乡村的破败做文章，游离于阳光和欢乐之外，采取碎片化、荒原化的"乡土末世"叙事策略。所谓"乡村末世"，指涉的是乡土记忆的模糊、乡土往事的屏蔽、乡土情结的淡化和乡土理想的熄灭，里面不无某些挽歌意味。杨伯良的小说没有随波逐流，而是另辟蹊径。他对乡村生活的了解和认知，可用透彻形容，这一切，皆拜那片热土所赐。如果不是这样，很难想象小说写得如此绵密扎实、入木三分。

《情暖陈家湾》主人公马怀云是位县城机关的科级干部，人到中年，工作稳定，受命下乡做包村干部，可算作一段人生"插曲"。甫一上任，马怀云就没打算被动介入乡村振兴任务，而是知难而为，把个人身家和祖辈遗产统统付出，升华了乡村建设的精神境界。正是他的这段人生"插曲"，融入了新时代乡村振兴的强音，最终成为他实现生命价值的重要节点。

陈家湾地处城市边缘的蓄滞洪区，历史上屡遭灾情侵扰。这样的地理环境显然不利于搞大规模开发项目，只能踏踏实实走农业路子，但说到致富，又谈何容易。天时、地利、人和的种种不利因素，使得村民生活长期在温饱线上徘徊，产生焦躁、失望、低落、无奈的情绪也很自然。村支书兼村主任李金才最初对马怀云的"三把火"想法不以为然，出于对自身利益的考虑，曾多次直白地劝他不必认真，走个过场就行了，"陈家湾的水深着呐，你一个外来人，穷了也穷不到你，富了你也拿不走一分钱，没必要伤这脑筋，惹一肚子苦恼，你要想应付差事，也能圆满返回"。马怀云却不肯打退堂鼓，面对重重困难，身先士卒，倾其所有，动用各种社会资源，为陈家湾脱困打开了局面，通过产业振兴、技术振兴，初步收获了乡村振兴的成果。在这个过程中，他绝不仅仅是付出了心力、体力，以及个人的财力、物力，还承受了不被理解的委屈与伤害。他能够初战告捷，是因为意识到，造成陈家湾相对落后的原因或许并非是经济基础薄弱，而是当地优势资源未被发现、整合和充分利用开发，依托自然优势和传统技能，对相关产业进行"升级换代"，便是一条有效出路。

在小说中，马怀云对陈家湾无私付出的精神动力，与一种寻母骨殖、破解悬疑的情结密切相关。如此也决定了小说不可能直奔主题，仅仅局限于乡村振兴的中心事件，表现在结构设计上，旁逸斜出，烘云托月，打造出层次丰富的叙事景观。推进叙事的有两条线，一条主线，一条副线。也可以说，一条明线，一条暗线。主线（明线）是马怀云到陈家湾搞乡村振兴，查问题、聚人气、寻出路，私下变卖奶奶的陪嫁"宝贝"以解决投资不足，发展粉坊，创立品牌。副线（暗线）是马怀云破解骨殖失踪之谜。两条线在小说里互为补充、相得益彰，完成了乡村振兴风景与精神归乡的审美对接。

《情暖陈家湾》是一幅动态传神的人文画卷，字里行间洋溢着浓郁的乡土气息，叙述干净、层次清晰、细节生动、语言舒展，田园景色扑面而来，乡村人物活灵活现。其间，马怀云、殷家贤、李金才、于德福、陈慧珍等的音容笑貌，呼之欲出。"文学是人学"，小说在凸显激活乡土经济、振兴乡土活力的同时，深刻表达了对乡土世界的人文关切，应化为作家富有使命感和建设性的一种书写执念。改革开放时代的乡村不可能是封闭的，但费孝通在《乡土中国》中提到的"乡土本色"其实并未泯灭，"差序格局"依然存在，私德编织的无形网络处处可见，但时代毕竟在进步，这也决定了乡村振兴绝不仅仅是物质经济生活的简单改善，还应饱含"树人明德"的道德感化和文明熏染。

近些年，随着现实主义文学和重大题材写作的倡扬，越来越多的作家不再拘泥于"怎么写",而同样关注"写什么"。他们走出文学小宝塔,力图以深远开阔的视野,让小说融于烟火,让叙事深入民生,让文学回到现场,为个人性与公共性、特殊性与多元性、艺术性与功能性,提供内在张力和审美空间。

杨伯良具有诗人的内质,写人、写景、写情、写梦,都透着浪漫伤感的气息,甚至还有几分"小资"味道。前三项都好理解,而写梦,不仅关乎技术层面,还需要另一种想象能力。在《情暖陈家湾》中,作家多次写到梦境,却非单摆浮搁,而是与小说浑然一体,成为其有机部分,不仅深化了不同人物的下意识活动,也增添了小说的朦胧诗意。他曾写过《汇川烟雨》短章系列,与其说是随笔,不如称其为散文诗更恰当。其中《关于梦的话题》认为,梦境"是一种虚幻的快乐,是一种梦幻的选择,是一种迷茫的境地,也许就是这种不知所云不知所想的才是快乐的……假如人生就是一场戏,那么梦就是戏中戏,人的生命很精彩,梦会成为生活中的组成部分,但生活和梦不能画等号"。我羡慕杨伯良,充分利用做梦、写梦,不断扩容个人的生命感受。

笔耕不辍、桃李满园的杨伯良,在文学领域称得上资深而老到。他涉猎的体裁,有小说、散文、诗歌、随笔等,还懂得跨领域的书画艺术,可谓多才多艺。作为静海文坛的领军人物,他在文学活动引导、扶持和组织方面也有出色表现。这是杨伯良的另一面,此处不赘。

（黄桂元,著名评论家、作家、《文学自由谈》前主编）

目录

第一章

早晨刚上班，李金才坐在窗前，目光盯着办公桌上展开的笔记本，那上面是昨天参加全镇乡村振兴会议的记录，看得出，他在走心。走啥心呢？乡村振兴这个硬任务怎么完成，陈家湾怎么振兴？尽管县里派来的包村干部近日就要到任，全部依靠包村干部也不行啊，大事小情还得我这本土书记操持。据说县里给包村干部下了好几项硬指标，但他李金才担任陈家湾党支部书记兼村主任多年，经历了好多次干部包村。有的包村干部就是走形式，城里人嘛，都是娇贵的身子，沾不得泥，吃不得苦，一般都是搞调研，找毛病。有点儿路数的真可以帮村里办点儿实事、好事；没本事的就是混天儿，不光干不成啥事，说不定还会背后乱说话，净是添乱。别的先不说，就说人来了，这吃的、住的，不伺候好点儿，镇领导那儿也通不过。到离开时，还得让镇上把鉴定写满表扬的词儿，带着光环回原单位。上次来的帮忙脱贫的干部还真干了不少实事，没拉全县脱贫攻坚的后腿。这回来帮忙乡村振兴的马怀云不知啥背景，有啥能耐。他坐在办公桌前，一根烟接着一根烟地抽，弄得屋里烟雾缭绕。

突然，一阵闹嚷声传来，李金才隔窗一看，哄哄泱泱一大帮子人闯进村委会院子，有骂街的，有高声叫嚷的，乱成一片。走在前面的是夹板脑袋刘长海。刘长海长得很怪，前脑门和后脑勺鼓鼓的，像两片葫芦瓢扣在脑袋前后，一双鼓鼓的金鱼眼滴溜溜乱转，前突的蛤蟆嘴一噘就成了独头蒜，从侧面看，像个变形的大鸭蛋。据说是他娘当年生他时难产，送到医院，被医生用产钳夹扁了头，长了个左右窄、前后长的脑袋。李金才一看，刘长海身后都是粉坊户，这些人大多都老实巴交，敢跟村委会叫阵，背后肯定是刘长海这个刺儿头鼓捣事。心说，我好歹也是连任四届的党支部书记、村主任，难道还对付不了你们？他叮嘱自己不要着急，不要激怒他们。他心里清楚得很，粉条加工是陈家湾的传统产业，最古老的粉坊户有一二百年历史，但也不是家家户户都做的生意，不少粉坊只是秋后做十天半月，储存起来，自己吃，送亲戚，其余的拿出去卖点儿零花钱。只有十八家粉坊坚持常年生产，尽管有一百多位村民在粉坊上班，赚点儿工资，但是给村里的环保带来很大问题。只要他们开工，村里村外都是废水，村西那个大水坑就变黑，一到夏天，臭气哄哄，还有大锅烧水得用煤用木柴，肯定冒烟，县环保局多次下达停工指令，可有的粉坊户还是偷着做粉条，说冒烟只是一阵子，不会把天熏黑，说西大坑的水变黑不全是粉坊的责任,还有全村的生活污水呢,家家户户都有责任。为了评上生态文明村,费的老劲只有他这个书记知道,要保住这块得来不易的牌子,所有粉坊户必须停工。他担心有的粉坊户偷着干,昨天,组织村委会一帮子人给十八家粉坊贴了封条,但没想到这些粉坊户竟然联手对抗。他估计是刘长海串通了其他户。一想到刘长海自然就想到"三剑客",更会想到唯恐天下不乱的殷家贤,都不是好剃的头。正这么想着,人们就进了办公室屋里,刘长海高喊一嗓子:"李金才,你天天喊乡村振兴,断了我们的财路你怎么振兴?我们干粉坊也不是一年两年了,你不能一句停工就拉倒,不给个说法,我们就找镇上,镇上不给说法就去县里、省里,找更大的官儿!"说完话,那张不算规则的嘴就噘成了一颗独头蒜,那种让人看着有些滑稽的样子持续了好半天。

李金才干咳两声,意思是静静场,然后站起来,虽然阴着脸,但口气很平和:"说法?啥说法?废水污染跟烧煤冒烟弄不好就别想开工!这可是上边的大政方针,再说了,你们哪家有执照?都是违法经营!"

"环保的事我们也知道,可我们一家一户怎么解决?难道只要环保,就不要我们过日子了吗?你是陈家湾的当家人,不能只给自己打算盘!"刘长海的话如刀子一般,直刺李金才的心尖子。

他当村干部多年,深知陈家湾在全县属于落后村,脱贫攻坚的时候县里、省里派干部,投资金,陈家湾总算摘了贫困村的帽子,人们的生活有了明显变化,还打破了多年没有任何荣誉的纪录,得到一块县里颁发的"生态文明村"牌子。如今走到乡村振兴这一步,他也为此睡不着觉,把陈家湾的优势劣势都分析了无数遍,优势是劳动力不少,除了一些粉坊户,就是外出打工的,多多少少都有收入。他从第一次当选支部书记的时候就把改善村民生活,让村民过上好日子作为第一要务,才得到广大村民的认可和拥戴。但是奋斗了好多年,陈家湾面貌改变得很慢。地理位置不好,再加上陈家湾属于蓄滞洪区,不利于搞大规模建设和重要项目,只能走农业发展的路子,可是左冲右突了好多年,也没能把农业项目搞成,人们的生活只能停留在温饱阶段。他还这么想呢,如果这次乡村振兴搞不上去,自己就辞职,再也不当陈家湾的当家人。

李金才那张脸阴得就差掉水珠儿了,但他依然克制情绪,声调很慢:"刘长海,别跟我玩横的,不合乎环保规定,就得停!眼前的事环保是第一要务,不能因为你们几家赚点儿私钱,污染环境。假如陈家湾生态文明村的牌子被摘,你们负得了责吗?"李金才虽然不是高声大嗓,但话的分量很重。

面相憨厚的殷大明抢上前来:"李书记,我们粉坊户就靠做粉条过日子,做不了粉条,就没进项,尽管说脱贫了,可谁不想过好日子啊,乡村振兴不就是为了让人们的日子更好吗?你给大伙儿来句痛快话,到底还让不让干?"

李金才微微一笑:"你们自己弄不了,村委会也不能帮你们,一枝动百枝摇,别说村里没钱,就是有钱,也不能花在你们几家身上,不能让你们少数人占全村人的便宜!"

刘长海跳脚发出一声喊:"你这是不作为、不负责任!其实你心里打的啥算盘你自己知道,也瞒不了我们。"说完,金鱼眼四下瞅了瞅,蒜头嘴翘了翘。

李金才眉头一蹙,脸没动,只把眼盯着刘长海:"你说啥?我打啥算盘?"

刘长海嘿嘿一笑:"你明白,我明白,大家都明白。"那双金鱼眼又滴溜溜转起来。

李金才依然不紧不慢地说："我知道你要说啥,谁裆裤为啥破谁自己最清楚,咱还是少扯邪的歪的,但是我告诉你,我这书记、主任不是只给你们几家粉坊户干的,我要为整个陈家湾负责!"

殷大明把身子往高处一蹿,吼了一嗓子:"你枣核儿屁股两头尖,往哪儿坐都偏,顶着村书记、村主任的帽子不为村民百姓服务,干啥吃的?"

李金才依然漫不经心地说:"殷大明你有事说事,别怄火呛气,你们赚了钱给谁?给村委会吗?给党支部吗?给别的村民吗?你们过的是一家的日子,我过的是全村的日子,我操的心是整个陈家湾!"

来看热闹的殷家贤甩一下头发,不紧不慢地喊了一嗓子:"乡村振兴不可能倒退,更不能让人们两手攥空拳,喝西北风吧?各位,你们说,村委会有资格贴封条吗?"

李金才骂他一句:"阴诸葛,你个假斯文,又不是粉坊户,跟着瞎呛呛啥?"

被李金才称呼为阴诸葛的殷家贤一脸的不屑,斜眼眯着说:"他们粉坊停工了,我的冷库不也得停?"

这时候,现场更乱了,有人说村委会违法,有人在高声骂娘。李金才心里有股火在升腾,他在想,这股子邪气如果摁不住,后面还不知会出啥么蛾子呢,我这书记颜面就丢了。环保是第一要务,这官司打到北京我也占全理,管你三剑客还是阴诸葛,我是正,你们是邪,邪不压正。他暗自运气,脸涨得发红了。

就在这时,从人堆里挤出一个城里模样的人找李金才握手,自我介绍说:"李书记,我叫马怀云,是新来的驻村干部。"随后和李金才耳语几句。

李金才先是一愣，紧接着皱皱眉，脸上现出笑意，起身把自己坐的那把椅子推给马怀云，低声说："你看你来得真不是时候，赶上这些人闹事，你等等，我先把他们打发走。"

马怀云伸手摁住他，低声说："别，我跟大家说几句。"然后转身大声说："我叫马怀云，是来帮陈家湾搞乡村振兴工作的包村干部。"说完，他扫视着人群，看人们是啥反应。

刘长海凑近了，又把嘴噘成独头蒜，快速眨眨眼，问："哦，你是县里来的吧？我们的粉坊关门了，你能帮忙恢复加工吗？"

马怀云微微一笑："各位，刚才大家的诉求和现实情况我听明白了。"他看了一眼李金才，正好和李金才的目光相遇，他感觉到了李金才的目光里有一丝异样。他干咳一声，把调门提高了些："陈家湾的粉条加工是老传统产业，也是咱们增加经济收入的重要渠道，但冒烟和废水处理成了难题，造成生态环境遭到破坏和污染，不仅会给村民的身心健康带来严重的不利影响，而且还会直接影响和制约咱们村经济健康向上和可持续发展。说得更远一点儿，还会影响咱们的下一代，也不利于陈家湾新农村建设的发展目标，相反还会阻碍新农村建设的步伐。因此，冒烟和污水处理问题必须引起高度重视，必须采取切实可行的对策进行治理和改善，从而保障村民的身心健康，促进陈家湾经济又好又快地发展，巩固脱贫攻坚成果，完成陈家湾的乡村振兴任务。"

刘长海把金鱼眼眨了眨，嘀咕一句："这又不是学校课堂，又不是开大会，整那么多文词儿干啥啊。"

马怀云听到了，转头对李金才说："您说呢，李书记。"

李金才抿抿嘴，嘴唇动了动，没说话。但马怀云看出李金才的微笑里暗含着一种轻蔑，他想，且不管李书记心里怎么想，先把聚集的人群散开为上。就接着说："党支部、村委会帮村民解决问题是理所应当，责任所在嘛，但目前粉条加工存在的问题需要慎重考虑，慢慢解决，争取拿出一个万全之策，长久之计，彻底解决冒烟和污水排放问题，确保粉坊加工正常进行。"马怀云这么一说，现场的喧闹声立马停息下来。马怀云紧跟着说："大家先回去，办啥事都要有个过程，请大家相信村党支部和村委会，一定会给大家一个满意的解决方案。"

刘长海一双冒火的眼睛盯着马怀云问："你从县里来的，手眼通天，但你说了能算数吗？"说着话，那张独头蒜的嘴一噘一噘地动了好几下。

马怀云点点头，顺势用手捏了一把李金才。李金才明白，这是暗示他不要想得过多，也是要他表态，就跟了一句："马同志是包村干部，肯定说了算数。"

刘长海瞪一眼李金才，朝马怀云努努嘴说："好，信你一把！"转脸冲殷大明一挑眼，又冲粉坊户们挥挥手，人们嘟嘟囔囔地离开了村委会。

村委会静了下来，李金才隔窗户看着人们离去的背影，愣了一会儿，转过头起身跟马怀云握手，脸上露出不自然的笑意，轻轻地说："前几天镇上开会说包村干部三天后报到，没想到你提前来了，欢迎，欢迎啊。"李金才说着看了看墙上的挂钟，面露难色，尴尬地笑着说："真不巧，我家族门在周家坨酒店办喜事，我得去随礼，只能改天给你接风了，午饭先让陈会计安排一下，委屈你了。"

马怀云似乎从李金才的脸上看出，对刚才自己大包大揽地劝走粉坊户并不是多么买账，心里打个问号，笑了笑："你忙你的，午饭无所谓，我先到村里村外看看。"说完，就先走出了村委会大院。

第二章

马怀云顺着大街边走边想,看今天村委会发生的事,这个村的情况要比自己预期的复杂得多,要想实实在在地给村里办点儿实事,必须得到村干部的信任才行,可是看李金才不冷不热的态度,好像他并不十分欢迎自己的到来,是因为刚才自己劝走粉坊户这事,进村第一脚就让他感到了尴尬,还是无形中挑战了他的权威,让他心生不快?马怀云想着想着从村里走到大清河堤,看了看清澈的河水,还有两岸葱郁的青草绿树,尤其是那密不透风的芦苇和蒲草,在风中不断摇摆着身姿。看这景色,他不由得赞叹大清河风光还真美。然后,又转回村里,来到十字街口，一排槐树长得蓊郁葳蕤，树下一片干净空地，有十多位老人闲散地坐在那儿聊天，还有一群人在下棋。他凑了过去，此时已近中午，见空地北面是一家小卖部，他眼前一亮，想进去看看有啥面包、火腿之类的，凑合一顿儿。

小卖部面积不大，三间南房改造的，临窗一拉溜摆了三张八仙桌，那是为方便一些喜欢喝酒的人预备的。里间还有一盘小灶，可以给下地干活儿累了不愿做饭或者过路人煮方便面，给喝闲酒的人们炒几个小菜。货架上除了日用品之外，还有花生米、猪头肉、火腿肠、鱼罐头之类的下酒菜。平时有些人常来打二两散酒，切半斤猪头肉，凑在一张桌子上边聊天边喝酒，没有谁请谁，都是各自喝各自的酒，偶尔也有斗嘴打赌输了的来这儿请客，也有的家里来了客人，由男人陪着到这里喝几杯。这里的常客是于德福、刘长海、殷大明，这三位拜了把子，在陈家湾酒场是最出名的，无论斗嘴还是喝酒，基本没有败绩，号称"陈家湾酒场三剑客"。

小卖部门前有块空地，平时人们就喜欢在这儿聚集闲聊，东家长西家短，谁家婆媳吵架了，谁家媳妇不安分给男人戴绿帽了，谁家闺女和谁家小伙好上了，谁家狗把谁家狗肚子弄大了，等等。久而久之，这块空地就成了全村的新闻集散中心。再加上那些臭棋篓子，喜欢聚在这里吆五喝六地下棋，双方都有支持者，这个伸手走一步，那个把棋子抓在手里老半天不放下，甚至忘记了原来的位置，为此就会争吵，最终到底这盘棋是谁输的谁赢的也不知道，总之就是热闹。

一进屋，就听靠窗户的一张桌子围着三个汉子边喝酒边骂街，其中一个车轴汉子骂得最凶，骂谁呢，骂李金才。马怀云认出俩，那个金鱼眼叫刘长海，另一个叫殷大明，车轴汉子叫啥还不知道。走过去："老哥,别骂了,有啥事讲道理,骂街不好,起码不文明。"

车轴汉子站起来,指着马怀云鼻子问:"你一个城里来的小白脸,咱都知道的,城里人除了打官腔,会干啥事。你呀,露个脸儿,就卷铺盖回家帮媳妇烧火抱孩子去得了,别在这儿找没趣……"话音刚落,一屋子人立刻哄堂大笑。刘长海举起大拇指:"于德福,你说得太对了,小白脸能干啥啊?"

马怀云尴尬得满脸通红,正要再开口,一个女人忽然挡在他面前,指着那汉子说:"于德福,别欺负外来人,谁赶走财神爷我跟谁没完。"

马怀云愣住了,这声音有点儿耳熟,她是谁?在哪儿见过?转念一想,人家是老板娘,关照新客人也是情理之中的事,再说,自己是包村干部,不能小气得连句刺激话都听不进去。他做出大度的样子,脸上挂起笑意:"没事,他想说啥就说吧,我是新来的驻村干部,彼此还没打过交道,以后就熟了。"

那女人笑吟吟地看着他说:"马伯乐,是你吗?"这下马怀云真被叫懵了。他在脑子里快速搜索,的确找不到眼前的女人的影像,想仔细辨认又不好意思直视女人的眉眼。"咯咯咯……"随着脆生生的笑声接着就问:"怎么,我就老得这么厉害,连声音也都变得和当初不一样了吗?"

马怀云愣住了。对,是这声音!就是这个女声。"老师们,同学们,大家早上好!这里是学校广播站,现在开始播报……"马怀云甩头望向眼前的女人,随着她的嗓音穿过时光隧道,回到初中教室……

初中时代的马怀云个子还不是很高,轮换座位时同桌换成一个腼腆的乡下女孩。马怀云从小在城里长大,在农村孩子眼里,城里人总是自带光环,加上同学们都说他是干部子弟,都对他多了三分敬重,新换的同桌也就更是从心里多了三分小心，觉得自己一个乡下丫头，对他敬而远之。于是，就在刚刚坐下的瞬间她就本能地拿起铅笔，把木头课桌上若隐若现的中线又重新描了一遍。马怀云看在眼里，笑在心里，心说，看她老实巴交的，原来也是个小心眼，你以为画个"三八线"就能真当盾牌使了？

男孩子天生就是调皮的材料，她越是把"三八线"画得清晰，他就越是有意无意地把胳膊肘子往两边扩张，女生就不得不往边上挪，无论他怎么挤，她就是不说话。几天过后，同桌终于忍不住了，就嗫嗫地低声说，你往里挪一点儿行吗？哇！这声音是从同桌喉咙里发出来的吗？如丝如弦，似吟似歌，这么美妙的声音简直是九霄天外飞来的天籁啊！

同桌女孩腼腆羞涩，课间不说话，上课也从不抢着回答问题。她要不是马怀云的同桌，恐怕到毕业都想不到班里还有这么一个女生。女孩在马怀云面前很谨慎，书本、尺子等学习用具从不过线，即便测试发下来的超宽幅卷子，她宁可扭着身子写，也不让自己的胳膊肘过线。相处的日子久了，马怀云觉得，她除了胆子小，别的哪儿都不比城里同学差，因此，他在她面前不仅没有丝毫优越感，反而还经常明里暗里帮着她。比如哪个同学说乡下人老土，笑话农村孩子没见识，马怀云总是先站出来和人理论。还有那次学校公开竞选广播员，班里稍微觉得自己在朗读方面有点儿天赋的都主动报了名，同桌女生却想都不敢想。那天报名表传到马怀云手上时，他想都没想提笔就写了个名字，可是这名儿不是他自己，而是"陈慧珍"仨字儿。你还别说，陈慧珍还真就成了学校唯一的一个女播音员，由此马怀云又多一个雅号——马伯乐。

已经好久好久没有人叫这个名字了，马怀云眼前忽然一亮，"陈慧珍"三个字脱口而出。

"对，我是陈慧珍。"女人边点头边伸手示意马怀云到柜台前那张桌子，马怀云看了一眼三个喝酒的汉子，再看看眼前的女人，犹豫了一下，心想，这下好了，遇上老同学，对我了解陈家湾情况肯定会大有帮助。于是，走到柜台前坐下，陈慧珍边倒水边说："别和他们一般见识，都是直来直去的村里人，习惯了就好了，你先喝茶，我去给你弄点东西吃。"

马怀云看着陈慧珍忙活的身影，不住地点头。人生真快，一晃多少年过去了。初中毕业后，马怀云考上了省高中，然后又考上了省农学院，陈慧珍则从初中毕业就没有了音讯，今天要不是凭声音叫出她的名字，怎么也不可能把前后判若两人的她对上号。这时，陈慧珍笑吟吟地端着饭碗过来了："小村小店，没啥讲究，我也是秃子当和尚凑合材料，饭菜肯定没有城里人做得好，你就先将就一顿吧！"随着清脆的说笑声，一股清香钻进鼻孔，随即一份黄亮亮的烙饼炒鸡蛋、玉米糁子粥套餐放到面前。

马怀云赶忙回神，歉意地说："这么多年过去了，要不是你先认出来我，我都不敢认你呢，谁会想到当年那个羞怯秀气的小姑娘会变成精明能干的老板娘了呢。"陈慧珍笑了笑，脸上掠过一丝愁云："啥精明能干啊，别提啦，这也是没有法子的事，他没得病的时候哪用得着我操持这些事。"

马怀云诧异地问："怎么啦？"

陈慧珍叹口气："我家原来开粉坊，后来我男人把粉坊停了，买了辆汽车，专门跑外地搞粉条销售。他有比较牢靠的销售渠道，村里十八家粉坊的粉条几乎都是通过他卖到外地。后来因为修房子，也就是为了弄这个小卖部，他从房上摔下来，没想到就成了植物人，我就顶着门户挑大梁了。"

听了陈慧珍简短的讲述，马怀云眉头拧了起来，说了句："不容易啊。"话音里含着一丝沉重。

当日晚间，马怀云被安排临时住在村委会值班室。夜已经很深了，他依然睡不着，不是择席，而是想着工作局面如何打开，粉坊的事怎么解决，另外还有一个更难办的事，就是要完成爹临死时的嘱托。他从挎包里拿出爹生前交给他的一只玉镯，翻来覆去地端详，琢磨如何找到娘丢失多年的骨殖，从哪里找到线索。我娘救的那个孩子如今怕也是五十多岁了，不知他长得啥样儿，是穷还是富。娘的骨殖丢失，这个被救的人是不是也很纠结。思来想去，就到了后半夜，想着想着，就进入了梦乡。天快亮时，他做了一个梦，梦见自己背着一个蛇皮布袋在一条清亮亮的河边行走，意识中背着的就是娘，越来越沉，就像背了一座山。他想回头喊一声娘，嘴张得很大，却喊不出来，憋得他喘不出气，似乎马上就要窒息，脚下坑坑洼洼、磕磕绊绊，急得他双手乱抓乱挠，却啥也抓不住，急切中摔倒，醒来浑身大汗……他坐起来，愣怔地想，这个梦做过好几回了，啥意思呢？娘的骨殖已丢失多年，况且他还听到一个让人毛骨悚然的传说，说是娘的骨殖被人盗走转卖，与人结了阴亲。每当想到这个传说，他的心就像长满了芒刺，说不出的难受。

直到漱口洗脸后，那个梦依然在脑子里徘徊。

第三章

早晨上班时间到了，马怀云叮嘱自己，刚进村，尽量少想娘骨殖的事，重点是十八家粉坊怎么办，必须尽快想出一个好办法。他走进村委会门口，正好与李金才打个碰面，俩人互相点个头，一先一后进了办公室。刚坐下，于德福晃着半截木头似的身子闯进村委会，短粗的脖子上扛着个肉乎乎的脑袋，揣着两手，腰间缠着一条烟色围巾做腰带；木瓜似的脑袋上戴一顶老式蓝布帽子，年深日久褪成了半白半蓝色，出汗洇出来的油腻印很明显。他个子不高，又由于一只脚受过伤，走起路来东一晃西一晃，似倒非倒，却自有章法；远远望去，脸色黝黑，胡子拉碴。他不慌不忙，拉把椅子，一屁股坐下去，一边伸手拿出烟盒，一边环视屋子，然后伸着脖子点着烟，吐一口云雾后，咧开嘴，露出几颗龇着的黄牙，心里好不得意。看看马怀云，瞅瞅李金才，于德福似笑非笑地咧咧嘴，浓烈的酒气从黄板牙缝里挤出来。马怀云认出来了，他就是昨天在小卖部见到的那个车轴汉子于德福，那股子味好难闻，赶紧就捂了鼻子。李金才迎过去，伸手拦住，喊一句："于德福，有事吗？没事别捣乱！"

于德福脖子一梗梗，仰着脏兮兮的脸说："村委会是啥地方？不许我来吗？我捣乱？我捣啥乱啦？陈家湾又不是你一家的，村委会不许我来吗？村委会要是你家，你花钱请我，八抬大轿接我，我都不登门！"一句话把李金才噎得上不来气。于德福瞅瞅马怀云，撇着嘴又说："你们当官的总说我穷横，我吃你喝你啦？还是嚼你肉啃你骨头啦？"

李金才皱皱眉说："猫尿又灌多了，快回家睡觉去。"

马怀云不知内里，细细端详一下于德福，又把目光转向李金才。

李金才心说，我得在马怀云面前露一手，让他看看我处理事的能力，就抬高嗓门说："于德福！懂事的快离开，胡搅蛮缠没你好处！"

于德福很豪横，根本不吃这一套，把眼一瞪："啥，让我离开？你谁呀？你是天王老子我也不怕，你说我怕谁？我的腿瘸谁不知道，我都瘸了三十多年了，有人说我装，你装装试试，能装一天就行，今天你给我说明白了，为啥不给我办残疾补助？"

李金才见于德福这么强硬，心想，要是我也强硬，就僵住了，怎么收场？怎么也不能再丢面子栽跟头啊，不行，今天宁可跟于德福翻脸，也要保住我这一村之主的威严，想到这儿，他立马脸色一变，声调更加严厉起来："于德福，还有完没完，我知道你是长短腿，为了给你申请残疾补贴，我是不是带着你去医院做了检查？专家说两腿长短差距大于五厘米是四级残疾，给你鉴定后两腿长短差距不够标准，民政部门没法给你批补贴，你怨我？再说回来，为了给你找个进钱的道儿，年年让你看汛铺，还让你扫一段大街，你别没良心！"

于德福的脸变成了深紫色："你别扯那个，那都是应该的，我有残疾，村里就应该照顾，你成心不给我办，还拿民政局帽子压人，哼！"

李金才也有些气急："别蹬着鼻子上脸，你得便宜卖乖啊，照顾你还是应该的，你腿瘸还给村里立功了是吧？对你客气你倒来劲儿了！有本事别关你家老粉坊呗，有本事媳妇还跟你离婚？"

"不用你揭我的短，你把我说死我都不在乎，我就是臭肉一块，随便你糟蹋。"

"行啦，别闹了，我这儿还有事，你快去接着灌猫尿去！"

于德福声音更高："干啥啊，牛气哄哄，你不就一个破村支部书记吗？我还真不服你！那天长海问你打的啥算盘，你敢说出来吗？"说着，进到里屋，身子一提，歪着屁股坐在办公桌上，就像办公桌上长出的木桩子，脸上涌起一丝笑意，马上就又消失了："哼，我就给你添腌臜了，有本事你治我二年半！"说着，把脖子扬得老高，一副死猪不怕开水烫的样子。

李金才咽口唾沫，一脸无奈地摇脑袋，觉得在马怀云面前还是深沉一点儿好，沉吟一下，把火气压了压，用平和的口气说："于德福，我正跟马同志研究事，你先回家，行不行？"

于德福瞪起大圆眼，高声喊一句："不行！"

李金才气得两眼冒火，真想来点儿加力度的话，可是碍着马怀云的面子，也只是使劲剜他一眼，丢下一句："好！有本事你等着！"说着，走出屋子。

马怀云心说，李金才这叫啥处理方法啊，人没说服，自己倒走了。屋里只剩马怀云和于德福，俩人谁也不说话。

工夫不大，李金才搀着一个老太太回来了，那老太太一边喊："德福！德福！"一边朝于德福奔过去。于德福见了，喊一声："娘！"老太太用手指头杵着于德福的脑袋说："走，回家！"转身对李金才说："德福净给你添乱，别往心里去。"

李金才赶忙说："没事，没事。"

于德福欠起身子，两眼紧紧闭了一下，迅速睁开："哎，回家！"狠狠剜了李金才一眼，拉着马怀云走到屋外，低声说："你弄来钱，别忘了给村民百姓分分啊。"话音低，还是那种豪横劲儿。李金才冲于德福的背影追了一句："没根没叶，南不顺北不顺的刺儿头，少驴行霸道，你忘了你是怎么姓的于吗？"

这句话戳了于德福肺管子，他折身回来，把半截木头似的身子往高处蹿，想用气势压住李金才："我就横，我就驴行霸道！我就没根没叶，不行你跟着阴诸葛学给我家挂肉门帘去！我姓于碍着你吃进去拉不出来？你是不是嫌姓李不够光彩也想姓于？"说完，架着老娘就走。

李金才也不退缩："你别戗火，抓着你茬儿，看我怎么治你！"

老太太见俩人呛呛起来，大声斥责于德福："你浑蛋！"一句话，又把于德福镇住了，他悻悻地哼了一声："我最烦别人说我没根没叶，平民百姓喊，我认了，你当书记的也这样喊，不行！"

李金才本来还想接着怼的，马怀云碰他一下，他马上会意了，得给老太太面子，就没再言声。

李金才有独特的自信心，感觉自己在陈家湾的地位很牢固，不然怎么会连任好几届，加上老爹当村支书三十多年，父子俩为陈家湾操心快半个世纪了。这些年自己在陈家湾也是兢兢业业,始终坚守一碗水端平的为官之道,可以说在陈家湾一跺脚两头颤,身子一晃肩膀宽。包村干部神通再大毕竟是外来人,对陈家湾情况不了解,大事小情还得靠我这个本土村干部给他撑门面。不过,话说回来,他发自内心地期待马怀云能给陈家湾带来惊喜,哪怕只是部分资金或物资的帮助。指望一个马怀云能给陈家湾带来多大变化或许是奢望,但马怀云究竟有多大本事,背后有多大的支持,还不知道……

在李金才脑子走神的时候,马怀云也在顺着自己的思路想自己的心事,他觉得好像自己一落生,就注定跟陈家湾有着千丝万缕的关系,他爹马强没少跟他念叨过陈家湾的事,因为爹对陈家湾有特殊感情,爹还说爷爷马军曾在陈家湾一带打过游击,爹讲得更多的是娘把命留在了陈家湾。娘叫刘云,爹临死时抓着他的手说:"儿啊,不盼别的,你能把你娘的骨殖找到,就算对得起我跟你娘了。"爹的这句遗言,始终在他脑子里回响,已经成了一份沉重。他觉得圆了爹的心愿是做儿子的责任所在,自己一定尽这份孝心,找到娘的骨殖,让爹娘团聚。想到此,他抬眼看看李金才,见李金才还在走神,问一句:"刚才于德福说阴诸葛挂肉门帘是啥事?"

"嗨,别提啦,挂肉门帘就是上吊啊,咱村有个殷家贤,外号阴诸葛,动不动就拿挂肉门帘吓唬人。"

"哦,李书记,我初来乍到,陈家湾的情况一无所知,你多多关照啊。"

李金才笑了,笑得并不自然:"关照是应该的,关照不周你还得多多理解,那咱先到村外看看。"

路上,马怀云说:"陈家湾在你的领导下早就没有贫困户了,也成了省级生态文明小康村,下一步就是如何实现乡村振兴目标了,我来包村,你是书记,除了粉坊,还希望我能做点儿啥?"

李金才说:"你是想听我的真心话呢,还是想听场面上的话?"

马怀云说:"当然想听心里话。"

李金才呵呵一笑:"我当然盼着你能给陈家湾办大事办好事,不过,乡村振兴不是吹泡泡,难着呢,你呢,也别怵头,有多大本事就干多大的事,干不成事,陈家湾人不会怪你,干成大事,陈家湾人会感谢你。你尽可放心,别管粉坊能不能恢复加工,别管陈家湾能不能振兴,你的任务肯定能完成,你挂上号,任务就算完成了,到时候我保证让镇领导给你写最好的鉴定,让你带着满脑袋光环回去。"

马怀云一听:"啊?你说啥?这意思我挂上号就可以逍遥了?"马怀云蹙一下眉头,目光在李金才的脸上停留了一会儿,觉得李金才可能在试探他,就没再说话。

李金才似乎也看出马怀云的心思,瞟了他一眼,见他不动声色,就接着说:"农村不比机关单位,别看陈家湾村子不大不小,也是一个小社会,工作千头万绪,村干部级别不高,权力不大,可是各项工作既要抓落实,还得多方面搞协调,付出多少心血也未必能得到村民的认可。这些年,我算是领教了,在村里当干部,跟村民打交道,有时可以挺着胸脯当爷爷,有时就得低头弯腰当孙子,不是办事公道就能服人,还得有村民认可的个人面子、宗族亲情。"李金才像是卖弄,又像是诉苦。见马怀云面无表情,也不说话,又接着说:"别看我是村支部书记、村主任,可我第一是农民,第二才是干部,我也是上有老,下有小,自家的地要种,村里的事要管,天天做的事都是硬活儿,哪一项都不轻松,都不能含糊。"

马怀云眨眨眼，点点头，感觉李金才心里好像对自己的到来不是太欢迎，心里不免有些失落。

俩人心照不宣，彼此保持着戒心，言不由衷地交谈着来到一棵树下，李金才站定后说："陈家湾的水深着呐，你一个外来人，穷了也穷不到你，富了你也拿不走一分钱，没必要伤这脑筋，惹一肚子苦恼，你要想应付差事，也能圆满返回。"

马怀云心说，李金才你啥意思，考察我？探我的心思？就说："不行啊，马虎懈怠怕是要挨板子。"

李金才若有所思地"嗯"一声："那你就伏下身子大干苦干，干出名堂，或许还能让领导看重你，提拔你，不过我刚才说的可都是掏心窝子的话。"

马怀云心想，有这样掏心窝子的吗？我是抱着一腔热情想给陈家湾干实事来的，他作为书记、主任却反着正着说风凉话，真不知他是啥想法，还是另有其他目的。他感觉李金才很油滑，不是轻易就可交心的人。

前面堤坡上有座孤零零的坟墓，竖着一通一米多高的墓碑，上写"刘云烈士之墓"。看到这座坟墓，马怀云停住脚步，弯腰俯身，非常专注地端详那几个已经斑驳了的字迹，脸色骤然变得严肃起来。李金才背着手自顾往前走，见马怀云没跟上来，就回过身说："别看了，那是空坟。"

此刻，马怀云已经心潮起伏，但他不想让李金才看出来，就在脸上挂出惊讶，故意漫不经心地问："空坟？为啥是空坟？"

李金才说："这空坟可不简单，有故事呢。"

马怀云追几步，拽住李金才："有啥故事？说给我听听。"

李金才抿嘴一笑："等回头有机会我给你说个透底。"

在机关里摸爬滚打二十几年的马怀云对一些人的心思还是敏感的,因此从李金才的眼神里察觉到了他的心思,他知道一个村干部能连选连任好几届,脑瓜儿肯定不是一般的好用,肯定有一套治村之道,肯定是村里的人尖子。看来日后跟李金才打交道还要费些心思。他刻意保持着面无表情,他的冷静,也让李金才感到这个马怀云很不一般。

马怀云说:"不管怎么说,粉条是陈家湾的传统优势产业,应该用起来,人们能赚钱总比闲着要好啊。"李金才见马怀云还是没顺上自己的话题,心说,指望你来了,带来资金、项目,起码跟我一条心,围着我转,哪知道你跟我想法不一致,抓粉条就一条瞎道儿,你太不了解陈家湾了,抓粉条要是抓出陈家湾的乡村振兴来,还等你?我是干啥的,早折腾起来了,还有你露脸的机会啊?你一进村没看出哪儿高哪儿低,就认准了抓破粉条加工,靠小打小闹的粉条,陈家湾能振兴个啥呀,太让我失望了。心里这么想,嘴上却说:"是啊,陈家湾会做粉条的人不少,关键是环保问题,影响了全村的环保指标。"

马怀云点点头问:"对了,李书记,陈家湾地形图和村庄分布图有吗?"

李金才说:"没那东西,你想看啥,我带你到现场去看。"

"就是想看看十八家粉坊坐落位置。"

"哦,大街边、胡同里,哪里都有,跟你说,这些粉坊户一个个都是犟种,还有很多不干粉坊的人,私心重着呢,眼里只有自己。陈家湾人各色各样,有的人喜欢喝酒,有的人爱玩钱,你初来乍到,陈家湾水深水浅不知道,日子长了你就了解陈家湾的黑白长短了。"

第四章

　　李金才说马怀云不了解陈家湾，这句话其实是冤枉了马怀云，他所知道的陈家湾不光来自爹生前无数次的唠叨，来陈家湾之前，通过翻阅县志和一些有关陈家湾的文字资料，应该说了解的不算少。

　　陈家湾是大清河北岸的一个很有历史的村庄，物产丰富、景色优美。陈家湾人也很自豪，因为过去这里有码头，人们乘船往上行可以去白洋淀、保定，往下行可以去金海、滨海。陈家湾可有些来头，李家祠堂里悬挂着的乾隆皇帝亲笔题写的匾额就是见证。据记载，在元末明初时期，这里还是一片荒无人烟的荒滩，到处是大大小小的自然坑塘,四野都是芦苇蒲草。由于一次一次的大洪水带来了大量的泥沙,这里没有了咸水,成了可以居住、可以种庄稼的地方。明朝初年,陈姓先人为了躲避连年战乱,逃难来到这块蛮荒之地聚集建村,垦荒种地,算是陈家湾最早的土著居民,他们在这里繁衍生息,虽然劳累,但日子过的还算是丰衣足食,因为地处大清河一个湾处,就起村名叫"陈家湾"。经过几百年的繁衍生息和外姓人的迁入,陈家湾变成了一千多口人的村庄。但这里却经常闹大水,据县志记载,从1653年到1948年,陈家湾一带三百年间就有八十三次大水和沥涝,可以说是多灾多难。有句民谣这样说:有女不嫁陈家湾,十年九涝少炊烟。但由于经常闹水,淤积的土层深厚,土质疏松,通气性好,很适合种植红薯。这里的红薯外皮光滑,色泽新鲜,从几百年前,陈家湾先人就种植红薯,并把红薯做成淀粉,加工成粉条,也出现过做粉条的把式人,在周边有很好的口碑。久而久之,陈家湾粉条就成了这一带的名品。

过去,陈家湾与对岸的周家坨之间有个渡口,人们往来靠摆渡。后来架了一座木桥,说是为了求得神仙保佑安全,人们在桥头坐北朝南建了一座土地庙,距离土地庙不远处还有一座六角形五层十多米高的砖塔,叫作奎星楼,砖塔哪个年代建的没人说得清。但是建奎星楼,表明陈家湾先人对奎星的崇拜奉祀,表达了陈家湾人祈祷本村文风昌盛、人才辈出的良好愿望。相传奎星是二十八宿中白虎七宿中的首宿,因特征是"屈曲相钩,似文字之画",古人就有了奎主文章的说法。但是陈家湾却始终没有出现过一位文人官宦,多少辈人都是背对苍天头点地,汗珠子掉地上摔八瓣儿,一辈儿一辈儿的头顶高粱花度日传家。奎星楼旁曾有一棵长了二三百年的老榆树,撑摆渡船的人和往来的人们经常在树下乘凉,后来奎星楼在一次大洪水过后坍塌了,那棵老榆树也被一场雷火烧死了，留下半人高的树桩子，一直站在那儿。再后来，在1963年那次大洪水中木桥被冲垮了，政府出钱修了现在的这座水泥桥。在1963年那场特大洪水中，为了保卫滨海市，保卫津浦铁路，陈家湾人舍弃家园，做出了极大牺牲。不过，近些年没闹过一次洪水，陈家湾也有几户人家盖了二层小楼，有不少人家买了小汽车，人们的生活水平上了很高的层次。

陈家湾的这些老话，早就印刻在马怀云脑子里了，因为他爹他娘都与陈家湾有撕扯不断的关系，使得他对陈家湾的感情不亚于本村百姓。

李金才心里嘀咕马怀云怀疑他管理村民、控制局面的能力，叹口气说："你知道闹事的那个于德福啊，太有个性，四六不成材。本来他不是真正的光棍，三十五岁那年有人给他撮合娶了周家坨一个二婚女人，虽然是二婚，但女人没带孩子，俩人过得还不错。后来生了个儿子，很乐和的日子，没听说两口子闹啥大别扭，也不知为啥，俩人突然就离婚了，儿子也让媳妇带走了。我前后跑了好几趟，也没说和好。算起来，他儿子也二十几岁了，应该成家。没离婚之前，他很勤俭，能吃苦，把养父留下的老粉坊干得欢欢儿的，也不怎么喝酒，日子过得很平稳。离婚以后就变了，粉坊关了，天天喝酒，一天一个醉，正事不干，成了醉鬼懒汉，一副混吃等死的样子。他跟刘长海、殷大明在陈家湾号称酒场无敌三剑客，隔三差五聚在一起吆五喝六地喝，一喝就是昏天黑地。他跟刘长海、殷大明没法比，那俩小子都开着粉坊，一年下来，票子都挣得不少，比不开粉坊的强多了。于德福也就跟这俩小子混口酒喝，他家里有个塑料桶，是专门打酒用的，喝不到半个月，就去打酒，没钱就赊。无论一个胡萝卜、一个咸鸭蛋、一块咸菜疙瘩、一个西红柿、一把花生米，或者掰两片菜心、菜叶子都可以成为他一顿酒的下酒菜，真正的穷喝穷醉。

那两件衣裳估计穿了好几年了，也不洗，袖口跟脖领子都让油泥腻死了，油光铮亮，成年累月就这么邋邋遢遢。我也曾专门就他的邋遢找过他，说他有损陈家湾形象。他就要横说，我没钱，村委会给买衣裳给找个媳妇，我就改头换面，气得我又咬牙又瞪眼。他养父早没了，养母也八十好几了，身体不行，但始终拿他当心肝宝贝，疼得不行，可只要有酒场他就只顾自己，老娘就挨饿。他不光是醉鬼懒汉，还是个蔫坏损，虽然这样说他有些不妥，但他确实干了不少让人闹心的事。比如村里有谁做了不地道的事，就会被人不露声色地用邪法暗地惩罚，后来有人发现都是于德福干的。这是人们私下公认的，虽然他的出发点是好的，但有时候也有负面影响，不过，他孝顺老娘，也最怕老娘，别看不是亲生的，只要他娘说话，怎么说他都听。"

马怀云"哦"了一声，算是回应。

李金才又说："可惜了刘云啊，用命换来这么个混蛋。"

啥？于德福就是娘救的那个孩子？马怀云心里打个旋儿，但没问出口。他记得爹说过，娘救的那个孩子叫有福，原来他改名了。就跟了一句："这人看外表活得不成样子啊。"

李金才说："可不是嘛，人家刘云舍命救了他，他可倒好，不好好做人，活成鬼啦。"

马怀云没再说话，心情特别复杂，他万万没想到娘用生命救了这么个酒鬼、无赖，更为娘感觉太亏，就对于德福产生了一种恨意，这恨从心底里升腾起来，甚至恨得牙根儿疼。他想跟李金才说刘云是自己的亲娘，自己此次来陈家湾，除了帮扶之外就是要想办法找到娘丢失的骨殖。但他瞬间犹豫了，上级派自己来陈家湾就是要帮扶群众的，于德福这样的懒汉正是需要帮扶的重点对象，一旦说明身份，村民会不会说我是假公济私,会不会对开展工作有副作用?马怀云越想越觉得还不到说出来的时候,于是不自觉地轻轻叹了一口气。

李金才又说:"别愁,于德福这伙人也就是一时犯浑,翻不起啥风浪,对付这伙人有我呢。"随即斜眼乜了马怀云一眼得意地笑了。马怀云知道是李金才误解了自己,心说我可不是怕他,我是想,如果于德福是一个值得托付的人,不仅能和我一起找娘的骨殖下落,同时还可以帮我为村民做点儿实事该有多好啊,可是他却是那样的人,唉!此时,父亲、母亲、于德福的影子在眼前飞来飞去,一会儿又变成了一串于德福的字样,马怀云感到眼前一片模糊,他觉得脑子全都乱了套,于德福,你这混蛋!要不是你,我娘也许今天还活得好好的,要不是你总是得罪人,也许我娘的骨殖根本就不会丢,"于—德—福—"几个字眼儿从马怀云牙齿间,磨了出来。

李金才没听出他说的啥,只是惊得打了一个寒战,惊问:"你怎么啦?"

马怀云立刻清醒,沉吟一下说:"我想十八家粉坊都看看,给陈家湾画个平面图,把十八家粉坊坐落位置都标出来。"

李金才"哦"了一声,未置可否地点点头。

马怀云忽然意识到应该顺着李金才的话头说话才好,就说:"听你刚才说的话,好像类似于德福这样的人怕不只他一个吧,如果把这些人组织起来,充分发挥每个人的特长,让他们干点啥事,也许会派上用场呢?"

李金才一听,把头摇成拨浪鼓:"盼他们干事?我看组织起来跟村委会作对还差不多,你是不知道,如果于德福和殷家贤这样的人合了把儿,他们一文一武、一阴一阳,再加上三剑客中的那两块料,肯定会把陈家湾折腾得乌烟瘴气,那可就是真的'文明'起来喽!"李金才说着就哈哈大笑起来,这笑声、这表情像两把刀子直戳马怀云心窝子,马怀云暗自思忖,看来陈家湾还真有几个难搬的硬山头。

"如果于德福和殷家贤这样的人合了把儿,他们一文一武、一阴一阳,再加上三剑客中的那两块料……"李金才这句话搅得马怀云一夜没有睡踏实,这几个人的影子像皮影戏里的人物一样,远看个个都是顶天立地的大男人,走近了细瞅不过是个有轮廓没表情的纸片子。李金才说的这个殷家贤是何许人也?不过从李金才的口气里感觉这个殷家贤在陈家湾不是一般人物。

第五章

说起这殷家贤，还真有点儿说道。他爹是个懂些文墨的人，打小教他读书，还跟周家坨一个读书人，也是酒友，在一次酒后指腹为婚。哪知道长大后殷家贤看女方长得不漂亮，几次三番跟他爹吵，要毁掉婚约。他爹说除非我死了，你才能改。没办法，殷家贤只好依着爹，把看一眼就闹心的刘玉芳娶进家门。他爹去世后，给他留下的家产就是三间土坯房，土坯打的围墙，顺土墙做个门洞，一对儿碎木板拼接的门歪着，两扇门的下边有个交叉的大缝，半大狗可以直出直入。后来要结婚了，请瓦工给房子包了个红砖外墙皮。转年，媳妇刘玉芳生了个大胖小子,殷家贤这才有了些高兴劲儿。到儿子十岁那年,大清河来了洪水,堤岸几乎被淹,陈家湾男女老少都熟悉水性,小孩子们见了水也不害怕,就三五成群地去大清河洗澡玩水。因为老殷家在陈家湾是小门小户,总是被大姓压制,甚至遭到欺负,就连儿子也被村里孩子们孤立起来。有一回,一群孩子在河里戏耍,殷家贤儿子在一片水域自己玩,结果被一股水流冲走,不幸淹死。刘玉芳哭得死去活来,儿子刚死的那阵儿,几乎天天都披头散发顺着大清河堤喊儿子的名字。殷家贤眼含泪水抱着小女儿跟在媳妇身后,沿着大清河堤走过一遭又一遭。刘玉芳变得少言寡语,说话也软弱无力了。殷家贤开始把喝酒作为麻木自己的一种最好方式,天天以酒浇愁。有时喝多了还嫌媳妇丑,说自己是牡丹秧子开了一朵狗尾巴花,丢他的脸面,甚至踢两脚,或者打两巴掌,刘玉芳就畏缩在角落里哭。殷家贤玩阴招儿是不分亲疏内外的,都一样对待。那年媳妇得病住医院,一屋四张床,他总抓机会把嘴凑在媳妇耳朵边,用低低的声音骂街,那声音比蚊子叫还小,同时,手也不闲着,掐这儿一把,掐那儿一把,媳妇顾着面子,不敢声张,别人以为是夫妻俩说悄悄话呢。别人一凑过来,立马起身客客气气地让座、赔笑。

冷静下来,殷家贤深深思考,小门小户就像小国受大国的气一样,必须想办法扭转局面。思来想去,他觉得最好的办法就是离间大家族,让他们内部不合,七个心八个胆,四分五裂才好。他更觉得自己脑子里装了那么多学问,干这离间的事还不是太难。于是,他就抓住一切机会,只要听说大姓族门谁家闹别扭了,叔伯弟兄不合啦,婆媳打架啦,谁家和谁家好得穿一条裤子啦,都是他瞄准的目标。那些人就在他不阴不阳的话语里被挑拨出好多矛盾,不少人还上了他的道儿,认为他帮自己出了好主意,还谢他。也有脑瓜儿清醒的人意识到是殷家贤玩的阴招儿，但又没高招儿应对。这些年，让他搅和得几个大姓家族都不团结。殷家贤每每挑拨成功一回，就要大喝一场酒，庆贺庆贺。

有一回，殷家贤喝多了，进门看见呆坐着的刘玉芳，就说："我殷家贤不傻不茶的堂堂男儿，怎么就娶了你做媳妇！"就把积压在心里的怨恨发泄出来，抬脚就朝媳妇的肚子屁股猛踢。刘玉芳疼得打着滚儿哭，他恨恨地吐口唾沫，倒下呼呼大睡。等被尿憋醒了，酒也醒得差不多了，打个酒嗝儿，起来找尿桶子，却不见了媳妇。就在院子里四处寻找，结果刘玉芳在鸡窝与正房的空隙里蜷缩着呢。刘玉芳瞪着一双恐惧的眼睛看着殷家贤，殷家贤怒气冲冲地像抓小鸡一样把媳妇抓到屋里，摁在床上，又是一通拳打脚踢，一边打还一边问："还躲不躲？"

刘玉芳哪里敢说话，气不过，有时就回娘家，一待就是十天半月，殷家贤天生对女人有一种特殊的癖好，别看他嫌刘玉芳丑，膈应得就像牙咬沙子那么难受，可一旦被窝里没媳妇他还受不了。就去求老丈人，几句好话，老丈人就打发闺女跟着殷家贤回了陈家湾。刘玉芳身上、脸上，经常挂着伤疤。闺女大秀和小秀站出来保护娘，就跟殷家贤打架，气得他骂大街，也曾用板凳砸过闺女，大秀一气之下，自己找了婆家，还不到结婚年龄就出嫁了，殷家贤一分钱的嫁妆也没给。在一个风雨交加的夜晚，刘玉芳又被酒醉后的殷家贤拳打脚踢一顿，嫁给这样的男人，天天处于恐惧和绝望里，这样的日子哪天算到头啊？刘玉芳想跳大清河寻死，她呆呆地坐到天亮，舍不得俩孩子，还不能去死，她选择了离家出走。在殷家贤还呼呼大睡的时候，刘玉芳收拾一个包袱，喊醒小秀，悄悄地说，她要离开这个家，去外地给人家当保姆。小秀陪着娘过了清河桥，娘俩抱着哭了好半天，刘玉芳嘱咐小秀照顾好自己，说你爹就这样子了，改不了啦，她想出去过几天轻松日子。刘玉芳是抹着泪走的,小秀追了老远,刘玉芳头也不回,上了公交车。

刘玉芳走后前两天,殷家贤觉得很得意;过了几天,又觉得家里没个女人,日子过得没滋没味。猜测刘玉芳或许去了周家坨大闺女家,就去查找,大秀听说娘丢了,立马跟殷家贤闹了起来,丝毫不给殷家贤留面子,恨恨地说:"如果我娘真丢了,或者寻了死,我也不管你是亲爹不亲爹,就去法院告你。"大秀那句话像一把刀子在殷家贤心上划了个大口子,又像吃了反胃的东西,说不出来的那种难受。

被窝里没媳妇了,殷家贤每夜都难以入眠,在床上来回翻腾。越睡不着,就越抓耳挠腮,就刺激了他不安分的神经,就掰着手指头把陈家湾所有女人排个儿,哪个最漂亮,哪个最有女人味,排来排去,最中意的就是陈慧珍。他对陈慧珍那嗓子简直就是着魔一样的痴迷,但又觉得自己是读书人,要在人前摆出斯文的样子。就打定主意,借酒醉调戏陈慧珍。后来,陈慧珍开了小卖部,代卖各种生活用品,物品丰富,还有几张小桌子可以供喜欢喝酒的人在那里买包花生米小酌。殷家贤没事就去小卖部,为的就是听陈慧珍说话。陈慧珍不知道殷家贤经常到小卖部来的意图,像对待别的顾客一样那么热情地接待。这倒好,让殷家贤想入非非了,陈慧珍是不是也欣赏我啊?其实殷家贤长得确实很不错,说话声音也有些磁性,很宽厚的,因为唱的一口好京剧,也确实引来不少赞美声,但那赞美只是限于他的这副好嗓子。

不过殷家贤的书也没白读,脑子就是灵光,他见粉坊户们每年春、夏、秋三季因为天热停工,就从中看出商机,把他家临街的南房改造成了冷库,粉坊户租用他的冷库,可以常年做粉条,他每月靠出租冷库纯收入三四千块钱,一年三季起码有三万左右进入他的腰包。他凭着脑瓜儿灵活,用电风扇把粉条上的冰碴、水珠吹掉,再加上手工抖动、分排，让粉条一根根自然分开，没有粘连、并条的毛病。粉条的弹性也比自然冷冻的好了许多，粉条更加匀细，纯净光亮，整齐柔韧，洁白透明，柔润嫩滑，爽口宜人。就因为这个冷库，让粉坊户对他有了顾忌，尽管刘长海和殷大明跟他过不去，有时候几个杠头凑在一起斗嘴，但顾忌要用到他的冷库，就嘴下留情了。正因为他有冷库，可以要挟各粉坊户把粉条下脚料卖给他，他再转卖给附近养猪场，从中又可赚一笔。

　　了解了殷家贤之后，马怀云觉得虽然殷家贤脑子跑偏，纠偏肯定有难度，但越是最难的，越要下猛药，要彻底改造他，只有靠近了才能找到软肋，才知道用啥药对症。只是眼下要集中精力研究粉坊，改造殷家贤的事就得往后放一放。

第
六
章

马怀云眼下的确没有空闲跟殷家贤过招儿，他脑子里装满了粉坊的事，白天走街串巷量距离、画草图，晚上就誊在整张图画纸上，前前后后画了十几张小图。李金才看他用老掉牙的笨法子，就说："在电脑上下载卫星地图，全村就一目了然，只是你还不熟悉，不能把房宅位置跟人对上号。"马怀云没回应，心说，你哪知道我的目的，我是要把十八家粉坊和殷家贤冷库的位置都明确标在图上，测出距离，做好标记，寻找解决的办法。看着几天来的成果，他感到有些轻松，见天色刚过黄昏，打个舒展，就想不如今天抽空跟殷家贤接触接触，慢慢准备应对招法。

没走多远，就看见殷家贤提着一个篮子，手里拿个白瓷盆，瓷盆上的瓷掉了很多，像个黑花白底的花盆子似的。他光着脚，裤腿卷得一边高一边低，高的一边在膝盖上头，低的一边盖着脚踝，脚上还沾着没有洗净的黑泥。马怀云笑着朝他走去："这是去哪儿了，你看这一脚泥一脚水的。呦呵，篮子里装了啥好东西？"说着就想伸手摸篮子，殷家贤闪身一躲脚底一滑，篮子侧歪了一下，两三条鲫鱼蹦了出来，殷家贤赶紧弯腰抓鱼："你干啥啊？我不就是在大清河抓了几条鱼解解馋吗，又不犯法。"马怀云上前帮忙，殷家贤拧着屁股把他拱开，气哼哼地翻着白眼走了。

殷家贤就这么走了，马怀云哪肯甘心，他想了想就去小卖部买了一瓶老白干，来到殷家贤家，推门朝里走，殷家贤正背对着门收拾鱼，扭头看一下马怀云没好气地说："追到家里来干啥？"

马怀云呵呵笑着说："陪你喝酒啊！你离开酒能活吗？"

殷家贤白他一眼，但瞥见马怀云手里的酒瓶子，口气缓和下来："呦呵，大领导光临寒舍，还带酒来，我家今天可蓬荜生辉啦。"说着往盆里扔了一根葱，抓了几瓣蒜就要往锅里倒。马怀云拦住说："这么鲜的鱼怎能煮鱼汤啊，家熬、清蒸或者红烧才好吃！"

殷家贤瞪马怀云一眼说："煎鱼得用油，你给呀？"

马怀云立刻明白，原来是没油了，是不是看我来了，故意装穷？就说："诸葛雅号真是名不虚传，不但能掐会算还会算经济账，不过你家过日子细不至于连油都舍不得买吧？"马怀云的话刚一出口，立刻意识到说走嘴了，马上补充说："你的雅号就是因为演诸葛亮得名的吧？"殷家贤白马怀云一眼说："啥诸葛不诸葛的，先说这鱼怎么吃？"

"家熬呀！得嘞，你和面准备贴饽饽，我去买油。"马怀云转身重回小卖部。

陈慧珍见马怀云这么快又回来感到很意外,听说是给殷家贤买油就笑了,说:"平日都知道他能蹭酒喝,不曾想连油也要蹭了。"说着弯腰提起一个瓶装油。

马怀云摆摆手,指着桶装的说:"来这个,还能多吃几顿儿。"

陈慧珍摇头笑笑:"殷家贤那人是出名的阴诸葛,你就宠他吧,是不是再送他一桶酒?"陈慧珍的话不过是一句玩笑,却提醒了马怀云。

殷家贤贪酒在陈家湾里是出了名的,也是跟三剑客齐名的。他年轻的时候,长的模样好看,能说会道,村里谁家来了亲戚,殷家贤估计要招待的,往人家屋里一坐就不走了,东南西北,就像是这家主人似的,跟亲戚聊得别提多热乎了。一直聊到人家饭做好了,他还没有走的意思,人家只好多摆一双碗筷,对他说,一起陪客人吧。殷家贤就满脸笑容地说:"啊,好,那我就替你陪陪,放心,保证陪好。"真正喝起酒来,他就忘记自己的角色了,才不管客人吃好喝好呢,好多次都是客人没醉他自己先醉,东倒西歪地回家。村里并不是每天都有客人,或者有的人家来了客人他不知道,他就错过了陪酒的机会。三天没酒喝,他就抓耳挠腮了,就看谁家有没有修房子、垒猪圈啥的,也不管人家缺不缺人手,伸手就搬砖,人们基本都知道他找活儿干就是缺酒了,就让他帮忙做点杂活,管一天酒喝。殷家贤喝酒从不将就,不像于德福,一块咸菜疙瘩或者一根辣椒就喝半斤酒,他说,喝酒是享受,要有仪式感,起码一凉一热俩菜,绝不委屈自己那张嘴,所以他赚的钱大多都进了肚子,跟三剑客斗嘴,经常讽刺于德福他们是穷喝,喝不起就别喝。后来,他自己把名声毁得不招人待见了,人们不再让他陪客。殷家贤喝酒的机会越来越少,他就去陈慧珍的小卖部赊酒赊菜。隔不久,陈慧珍拿着欠条找上门来,殷家贤此时也拿到粉坊户交给他的冷库租金了,有了租金,他就很豪气地说:"结账,绝不欠半分钱。"殷家贤这些光荣历史,马怀云从李金才嘴里听说过一两句。

马怀云回到殷家贤家,说一声:"油来喽!"然后朝厨房走。殷家贤一只手上夹着烟,一只手提着铲子,斜倚着门框抽烟,听见马怀云说话,眼皮都不撩地说了一句:"都等你半天了。"马怀云把酒桶在他眼前一晃,酒香溢出,殷家贤抽抽鼻子眼睛一亮,立刻闪身去煎鱼了。

马怀云注意到,刚才盛鱼的破白瓷盆子里,堆着半盆苹果似的金黄色黄玉米面团,面盆左边铺着半张废报纸,上面摊着一把雪白的白面粉,右边是一个老式蓝边白花碗,半碗酱黑色调料里探着若干个奶白、翠绿、淡黄色的小脑袋。殷家贤动作娴熟,干活麻利,不一会儿工夫俩人就坐到餐桌上,像老朋友一样对酌起来。马怀云问:"你家小秀呢?怎么不来吃饭?"

"她在周家坨一家服装加工厂打工,经常加班,不等她,咱吃咱的。"

"哦,咱俩边聊边喝。"

马怀云不住地夸赞殷家贤手艺好。殷家贤说马怀云眼光好,接地气,不像某些城里人虚荣爱面子,只看包装不管里面东西怎么样就瞎买,说着就朝马怀云带来的瓶装酒瞄了一眼,接着赞美桶装酒的味道。俩人越说越投机,说着说着,就说到三剑客,殷家贤不屑地说:"那都是粗人,我是读书人,跟他们不是一个层次,肩膀比他们高。"

马怀云听他说自己是读书人,便顺着说:"是啊,早就听说你肚子里装了不少墨水。"

殷家贤卖弄地说:"《千字文》《三字经》《百家姓》《论语》《大学》《中庸》,多啦。"

"哦,你都读得懂吗?"

殷家贤嘴一撇,脸都变形了:"你说啥? 我看不懂? 告诉你吧,我只要看过的书,就吃进肚子里了,你说你想问哪一本书的哪些内容,我给你解释,看我读得懂不懂?"

马怀云一笑,抬手往下压压:"行,别着急,你读得懂最好。"

殷家贤脖子顿了顿:"你问这个干啥?"

马怀云微笑着说:"你读了这么多书,也没正用。"

殷家贤起身,从柜子上拿过一本《论语》扔给马怀云。

马怀云接过书,没翻看,放在身边,沉了沉,调转话头:"殷家贤,你也是陈家湾老根儿了,你说陈家湾粉条那么有名,眼看着市场上就没有陈家湾的货,你怎么想?"

殷家贤笑了笑:"我没想过,我只是冷库赚他们点儿租金,弄点下脚料卖给周边养猪户。"

"那你说,粉坊恢复加工好呢,还是彻底停了好呢?"

殷家贤眼珠动了动,他盯着马怀云的脸反问:"你说呢?"

马怀云抿抿嘴:"我要明白还问你吗?"

"说实话,村里有一百多人在粉坊上班,应该说不是坏事,起码我的冷库还能赚点儿。"

"那让你明确表态,你会怎么说?"

"那简单,同意呗。"

马怀云也笑了:"你是文化人,应该更是明白人,还应该有所担当。"

殷家贤摇摇头:"在村里好读书最没用,还担当了,担当啥啊,又不能代替媳妇,我看书就是解闷,读书既没有黄金屋也没有美娇娘。在我脑子里,千好万好不如娶个漂亮媳妇好,这辈子娶个看着心里舒坦的好媳妇比什么都重要。"

马怀云笑了："你这人啊，都啥岁数了，脑子里还媳妇媳妇的，不怕人笑话你老花心大萝卜啊？"

殷家贤把眼一翻："你这叫骑驴的不知赶脚的苦，你天天怀里抱着可心的媳妇当然心满意足了。"

马怀云依然笑着说："男人，尤其是读书人，心里不能只装女人，还要装天下！当然天下有大天下、小天下，国家是大天下，一个村就是一个小天下，对不对？"

殷家贤也笑了："呦呵，你要是陈家湾人，嘴皮子肯定第一，我也要甘拜下风。"

马怀云心说，我眼下主要精力抓粉坊，还顾不上在你身上下功夫，等我腾出手来，咱俩好好过几招儿。就拍拍殷家贤的肩膀："人啊，知足常乐，好多事也是命中注定，别想太多了，我该走了，你接着喝酒看书吧。"

马怀云走了，但马怀云的话还在殷家贤心里打转转，让他平静不下来，脑子乱哄哄的，媳妇、女人、陈慧珍，老往脑仁里钻。他把书扔在桌子上，抄起剩下的半杯酒咕咚咕咚喝了几口，身子往床上一扔，斜着躺下。哪知道，心却静不下来，又坐起来，再喝几口，嗓子眼呛了一下。这时，小秀回来了，一进屋就被浓浓的酒味呛了一下。殷家贤怕这丫头又数落他，就把酒瓶子放下，说了句："锅里有剩饭，你吃吧，我出去透透风。"然后，摇摇晃晃地奔小卖部而去。

第七章

小卖部前空地的棋摊儿总是热热闹闹，每天都聚集很多棋迷。陈慧珍又买了两个象棋桌，两副象棋，增加了七八个马扎。人们嘻嘻哈哈，热热闹闹，渴了买水，买冰棍，也有买烟的，买零食吃的。棋摊儿吸引了陈家湾本村一帮象棋迷和周家坨、侯家坨甚至更远的象棋高手。

殷家贤见小卖部里人很多，陈慧珍正忙得手脚不闲，就回身来到象棋摊儿。他是陈家湾最有名的读书人，自然更是棋摊儿的常客，他觉得自己读书多，智慧自然比别人高强，一般人就入不了他的眼。虽然他棋艺不高，但却说这些人是攒鸡毛凑掸子的一帮臭棋篓子。他不仅会唱京剧,喜欢下棋,还会写两笔毛笔字,村里谁家白事请他给棺材题柩,红事请他写对联,念程序。他最自豪的是自己读了不少书,脑瓜儿好用,大小事都喜欢耍耍小聪明,玩个小计谋,只要跟人打交道,都要动动小心眼儿,为此人们才叫他"阴诸葛"。但最让人不待见的是他爱往女人堆里钻,碰碰女人的手就美得唱小调。他从小没剃过光头,也是陈家湾留分头最早的人,他的头发始终是中分,只要人多尤其是女人多的场合,他就习惯性地甩一下头,那是他自认为优雅的代表性动作。

殷家贤好像天生就是文艺料儿,庄稼地的活儿怎么干也不靠谱,可一沾乐器,二胡、京胡、笛子、风琴、唢呐、黑管,一学就会,尤其是唱戏,学得字正腔圆,学谁像谁。也真的是痴迷,背戏文也很快,别人都记不住,一问他准可以告诉你,但紧跟着就会挖苦讽刺两句。所以殷家贤总觉得自己胸怀锦绣,是比别人智高一等的读书人,读书人更应该懂棋艺,因为下象棋要动脑子、斗智慧。棋摊儿也属于文化活动场所,是他显示水平的好地方。没事就来下几盘,有时在棋摊儿一泡就是半晌。尽管他是地地道道的臭棋篓子,却给自己封了个象棋教练的名号。殷家贤虽然棋艺不咋的,但他追求的就是不让脑子闲着,怕闲下来生病,妙处更在于从中得到快乐,所以从不计较输赢,就为了显摆他的文化层次和象棋术语,末了找个棋艺不高的赢两盘,图个乐呵。还有一个目的就是到小卖部听陈慧珍说话,那才是他最舒服的事,每次回家之前,都要整整衣服,把头发胡噜顺溜了,显出读书人的派头,到小卖部跟陈慧珍搭讪几句,满足地回家。

棋摊儿高手不少,臭手更多,可以说是鱼龙混杂。春夏秋冬,寒来暑往,那些棋迷都很执着。殷家贤就成了最常光顾那里的人,殷家贤看过一些棋谱,懂得一些术语,在下到一定局面的时候,殷家贤就会说出这个棋式叫啥,比如:看到有人刁钻地以一个兵闯入宫心,殷家贤立马就说:"呦呵,行啊,敢用小刀剜心啊。"然后对众人说:"大家注意啊,这小子不一般。"看到人走出以双车逼宫的棋式,殷家贤就赶紧说:"瞧,这叫二鬼拍门!"殷家贤能说出来的象棋术语太多了,啥"三仙炼丹""太监追皇帝""大刀剜心""炮碾丹砂""海底捞月",等等,在一些人听来感觉都是新鲜词儿,由此就对殷家贤有了些许的神秘感,好像殷家贤就是象棋专家,殷家贤也因此得意万分。其实那些棋局上的场面很乱,人们你一句他一句地乱支着儿,乱动手,棋手几乎成了傀儡,也不知谁输的也不知谁赢的,一局完后,大伙儿哄哄大笑。

说实话,那棋摊儿的高手虽然来自乡野,殷家贤这自封的象棋教练也不是人家的对手,但为了维护象棋教练的名号和尊严,殷家贤也要对高手的棋路进行点评,有时候也支招儿,也给棋式下定语,有人就恭维殷家贤棋艺水平高。殷家贤就很得意,就对人们说,象棋的学问大啦,要想长本事,就慢慢跟教练学。大家就笑,殷家贤心里很明白,但他愿意享受那种短暂的快乐。殷家贤就专找水平低的下,高手一来他就让位,就在旁边当他的教练和评论员。

过了好一会儿,进小卖部屋里一看,人还很多,陈慧珍依然在忙碌。他想今天怕是没机会了,准备回家,突然想到又快防汛了,年年都是于德福看汛铺,那活儿就是遛遛大堤,防汛多少年,也没遇到一回真正的大汛,太清闲了,他打算今年跟于德福争一争,好事不能光给于德福一人。

他拐弯就去了村委会,在门口迎面碰见李金才,李金才正琢磨马怀云要折腾粉坊,他这个本土书记是支持还是不支持,还是不冷不热地观察？正这么想着，碰见殷家贤，就想绕开走。殷家贤拦住他，嘻嘻笑着说："书记，又要出防汛杂工了，于德福年年看汛铺，是不是该换换人啊。"

李金才说："看汛铺的事还没研究呢。"

殷家贤低声说："没研究正好，不能老是于德福上堤巡防，轮班也轮到我了，今年让我干一回，他负责的那段大街清扫也归我。"

李金才不愿跟他搭讪，想拦死话茬儿："你别跟他争，他一光棍，腿脚不好，没挣钱的道儿啊。"

哪知道殷家贤并不买账，眨巴眨巴眼，依然低声说："不行，好事不能总是他的。"

李金才歪脸看着殷家贤："你别瞎较劲好不好，他身体有毛病，没有生活来源，村里照顾他是应该的。"

殷家贤口气转硬了："你说啥？照顾他是应该的，他穷吗？酒一口也没少喝，哪天不是一个醉？"

李金才严肃起来："殷家贤，低头不见抬头见，不能不顾脸面，净瞎掰扯。"

殷家贤也板起脸："怎么叫瞎掰扯？为啥年年看汛铺都是他，怎么，他是你家皇亲国戚吗？"

李金才还没说话，于德福不知何时来了，绷着脸冲过去，手指头差一韭菜叶就戳到殷家贤鼻子了："阴诸葛，你抢我这点儿小财啊？"

殷家贤往回缩着身子，喊："于德福，你听好，我可不是跟你抢，就是想让李书记一碗水端平，好差事大家轮流干，跟你无关啊。"

于德福说："我都听见了，不就是看汛铺吗，今年你去！"

殷家贤不相信于德福这么爽快，伸长脖子问："你说的是真的？"

于德福把脸扭向李金才，李金才没回应。

殷家贤把身子靠近李金才："书记，你看于德福都主动让出来了，你还犹豫啥，拍板啊。"

李金才哼一声："你俩的话我都不信，别给我拴套子。"

听李金才这么一说，于德福咧嘴笑了，眯起小眼睛，脸上挂满不屑，冷冷地说："我扫大街，看汛铺，那是我多年的老活儿，为啥让给阴诸葛？他给你送礼了吧？"

李金才气得脸色铁青，厉声斥责于德福："你张嘴就猪吞狗沁胡咧咧，你别把村委会对你的照顾当成天经地义。你看汛铺除了睡大觉就喝酒，上边来查岗，你在饭馆喝酒；扫大街你东一耙子西一扫帚，垃圾不清理，上级来检查，都是我带着村委会干部提前突击清扫。要不是对你有看处，早换人了，咱都是乡里乡亲，尽量少呛呛事儿，你过得针我过得线，谁也别给谁添腌臜。"

殷家贤眼珠一转，还真是，别看于德福这小子长个木头脑袋，心眼儿鬼得很呢，我也得小心别让他绕进去。低声对李金才说："你是书记，拿捏好了，别给于德福留空子。"

李金才扬起脸："你说啥？留啥空子？"

殷家贤声音更低了："吃请受贿小心纪检委找你。"

李金才脸上一红一白地变化着："殷家贤，你可不能猪噎狗沁，满嘴喷粪，就你那德行，有好差事也轮不到你！"

殷家贤瞪一眼于德福，又斜眼冲李金才一撇嘴："话就说到这儿，我读书人不跟文盲白丁斗嘴，不然圣贤书白念了，李书记，我等你回话。"说完走了。他没想到自己的阴招儿为于德福后来整治他埋下了祸根。

李金才脸色很难看，转身说："于德福，你的意思是让殷家贤干一年?”

于德福说:“他不是抢吗,不过你是书记,你说了算,谁让你在陈家湾一跺脚两头颤呢,今年到底让谁看汛铺,等你决断。”

于德福的话让李金才感觉被刀子扎了一样,但他又不能在于德福面前说难听的话,就假装气悻悻地绷紧了脸。

这时,马怀云进屋来了,见李金才脸色不好,不知为何,就拿出笔记本翻看跟粉坊户的座谈记录。

李金才带着气说:“缺德福不好摆置,殷家贤更是搅屎棍,没有他不掺和的,只要他掺和,好事也没好。”

马怀云知道李金才脸色不好原因了,就说:“殷家贤可是真的读了不少书。”

李金才叹口气:“树林子大了啥鸟都有,别人读书修德修身,殷家贤读书却读成了损德堂,真是糟害了那些书。”

于德福听李金才叫他缺德福,很生气,还想回怼,马怀云冲他使个眼色,于德福用力哼一声,眼珠子转了几圈,走了。

李金才说:“看着吧,于德福嘴上说让给殷家贤,暗地里还不知怎么报复殷家贤呢。”

李金才说的真不假,于德福早在心里打好了报复殷家贤的主意。

第八章

当天傍晚，乌云滚滚，电光闪过，一声凌厉的雷鸣后，急雨骤然而下。人们早早关灯睡下，睡不着的人听着雨声说家常话。

村委会里，李金才皱着眉头听马怀云说话，马怀云把陈家湾布局图打开，指点着十八家粉坊的位置说，真是够散的，东一家西一家。李金才说："陈家湾谁家锅台在哪儿，谁家爱吃咸，谁家爱吃淡，都在我心里装着，更别说十八家粉坊了，你就说你有啥高招儿，能让他们开工。"马怀云也皱起眉头，低声说："目前还没找出头绪。"李金才看看窗外，雷声风声雨声依然很大，从墙角拿把雨伞回家了。屋里只剩马怀云一人，他感觉有些累，写完日志，想马上睡觉，但却睡不着，好多事情直往脑子里钻，粉条加工怎样走上正轨，污水处理怎么办？还有就是娘的骨殖没有丝毫线索，让他不时地纠结在心头。听着远方传来的雷声，心说，啥也不想了，赶紧睡觉。

整个村子就在瓢泼大雨的声音里睡熟了。殷家贤爱看书，睡得晚，刚睡着，就听见院子里有啥东西掉下来，是啥物件掉水里的声音。他不放心，撩起窗帘看了看，看不清楚，只好穿衣出来查看。推开房门就吃了一惊，积水还差几厘米就要进屋了，满院子都是水，水上漂浮着喂鸡的盆子、木棍、扫帚、塑料桶。小黑狗在水里仰着头哀号，殷家贤顾不得想太多，赶紧卷起裤腿，走到偏房门边，阳沟眼就在那里，他找根竹竿捅了捅，捅不动。他很纳闷，怎么回事？回屋拿了手电，打开院门一看，嘿，阳沟眼被人用破布和木头给塞了个结实。殷家贤眉头就是一皱，心说这是哪个王八羔子干的下作事，一边骂街一边往外拔木头，费了好大劲，终于拔出来了，木头拔出来的那一刻，由于用力过猛，把他摔了个屁股蹲。看着院子里的水从阳沟眼里涌出来，他那个气呀，一边在心里猜测是谁干的，一边在心里不住地骂街，越骂气越大。此刻，天上雷声大雨点小了，风也小了。他把大门一关，也不顾时间已经是半夜了，跑到大街上高声骂街，骂醒了不少人。

殷家贤骂街，人们感到新鲜，因为从来都是人们骂他，他只有挨骂的份儿，哪有他骂街的机会。有人扒着门缝低声问："殷家贤，是不是你在外面采野花，家里媳妇让别人采了。"

殷家贤听见了，回骂一句："滚你的，你媳妇早让野男人采了。"

那人赶紧关上门，回屋了。

李金才顾忌马怀云，心说让他听见半夜有人骂街会说我管理村民不行,村风不正,这么想着,就披上衣服追出来,冲殷家贤说:"你大半夜的骂啥街,搅闹全村人都睡不了觉。"

"我骂那个堵我家阳沟眼的混账,不骂他就太便宜他了,哼!"

"骂几句就行了,赶紧回家,有啥事天亮了再说。"

这时,于德福摇晃着半截木头似的身子回了家,窸窸窣窣摸着进屋把湿衣服扔在外屋,光着身子进了里屋。心说,你阴诸葛阴招儿多,想跟我争汛铺,我先让你在家防防汛。

大街上又传来殷家贤的骂街声:"哪个混账,把我家阳沟眼堵了?"一声高一声低,从大街东头骂到西头。于德福嘿嘿一笑,钻进被窝,很快就打起呼噜。

天亮后,李金才突然问于德福:"堵死殷家贤家阳沟眼的人是你吧?"

于德福又摇头又摆手:"不是,绝对不是我干的,那种缺德事我不干,别给我扣屎盆子啊。"口气有些着急了。

李金才乐了:"不是就不是,你急啥呀。"

"不过,我想喝酒,庆贺殷家贤家阳沟眼堵上。"李金才心里清楚得很,就知道是于德福干的,但他还是不说破,只是一笑。

上班后,殷家贤找到村委会,一进屋就喊:"书记……"

没等殷家贤说下文,李金才就拦住了:"你别老一口一个书记地叫,我浑身起鸡皮疙瘩。"

殷家贤皱下眉头,屈一下眼,改口说:"哦,好好好,李书记,咱陈家湾好歹也是生态文明村,你可得下功夫抓抓个别人做坏事的问题。"

李金才故意问:"谁又做了啥坏事? 还是你发现了啥情况?"

殷家贤说:"书记你别装不知道啊,昨晚下大雨,半夜里水进了屋子，吓我一跳，出来一看，院子里满是水，我再出门一看，胡同里没多少水，你猜怎么着，阳沟眼让人用木头和破布塞了个严严实实，一点儿水都流不出来，你说这人缺德不缺德？"

李金才笑了："殷家贤啊殷家贤，你读过书，怎么不反过来问问你自己呢，是谁这样对你，为啥这样对你？"

殷家贤撇一下嘴："哼，我是算计人的，可也总被人算计。"

李金才说："你肯定又遭害人了，自己做了啥事自己知道。"

殷家贤有些心虚："我没干啥啊，不就是有个特殊小爱好，可也没跟哪个女人如何如何啊？"

李金才说："你肯定没干好事，自个儿好好想想，人家为啥整治你，汛铺没捞着看，先在家里防汛了。"

于德福也来凑热闹，不阴不阳地说："这人干的事真缺德，不过话又说回来，这人也够爷们儿，敢堵你阴诸葛家阳沟眼，胆儿够大的。"说着还挑起大拇指。

殷家贤气得七窍冒烟，低声跟李金才说："莫不是缺德福看我跟他抢汛铺的事，他就……"

李金才撇着嘴，没回答。

殷家贤歪歪脑袋，又低声说："这小子蔫坏损，村里人也偏心眼儿，我算计他我是混蛋，他算计我他是好汉。我要真去看汛铺，他还不知怎么折腾我呢，快算了吧。"然后跺跺脚，走了。

李金才追了一句："不争啦？汛铺真不看啦？大街也不扫了吗？"说着，他在背后狠狠剜了一眼，活该！又一想，看意思这事八成就是于德福干的，这小子有个毛病，只许他做混蛋事，不许别人比他更混蛋，谁冒尖，谁做了缺德事，只要他知道了，就不声不响暗地整治村里混账人。

像殷家贤这种人,也欠有人折腾折腾,只不过于德福做的有些过了。

其实,于德福堵殷家贤家阳沟眼的时候,有人看见了,但不愿意出来指证,不然下一个被报复的就是他了。况且殷家贤也该得到报应,这种惩罚对他来说也是一个警告。殷家贤有错,于德福也有错,李金才也拿不准俩人谁是谁非了。

这时,于德福也接到刘长海的电话,要去小卖部喝酒,走了。

殷家贤惦记去小卖部听陈慧珍说话的声音,没心思在这儿消磨时间,做一个用力甩一下头发的动作,也奔小卖部去了。

第九章

此刻，小卖部里很清静，陈慧珍从一个抽屉里拿出一个乳白色的本子，封皮上是一朵娇嫩的玫瑰花。她拿出一支黑色钢笔，翻看本子，最后在上面写起东西来。或许没有人能理解她，但是她感觉自己就像一本外国小说里的修女一样，生存在世界的每一天都像参加一个宗教仪式，手指紧握着笔在本子上努力写出文字。良久，她停下笔，然后小心翼翼地将本子放回抽屉，缓缓地起身，拿出一本外国小说《欧奈维尔城堡的秘密》，她已经看到第三章。看书是她的习惯，只要闲下来，就看书。她感觉自己就像一棵折断的小树，没有了心神，又感觉自己好像被遗弃在一个荒凉的岛上，恐惧、痛苦、慌乱、害怕，无处可逃。她的眼前浮现出外国名著中的城堡，红颜色的尖尖房顶，雪白的墙壁，明亮的窗户，她好像看见自己就在城堡前面的那片草地上拼命奔跑。她甚至感觉那就是属于她的城堡，与任何人都没有关系，那城堡只属于她一个人。她可以在里面放纵地欢笑，大声地歌唱，拼命地奔跑。没有人会阻止和剥夺她的快乐，她在里面自由得如同飞鸟。她似乎看见有无数双羡慕和欣赏的眼睛包围着自己。突然一个念头紧紧抓住了她，她感到了一种恐惧，她的男人五年前成了植物人，从此这个家的空气就几乎静止了。她打开窗户，朝窗外伸出手去，她的手如一片被秋风卷落的叶子，她仿佛透过斜阳看到了清澈如水的蓝天。回身坐在镜子面前，看镜子里那张苍白的脸，没有一丝血色，青春和美丽在那张脸上一点点褪去。她把两只纤细的手指紧紧绞在一起，她清楚地意识到，自己的城堡里只住着她一个人，没有人可以走进它，她拒绝任何人走进。屋里开始昏暗，她坐在昏暗里感受时间一分一秒在她的皮肤上划过，似一把刀，很薄、雪亮、尖利无比。她知道自己已经习惯地沉溺在一个人的城堡里，这样自己才不会害怕，才会把寻求快乐的渴望压在心底。此刻，突然感觉眼角一阵冰凉，她似乎感觉到男人的目光如一把冰冷的剑，刺过墙壁，插入她的心脏。她的心被那目光大把大把地揉碎，一行冰冷的眼泪肆意地滑落，渗进嘴唇的刹那，是浓浓的苦涩。不知过了多久，天快黑了，她慢慢离开北屋，回望那面厚厚的墙壁，眼里浸满泪水，她真的无法逾越自己内心的那座城堡，城堡很美，但只属于她一个人。

这时候，三剑客来了，她赶紧抓过毛巾擦擦脸，冲仨人打招呼。给他们弄了小菜，打了酒，仨人就摆开了酒的擂台，这也是他们多年的习惯。

仁人刚坐下，殷家贤也来了，他是想让陈慧珍好听的声音安慰安慰自己。走到门前，忽然站住，双手把头发摁了摁，往手心里吐口唾沫，抹了抹，感觉头发伏贴了，这才推门进屋，甩一下头发，一眼看见三剑客，在他眼里，三剑客都是掉渣的土包子，没法跟他比，他读过的书他们仁人三辈子都读不完。论学问，论嘴皮子可以单枪匹马跟他们仁对着干，多次舌战三剑客他都没落下风，他压根就没把他们放在眼里，也是想抓住机会在三剑客身上出口气找补找补。于是他凑到跟前，瞄了瞄盘中的菜，说道："三位，这是穷喝啊，买不起酒菜啊？"

刘长海本来就是个不抬杠就消化不了三顿饭的人。听殷家贤这么挖苦，站起来，一只脚踩在凳子上，金鱼眼鼓鼓着："穷喝富喝有你啥事？你吃多了吧？"

殷家贤呵呵一笑："三剑客也是有名号的，在这公共场所丢人现眼？喝不起就别喝，干啥这么寒酸，给陈家湾丢脸，哈哈哈……"

他话音未落，于德福的脚差一点儿就踢到他屁股上了："阴诸葛，闲得难受找野狗配对儿去，别再闹心人！"

殷大明也想在弟兄俩面前显示他跟殷家贤没亲情，站起来说："叔啊，哪儿清静去哪儿歇会儿，别在这儿逗闷子了。"

殷家贤还要斗，陈慧珍过来了："殷家贤，这儿不是斗嘴的地方，你不吃不喝不买东西快去棋摊儿当教练去。"

殷家贤咂咂嘴："嘿，这嗓音就是好听，心里就是舒服，哎呀，说话听音嘛，我来这儿就是听你说话，听你说几句话，回去吃嘛嘛香，睡觉踏实。"

于德福端着酒杯过来："阴诸葛，再没皮没脸说胡话，再跟我表嫂没正格的信不信我把这杯酒泼你脸上。"

殷家贤瞪他一眼:"嚯嚯嚯,表嫂叫得这么亲啊,她是你表嫂,又不是你媳妇,我又没惹你,干啥护着她?"

刘长海也端着酒杯走过来,金鱼眼滴溜溜转着,狠狠的声音从噘成蒜头的嘴里拱出来:"阴诸葛,我看你脑瓜里装的不是书,都是驴粪!"

殷大明喊一声:"叔啊,你怎么就不知道自己是啥人呢,搁我,就天天扎家里不见人,省得谁见了谁恨。"

殷家贤见三剑客今天的话茬子比平时硬多了,估计没有胜算,就咧嘴笑了笑:"好好好,双拳难敌四手,好汉敌不过群狼,我走,哼!"

殷家贤走了,三剑客一起哈哈大笑,这场酒就一直喝到天黑,于德福红头涨脸地出去上厕所,遇上刘大拐一歪一歪地走过来,就噗噗地吐着酒气上前问:"大拐,干啥去?"

"去村委会填表领残疾证,以后就按月领钱了。"

于德福一听:"啥?填残疾补助表,一提残疾证我就来气,我这脚瘸了这么多年也没给一分钱的残疾补助啊,不行,我还得找李金才较个真章儿!"

撒完尿,他直奔村委会,一进屋怒气冲冲地对着陈会计说:"我瘸了好多年,村里人谁不知道,为啥不让我填残疾补助表?"

陈会计怵头跟于德福打交道,劝解着说:"别急,有话慢慢说。"

于德福抓起桌上的账本猛地一摔,抓过陈会计的水杯喝了一口:"我能慢慢说吗?气死我啦!"

陈会计搀扶他坐在椅子上:"你少喝点儿酒吧,酒多伤身,有啥事跟我说。"

于德福情绪稍稍稳定:"刘大拐每个月都领残疾补助,为啥我没有。"

陈会计把一张表格拿过来："这是县民政局掌握的咱村残疾人统计表，你看看，这表里没有你的名字啊。"

于德福把脑袋一晃，大声问："为啥没有我？"

陈会计吓一跳，但还是镇静下来，平静地说："你不够条件呗。"

于德福暴跳如雷，抖动着高举起双拳，一颠一颠地在屋里来回走着，大声嚷："你们办事就是不公，我这残疾明摆着，为啥没有我？给我的残疾补助是不是让你们几个偷着私分了，还是送给相好的啦？"

陈会计说："你别逮啥说啥，我问你，你有残疾证吗？"

一提残疾证，于德福弯腰把裤腿往上将了将，用手拍着脚腕说："看看，我的腿都残疾成这样了，这就是证，还要啥证？"

陈会计解释说："你不懂，残疾需要鉴定，才能定级，残疾共分十个级别……"

于德福情绪烦躁得难以控制，抢着说："十级最严重吧？我是十级残疾！"

陈会计赶忙解释说："十级残废最低，对工作和生活影响不大。"

于德福立马改口："哦？那，我就是一级残疾。"

陈会计解释说："像植物人那样的才算一级残疾。"

于德福再次改口："啊？那，我是几级才合适？反正我的残疾最严重，起码是二级，要不就是三级。"

陈会计被逗乐了，忍着没笑出声，耐心解释说："残疾等级是要通过省鉴定中心鉴定的，李书记带你去鉴定过，人家没给你定级，你没有残疾证。"

于德福见自己出了丑，心里不服，要横不成，又来软的："陈会计呀，你看我这个腿都残疾多少年了，媳妇也混没了，苦了吧唧地混日子，你就没点儿同情心吗？"

陈会计耐着性子说："我知道你腿脚早就有毛病，可你没有残疾证，上级也没你的档案，我这表里没你名字，你不能怪我啊。"

于德福把胳膊一轮："得了吧，刘大拐他们的残疾证怎么来的，你敢说不是你们帮着办的？别像磨坊的驴蒙着捂眼儿布说瞎话，你就来句痛快话，我的残疾证办不办？"

正在这时，李金才和马怀云走了进来，陈会计起身打招呼。于德福一见，跳了起来："正好，拍板定案的来了，我的残疾怎么办吧？"

李金才说："我一进院就听见你闹了，于德福，你还有完吗？那天我已经跟你说清楚了，你别揣着明白装糊涂，我要不要带着你去民政局再做一回鉴定？"

于德福眨巴眨巴眼："啊，是啊，去过，那，你找的那人糊弄我，说我俩腿长短差不到五厘米，差一米那不是少一条腿？"

李金才说："你颠脚是事实，但人家不给你定级，你没有残疾证，国家政策是铁的，谁也不能因为你改政策啊。"

于德福说："刘大拐是残疾，我不是，都是上级给的钱，多少也让我沾巴点儿，实在不行给我弄个一次性补贴也行啊。"

李金才板起脸："于德福，该给你的少不了你的，不该给你的不能瞎给。"

于德福歪歪脑袋："啥叫该给？啥叫不该给？我的毛病也是明摆着的，怎么，都是瘸子，他们就可以有残疾证，我就没有。"

李金才说："你别闹了，你这点儿毛病，在咱陈家湾算是很轻的，根本不影响劳动，你要是不懒，所有农活儿你都能干。"

"咦，李金才，你意思我这瘸是装的，对吗？李金才啊李金才，我说你就是站着说话不腰疼，要不把这瘸脚让给你，赶明儿你瘸几天试试，看看干活儿方便不方便。"

李金才眼眉立起来："于德福，你别给我添腌臜，你自己去瘸吧，谁眼红脚瘸的，真是的，没事瞎逗闷子。"

于德福冲仨人一个坏笑："反正我也是残疾人，以后不关照着点儿，我还会闹。"然后踮着脚在屋里转。

马怀云挥挥手，做了个往下压的手势说："行了，李书记你消消气，于德福的事好解决。"说着，他拨通了县民政局的电话，一番客气后，转脸对于德福说："我联系好了，明天你去县民政局找优抚科。"然后转向李金才："我建议让陈会计跟于德福跑一趟。"

李金才歪歪脑袋，低声说："农村的事，就没有好办的，好事也难办！轮到这个于德福，简直就是滚刀肉级别的刺儿头，我是真怵头跟他打交道。"

于德福白他一眼，晃晃脑袋，走了。马怀云也没再说话，默默离开。

第十章

马怀云离开后,陈会计悄声对李金才说:"我看这个马怀云脑子里有些道道儿。"

李金才点点头:"嗯,是不简单,你马上打电话把村委会的几个人喊到我家来,我有几句话交代。"

陈会计不敢怠慢,马上下通知。

不一会儿,村委会的人就到齐了。李金才表情严肃地说:"咱开个短会,就几句话,新来的马怀云是县科委干部,估计在单位混的不咋地,要不然领导不会派他下来,领导看着顺眼的,有本事的,领导肯定留在身边,咱不管那个,既然他来了,就得干点儿正事,咱们好好配合,但有一点别忘了,我是正宗正本的书记、主任,好多事得我拍板定案,你们都记住喽,我说的话要保密,不能让马怀云知道咱们背着他开小会。"

尽管李金才叮叮嘱咐,散会后,一个村委会委员跟刘长海喝酒,就把信息透了出去。虽然刘长海跟马怀云没啥私人交情,但马怀云第一天在村委会说的那番话还是让他觉得心里热乎,认为这个马怀云或许还真能帮他们干点事,说不定粉坊就真能走上顺畅路。又觉得李金才心胸狭窄,人家来帮你,你还提防,心眼太小了。去小卖部买酒时就跟陈慧珍说了,陈慧珍听后觉得很不是滋味,就告诉了马怀云。

马怀云很纳闷,我是来包村的,李金才为啥还抵触呢,百思不得其解。

晚上开碰头会时,就说:"李书记,我来陈家湾是配合你的,你是正宗正本的书记、主任。"

李金才心头一震,咦?这话是我给班子成员开小会说的,他这么快就知道啦?是有人漏风,还是马怀云能掐会算?看来班子成员中有人不可靠,就尽力说让马怀云舒服的话:"我跟两委班子成员说了,你是来给陈家湾做工作的,谁也不许出杂音,真的,你是国家干部,喝墨水多,有韬略,路子广,肯定能给陈家湾办几件大好事。"

马怀云听出话里有话,就说:"我初来乍到,两眼一抹黑,你是本土真神,我听你的。"

李金才呵呵一笑。

马怀云心里很清楚,要想恢复陈家湾粉条加工,必须得过李金才这一关,他是当家人,他不认可,恐怕行不通。他觉得李金才对粉坊恢复加工这件事不阴不阳、温温吞吞,摸不清他是啥意思,他决定找三剑客摸摸底细。

转天中午，马怀云突然对于德福说："我请你们三剑客喝酒。"

于德福纳闷地问："为啥？你不是不喜欢我们仨吗？还请我们喝酒？"

马怀云抿嘴一笑："酒没有白喝的，我有事和你们商量。"

"那你先跟我说说是啥事？"

"暂时保密。"

马怀云把三剑客请到小卖部，三剑客从来没这么规矩过，坐在那儿，没一个嘻嘻哈哈的。陈慧珍给上了俩菜也没人动筷，搁他们三剑客聚会，早下手抓了。

马怀云说："哥仨今天赏光，我很高兴，我初来乍到，以后还仰仗你们多多关照，今天呢，是有件事问问你们。"

刘长海把金鱼眼鼓了鼓："问吧，啥事？"

马怀云说："我到陈家湾第一天，你们粉坊户和李金才闹，你问李金才打的啥算盘，当时李金才脸上挂起怒色，你就没再问，那你知道李金才到底打的啥算盘？"

听马怀云这么一问，刘长海刚把蒜头嘴张开，但随即又闭上了。殷大明也要说话，刘长海把金鱼眼冲他挤了挤，示意他不要说话。马怀云很纳闷，转脸看着于德福，于德福看看刘长海，瞅瞅殷大明，晃一下脑袋："嗨，村里啥事都跟我没有半毛钱的关系，我有酒喝就行了，不操闲心，来来来，喝酒，少扯闲篇。"

殷大明似乎比刘长海更圆滑些："李金才有毛病，也有业绩，这些年给村里办了不少好事。"

马怀云心说，别看这些人都是农民，心眼可够活泛，就故意离开，站在门外，听他们说些啥。就听刘长海和殷大明低声说："马怀云是好人，真给咱办事,可他毕竟是外人,早晚得拍拍屁股走人,别看咱跟李金才闹,但跟他老少几辈子都得在陈家湾混日子,心眼活泛点儿,没亏吃。"

听了这话,马怀云心里明白了,看来人们还是怕得罪李金才。但他不死心,拿定主意给于德福来个激将法,转身回到屋里,指着于德福说:"你脑子里弯弯绕也不少,不像有些人想吃又怕烫着,一副缩头探脑没有骨头的,树叶掉下来都怕砸着。"

于德福听得心里美滋滋的,扣扣头皮,咧着嘴笑了:"嘿嘿,我就这点儿本事还让你看上了,不过,只是……"于德福飞快地眨眨眼,"嗯,别看我没事爱瞎咧咧着玩儿,要紧的事我可不会乱讲,你问的事我还真说不太清楚,还是别听我瞎说为好。"

马怀云又引逗着说:"我听说李金才身上长着瘆人毛,村里人谁见他都害怕,这毛长啥样你见过吗?"

"屁话!他身上要是真有那毛,我一把就给他薅下来!"

马怀云听了呵呵地笑了:"这话我还真信,那天我就亲眼看见你面对面地跟他闹,看你凶巴巴的,不曾想,到了真事上也同样怵他一头,看来李金才真是不一般,不一般啊!"

于德福脸上也有些挂不住了,急赤白脸地说:"你说我怕李金才?你这是看不起我呀?"

"嗨,你不用着急,其实我也知道,我不过是个外人,别因为我得罪李书记,将来不给你好果子吃,你嘴上说不怕,其实也是瞎话,不难为你们了,接着喝吧。"马怀云说着转身就要往外走。

于德福一看嘿嘿一笑:"走了好,省得我费唾沫。"

回到住处,马怀云仰面躺下,想眯一会儿,但却睡不着,又琢磨李金才到底为啥跟自己不交心呢?他觉得陈慧珍和自己是老同学,应该和自己说几句透底的话。于是，起身就去了小卖部。陈慧珍刚想坐下歇会儿，见马怀云来了，赶紧起来，拉把椅子，示意马怀云坐下，然后倒杯水递过去。

马怀云问："老同学，你说李金才这人怎么样？"

陈慧珍根本没打奔儿，爽快地说："李书记这人不错的，很有魄力，也很有本事，要不怎么能一连气儿当好几任村干部。"

"你对三剑客怎么评价？"

"三剑客就是酒友，他们拜了盟兄弟，肯定走得近。"

"给我的印象，三剑客这也不怕那也不怕，怎么我问到那天刘长海在村委会说李金才打的算盘，是指的啥事，他们就都不说了呢，你能不能告诉我底情呢。"

陈慧珍抿嘴一笑："本来我是很少掺和村里的事，只不过人们打酱油买醋都来小卖部，就带来一句半句的消息。我听说啊，那天刘长海说的是李金才鱼塘的事，西大坑往西有十几个鱼塘，他弟弟承包了四个，靠西大坑最近，也是离村子最近的，估计是图往来方便，租金都一样，就是比别人的近了些。人们心里都明镜一样清楚，那四个鱼塘名义上是他弟弟承包，其实有李金才的股份，因为他们的鱼塘距离西大坑最近，李金才担心污水渗透影响养鱼，就不想让粉坊开工。"

马怀云听后又"哦"了一声："原来除了环保要求外，还有这个因素。"马怀云明白了，心说，李金才是支书，但他是祖辈传的农民，有些私心也在情理之中，他也看出，李金才是个老油条，心里还真有些城府，看他下一步怎么对待粉坊户吧。

第十一章

李金才给人的感觉是铁了心掐死这些粉坊户,又怕这些人不服管,派人暗中盯着,万一谁家私自加工粉条及时报告,结果发现刘长海私自加工,李金才得到消息,带领几名村干部堵着刘长海粉坊门要求立即停工。刘长海拿出一张订单,一双金鱼眼都要瞪出来了,蒜头嘴张得老大:"你不让开工,这订单怎么办?你不让干,我们全家喝西北风吗?"

李金才说:"停工是执行上级的环保政策规定,不是村委会的口袋政策。"

刘长海气狠狠地说:"既然粉条不能干,我也不会干别的,你给我找个工作吧!"

李金才说："想干可以，把废水处理好，把冒烟的问题解决喽。"

刘长海猛跺脚："你当书记的就知道停工、停工，难道就不想帮人们想想办法？"蒜头嘴噘了好半天。

李金才说："不是我不想管，是我没办法管，先停工，等等看，能不能开工，真不好说。"

刘长海瞪瞪眼，嘴又噘成了独头蒜。

回到村委会，李金才寻思，对谁都不能手软，还得采取强硬措施才行，他让陈会计到镇上买来十八把锁，亲自带人给各家粉坊上锁。很多家都很顺从，没人阻拦，哪知道，在刘长海家碰了钉子。陈会计刚把锁锁上，刘长海风风火火地闯过来，抓住陈会计衣领子，大声嚷嚷："你干啥？为啥给我家粉坊上锁？"

陈会计没回答，把目光投向李金才。李金才拉住刘长海的衣服，很平静地说："刘长海，为了确保没人私自开工，支部决定给各家粉坊都上一把锁，钥匙由村委会掌管。"

刘长海说："不行，别人我不管，我家粉坊不能上锁！"

李金才嘿嘿一笑："是你说了算还是支部说了算？"

刘长海受了刺激，一边喊："你支部也不能一手遮天！"一边抄起榔头就去砸锁。李金才和几个人一起上前，抱住刘长海，把他手中的榔头夺下来。刘长海发疯般地往上蹿，但毕竟一个人身单力薄，没几下就被摁倒在地。就在这时，殷大明来了，大吼一声："干啥，打群架欺负人啊！"说着上前就跟村委会的人交手，就在他们再次对垒的时候，马怀云赶到了，拉住李金才低声说："快打住，影响不好。"

李金才笑了，挥挥手："算了算了，马同志你不知道，村里的事就这样，刺儿头不镇住就管不住大多数。"

刘长海瞪着眼看看马怀云，又看看李金才，把脖子一拧，气狠狠地把订单撕得粉碎。

一些粉坊户见刘长海都没闹出个一二三，也就不敢言声了，村里不让干，咱就趴窝吧，跟村委会作对没好果子吃。至此，十八家粉坊都被上了锁，李金才告诉马怀云："必须采取措施不能让他们偷着干，这是严肃的问题，惹来环保局，再说啥都晚了。"马怀云心里也有感觉，李金才这明着是防备有人偷着开工，实际是对他这个外人的一种姿态。

刘长海看了看四周，不见于德福和殷大明，嘬了一下牙花。还不错，殷大明来了，可殷大明没刘长海那股子煞气，来了也就是给刘长海鼓鼓劲儿助助威，于德福觉得没自己的事，多言少语掺和不上，没露面。但是刘长海跟李金才的对峙让殷家贤看出了门道，他觉得这正是挑拨三剑客和李金才斗气的好时机。

刘长海给于德福和殷大明打电话，约他们到小卖部吃饭。

殷家贤估计三剑客此刻肯定在小卖部喝酒，就直奔小卖部，果然不出所料，刘长海正哇啦哇啦骂街呢。殷家贤凑过去，大声骂一句："李金才就是只顾官帽不顾村民死活，滥用权力压人。"

刘长海说："没想到阴诸葛这回跟我们仨站一条壕沟了。"

殷家贤说："那是，你们代表的是粉坊户，我不支持你们支持谁？"

于德福插进来给了阴诸葛一杠子："快放着你那半碗粥吧，一会儿见了李金才指不定要给谁刷糨子呢。"

殷家贤说："缺德福，你别张嘴就从牙缝里掉炉灰渣子，我可是真心支持你们。"

殷大明说："行啦，支持管啥用啊，锁头都在门上挂着呢，谁敢砸开，谁敢做粉条？那才是爷们儿！"

一句话把大家都噎住了。

这时,殷家贤的二闺女小秀来了,冲殷家贤喊:"爹,没咱的事,您就别跟着瞎掺和了。"

殷家贤用斥责的口气说:"去,回家做饭去!"然后瞥一眼殷大明,哼一声,跟在小秀身后也走了。

仨人喝着酒,刘长海把金鱼眼瞪大了说:"李金才太张狂了,给十八家粉坊都上了锁,粉坊户们一个个都是怂包,就知道暗地生瘪犊子气,没一个敢吱声的。你们哥俩得帮我出气。"殷大明说:"怎么帮啊?打李金才一顿?"刘长海说:"那我不管,只要出气就行。"于德福把木头脑袋摇了摇:"我觉得应该跟李金才玩阴的,这事交给我,抓机会给他添腌臜。"

殷大明说:"这几天没看见那个马怀云呢?他那人看着倒像个干事的人。"

于德福说:"人家是吃官饭的,咱吃上吃不上饭跟人家没多大干系,你快操心自个儿的事吧。"

刘长海把独头蒜嘴噘了噘:"听说他串了不少户,打听事呢,我就盼着马怀云真能帮咱粉坊重新开工。"

他们哪里知道,马怀云正紧锣密鼓搞调研呢。

第十二章

是的，马怀云带着个本子，白天走东家串西家，晚上在住处写，一天到晚不得闲。几天后，基本掌握了陈家湾的基本情况，他决定跟支书李金才好好谈谈。一大早，他就来到李金才家，觉得在书记家里说话更能亲近些，李金才热情地让座、倒水。马怀云也只是客套，琢磨自己提出建议后李金才会有啥反应，他盯着李金才的脸，想从这位任职多年的村干部那张不动声色的脸上发现点啥，人家毕竟是真正意义上的村干部，自己毕竟初来乍到，说话还是要把握分寸，必须尊重。正要说话，李金才把一直冲着窗外的眼睛转过来，脸上现出一丝微笑。马怀云干咳两声,像是在清嗓子,又像是给自己造势,慢条斯理地说:"李书记,我还是觉得粉条加工应该恢复。"

李金才保持着微笑:"那些明面上的问题都摆在那儿,你说怎么恢复?"

马怀云说:"陈家湾粉条远近闻名,属于传统产业,放弃等于把金碗扔了。"

李金才嘿嘿一笑:"你这话很冠冕堂皇,我也不是不让他们干,早说过了,把手工改成机械,没有污染随便干,可他们死抱着手工制作这一根稻草不撒手,那没办法,只能停工。"

马怀云说:"停工毕竟不是解决问题的办法,咱们想办法,既没有污染又可保住手工传统制作……"

李金才抢过话头:"说得轻巧,他们制造污染,我顶锅,没这层道理啊。走,你跟我到地里去看看。"俩人从大堤上下来,看到一片水域,走近了,岸边露出的淤泥是黑色的。李金才说:"你看,看那片水都啥色了,要只是村里的生活污水不会那么臭,都是粉坊废水闹的。这些年,我睁只眼闭只眼,上级来查,总是这边瞒那边哄,秋后红薯收下来,让人们干十天半个月,有的干一个多月,上边一查,我就替他们顶雷,蒙混过关。"

马怀云皱了皱眉头:"按道理讲,粉坊应该可以常年加工啊。"

"常年干?绝对不行。不是那么简单,你的想法是好的,我也理解你想急急渴渴地烧把火,可好多事不是凭热情凭想象就能干的。"

马怀云使劲闭了一下眼睛,心说一时半会儿说服李金才是不可能的,由此他对李金才也产生了疑问。就说:"李书记,我已经调查走访了全村。"

没想到李金才突然来了气："我知道你入户搞调研了，你们机关干部文化水平高，就爱问啊访的，本子上有用的没用的都写上，我觉得那是本本主义。我是农村干部，村里人就是直来直去，你问的人不一定说的就对，或者是对村委会有偏见，另外，你耳朵里灌了不少对我的非议吧？"

马怀云说："李书记你理解错了，也想多了，还真不是你想的那样，我调查的是各粉坊户的位置，临街的有多少家，胡同里有多少家，距离大街分别有多远，除了十八家粉坊，村里还有多少人会做粉条，一个粉坊一年能赚多少钱，人们对粉坊恢复加工有啥想法，对废水治理的看法，对停工的理解，等等，不可能涉及关于你的话题，也没听见半句有关你的非议。"说着拿出一张图，"你看这是我画的草图，陈家湾三街六巷都在上面，十八家粉坊坐落位置，变压器所在位置，与十八家粉坊的距离，都标明了。"

李金才抬眼看看马怀云，心想，估计人们也不敢跟一个陌生人瞎说八道。再看看这张草图，心说，马怀云还真是用了心了，就说："算了吧，你想干事，想干成事，想混个优秀，把包村作为提拔高升的跳板。可陈家湾就这德行，你弄得了吗，十八家粉坊遍布全村，你怎么治废水？即便是把废水治好了，那烧煤烧木头冒烟污染的事怎么办？"

马怀云突然哑了，对呀，还有烧煤冒烟呢，也是污染啊。他有点丧气了："这我还真没想到，调研时也没发现这个问题，李书记，咱再琢磨琢磨。"

李金才笑了一下："琢磨？你就是把脑仁琢磨成淀粉也不行，我劝你还是死了这条心，想旁的。你是包村干部，最好的办法就是千方百计给村里弄点钱，修修路、路灯、下水道、厕所，弄好了，办几件人们看得见摸得着的实事,你就是大功一件。你放心,到你临走时,我可以保证让镇领导给你的鉴定写得最好,让你脑袋上戴满光环。"

马怀云没出声。

李金才很平静地说:"我出于对你负责的态度说掏心窝子话,农村的事也不简单,想当然是行不通的,你想要业绩,可以走别的路子,唯独粉条加工不能干。我非常理解你的心情,按说呢,陈家湾穷了没你的,富了也没你的,你只是想给陈家湾操心办事,我作为本村书记应该比你更积极才对,可是现实情况不允许啊,好多难题在那儿摆着,如果能行,等不到你来,我早办了,哪会有那些浑球到村委会来闹,更不会有你一进村就露脸的机会,对不对。我劝你还是别冒风险,人家外地粉条加工都机械化了,陈家湾的粉条还是手工,太落后了,你非要鼓捣粉条加工,你弄好了是千古功臣,陈家湾人会把你当神供起来,弄不好就是千古罪人,陈家湾人会恨你骂你,你就得灰溜溜离开陈家湾!我觉得你这是自己架火烧自己,自己给自己选了一条走不好就跌跤的悬崖路,还是稳妥一些比较好,干点儿涂脂抹粉的事,不影响你交差回城。"

马怀云感到头疼了,他没想到李金才对粉条加工如此腻烦,把身子一扭,紧闭嘴唇,眼睛看着远方,脸上看似平静,内心里却已经风云雷电、波涛滚滚。过了好一会儿,他抬起头:"李书记,你是陈家湾的当家人,对陈家湾肯定了如指掌,在陈家湾肯定有无人可比的威望。我来陈家湾一是学习,二是干点儿实事,把上级交代的任务落实好,刚才你的话也很恳切,谢谢你的理解和忠告。架火烧也好,悬崖路也罢,只要能帮陈家湾干出点儿正事,挨烧、跌跤,都无所谓,粉条加工的事再看看,如果有别的抓手,咱就转移思路。"

李金才沉思片刻,点点头,算是同意。

马怀云注意到李金才脸上仍然布满阴云，又说："我建议建立陈家湾微信群，每家每户最少一个人入群，可以在群里发布信息，宣传政策，党支部和村委会有些情况也可以在微信群里发布。"

李金才问："谁当这个群主呢?"

马怀云说："我建议由陈会计做群主，选两位村民代表做辅助管理员，以方便管理群内事务和秩序，防止出现违规言论，或者个别人在群内捣乱，制定群规，如有违反，必定清除。"

陈家湾微信群建起来之后，一下子就热闹了，有转发头条新闻的，有发抖音自己唱戏剧选段的，有发全民K歌的，有发小品喜剧的，还有发老生活照片的，有编顺口溜的，有发外出旅游照片的，有发某人过生日照片的，等等，非常活跃。尤其是有人用手机拍的大清河风光照片，吸引了马怀云的目光，他把那些照片下载存了起来。

第十三章

第二天早晨，马怀云顺着大清河堤散步，他想看看微信群里风光照片的实际样子，一边走一边朝远处张望着。河里白光闪闪，微波粼粼，两岸荻苇丛丛，葳蕤茂盛。堤外满洼的庄稼，到处一片绿，真是个好去处，他来之前就听说陈家湾因为历来是滞洪区和分洪口区，好多年没有大的投资建设，国家每年都投入相当的补贴。离开陈家湾有半里之遥了，他回身看着陈家湾，陷入了沉思。因为他左思右想，陈家湾除了粉条加工，再没有更合适的项目了。

他决定第二次登门拜访李金才，当面探讨。他推开李金才家大门，李金才迎过来：

"起这么早啊？来来来,快坐。"

两人坐定后,李金才先开口了:"找我还是要说粉坊的事吧。"

马怀云说:"我一直在思考,分析了陈家湾的现状、优势和劣势,觉得还是帮助粉坊恢复生产为好。"

李金才打断他的话:"你真的不了解情况,也不掌握人们的真实心理,怕是听了他们的一面之词。"

马怀云刚要反驳,李金才抬手做个下压动作,接着说:"这些粉坊户太自私,只顾自己赚钱,不顾全村大局,烧煤冒烟,废水污染,陈家湾生态文明村的牌子怎么来的,还不是我强令停工,保持了村西那片水面达标,只要他们一生产,村西大水坑就一片恶臭。你初来乍到,根本不了解陈家湾,我不是成心拦着他们赚钱,也不是跟你唱反调,好多事不能迁就他们,村委会不强硬,他们就更得寸进尺了。"

马怀云若有所思地"哦"了一声。李金才刹不住车了:"大清河不许排放,全村的生活废水四处乱流,村外到处是脏水,后来铺设了管道,统一集中到西大坑,粉坊户的废水也汇到管道一起排到西大坑,可是十八家粉坊的废水量很大啊。再说,做粉条就得烧煤,冒烟是上级明令禁止的,我为啥把他们强行关门,我难道愿意得罪他们?那是按政策办事,按上级要求办事,从国家到地方都在抓环保,绿水青山就是金山银山啊,我是支部书记,起码的素质就是和上级保持一致,我没做错。再说,粉条加工就是一家一户小打小闹,顶多也就是饿不死撑不着,东一家西一家,要是指望做粉条能让陈家湾振兴,等不到今天,几十年前就干起来了。要想搞好乡村振兴,尽快改变面貌,还是要引进企业项目,希望你理解我、支持我。"

马怀云微微点头,没说话。李金才觉得马怀云应该赞成,但马怀云的态度让他感到受到了轻视,心里格格愣愣,脸上现出不快。稍加沉思,李金才干咳一声:"我一直在寻找企业项目,给陈家湾栽一棵万年发财树。"马怀云说:"我还是觉得利用和发挥好陈家湾传统优势,把粉条加工做大做强,形成产业,是一条好路子。"

李金才鼻子发出一声闷响,喉头一动咽下一口唾沫,心说这个马怀云好固执啊,就把眉眼一撩,问马怀云:"对了,科委有经济实力吗?你是正科级干部,能帮陈家湾协调资金吗?陈家湾啥都不缺就缺钱。"

马怀云停住脚步:"你说啥?协调资金?"

李金才点点头:"是啊,村里干啥事都离不开钱啊。"

马怀云若有所思地转转眼珠,心说还没正式开展工作,感觉两人心里有了缝隙,他把目光挪向了苍茫的大洼。

他不死心,决定第三次登门找李金才当面探讨。李金才依然很热情地倒水让座,不等马怀云张口,李金才就抢着说:"粉坊的事还是放放再说。"

马怀云说:"不能对村民失信,说的话要兑现。"

李金才皱着眉头,不再说话。

马怀云心里就堵了疙瘩。

沉默了一会儿,李金才说:"我还是劝你放弃恢复粉条生产的想法,不符合陈家湾的实际情况。"

马怀云说:"粉条加工是陈家湾的优势,放弃就等于断了陈家湾的财路。再说了这十八家粉坊停工,一百多人没活干,天天闲逛,喝酒玩牌,你不着急?"

李金才咧着嘴说:"着急有啥用,管不了那么多,环保是第一位的。"

俩人你来我往,开始声音都很低,后来就一声高,一声低,传到外面，殷大明正好路过，听见俩人的争论，就给刘长海打电话，李金才家门外聚集了十多个等着听新闻看热闹的人。李金才说："给村民解决问题帮助村民致富是村干部天经地义的责任，我知道你无论怎么干都不是为自己，都是为陈家湾村民百姓，但我也是为陈家湾负责，为陈家湾后代儿孙负责。干可以，必须符合环保指标要求和规定，不然陈家湾生态文明村的牌子就要摘了。"

马怀云见李金才的口气缓和了，自己也立马改了口气："对不起啊李书记，刚才我有些冲动了，有些不妥的话请原谅，但我还是觉得可以研究探讨一下，陈家湾粉条放弃生产实在可惜。这样吧，我琢磨琢磨，看能否找到突破口，如果有希望解决，您肯定支持我，对不对，李书记？"

李金才脸上的肉松开了："只要能解决问题，我理所当然要支持。"嘴上这么说，心里却想，没钱没路子，怎么解决，靠吹气冒泡吗？

马怀云诚恳地说："咱俩还是要多沟通，多商量，我毕竟是外来人，好多事我都不了解，咱干啥事还得仰仗你。"

李金才笑了。

马怀云也笑了，看看手机，已经是午后一点多了："快回家吃饭吧。"

李金才回家了，马怀云想去小卖部吃点儿便饭，结果拐过街口，看到了让他心痛的一幕。

原来，没事干的于德福又喝醉了，靠在一棵树下睡着了，呼噜打得山响。养母已经八十五岁了，平时只要于德福出去喝酒，该回家的时候没回家，就晃着满头白发拄着拐杖四处寻找。不过很少找到，找到也没用，于德福喝醉了就不听老娘的话，几次醉酒后人家送他到家门口，他非说那不是他的家，任凭怎么劝，他就围着村兜圈子，老娘也只好颤巍巍地跟着兜圈子，经常是东倒西歪的于德福没摔倒，老娘却摔倒了。老娘倒地时拽动了于德福,于德福也跟着踉跄几下摔倒。然而老娘挣扎起来,于德福却已经打起了呼噜,老娘拉不动他,就喊人帮忙抬他回家,有时候就守着等他醒来。今天,于德福又没回家,老娘找到后,弯腰拍拍儿子的肩膀,轻声喊:"德福,德福。"没反应,呼噜依旧。老人只好找块砖头坐下来,守在旁边,摇着扇子给于德福驱赶苍蝇。过一会儿,怕儿子受凉,又脱下自己的外衣给儿子盖上。

马怀云见此情此景,既痛恨于德福,又赞叹老太太,别看养母养子,也有母子连心的天性。马怀云走过去,用力拍拍于德福,在他耳边用力喊:"于德福!于德福!"于德福睁开眼一看,见马怀云猫腰看着他,再一看,娘在身边,自己身上盖着娘的衣服,揉揉眼问:"看我笑话吗?"

马怀云一皱眉:"谁看你笑话啊?是想帮忙把你弄回家去。"

老太太说:"德福啊,你又喝多了,咱不能老这样啊,再不改,等不到你给我送终,你就先走啦。"

于德福嘟囔着说:"娘啊,别老咒我,我没了,到您百年那一天,谁给您打幡儿抱罐儿啊。"

马怀云把于德福扶起来。于德福站不稳,身子靠在树上,两眼迷离地说:"我没根儿没叶,哈哈哈,我有爹有娘有媳妇有孩子,我……"说着身子一出溜,又坐在地上,紧跟着又响起呼噜声。马怀云只好打电话把李金才喊来,又叫几个看热闹的人帮忙,像抬猪一样把于德福弄到家里。老人唏嘘着说:"德福命不好,好不容易娶个媳妇还离了婚,儿子也让媳妇带走了,他心里苦,我这当娘的死了也闭不上眼啊。"

马怀云说:"好事也会有的。"

老太太就冲北墙双手合十,高高举起,顿了几顿:"菩萨保佑我家德福再娶个媳妇。"

马怀云心里有了波澜,他真为娘当初舍命救下这么个浑人感到不值,就对于德福有了些许恨意,但稍微冷静一下后又有了新的想法。他想如果近距离和于德福相处,或许可以摸透于德福的情况,还可以帮他改变生活状况,也算对得起娘的那条命。再者,眼下寻找娘的骨殖还不能公开,不能让人们知道自己就是刘云的儿子,那样对工作或许不利,等时机成熟了,再公开也不迟,目前寻找娘的骨殖这件事最可以利用和依靠的就是于德福,他有责任有义务帮着我寻找。要想达到这个目的,到于德福家去住是最好的选择,他下了决心。晚上,碰头会后,他突然对李金才说:"我想搬到于德福家去住。"

　　李金才很惊讶:"啥? 你去他家住? 快别去,他家像个猪窝,他家那么脏,你睡得着觉吗。"

　　"我跟他住在一起,可以把心靠近,可以说好多掏心窝子的话,我就不信了,别说他是一块木头,就是一块铁,我也让他变个模样。"

　　李金才瞅瞅马怀云,心说马怀云不简单啊,还要学学当年蹲点的老干部,真想弄出点儿动静啊,你以为于德福的脑袋好剃啊,看意思不让于德福噎吧几回不死心啊。就说:"既然你决定了,我就不拦你,小心那个没根没叶的浑球不给你好脸子。"

第十四章

说于德福没根没叶,还真没屈枉他,只是说的难听而已。没根没叶就是说他不是陈家湾的本土生人,爹娘都不是亲的,还因为他结婚后生了个儿子,后来离婚时让媳妇带走了。

这里需要介绍于德福的身世,于德福落到陈家湾,成为于万斌的养子,与那场百年不遇的大洪水有关。

那一年的八月,洪水猛涨,当时,刘云在陈家湾小学当老师,本来她应该带着两岁的儿子小强撤退到县城跟婆婆一起坐火车转移,可是到了火车站,忽然想起学生的新课本放在宿舍柜子里,洪水进村肯定要被淹泡,她急急赶回宿舍把课本用油布裹好,让人拴到一棵大树的喜鹊窝下。然后再赶到火车站,婆婆带着小强已经随火车走了。她就又回到陈家湾,跟丈夫马强请求留下来给留守抗洪的人们烧水做饭,马强还真就同意了。李金才的娘因为劝说别人撤离耽误了赶车时间,也非要留下跟刘云做伴儿,就这样,她俩就成了留守陈家湾仅有的女人。两人年纪相仿,无话不谈,处得很是投缘。金才娘问她多大了,刘云说明天就是她二十六岁生日。金才娘说那好,过生日得吃面条,咱送水回来我给你做鱼卤面。两人提着热水壶走到大堤拐弯处,看着河里不断变化的旋涡。刘云心里惦记丈夫马强,这么紧要的关头,他是公社书记肯定忙得不得了,吃饭也不会应时应点儿。

正在这时,猛然听到一个孩子哇哇的哭声,刘云探身子一看,吓了一跳,就见湍急的水中有一个草垛转着圈地漂了过来,草垛上趴着一个孩子。刘云往远处张望一下,附近一个人也没有,她就沿河跟着草垛往下走,琢磨如何把孩子救上岸来,金才娘在后边紧紧跟着。俩人一路看着走着,草垛突然不动了,原来是一棵倒在河里的树拦住了草垛。草垛和树在水的冲击下不停地颤动,那情势,只要草垛经不住水的冲刷,底下就会跟上半部分脱离而去,后果不堪设想。

她又四下张望一下,还是没有人影,不能等了,她把水壶交给金才娘,喊一声:"孩子别怕,我来救你。"金才娘正要阻拦,刘云已经下去了。金才娘就喊:"不行,水太大,你救不了。"可是刘云已经抓着树干小心翼翼地朝草垛摸过去,距离草垛还有两米时就已经够不到底了。刘云把手伸向草垛,湍急的河水猛力地推着她的腿,她站不住,暗流一股又一股地缠绕,水面上哗哗打着漩涡。刘云只好往下摁树干,攀着树干往下走,慢慢接近草垛,可是她的体重使树干迅速下沉,草垛也在下沉,并开始打转儿。金才娘高喊:"不行,危险! 快回来!"刘云眼看草垛就要被冲散,猛一用力,蹿到草垛上,草垛一偏,小孩子滚了下来,就在孩子即将落水的当口刘云迅速托举起孩子,但草垛也就在那一刻被大水冲散了。刘云本来不会游泳,水大流急,幸亏那棵树,不然,她就被水流冲走了。她一只手抓着树枝,一只手往岸边推那孩子。金才娘扔下水壶,赶紧下水,用双手抓着那棵树把身体靠过去,已经快到脖子了,可还是够不到。刘云脸色苍白,呼吸急促,奋力把孩子送过去。金才娘接过孩子,脚下一滑,差点儿倒下,一手抓着树枝挣扎着起来,滑倒又爬起来,刘云也紧紧抓着那棵树往岸边移动。就在此时,那棵树根与河岸连接的不多了,经不起两个人的体重和水流的力量,猛地滚动一下,树根完全脱离了堤岸。金才娘踉跄着松开树枝,挣扎着上了岸,急急忙忙把孩子放到岸上,转身再去拉刘云。哪知道,只看见一绺黑发在水里旋转,很快就消失了,那棵树已经翻滚着离开了岸边,一团团的柴草也随着旋涡,打着转儿急速远去。金才娘放开喉咙哭着喊刘云的名字,边喊边顺着河岸追着寻找。跑了老远,也没看见刘云的影子,只有呼呼的西风低声哭泣,洪水打着旋儿呜呜地流。金才娘哭着坐在地上,双手狠劲儿地拍打着草地。

这时候,有人看见了金才娘,飞快地跑过去询问,一听是刘云没了,赶紧去报告马强。马强大惊失色,一边跑一边发疯般地喊:"刘云! 刘云!"身后一群人呼喊着来到出事地点。人们呼叫着刘云的名字,用竹篙在水里搅动,顺着河边来回寻找,可却再也找不到刘云的影子。马强心想,北堤是险工险段,随时都会出现险情,不能只顾找人,万一北堤开了口子,淹没的不只是陈家湾,更重要的是滨海市和津浦铁路,那样的后果不堪设想,就忍住悲痛吩咐留下几个人继续寻找刘云,其他人赶紧回到北堤,严防死守。

　　一直到第二天傍黑时分,有人在一里地外的河湾处发现了刘云的尸体。人们七手八脚地把刘云拖上岸来。刘云的脸惨白惨白,头发散落在地上,衣服遮不住已经鼓起来的肚子。人们搀着哭得直不起腰的马强,抹不尽的眼泪哗哗地流。马强跪在刘云身边捶胸顿足,那哭声撕心裂肺,像是从另外一个世界传来。现场的人无不动容,唏嘘一片。当时四处都是水,除了大堤没有平地可以埋葬刘云。金才娘一边哭一边用手拍打被救的小孩子屁股骂他是害人精。小孩子吓得不敢说话,就知道哇哇地哭,人们一边劝一边陪着哭。马强说,非常时期不能讲究老例儿,先埋了吧。说完,就蹲在地上。有人找来一个大躺柜,人们举着提灯照着亮,把躺柜改成一口棺材。马强神情沮丧地蹲在地上,默默流泪。人们把刘云的尸体放入棺木,从棺材板的缝隙可看到里面的衣服,棺木旁边放着两棵木杠、两根麻绳,不知是谁找来几张黄纸钱、一小挂鞭炮,临封棺材盖的时候,有人问马强是不是把刘云手腕上那只玉镯摘下来,马强说:"不摘,我也有一只,跟她那个是一对儿,等我百年后去阴间找她,好拿玉镯当见证。"

　　这时候,金才娘赶来了,扑过去抱住棺材呼天抢地地大哭,哭了一会儿,金才娘突然止住悲声,猛地起身冲大伙儿说:"我不回来不许封盖!"人们只好等着,过了一会儿,金才娘端着一碗面条跟跟跄跄地走来了:"妹子,今天是你的生日,我给你做的长寿面……吃吧,吃了再走……"说着,眼泪哗哗地落下来。人们一边陪着哭一边劝,有人把金才娘强行拉到一旁。棺材盖被钉上了,在"啪啪啪"的鞭炮声中,一声吆喝:"起灵!"马强亲自扶着棺材,人们看不清他的表情,却能真切地感受到他内心的悲伤,人们语无伦次地说着劝他节哀、保重身体之类的话。

其实人们也都知道这样的伤痛放在谁身上也是痛心至极,劝是没有用的,所有的劝都好像是一种礼节、一种形式。马强后来就只流泪不出声了,他已经哭得晕头晕脑、踉踉跄跄。

棺木下葬后,马强趴在刘云的坟头上又是一通撕心裂肺地哭,人们拍着他的后背劝他:"别哭了,别哭了……"马强哪里止得住,哭声越来越大,坟头的尖顶被他脚蹬手扒扑腾没了。人们把他拉起来,他挣脱后跑到一棵大树下,仰天一声雷鸣般吼叫,然后用头猛烈撞击大树,只撞了一下,便倒地无声了,人们赶过去扶起他,好半天,他长出一口气,继而又是号啕大哭。这是马强平生第一次因内心极度悲痛的号哭,以至于忘记了自己是公社书记的身份,人们真正感受到了啥叫生离死别,啥叫骨肉分离。人们便跟着哭,哭声连成一片,那哭声如河里的洪水汹涌澎湃,那是来自人们心底的悲伤,那悲伤白天黑夜跟着人们如影随形,几乎每天都爬上人们的餐桌,钻进人们的睡梦中。

就这样,在村西大堤上出现了一座新坟,远远看着东面的陈家湾。大水退后,县里追认刘云为烈士。

埋葬了刘云之后。马强嘱咐金才娘照顾好那个被救的孩子。那孩子好几天都没缓过神来,问他是哪个村的,姓啥,叫啥,不说话,就是摇头。后来,转移出去的人们回来了,村支部书记也就是李金才的爹李文凯做主把那孩子给了没儿没女的于万斌老两口,于万斌欣喜地请老会计给起了个名字叫于德福。老两口对这个养子视若己出,日子多难也千方百计给德福弄好吃的,于德福做了啥错事也从不管教,在外面跟孩子打架了,也护着德福,哪怕是德福的错,也从不骂他打他。如此一来,于德福就养成了说一不二的习惯,跟谁都不让步、不吃亏,稍一不顺,就玩横的。老两口没想到,这样宠着、惯着,就把于德福给害了。于万斌祖上好几辈都是做粉条的把式，在生产队时于万斌就是粉坊专职师傅。于万斌把于德福视作宝贝，也想把祖传手艺教给他，于德福天性顽皮，于万斌又舍不得严管，于德福就成了猴皮坏小子，因为上树掏鸟窝掉下来，落下残疾，走路一颠一颠的，人们都不叫他于德福了，管他叫瘸德福，瘸德福是缺德福的谐音，有的人还叫他于福，也是缺个德字的意思。不过瘸了后倒认头学做粉条了，于万斌几乎把祖传的手艺全部教给了这个养子。后来于万斌因病去世，养母更加娇惯于德福，于德福因为天不怕地不怕，成了人们不待见的人，族人们不拿正眼看他。再后来，也就是刘云骨殖丢失后不久，媳妇突然跟他离了婚，还带走了儿子。到底为啥离婚，谁也问不出缘由，他还把粉坊关了张，成天借酒浇愁，一天一个醉。

于德福好喝酒，酒量也不十分大，但喜欢跟人斗酒，练就了一套酒场上的经验。每每开始不一会儿，酒桌上就只剩下他了。于德福喝酒从不示弱，只要有谁愿意举起酒杯，他总能找到一个对手，白酒、啤酒，小杯、大杯，直到对方醉倒或者认输，于德福才好像取得了莫大胜利似的罢休。但于德福不可能每场酒都获胜，也有喝不过对方自己醉到一塌糊涂的时候，但即便醉得东倒西歪，也坚决不认输。没结婚的时候喝醉的他是全村人的笑料。有一回，他喝多了，走到半路就困急了，随便在路边一躺呼呼大睡，直到天亮。还有一回跑到村边一个猪圈跟猪躺在一起睡觉，早晨被人发现，猪正使劲地拱他。再有一回，他喝醉了，找不到自己家门口，就在村子里绕圈，一边转一边大声嚷叫，搅得全村人睡不着觉，恨不得出来踹他几脚。最出名的一次是全村酒场上必谈的话题，他喝醉后，不小心掉进村边臭水沟里，有人看见后拉他上来，可他却一边喊凉爽，一边骂人家不懂事。清醒之后，人们见了就说，臭水沟又爽又凉快。说得他很不舒服，就下决心控制酒量。但酒瘾一上来，就好像心口窝有许多虫子啃咬，看到有酒喝，就像飞蛾扑火一样奋不顾身了。村里谁家办酒席，没他不热闹，只要他去了，酒桌上的气氛立马热闹起来。村里人认为喝酒的时候热闹才显得喜兴，有人喝醉了才体现出主家的热情好客，所以于德福总有喝醉的机会。有一回，他在周家坨一家小饭店里跟几个熟人胡吃海喝，几个人都酩酊大醉，别人都摇晃着走了，他一出门就倒在马路上，呕吐的东西跟尿混在一起，滚得满身都是，店家放养的小猪，吃了呕吐物也醉了，倒在他身边睡着了。他醒来后，把小猪打死了，店家要他赔偿，他理直气壮地说，赔小猪行，你要赔我酒饭钱，我吃的饭、喝的酒全被你家小猪吃了，还趴在我身上睡觉，让我丢面子。店主有点儿懵，心说跟这种人怕是有理也讲不清。他东倒西歪地往家走，走得口干舌燥，看见路边汪着一小片水，蹲下身子用两手捧水就喝，哪知道不知是谁家刚刚倒的脏水，好像还有尿骚味。

因为被人嘲笑，他觉得脸上无光，就不想再喝醉了而失态，再到酒场心里总会打起小九九，就想如何去灌醉别人。可是常言说得好，人在江湖走，不能离了酒；人在江湖飘，哪能不喝高啊。好酒的人，常在杯边坐，哪能不醉酒呢？于德福依然是无数次的醉酒，依然无数次地给人们留下笑柄。村里为了不让他生活水平被全村落下，安排他清扫一段大街，每年防汛期间都让他巡堤，另外有些杂工零活儿也找他，一年下来，应该还过得去。可他有时就不着调，扫大街，东一耙子西一扫帚地糊弄，全村几条大街每天都是干干净净，就他的责任区总被镇上检查的点名。有时为了应付县里镇里卫生联查，李金才就组织两委班子义务劳动，重点就是清扫于德福负责的那条街。于德福也举着一把扫帚漫不经心地划拉着，李金才说："你老这么成心糊弄，这么毛糙可不行！"

"没糊弄,不毛糙啊,我这不是急着走吗,刘长海跟殷大明在小卖部等着我啦,我不去三剑客凑不齐啊。"

李金才无奈地摇摇头。

第十五章

马怀云决定去于德福家住之后，就在心里盘算如何跟于德福相处，他设想了几种可能：也许格格不入，也许慢慢融合，也许成为好弟兄……

吃过晚饭，月亮发出冷晕晕白亮亮的光，一阵微风在黑暗中吹起了树叶，簌簌作响，凄清清的。这番情景有股善解人意的力量，会带给人一种幻觉，让人觉得穿透了肌肤的风，已经吹透了心，翻越了灵魂，凉凉爽爽醍醐灌顶。马怀云扛着被褥卷，来到于德福家敲门。一只瘦瘦的土狗，刺溜一下便蹿过来，瞪圆了眼睛，伸着脖子奋力吼叫着，露出长嘴两侧的牙龈，嘴唇的肉一颤一颤地抖。这条狗全身浅黄,毛皮不太亮,看来是营养不良的缘故。于德福懒洋洋地吼着问:"谁呀?这么晚还凑酒局?快滚蛋,回家陪媳妇睡觉去。"半截木头身子晃着出来了。

马怀云说:"你脑子里除了酒还有别的吗?"

于德福一听是马怀云的声音,赶紧说:"哎哟,是你呀,怎么还扛着被褥卷?你这是?"

马怀云说:"从今儿开始,我来你家住。"

于德福赶紧横在门口:"你说啥?来我家住?"这么说着,心里就想,他来我家住,是啥意思?难道他知道我的秘密?不可能,他要是知道,一进村就得找我,肯定不知道,我得沉住气,最好不让他住我家。就说:"我家像猪窝似的,不行不行,你快回去。"说着,一手往外推,一手拉门想把马怀云挡在门外。

马怀云说:"我来你家住是上级指派的。"说着侧身挤进院子,土狗还在叫,于德福吼一声:"黄五!"土狗嘴里发出嗷儿嗷儿的声音,摇着尾巴后退了。于德福这些年曾养过四条狗,分别是大黑、二灰、三花、四眼,这是第五条,所以于德福就给这条狗起名叫黄五。

"黄五!过来。"随着于德福的呼唤,黄狗跟着他走到木柴垛旁,于德福用铁链子把黄五拴住。从外表看,这条狗一定很顽皮很聪明。黄五瞪着一双水汪汪的大眼睛看着马怀云,尾巴摇晃,四蹄踏踏。于德福告诉马怀云,黄五很听话,从巴掌这么大喂养的。的确,黄五虽然瘦,但身上很干净,不像那些流浪狗灰头土脸、呲牙咧嘴的。放在屋里的吃食没有主人的吩咐,它绝对不偷吃,连闻都不闻,因此于德福特信任黄五,只要有好吃的,绝对分给黄五一份。

马怀云扛着铺盖卷往里屋走,于德福跟在后面说:"你真住我家啊?"

"没错，就是住你家。"马怀云点点头。

"不好不好，你是城里人、大干部，哪能跟我这土包子住一块儿啊！不行，你找别人家吧。"

"已经决定了，就住你家，快帮我把行李放好，咱俩一块儿收拾屋子。"

一进屋，马怀云的心就揪了起来。外屋锅台上放着一碗饭、一碟花生米。马怀云问："老娘吃了吗？"

于德福咧着嘴憨憨地一笑："吃啦，吃啦。"

"你看，我不会做饭，连老娘都伺候不好，你得吃好的，不能将就。"

马怀云说："你放心，不白吃你，我一天交给你二十块钱。"

于德福问："住几天？"

马怀云说："几天？几十天，几百天也不一定。"

于德福听了直咧嘴："那不委屈你了。"

马怀云这才注意到里屋床上脏兮兮的旧棉被皱成一团，很随便地堆在床上，一个大衣柜靠北墙放着，拉开一看是空的，衣服全部堆在床上，一股难闻的气味直冲鼻息，整个房间里充斥着酒味、霉味，还有一种说不出的特殊味道，四下看看连个能坐的干净地方都没有，就问："于德福，你就天天在这样的环境里生活吗？"

"是啊，习惯了。"

马怀云皱着眉头说："这哪像住人的屋子啊，简直就是猪窝。快，咱俩收拾收拾。"

于德福一咧嘴："这别怪我，我可没去请你，全村随便谁家都比我家干净，人家都有老婆收拾啊。"说着，走到西屋，扒着门框说："娘，咱家来客人了，要在咱家吃住啊。"

马怀云赶紧跟过去："大娘，从今天开始，我就吃住在您家，给您添麻烦了。"

老太太坐起来，用手梳理一下蓬乱的头发："好啊，德福太懒，我也老了，懒得收拾，你看屋子不像屋子，院子不像院子，对不起你呀，将就着住吧。"

"没事，收拾收拾就干净利索了。"马怀云把被褥卷放到于德福床上，环顾一下，于德福的床躺不下俩人，屋子很空，但没有床啊。心说，今天只能跟他挤一夜了。于德福皱着眉头说："你何苦找这罪受，你看你在哪儿睡觉。"

"跟你挤一张床。"

"快别胡扯了，你那么干净的被褥、干净的身子，跟我挤一块儿睡觉，不行不行，你还是回去吧。"于德福把手摆得像摇扇子。

"我既然来了，就不回去，来，把你的被褥往里挪挪。"马怀云微笑着把被褥放床上。

于德福脸上现出难为情，呲牙咧嘴地把床胡乱收拾归置一下。

马怀云侧身坐在床上，笑着说："我不会嫌你脏的，但你这被褥确实太脏了，回头我带回县城让洗衣店洗洗。"

这一夜，于德福怕马怀云嫌他身上脏，没脱衣服，又担心自己脚臭，袜子也没脱，就钻进被窝。马怀云说："老爷们儿还害羞啊，快脱了睡。"于德福没回应，侧过身冲墙打起了呼噜。马怀云思考陈家湾下一步如何走，堆积的问题怎么解决，还有寻找娘的骨殖的事，哪里睡得着。

第十六章

第二天晚饭后,马怀云、李金才等人正在开会。于德福来了,指着马怀云说:"李书记,马同志去我家吃住是不是你成心挖坑啊?"

李金才一听,把眼瞪大:"你胡沁啥啊,他自己想去,我还拦他呢。"

"哦,那你劝劝他,别去我家住了。"

李金才说:"他去你家住,是看得起你,你记得当年的马强马书记吗,他不也是好几次吃住在我家,最长的一次将近半年,他要发扬老革命的精神,谁能阻拦?"

于德福歪歪脑袋:"这,我那家哪是家啊,我自己都嫌脏,这样吧,你给我来点儿报纸。"

"你要报纸干啥用。"

"别问，反正有用，快给我拿。"

"在墙角柜子里，自己拿吧，我去厕所。"

于德福卷了一大卷，抱着走了。

散会后，马怀云想回于德福家收拾收拾屋子，进屋一看，咦，变了，屋子里多出一张床，床的外沿用红砖垒着，中间填满高粱秸，好像用铡刀切的，还很齐，高粱秸上面铺了厚厚的麦秸，麦秸上铺了一层芦苇编的席子，靠床一侧发黄发黑的墙上还贴了报纸。马怀云不禁一笑，心说，于德福看来还是要面子啊。

马怀云说："于德福，这床弄得好啊。"

"将就吧，谁让你来给我添乱呢？再怎么弄也是土台子，也比不了你们城里人的床洋气。"

"你也可以像城里人一样洋气起来。"马怀云说着，就倒水洗脸刷牙，准备睡觉。完事见于德福早已脱衣服钻了被窝。马怀云问："你洗脸刷牙了吗？"

于德福睁开眼："我没那习惯，你是城里人，活得在意，我这从小在土坷垃里滚的人，没那些讲究。"

马怀云问："你看你那脸多脏，几天洗一回脸？"

"天天洗脸太麻烦，三天洗一回吧。"于德福说这话的时候，好像还很得意。

马怀云说："嘿，真行！那就更不会刷牙了？"

于德福嘿嘿一笑："洗脸就刷牙，不洗脸就不刷牙。"

马怀云又问："胡子呢，多少天刮一回？"

"记不清，想起来，或者感觉吃饭喝酒扎手碍事了就刮一回。"于德福说着下意识地摸了摸下巴。

马怀云严肃起来:"不行,从明天开始,你的头发必须三天洗一回,胡子两天刮一回,必须要有新面貌。还有,你身上有股子味道,说不出来的难闻,不怕人家恶心吗?"

于德福满脸的不在乎:"谁嫌我臭可以躲开,我又没追着臭他。"

马怀云被噎得来了气:"你这人简直……"

于德福嘻嘻地笑着:"我怎么啦,我觉得很好,浑身自在,脑子轻松,晚上二两酒,喝完一倒,睡觉倍儿美。"

马怀云心说,你活成这样,我娘当年真不该救你,话就带了刺儿:"你这样活得不像个人,对得起……"

于德福似乎听出点儿味道:"我怎么活得不像人? 我对不起谁?"

马怀云心里在想事,几分钟没说话,见于德福的呼噜声就已经打得山响了,走到院里,黄五迎过来,欢快地摇着尾巴。马怀云抬头看看天,繁星点点,就回了屋,不小心碰到洗脸盆,声音很大,于德福惊醒,厉声问:"谁呀?"

马怀云赶紧回答:"是我,别睡了,咱俩再聊一会儿。"

于德福睁开惺忪的眼:"你是国家干部,跟我这大老粗说不到一块儿,一会儿不知哪句话说的不对你心思,你又生气,还是睡觉吧。"

马怀云撩开于德福的被角:"醒醒,再聊一会儿。"

于德福很不情愿地坐起来,揉揉眼,伸手找烟。

马怀云两眼盯着于德福:"我觉得在陈家湾,你算是个特殊人。"

于德福抢过话头:"怎么特殊? 难不成你也说我没根没叶?"

马怀云双手摆出下压的姿势:"你以后不要在村里乱要横好不好,你说李金才找的那人糊弄你,陈会计又陪你去县民政局做一次鉴定,还是不在政策范围之内，以后不要再提残疾的事了，谁当干部也是要一碗水端平的。你最大的问题是醉鬼加懒鬼，你已经这年纪了，一天一个醉，吃饱喝足全拉倒，往后的日子也不打算，一天天地混，能混出人样儿吗？能活成让别人赞成、让大家看着高兴的人吗？你有好身体，像个老爷们，靠自己的双手，靠自己的辛勤劳动，一切都会有，媳妇还会有的，好日子更会有的。"

马怀云以为自己一通狂轰滥炸，于德福会有反应，哪知道他却低头不语。

马怀云接着说："你活得像模像样，让你亲爹娘让你养父在九泉之下看着也高兴。"

于德福依然没有反应。马怀云伸手拍拍他的肩膀。于德福抬起头，刚才绷紧的脸松开了，嘟囔一句："这种日子我过惯了，啥都不想了。"

马怀云说："你呀，我替你说，不是啥都不想，是啥都想，就是没想怎么去得到。好日子都是拼出来、挣出来的，不可能凭空就成为富豪，谷歌联合创始人布林和佩奇、拼多多创始人黄峥，哪一个不是拼出来的？靠啥？靠的是自己的志气、能力和不达目的不罢休的坚强意志。"

于德福嘟囔一句："你说的这些人都是哪个地球的，我都不认识，跟我没有一毛钱关系，快睡觉吧，困死我了。"

其实马怀云也困了，就不再说话。不一会儿，屋里响起两人你高我低、不太和谐的鼾声。

天亮后，马怀云把于德福和老太太的脏被褥脏衣服拢在一起，裹了一个大包袱，抱着出了院子，塞进车里，说一声："我回单位有事，晚上回来。"

于德福欠欠身子:"那你小心,别开太快了。"

马怀云回头一笑:"这不也会说让人舒服的话吗。"

清晨醒来,于德福早早出去了,屋子里很静,马怀云又开始想事,想到李金才对他提出恢复粉条生产的主张那样激烈反对,感到很难堪,没想到自己的好想法却得不到李金才的支持,而且他那态度似乎很坚决,到底为啥呢?那么粉条恢复加工这条路还走得下去吗?他问自己,马怀云你这不是自找苦吃吗?人家本村正宗书记都不支持,你一个包村干部,费九牛二虎之力,到头来还不知啥结局。越理不出头绪就越烦,先不想了。放下这个不想了,就又想到娘丢失的骨殖,眼前那座空坟和石碑就在眼前晃动,娘的骨殖去哪里寻找?线索在哪里?

干脆去大清河堤上去遛遛,让脑子静一静。河堤上绿草如茵,靠水边长了一丛丛的芦苇和蒲草,一些小鸟一声声地叫着,马怀云顺着声音寻找,想看看是啥小鸟,可就是看不见。走着走着,就来到西大堤,不自觉地走到娘的空坟前,默默地站立着,心里说不清是啥滋味。见碑文的字模糊了,正弯腰想用衣服擦擦,却听身后有动静,赶紧直起腰,回身一看,见于德福手里拿着钓鱼竿正盯着他看,眼神里满带怀疑。马怀云见回避不开,就说:"听说这是座空坟,我觉得应该有故事,所以感兴趣。"

于德福摆摆脑袋,眼睛却没离开马怀云的脸,片刻后才说:"是有故事,陈家湾人都知道。"

马怀云说:"那你给我讲讲呗。"

于德福微微一笑:"故事很好,可我讲不好。"

马怀云很失望,跟了一句:"是不是对我保密呀?"

于德福嘻嘻一笑:"不是保密,是我嘴笨。"说完就走,一边走一边想,这个马怀云的来历有点儿不一般,好像跟刘云有啥关系,这么想着,就没心思去钓鱼了,回村去了小卖部,见没人买东西,就悄悄问陈慧珍:"表嫂,你跟马怀云是老同学,你知道马怀云爹娘的名字吗?"

陈慧珍说:"不知道啊,我就知道马怀云家庭出身很好,别的不知道。"

于德福用力地点着头说:"他好像对那座空坟很关心呢,是不是跟刘云有啥关联,我看见他去过好几回了,每回都在空坟前站老半天,今天还用衣服擦墓碑上的字。"

"是吗?难道他跟刘云有啥特殊关系?"陈慧珍心里也在猜测,但没说出来,嘱咐于德福说:"在村里别瞎问乱说。"

第十七章

于德福打听马怀云的身世,也让陈慧珍想了很多,不过她想的跟于德福不同,因为马怀云的出现,让她想起上学时的情景,如果没见到马怀云她甚至早就把上过学的经历扔到脑后了,没想到,遇见了马怀云,就让她打开了那段尘封的记忆。好几天了,每当静下来,思绪就如潮水蔓延开来。

夜晚,月亮升起来,如果是无忧无虑地欣赏风景的话,陈家湾的夜晚是相当迷人的,尤其是圆月亮的夜晚。月亮像一个温柔的少妇,静静地洒下一腔乳汁,把整个世界喷涂成乳白色,一切都那么宁静而安详。一阵轻风吹来,刷啦啦的响声引起几声狗叫,更显出陈家湾夜晚的寂静和空旷。

劳累了一天的人们都拖着疲惫的身子爬上床，有的抽一袋烟，有的嗨呦一声躺下去就酣睡起来，他们连做梦的时间也没有。有的人没有睡，也不是做梦，而是有比身体劳累还难受的精神劳累在折磨他们，陈慧珍就是其中一个，她无论如何不能入睡。她躺在床上，翻来覆去一点睡意也没有，强迫自己闭上眼睛，可是明明很累了却还是睡不着。从昨天夜里到今天上午，心里像被几只手搅动一样，乱得理不出头绪。她恨自己命苦，开始和自己对话：陈慧珍你为了捍卫自己的名誉和贞操，抵抗着某些男人的进攻，这算不算是一种理性？但是从感情上讲，没有哪个女人真正对钟情自己的男人反感，除非是让她一看就恶心的男人。她再问自己，陈慧珍你对殷家贤、于德福等男人生气的时候，心里到底是啥滋味？是不是真厌恶？也难怪陈慧珍这么苦思冥想，她一个奔五十的女人，正是如狼似虎的年纪，不单家庭生活需要一个强壮男人做支撑，生理上的需要更使她有一种难以表述的渴望，毕竟被男人紧紧地搂在怀里是每个女人都希望的。她望着窗外的月亮，回想过去跟丈夫在一起的甜蜜时光，心底里就有一点点激动，继而便是不可名状的遗憾。丈夫成了植物人后，每当夜深人静的时候，自己身体里经常会有一种莫名的冲动，让她血脉亢奋。每到这时候，她就担心自己失控后会发生啥。可是一想到人们的侧目而视和闲言碎语，便使劲把身体里的那股烈火熄灭掉。她隔着窗棂望着白白的月亮，想着自己没有尽头的孤独和凄凉，禁不住涌出两行泪水。她翻过身来趴在床上无声地抽泣起来，她连大声哭的权力也没有。身边的植物人男人毫无反应，她不自觉地叹口气，我的命啊！

她二十一岁那年流着泪嫁到陈家湾，娘家是陈家湾邻村侯家坨的，她有个哥哥。她十八岁的时候是村里最俊的女孩子,和所有的女孩一样,一到这个年龄,上门提亲的便踢破门槛。说的都是富庶村庄里的富裕人家,其实前些年的村子,穷富也都差不多。每个媒人在对陈慧珍的娘介绍男方情况时,她都装作干活儿在一旁偷偷地听。听了各个媒人的介绍后,便在心里反复比较筛选,幻想和设计着自己未来的男人,想象着和自己心目中既漂亮又能干的小伙子在一起的甜蜜时刻。但是每个媒人上门时给她带来的美好梦想,又都在媒人出门时随之打碎了。不管媒人把男方描绘得如何荣华富贵、才貌双全,她娘都是一个态度,先长长地叹一口气,然后几乎含着眼泪说:"也挺好,家庭也可以,人样子也过得去,我就是一个条件:只要能帮着给她哥哥说个媳妇,我就应承这门亲事。"就这一句话把所有的媒人都难住了。人家都知道,给一个穷村子里的穷人家说个媳妇不亚于上天摘星。于是媒人非常尴尬地说一句托词:"行,我再打听打听吧。"便毫不犹豫地走出去再也不回来了。每当这时她就像被劈头浇了一瓢凉水,从头凉到脚。她娘的意思很清楚,就是要用她给哥哥换一个媳妇儿。

一些同龄女孩都按着自己的要求选择自己心意中的男人,结婚以后恩恩爱爱,回娘家时成双成对,让人们眼馋。可是她没有这个自由,她只能听天由命,她知道凡是换亲的都是有毛病的,只要人家能给哥哥说一个媳妇儿,不管是啥样的男人她都得跟人家,没有任何选择的余地。她经常一个人偷偷地哭,有时她真想跑到一个很远的地方去,离开这个压抑、哀愁的家。可是一想到可怜的爹娘和可怜的哥哥,她又下不了决心。哥哥都三十岁了,媳妇儿连个影儿也没有。村里同样大的男人,有的孩子都好几岁了。哥哥长得浓眉大眼、五大三粗,哪一点儿也不比人家差,就是因为穷娶不起媳妇儿。一个大男人不只是感情上寂窦，精神上也受压抑，在人前抬不起头，不能像人家那样有说有笑、扬眉吐气，而是整天闷闷不乐。

爹的头发几年之内全白了，脸上的皱纹越来越深，整天叼着烟袋吧嗒吧嗒地抽烟。看见儿子就把头低下去，那样子就是没有脸见儿子。娘更不用说，整天唉声叹气。一提起儿子就掉眼泪，碰见人就求人家给儿子找媳妇儿，有的人听她唠叨了好多次，她还是不厌其烦地跟人絮叨，人们甚至见了她就躲，怕她叨叨儿子对象的事没完没了，因为她就想得到人们的同情，万一有热心肠的人给撮合一个呢。

一想到自己是这样的命运，她就难受得哭。哭过无数次之后她认命了。她决定牺牲自己，为爹娘和哥哥换取一点幸福。后来，经人撮合，她嫁到陈家湾跟了比她大将近十岁的男人，得到的最大安慰是她给哥哥换了个媳妇。其实也算不上幸福，只是生存的需要而已。直到结婚那天夜里，一个干瘦的身子躺在她身边时，陈慧珍才明白和一个自己不中意的男人住在一起是一件多么可怕的事情。那天夜里，她尖叫着挣扎，又撕又咬，不让男人碰她。毕竟是男人，劲头比她大，两人较劲持续了三个夜晚，她筋疲力尽了，决定认命，算了，早晚是他的人，迟早拗不过的。于是第四个夜里她不再哭闹，穿上厚厚的衣服缩在床角里。男人温言细语轻轻款款把陈慧珍扳过身来，剥玉米棒子一般把她身上的衣服一层一层脱掉。她麻木了一般，脸上很平静，没有丝毫的波纹，但最终还是泪流满面，这不仅仅是因为身体的痛，更多的是心痛。

日子过得很平淡，虽说和丈夫没有感情，但是相同的命运、一样的苦楚使两个人互相怜悯、互相宽容。男人虽然年纪大些、长得丑些，但很疼她，不让她受累，不惹她生气；也很能干活儿，很会持家，从而风平浪静地过了下去。后来她生下了闺女，渐渐地淡忘了过去的遗憾和苦恼,有了希望和欢笑。然而不幸的事总是降临到不幸的人的身上。男人看着渐渐长大的闺女,脸上经常挂着掩饰不住的笑容,千方百计让孩子满足,让老婆高兴。当闺女长到十多岁的时候,他开始着手盖新房,发誓一定要给媳妇和闺女建一座陈家湾最好的房子,绝不让媳妇和闺女受半点儿委屈,让全村人都对他刮目相看。

整整用了一年的时间,严格来说是一年的早晨和夜晚,实打实地盖起了三间屋。除了最后上屋顶子是请邻居们帮忙以外,其他全是男人一个人干的。两年里没睡过一个囫囵觉,没吃过一顿及时饭。就这样,房子盖好了,后来,为了多挣钱,男人把村里各家粉条收购过来,然后转卖给外地销售户,从中赚些差价。再后来,他们家想开小卖部,结果因为修房子,男人掉在地上摔成脑出血,成了植物人。真没想到,生活刚刚有了点起色,又一下子跌入黑暗深渊。没有盼头的日子让她喘不过气来,除了家庭生活的压力,外界的诱惑越来越凶猛,自身的渴求越来越强烈。思前想后,要保住自己的清白之身实在很难。她就在纠结和渴望的梦想里度过了这些年月。

第十八章

这一夜，陈慧珍几乎没睡，早晨起来洗把脸就去开门。门一打开，就有一人上台阶进了屋。陈慧珍一看不是陈家湾人，就问："你想买啥？"

那人笑了："陈老板，不认识我啦？"一副外地口音。

陈慧珍上下打量一番，摇摇头："还真不认识了。"

那人嘻嘻笑着说："我是你家长期的粉条销售户，两年没见你们了，人们都说你们陈家湾的粉条好，可惜买不到了。"

陈慧珍说："你是哪里人？我想不起来呢？"

那人依然嘻嘻笑着说："真是贵人多忘事，你还记得有个人为了多听你说说话，好几次请你两口子吃饭，那就是我。"

"哦"，陈慧珍记起来了，是有这么个人，跟殷家贤一样，痴迷她说话的声音。她还记得那人请他们两口子吃饭，偷偷摸她的手。当时怕男人发觉和那人闹起来，就没吱声，没想到他竟然找上门来。就问："那你这么老远来陈家湾干啥？"

那人还是嘻嘻地笑着说："听说你男人废了，来看看你，也想看看陈家湾粉条能不能批发给我，我代销或者包销。"

陈慧珍说："粉条已经停工了，环保不达标，现在正操办着，何时恢复加工还说不好。不过，即便恢复加工了，也不可能让你包销。"

俩人隔着柜台这么对话，陈慧珍出于礼貌，给那人递过一支烟。那人趁机抓住陈慧珍的手，另一只手也伸过去轻轻地抚摸。陈慧珍吓一跳，赶紧往回抽手，哪知道那人很用力地抓住了。陈慧珍叫出声来："你，快松开！"

那人还是嘻嘻地笑。

就在陈慧珍不知所措的时候，于德福提着塑料酒壶，哼着小曲，一步一晃地走进小卖部就喊："表嫂，给我打酒。"就见有个男人双臂越过柜台，想摸陈慧珍的手，陈慧珍脸色煞白，往后面倒退。于德福一见，快步赶过去，用手中的塑料壶朝那男人脑袋砸了一下。那人慌忙回头，身子朝旁边一闪，侉声侉气地嘟囔了一句："老熟人呢，不给面子，哼！"

于德福一听，外地口音，又一个外地殷家贤啊？

陈慧珍愤怒地对着那人大吼一句："放屁，你不是正经人！"

于德福问那人："你是哪村儿的？"

"你别问我是哪村的，也别管闲事。"一副硬茬儿口气。

于德福点点头："好，我不管闲事，表嫂，快给我打酒。"

陈慧珍没有接塑料壶，冲于德福说："表弟，他是外县的，以前的粉条销售户，我看他今天来就没安好心。"

于德福心里突然一热，自己是陈慧珍男人的表弟，可陈慧珍从来没喊过表弟这俩字，第一次听陈慧珍这么叫他，还真让他心理上有点儿受宠若惊，其实也很美滋滋的。他打量着那个男人，两手不由得攥成了拳头，他在问自己，怎么教训这个人呢？他思忖片刻，把脸转向那男人："嘿嘿，这家伙看样子有四十大几了吧，还是小伙儿模样呢，棒！真棒。"一句话说的那男人和陈慧珍都莫名其妙了。

紧接着，于德福又说："看你长得这么顺溜，估计肯定是有家室的人，我为你竖大拇指，你胆子够大，够爷们儿！我知道男人都花心，我也一样，看见漂亮女人就动歪心眼儿，但人不是畜生，你是畜生吗？"随着声调的突然提高，于德福冷不防抬手给了那人一个大嘴巴。那人本能地往后退着身子，稍倾，那人脸色突地一变，往前一探身子，"啪啪啪"还了于德福好几个嘴巴。于德福没来得及反应，脸上的肉就感觉厚了好多，眼前一片金星闪耀。等他定住神，再看那人已经扬长而去。

小卖部里只剩下于德福和陈慧珍俩人，陈慧珍眼神慌乱地望着于德福，于德福也惊魂未定，脸上火辣辣地疼。陈慧珍有些慌张地说："哎呀，你说这事闹的，让你挨了几巴掌，真是的。"

于德福听了这话，感觉脸上更热了，更疼了。

这时，外面有汽车的声音，接着就有人喊："陈老板，送货来了。"

陈慧珍赶忙出去，见一辆厢货停在门口，就说："哦，好啊。"

于德福一看，就跟着帮忙搬这个，拿那个，一通忙活。卸下杂货一大堆，厢货开走了。

陈慧珍端过洗脸盆让于德福洗手，于德福边洗手便用余光看看陈慧珍。然后接过毛巾慢慢地擦着，并把毛巾捂在脸上，慢慢闻着毛巾上的香皂味，心里酝酿着怎么跟陈慧珍说话，说啥话。因为陈慧珍是陈家湾男人都惦记的女人，能跟她有往来也算是在男人堆里露个脸啊。这念头就在于德福心里打转转，随着他的眼睛在陈慧珍脸上扫描的时候，竟然有些自持不住了，便在心里骂自己混蛋、流氓！于是，嘴里呜呜了两下，赶紧把毛巾还给陈慧珍，把塑料壶递过去。陈慧珍迅速把酒灌满，又递给于德福。于德福赶忙掏钱，陈慧珍把钱推回去，说："这回的钱不要了，算是我谢谢你的酬劳。另外，马怀云是我老同学，来咱村工作，人生地不熟的，你多帮帮他。"

　　于德福说："行，只要他让我帮，我能帮的上我肯定帮。"这么说着，心里就美滋滋的，嘿嘿，这可倒好，替她解围，挨几巴掌，但愿我下次再来买酒还遇上那家伙，再挨几巴掌，再看见她这儿卸货，就紧着赶过来帮忙，可以省酒钱啊。这样想着，就忘记了脸上的烧和疼，冲陈慧珍似笑非笑地一仰脸，提着塑料酒壶颠儿颠儿地离开了小卖部。

　　于德福有些美滋滋的，因为表嫂喊他表弟了。整整一天，都在回味陈慧珍那句话的意味。时间很快就过去了，到了晚上，于德福看看家里没啥吃的，就给刘长海和殷大明打电话，约俩人到小卖部喝酒。好久没聚了，仨人都非常高兴，喝起来没完没了。

　　刘长海问："德福，你天天跟马怀云在一起吃住，你觉得马怀云这人怎样？"

　　于德福把酒杯放下，一本正经地说："马怀云，好人，别管事办成没办成，陈会计带着我又去县民政局鉴定了一回，咱闹明白了国家政策，没拿官帽子压咱。再有就是他在我家吃饭，那账算得太清白了，每天二十块钱，一分不少，你们说，这人是不是好人？"

殷大明说："还真是，难得啊。"

刘长海举起杯："好，从他进村那天说那话开始，我就对他有好感。"

仨人说得热闹，喝得痛快。

三剑客一直喝到很晚。陈慧珍一看太晚了，想赶他们走，就冲于德福说："表弟，赶紧回家吧，不早啦。"

于德福舌头都短了："表……嫂，你回屋睡觉吧，我……给你锁门。"

陈慧珍一看，很无奈地说："你们都喝多了，快回家吧。"

此时已是晚上十点多了，大街上基本没啥人了。仨人散开后，陈慧珍也急忙收拾一下，关了店门。于德福喝了不少，但脑子还算清醒，见殷大明他们已经走远，就停住脚步，靠在墙上，定了定神，自言自语地说："陈慧珍真是个不错的女人啊。"说完，就对着门口闭上眼歪着脑袋站着。他在想，陈慧珍这人还真是死脑筋，天天守着个植物人。就在于德福对着大门胡思乱想的时候，突然院墙上有个黑影一闪，于德福以为是自己喝多了，眼花，他揉揉眼，没错，就是个人影，那个黑影还在墙头上蹲着，他正要喊，黑影就跳进了陈慧珍的院子。随着黑影的落地，于德福心里就是一惊，谁这么大胆，跳墙头进陈慧珍院子，想干啥？肯定图谋不轨。他决定悄悄地看看是谁如此胆大包天，他就敲开了小卖部的大门。陈慧珍出现在门口，见是于德福，就问："表弟，你喝高了，赶紧回家睡觉。"

于德福说："你说的啥啊，刚才我看见有人跳进你家院子了。"

陈慧珍一听："啥？有人跳进我家院子，你这是存心埋汰我啊，糟蹋我名声！你安的啥心？"

于德福很认真地说："是真的，我刚才看得很清楚，真的有人进你院子了,我怕伤害到你,就敲门喊你出来,万一那是贼呢,或是打你啥坏主意呢,有我在,不是还可以帮帮你,保护你。"

陈慧珍更急了:"表弟,看你平时很憨厚的,怎么这么多弯弯肠子。"

于德福有些着急了:"你这人不知好歹呢,跟你说实话你不信,你让我进去,给你把那人抓出来。"

陈慧珍两臂一伸,横在门口:"表弟,你别喝醉了没事找事,快回家。"

于德福伸手把她一拽,顺势三窜两跳就进院子。

陈慧珍一看,急了,厉声吼道:"臭流氓,大色鬼瘌德福,你狗胆包天,欺负我。"那嗓门好高好响亮,直接将周边邻居屋里的灯都喊亮了。这下于德福想走也走不成了,如果这个时候走了,想抹都抹不清了。没过一阵儿,小卖部门口就围了一堆人,于德福的形象立马成了一个半夜想打陈慧珍歪主意的流氓。不光是陈慧珍一句一句地骂,其他人也对于德福指指点点的,说的话要多难听有多难听。于德福听着这些污言秽语,心都要爆炸了,气得他直跺脚:陈慧珍啊陈慧珍,我一心为你好,你却这么糟蹋我,我非把那个人找出来,让你看看让大家都看看,到底谁才是打你坏主意的人。想到此,于德福强压心头火,嘴角反而翘了起来,咬紧嘴唇,脚步飞快地四下寻找。一边找一边想,或许陈慧珍确实不知道自己屋里进了人,那样也好,只要找到那个人,就都洗白了。就在人们七嘴八舌议论于德福的时候,于德福突然身子一跃,拉开了陈慧珍家仓库的铁门,挤了进去,就听里面一声刺耳的尖叫,紧接着就是一阵扑扑棱棱的扭打声响,随后于德福拎着一个男人走了出来,来到院子中间。人们七嘴八舌地质问,有人甚至踢一脚,打一拳。于德福把那人往前一推,一句话也没说。这下,陈慧珍包括周围看热闹的人都安静了,得有半分多钟,才有人问了句:"这人想干啥?"有人跟一句:"还用问吗,想占陈慧珍的便宜呗。"随后就是一阵骂声,就连于德福怒气冲冲地抢门离开都没人管了,只有陈慧珍看着于德福的背影,一脸的臊红。

事情就摆在那儿,不用查就很明了,白天那个外地人没走,不知在哪儿喝多了,色胆包天又来小卖部想占陈慧珍的便宜,没想到遇上于德福。虽然那人没得逞,也算是动机有问题,人们撺掇陈慧珍报警,可陈慧珍却不赞成,说一报警就等于陈家湾有了案子,不好,影响陈家湾名声。

有人说:"便宜了那小子。"

第十九章

不过，那外地人的恶行反倒成全了于德福，使于德福在村里的口碑立马提升了许多，再去人堆里混热闹他就昂首挺胸，好像英雄的那种派头儿，有时喝着小酒还哼唱别人听不清的小调。没事干也闲得慌，他就到大街上闲遛，想看看哪儿有人凑个热闹。是啊，粉坊停工，好多人没事干，就喝酒，玩麻将，实在没事凑在一起抬杠，逗闷子取乐。于德福在街口就遇上了殷家贤，就像矛和盾一样在大街上相遇了。他俩也都习惯了，斗嘴斗气就是家常便饭。今天相遇，却没动嘴，于德福斜眼看着殷家贤，殷家贤也不用正眼看于德福，两人又像两头预备顶头的公羊,暗自较着劲。这时,刘长海、殷大明来了,他俩是找于德福喝闲酒的,没想到遇上这俩杠精,于是就自动加入进来。

陈家湾人都说刘长海是犟驴子,殷大明是一根筋。这基本就是贬义,几乎和惹是生非、胡搅蛮缠差不多。往常几个人凑到一块儿抓住一些无聊的话题就争执不休,几乎天天都是春秋无义战。无论谁引出一个话题,这些话题有国际的,有国内的,有国家大政方针的,有鸡毛蒜皮的。一番高谈阔论之后,便有人对某个问题或某个问题的某个环节提出疑义。对方为保全自己的面子,当然要据理争辩,反对者则不甘示弱,你一言他一语,最后不欢而散,或者引起吵骂甚至大打出手而告终。

今天,四人相遇,殷家贤为了表明自己的博学多识,之乎者也地拽了一通词儿。刘长海对他这种卖弄最反感,两人就展开争执,你一句他一句。争着争着,殷家贤口出脏言:"你刘长海三辈子没活两岁半,懂啥?"

刘长海鼓鼓蒜头嘴,回了句:"你站着没有坐着高,更不懂人味!"

气得殷家贤脱鞋要打,刘长海迅速跑开,在远处轻言挑逗。殷家贤气急败坏,却拿刘长海没办法。刘长海是说话无忌口的主儿,但他从不无缘无故地顶撞谁、招惹谁,可事赶到艮上,他谁都不在乎。只要他认定的理儿,管你呢,爱谁谁,哪怕不占理,天王老子来了,也跟你杠到底。刘长海自有一套待人接物的规矩。他不看你的行头,而看你的皮囊,你敬他,他也敬你,你跟他拿大糖,他就叫你吃瘪子。而且他顶讨厌那些在当官的面前滴滴嗒嗒吹喇叭拿腔作势的劲儿,他之所以叫犟驴子正是由此而来。村里人一般都对刘长海敬而远之,因为没准哪句话不顺荏儿,就碰一脑门子灰。只有于德福和殷大明和他对脾气,算是交情莫逆,总聚在一起推杯换盏,无话不谈,要不然怎么成了陈家湾酒场三剑客呢?

殷家贤被刘长海撅过不止一回,挺憋气,可却无可奈何,只在心里发几声咒骂,泄泄火。刘长海虽然爱抬杠,但他有啥话都摆台面儿上,总比那些藏着掖着、口蜜腹剑的人要痛快。殷家贤在刘长海这里没享受过赢的快意,就想找一根筋殷大明碰碰。殷大明是他本族的侄子,性格执拗刚烈,抬杠倔强认死理,所以人们背后称呼他"一根筋"。殷大明抬杠是受他爹的遗传,他爹当年在陈家湾那也是出名的杠精。殷家贤冲殷大明问:"小子,听说过三国虎牢关三英战吕布的故事吗?"

殷大明反问:"四叔,你说是关公武功高,还是岳飞武功高。"

殷家贤生气地说道:"你个二等杠精,这俩人不在一个朝代,俩人不能过招儿,我哪知道谁武功高?你就知道瞎抬杠。"

殷大明并不在意殷家贤的言辞,又问:"那你说是岳飞武功高,还是鲁智深武功高。"

殷家贤说:"我还是不知道。"

殷大明不满意,回了句,岳飞是宋朝人,鲁智深也是宋朝人,你怎么会不知道他们谁武功高呢。

殷家贤说:"岳飞是南宋,鲁智深是北宋,他俩差着年代呢。"

殷大明听了更不满意:"既然一个是南方的,一个是北方的,就不能安排他们比一次武吗。"

殷家贤说:"行啦行啦,那是朝代,啥南方北方的,别说话了,快找旮旯待着去。"

殷大明跳起老高:"殷家贤,叫你一声叔,你就是我叔,不叫你叔,你啥也不是!别不知天高地厚,瞎嘚嘚。"

殷家贤嘿嘿一笑:"你小子别炸刺儿,你在我眼里也就是飞虫,要不看你是本家,我眼皮都不夹你。"

殷大明歪脸一笑："别呀,快夹我,把你硌成疤瘌眼。"

殷家贤脸红脖子粗了,跟殷大明争论得天昏地暗、飞沙走石。

气得殷家贤骂殷大明是不认祖宗的拧种二彪子,带着气转身问："刘长海你说从陈家湾一直往东可以看到大海吗?"刘长海立马就跟上："往西也能看到大海。"殷家贤说："那不绕远了吗?"刘长海说："反正也能到啊。"

殷家贤问："先有鸡还是先有蛋?"

刘长海就说："没有蛋,鸡从哪儿来。"殷家贤说："驴是骡子的爹,马是骡子的娘。"

刘长海就说："马也可以是骡子的爹,驴也可以是骡子的娘。阴诸葛,傻二都可以当你的老师啦。"说着哈哈大笑起来。

殷家贤眨眨眼："刘长海,你比我还阴,我送你一段顺口溜:刘长海爱臭美,鹰钩鼻子蛤蟆嘴,老虎眼睛猪屁股,外加一双罗圈腿……"

马怀云打此路过,见几个人正争得热闹,就说："你们几个地里没活儿干吗?"

殷家贤一笑："有,有,我是干累了来歇会儿,斗斗嘴开开心,嘻嘻。"冲刘长海一挑眼儿,意思是咱是一起的,别顺着马怀云说话。

风平浪静了几秒。殷家贤见马怀云走了,突然一本正经地说："听说有人看见马怀云老去空坟那儿转悠,啥情况?"

三人都不言语,等着听殷家贤说下文。殷家贤摸着下巴,眼睛定定地看着远方,神秘地说："嗯,我估摸这个马怀云有些来头,不会跟那个刘云有啥瓜葛吧? 要不然他老去看一座空坟干啥? 万一他是刘云的儿子呢,说不定就要寻找刘云的骨殖? 要是找到偷骨殖的人,嘿嘿,那个盗墓贼可就得蹲大狱了。"

仨人都把吃惊的目光集中在殷家贤脸上，于德福眼睛瞪得最圆，嘴张得老大。

殷大明眨巴眨巴眼："这意思你知道是谁偷的。"

殷家贤赶紧摆手："我可不知道，这些年全村人都纳闷，刘云的骨殖怎么就丢了呢，据我推测，这事跑不了咱本村人干的，卖给人家结阴亲，赚钱换酒喝了。"

刘长海说："别瞎咋呼，谁要知道谁就是婊子养的。"

于德福闭了闭眼："殷家贤，你啥意思？翻腾这老事，你想干啥？"

殷家贤阴阳怪气地说："我是说啊，谁偷了刘云的骨殖，要是让马怀云查出来，非得弄走蹲大狱去。"

于德福的脸色"噌"就是一变，但随即顺口说一句："如果找到那个偷骨殖的人，我非撕烂了他不可。"

殷家贤见今天抬杠没输没赢，心里特别恨殷大明，心说，小子，胳膊肘朝外扭，也不撒泡尿照照，你那副德行跟我斗嘴，哼！他似乎还很得意，哼着京剧回家了。

第二十章

殷家贤回到家后，感觉不太舒心，拉开橱门，把马怀云给他的那瓶老白干拿出来，提着去找李金才。李金才心里还在纠结粉坊的事呢，往前窜好不好呢，不往前窜，一旦粉坊搞好了，正式恢复加工，自己会不会被动啊，心里一直在矛盾着，哪有心思喝酒，更不相信殷家贤会请他喝酒，就冷笑着说："这酒里是不是有别的东西？"

殷家贤眨一下眼："书记啊，你把我想偏啦，我真想请你喝酒。"

"你有事就直说。"

殷家贤眨眨眼："嘻嘻，书记啊，这个，这个，还真有事，你看……"

李金才不耐烦地说："有啥事直说，别扭捏。"

殷家贤把眼眯成一条缝："书记啊，你面子重，我想委托你做媒，给我跟陈慧珍搭个桥……"

李金才突然就变了脸，厉声说："殷家贤，你脑子塞猪粪了吧？你媳妇还在，又没离婚，陈慧珍有男人，你想啥呢，想吃天鹅肉也得打量打量自己是啥模样，死了这条心，别做下水道的梦，好不好！"

殷家贤说："别呀，你把我跟陈慧珍撮合成了，我就跟刘玉芳离婚，完后我请你去吃大餐。"

李金才声调更高了："谁稀罕你的大餐啊，我就是馋死也不做那缺德事啊。"

殷家贤嘻嘻笑着说："好，咱不提这事，走，去小卖部，你请我喝一回，行不行？"

李金才觉得不请显得自己太小气，请吧，打心眼里腻歪殷家贤，最后还是决定请他一回，顺便跟他聊几句，让他规矩规矩，就说："行，我请你。"

殷家贤嘻嘻一笑："嘿嘿，好，书记请我喝酒，我今天肩膀宽了。"

李金才说："你脑子都让酒精泡烂了，想女人都把眼珠子想蓝了，这样下去可不行啊。"

是啊，殷家贤最大的毛病，也是全村人最不待见的毛病，就是喜欢跟女人尤其是小媳妇们套近乎。殷家贤好色，在陈家湾是出名的，他只要看见小媳妇，尤其是夏天，女人们都穿得又薄又少，有的女人喜欢穿裙子。殷家贤一见，眼睛就放绿光，嗓子眼的喉结一上一下地动，就像多年没吃过腥的猫见了耗子，恨不得一口吞下去，就想办法靠上前去，趁人不注意，伸手就摸一下屁股，或者拍一下肩膀，或者摸一下手，再或者摸摸头发,然后迅速离开。弄得村里女人们都骂他是长了一副好头脸,心没长好,半拉流氓。臭名声在陈家湾是家喻户晓,于德福曾扬言想找个机会像骗猪一样把殷家贤给骗了,以解全村人的心头之恨。李金才作为村支书、村主任为了整治村风,多次找他谈话,要他给爹娘留脸,给孩子留脸,给亲戚留脸,可是跟他说的话就像西北风一样刮走了,没作用。找派出所反映,让所长派人把殷家贤抓起来教训教训,所长说没有事实证据,国家法律中又没有骚扰罪,也够不上猥亵罪,没有罪名不能乱抓人。

从媳妇走后,殷家贤就更失控了,每天夜晚躺在床上,瞅着屋顶走心思,按他的审美,把村里从老到少,所有妇女都一个个地进行排队。李五娘七十多了,五官端正,额头圆润,皱纹不多,皮肤细腻,年轻时一定是陈家湾数一数二的漂亮女人;陈家七奶奶,八十多了,前额上皱纹不少,但纹理很好看,两腮丰润,一副富态相,在全村也可以算是漂亮老女人了。年轻些的呢,桥头李二喜媳妇,那是少有的标致,肉皮白嫩,瓜子脸,一双水灵灵的大眼睛,上下的双眼皮,怎么看怎么周正。但数来数去,横着比竖着比,他觉得还是陈慧珍漂亮,圆脸盘,尖下巴,最吸引男人的是她一笑俩酒窝,好看得无法形容。还有很多年轻的闺女,穿着时尚光鲜,披肩发,假睫毛,有的还抹口红,就显得妖艳。但他马上打断自己的思路,闺女们不能想,还是想想成家的女人,他像过筛子一样从第一条胡同开始过滤,比较来比较去,最终还是认定陈慧珍最漂亮。于是,后半夜,整个脑子便被陈慧珍占据了。不知何时,他睡着了,进入了一个美妙的梦境。梦见他和陈慧珍一起吃饭,陈慧珍给他倒酒,与他碰杯共饮,他很兴奋,就伸手去抱陈慧珍,陈慧珍也不躲避,很温顺地依偎在他的怀里,他就在陈慧珍身上到处抚摸,陈慧珍很享受地闭上眼睛,他感到浑身发烫，嘻嘻地笑着就把陈慧珍压到身下，陈慧珍也嘻嘻地笑着奋力翻过身子，两人就在床上翻滚。他近乎发狂地张开嘴巴想亲吻陈慧珍，陈慧珍却把脸左扭右扭，怎么也亲不着，两人就在床上翻来滚去。突然咕咚一声，殷家贤陡然醒来，发现自己躺在地上，身边放着媳妇平时睡觉的那个枕头，他摸一下额头上的汗珠，心说，好梦啊好梦，可惜是梦。他起身下地，第一项就是摸酒瓶子，看看塑料壶，已经见底，摸摸口袋，拿起塑料壶就去小卖部。殷家贤经常在小卖部赊账，即便手里有钱也留着玩麻将，欠着酒钱，时间长了，陈慧珍催他结账，结完账再接着赊，为此两人没少吵嘴。今天他又来赊酒，陈慧珍说："你欠账太多了，结完账再赊吧。"殷家贤说："赊了多少我有数，没欠太多，下次结账。"要不是有李金才跟着，殷家贤没有底气再来赊账。两人一前一后走进小卖部，殷家贤满面春风地说："快给我跟书记弄俩菜，今天书记请我喝酒。"说着把手里的老白干晃了晃。

陈慧珍说："殷家贤你赊酒的钱都超过一千了，能不能先结账啊？"

殷家贤不高兴了："咦，有那么多吗？你多给我记账了吧？"

陈慧珍说："不可能，你拿一次东西记一次。"

殷家贤不承认。陈慧珍坚持说记账没错。俩人争吵起来，殷家贤还冲动地用手摸陈慧珍的脸，陈慧珍狠劲儿把他的手推开。李金才不高兴了，指着殷家贤的鼻子大吼："真是不要脸啊，败坏村风，赊账还不认，真是不知廉耻！"

殷家贤轻轻一笑："李书记，我赊账喝酒，从不赖账，陈慧珍是跟我逗着玩，陈慧珍，你说呢，是不是跟我逗着玩？"

陈慧珍气得脸通红，不搭理他。殷家贤很会给自己找台阶："我跟陈慧珍逗玩又不是一次两次，过去就完，对不对？"

李金才白他一眼："陈慧珍，别争了，今天是我请殷家贤喝酒。"

殷家贤扭扭脖子："难得你大书记给我面子。"正说着，猛然看见于德福进来了，正瞪着一双圆眼盯着他，说实话，殷家贤很怵于德福，就说："别瞪我，小心眼珠子掉地上，我今天没带钱，明儿肯定结账。"

李金才说："真没劲！喝啥酒，算了。"说完，走了。李金才的一通奚落，陈慧珍的冷眼，让殷家贤非常郁闷，憋气道："哼，酒没喝成，还惹一身骚，不喝了，我也走！"

殷家贤回家后拿起酒瓶子咕咚喝了一大口，喝得太冲了，呛了嗓子，眼珠子马上就红了，加上心情不好，又没吃饭，于是倒头便睡。睡到半夜被尿憋醒了，他拿过尿桶，刚要尿，心生一计，就边尿边用手机把声音录下来，随即发给了陈慧珍，并在后面写上：请仔细听，这是啥声音？谁也想不到，殷家贤的脑瓜儿子里这么多乱七八糟的鬼点子，竟然做出如此下流的事来。

天亮后，李金才刚起床，有人敲门，开门一看，满脸怒气的陈慧珍拿着手机说："李书记，你管不管，殷家贤要疯，你要是不管或者管不了，我就去公安局告他！"

李金才问："怎么回事啊？"

陈慧珍就把那个录音放给李金才听。李金才开始还纳闷，这时啥声音？后来咂摸出意思来了，歪歪脑袋说一句："殷家贤啊殷家贤，真不是东西！"然后给殷家贤打电话，口气非常严厉地问："殷家贤，你半夜给陈慧珍发录音，到底想干啥？还嫌折腾的不够吗，非得把自己弄监狱去才算完啊？"殷家贤呵呵笑着在电话里说："嗨，我那是跟陈慧珍逗玩。"李金才声音更高了："啥？逗玩？你那是要流氓！"

殷家贤依然嘻嘻地笑着说："别上纲上线，啥呀，就给我扣要流氓的帽子啊?"李金才把手机摁断,紧跟着又拨通,追了一句:"殷家贤,你这样下去,早晚得进局子! 进局子,你懂吗? 就是监狱!"然后又摁断。

第二十一章

录音事件发生后的转天晚上，殷家贤找李金才来了。李金才正吃饭，殷家贤苦着脸说："书记啊，你总说我不着调，你看我才是被欺负的，你去我家看看，门上、台阶上放了一堆厕所的纸，那些纸是擦屁股的纸啊，还有好多用过的卫生巾，脏死了，你管管吧，这也太不文明了。"

李金才正吃着饭，听殷家贤这么一说，噗地把嘴里的饭喷出来，放下碗，指着殷家贤厉声说："你这人，好不懂事啊，没看我正吃饭，说的啥啊，腌臜人！"

殷家贤赶紧道歉："哎呀，我这不是着急吗，你接着吃，一会儿我再说。"

李金才把饭碗一推："不吃了,恶心死了,说吧,你又得罪谁啦?"

殷家贤抠着头皮说："我没得罪谁啊,从那天半夜发录音……"

李金才马上拦住："对,没错,就是你半夜的录音惹的祸,你说你多大岁数了,还这么不着调。让我说,你活该,谁让你做下作事,如果不改,还不知有谁会怎么报复你呢,小心点儿吧!"

本想在李金才那儿得到安慰,没承想反倒惹来一顿奚落,殷家贤心里憋气,就想怎样给李金才回个颜色,就又拨拉开了小九九。一夜没睡好,又想出一个馊主意。天亮后,他去鱼塘找李金才的弟弟李金山说:"金山老弟,我今天心情好,走,去小卖部,请你喝两杯。"李金山高兴,俩人说说笑笑地来到小卖部里,殷家贤乐呵呵地冲陈慧珍说:"炒俩好菜,来瓶五十块钱的酒。"然后凑近了跟陈慧珍说:"我的赊账马上就给你结清。"

陈慧珍对李金山还是有好感的,不是因为他哥李金才当书记才对他高看,而是李金山做人做事都很规矩,口碑相当好。但李金山跟殷家贤一起来喝酒,陈慧珍尽管心里有点儿膈应,但还是冲李金山笑笑,给他们弄了酒菜。俩人边喝边聊,喝着喝着,殷家贤就有意识地往主题上引,就说:"金山啊,你看你哥是书记,是全村最大的官儿,可他总是眼皮都不夹我。"

李金山自然知道殷家贤喜欢搬弄是非的老毛病,但没意识到会给他和哥哥李金才之间系疙瘩,就说:"是啊,我对我哥也有意见,成天家里外头摆书记、主任的臭架子,多没意思。"

殷家贤把身子往李金山身边靠了靠:"金山兄弟啊,按理说,我不该干涉你们家的事,可是总觉得气不忿,你看他当着村干部,你呢,一点儿光也沾不上,你爹也偏心,把你们家最好的房子给了他,把靠村边的几间又老又矮的旧房子给了你，我都看不过去，你爹一碗水没端平啊。"

李金山说："我知道我爹偏向我哥，只是我不想让我爹生气着急。"

殷家贤举起杯："你真是个大孝子，那就忍着吧，将来你媳妇你的儿孙知道底细后，会骂你老糊涂蛋。"

李金山眉头紧锁："最可气是我哥对别人不讲原则，对我讲原则，我真想不通，一年到头，一个杂工不让我出，村里啥好事我都沾不上边，我都不如于德福吃香。"

殷家贤呵呵一笑："金山兄弟，我觉得你应该趁你爹还活着，多争一些家产，不然等你爹死了，没人主持公道了，你拿砖头砍天也没用了。"

李金山木然地坐在椅子上，好像在想啥。

殷家贤接着说："还有啊，你哥在粉坊恢复加工这件事上不明不白，顺着马怀云的路子走，就不怕废水渗透你家鱼塘了？"

李金山抿抿嘴："嗯，是呢，听说马怀云说啥他都不反驳了。"此刻的李金山，一肚子怨气在打转转，红头涨脸地回到家跟爹说："咱这家得重分。"

李文凯吃惊地问："你跟谁去灌猫尿了，回来就要重新分家啊？"

李金山绷着脸："别管我跟谁喝酒，当初咱这家分的不公，您一碗水没端平。"

李文凯一听，瞪起了眼："你说啥，我一碗水没端平？当初就两处房产，你哥俩抓阄分的，抓阄之前不是说好不后悔吗？怎么又捯后账？"

听了爹的话，李金山的脸红到脖子根儿了。

这时候，李金才回家来了。李文凯说："金才你来的正好，金山想重新分家，你哥俩快趁我还活着把话说明白。"

李金才出去把门窗都关好，说："小点儿声，别让外人知道咱家抬杠拌嘴。"而后问金山："为啥要重新分家？"

金山说："咱爹当初偏向你。"

李金才感到震惊："你说啥？好，既然你这么说，那就重分，亲弟兄，不用抓阄，咱俩换房子就行了。"

李金山没想到哥如此痛快，就说："真的吗？"

李金才说："当然是真的，我知道你是受了殷家贤的蛊惑，殷家贤就盼着咱家乱，盼着咱哥俩反目，我就不上他的道儿，不给他机会，让他干着急。既然你相信他的挑拨，那我依着你，换房！但以后你跟殷家贤打交道要长点儿心眼，别让人家牵着鼻子走。"

李金山低声嘟囔一句："你看马怀云天天走东家串西家，搞啥调研，一心想恢复粉坊加工，到时候弄不好把咱家鱼塘糟蹋了，看怎么办，现在还不赶紧拦死。"

李金才瞪他一眼："你懂啥，快去收拾东西，准备搬家换房吧。"

李金山反倒不好意思了："那……那……"

"那啥呀，既然你听殷家贤的鬼话，既然你想重新分家，还墨迹啥，啥也别说了，换房！"

李金才哥俩换房，让殷家贤有了爽心的感觉，虽然挑拨李金才弟兄感情关系这件事干得不算十分成功，但毕竟哥俩换房了，也算是殷家贤小小的成功吧。

他一兴奋就哼唱京剧，他躺在床上翘着二郎腿，那只悬着的脚还随着节拍不断地抖动，一边唱一边想陈慧珍，唱着唱着，突然停住了，折身起来，抓过酒瓶子，仰脖喝了半口酒，瓶子就空了。他把心里的憋闷发泄到酒瓶子上，用力一扔，酒瓶子滚到桌子底下去了。他拿过塑料桶，想去陈慧珍的小卖部买散酒。

一进小卖部，他瞧见于德福和刘长海、殷大明正围着酒桌喝酒。他最恨于德福，故意装作没看见，侧身来到柜台前。陈慧珍怒目瞪他一眼，转身和别人搭讪。殷家贤挤挤眼，刚要冲陈慧珍说话，却听于德福喊他："阴诸葛，来，过来喝两杯。"殷家贤面色阴沉，没有跟他们同喝共饮的意思，用憎恶的眼神瞥了一下于德福，用鼻子哼了一声，没用正眼看他们仨，举着塑料壶走到陈慧珍跟前，很简短地说了一句："打酒。"

陈慧珍没好气地给他换了一个装满酒的塑料壶，用力蹾在柜台上，不说话，伸出手等着殷家贤给钱。殷家贤一咧嘴："哎呀，不好意思，又没带钱。"陈慧珍伸手想把塑料壶拿过来，殷家贤比她手快，抓在手里，小声说一句："下次一块儿结账。"然后，转身就走。

于德福看着殷家贤的背影发出冷冷的微笑，心里又有了捉弄殷家贤的主意。

傍晚时分，正是人们做饭的时间，于德福告诉马怀云说出去办点小事，一会儿就回来。他慢悠悠地走到殷家贤家附近，见门半开着，左右环顾，无人路过，闪身溜进院子，弯腰悄悄走到窗下，踮脚一看，见殷家贤正低头切菜，小秀趴在桌子上好像睡着了。这时，殷家贤切完菜，喊一声："小秀，没盐了，去买点儿盐。"小秀没反应，殷家贤扑打扑打手，自语了一句："这孩子又睡着了，也好，我自己去，正好听听陈慧珍说话的声音。"然后，快步走了出来，于德福赶紧把身子蹲在窗前玉米囤后。听殷家贤脚步声远了，于德福站起身，见小秀依然趴在桌子上睡着，蹑手蹑脚溜进屋，把菜板上的菜装进塑料袋提在手上，快步离开。

功夫不大，殷家贤回来，见切好的菜没了，问小秀，小秀依然趴在桌子上，均匀地喘息着。他很纳闷，也太蹊跷了，心说莫不是闹鬼？想到闹鬼，竟然头皮发炸了，头发根立了起来，额头渗出汗来。尽管天还没黑，但他赶紧把三间屋子的灯全打开，四下翻找，把衣柜门、面缸盖、炕头柜抽屉都打开了，也没有菜的影子。又把院子找了一遍，没有。他满脸疑惑地往墙上看，墙上哪里会有。这只是他此刻的想法而已。他恨不得那些菜突然从地缝里被鬼神送回来。不觉间，他浑身的汗湿透了衣裳。再看小秀，已经醒来，揉着眼睛问："爹，做饭了吗。"

殷家贤不想把菜神秘丢失的事告诉胆小的小秀，就赶紧说："嗯，我刚买来盐，马上做。"

这顿晚饭其实就是小秀自己吃的，殷家贤酒也没喝，饭也没吃，坐在椅子上发呆。他无论如何想不通，那菜怎么就丢失了呢？心里闪过的都是问号，一会儿认定是闹鬼，一会儿又认定有人在捣乱。夜深了，屋子里静得出奇，甚至窗外微风吹动树枝的声音他都能听见。他蜷缩着身子，不敢翻身，心想万一鬼就在身边呢。鬼的出现绝对不是好事，只要鬼出现在谁家，谁家必定不祥。他听老人说过，李金才的老叔李万平当年大年三十夜里包好的饺子神秘丢失，他们家就出现了好多不祥事件，李万平就是那年去世的。莫不是神仙给我的提示，我是不是有啥不测之灾？还是告诉我阳寿已尽，赶紧准备后事？越想越睡不着，越想越毛骨悚然。这一夜可说是没闭上眼。

天大亮了，他昏昏沉沉地起来，推开大门，刚要迈步，却见一个黑色塑料袋放在台阶上，打开一看，竟然是昨晚丢失的菜。他举起塑料袋反复端详着陷入了沉思。塑料袋的出现，打消了他对鬼的恐惧和猜测，肯定有人使坏。他回到屋里，反复对村里人进行筛查过滤，苦思冥想，问自己最近得罪了谁。思来想去，又归到于德福身上，因为于德福总盯着他，好像两人成了死对头，不过于德福好斗是最出名的，不管跟他有关无关，他都会插一杠子。况且村里出过几次莫名其妙的事情，最后捯来捋去,线索都归到于德福身上,只是人们不跟他较劲而已,顺着这个思路分析,越分析脑子越清晰,就锁定了于德福,不可能是别人。

虽然闹不清是谁把菜拿走又送回来,但他推测这个神秘人就是于德福,可自己又能怎么报复他呢? 他还真想不出啥好点子。只能自己安慰自己,等等看,早晚有机会让我得手,有了机会,看我怎么狠狠地报复他! 想到此,好像真报复了似的,嘴角还挂着微笑。

就在他得意的时候,殷大明来了,殷家贤辈分高,身子一动没动,问:"大明,你来干啥?"

殷大明站在门口:"我听说马怀云找你了解粉坊的事,你没搭茬儿,是真的吗?"

殷家贤嘿嘿笑了:"你小子跑来诈我是吧? 我用丁点儿脑子就比你强,告诉你吧,马怀云根本没找我,他也不会找我,他要找我,我或许还能给他出好点子呢。"说完这话,他就感觉殷大明在他面前更小儿科了,心说,马怀云跟我喝酒早谈过了,我在马怀云眼里的分量比你重得多。

殷大明追问一句:"真没找你?"

"没有,没事快滚蛋,别耽误我看书。"说着就从床边拿起一本旧书。

殷大明走到门口,转回头,撇撇嘴说:"估计马怀云让粉坊的事愁得够呛,不过,他当干部的总比咱庄稼人有路数,盼着吧。"说完,扭身走了。

第二十二章

殷大明说得不错，马怀云的确让粉坊恢复加工的事搅得脑仁疼，可是要想顺利解决谈何容易啊？他几乎睡不着觉，也暂时忘记了寻找娘骨殖的事，一天到晚满脑子都是粉条、粉条。恢复粉条加工遇到的难题还真不是小事，污水处理怎么办？烧煤问题怎么解决？马怀云琢磨了好几天，依然没理出头绪，脑子里乱成一团麻，看来李金才不支持、不反对，不冷不热的态度也不是没缘由，确实不好办，他有些气馁，心想，万一都解决不了，只好放弃。可是放弃了又实在可惜，不做粉条，陈家湾还有啥进钱的道儿呢。就在他苦闷至极的时候，接到大学同学老班长电话,通知他本周六去市里辉煌大酒店参加大学同学聚会。他心说,正好心情不愉快,换换脑子。

聚会让平时很少见面的同学狂欢起来,马怀云没心思唱歌、跳舞,老同学赵永新凑过来问:"为啥不凑热闹?"

马怀云叹口气:"没心情,你们都轻轻松松,我不行啊,心里有事放不下呢。"

赵永新又问:"怎么?是不是要婚变?正处在闹心期?"

马怀云嘴一撇:"那是你,我才不会有婚变那档子事。"

"那总得有缘由吧,说说看,大家帮你解解疙瘩。"

马怀云发出一声叹息:"跟你们说了也没用,我遇到了难题,愁都愁死了,哪还有心情跳舞唱歌。"

赵永新再问:"啥难题?咱同学中既有孙悟空还有猪八戒,都不是白吃饭的。"

马怀云摇摇头:"我这个难题恐怕观音菩萨也不好解决,你教授职称比观音菩萨级别低不少吧。"

赵永新说:"哪能跟观音菩萨比啊,但是小有小的能量,你说出来我听听。"

"我到陈家湾帮扶了,那个村有做粉条的传统,可是废水处理解决不了,烧煤、烧柴冒烟解决不了,环保不达标,都停工了,我正为粉坊恢复加工伤脑筋呢。"

赵永新一听:"嘿,你小子今天碰见我算是遇上福星了,是你这辈子最好的运气,告诉你吧,我正带领一个课题小组搞污水生物处理研究,前些日子我去山东、河北、河南、辽宁做过粉条加工污水处理调研,得到不少有用的信息资料。"

马怀云一听，眼前就是一亮，生物处理污水，这倒是新鲜词啊。那我得听听。赵永新就把生物处理污水的原理、效果和前景大致说了一下。

马怀云说："你的课题实验是不是可以用在粉条废水处理上？"

赵永新说："当然可以，我们这个课题才刚刚立项不久，经费已经拨下来了，如果你愿意，我带着课题小组去陈家湾搞试验。"

马怀云问："嘿，真是天降大福啊，真的吗？"

赵永新说："这还糊弄你不成。"

马怀云有些不放心，伸出右手中指："来，拉钩上吊！"

赵永新说："不过你也别高兴得太早，万一不成功呢。"

马怀云说："我相信你一定会成功。"

俩人正说得高兴，一个女同学过来打趣地询问："你们俩不唱歌不跳舞，是不是有啥秘密？"赵永新刚要搭腔，马怀云抢先说话了："啥秘密，是赵永新帮我解难题，正好，你们来了，我还有个难题，你们帮我参谋参谋。"

女同学又问："啥难题啊？"

马怀云叹口气，把自己到陈家湾工作的事又说了一遍，然后说："粉坊废水处理交给赵永新了，可烧煤冒烟的难题还没好办法解决，你们谁有高招儿？快献出来。"

人们叽叽喳喳议论了好半天，也没一个好点子。马怀云心焦，就不想再讨论了，赵永新突然说："我在山东、河南调研时，曾经看到过做粉条的，他们用的是机械，很好的，省人力，还环保。"

马怀云摇摇头："不行，陈家湾的粉条之所以有名，就是传统手工，如果也用机械加工，就不存在这些难题了。"

赵永新歪着脑袋想了想："也是啊，机加工没有传统的老味道，如果用电用天然气呢？"

"对呀。"马怀云一拍手："有做粉条用的电锅吗？"

赵永新说："咱上网查查啊。"

结果一查，广东省东莞市还真有一家专门生产大电锅的，其中就有用于粉条加工的大电锅。嘿，真是踏破铁鞋无觅处啊，经过网上咨询，有三百八十伏的，有二百二十伏的。厂家说了如果是家庭小作坊，一般有四五千瓦就行，十八台是九十千瓦。按批发价，估计一台也就三四千块钱。马怀云兴奋了。可刚一转念，又犯愁了，大电锅用电量大，十八家粉坊啊，那得多少电？陈家湾就一台变压器，目前供生活用电没问题，一下子增加那么大电量，肯定负担不了，变压器增容可不是好办的事。

赵永新说："马怀云啊马怀云，咱班同学就有一只电老虎。"

"谁？"马怀云赶紧追问。

"徐冰，他是你们金海县供电公司副总经理，你不知道啊？"

马怀云拍拍脑门，还真是。他站起来喊一嗓子："徐冰，过来！"

正在跳舞的徐冰把舞伴儿送回座位，穿过人群来到马怀云面前，马怀云当胸给他一拳："好小子，以前知道你在供电公司工作，没想到你小子升得够快，都当副总啦。"

徐冰嘻嘻笑着说："嗨，混着玩呗，找我啥事？"

赵永新说："马怀云现在陈家湾工作，他们村十八家粉坊因为废水处理和烧煤冒烟已经停工了，废水处理的事我去帮着搞试验，用电的事你帮帮忙。"

徐冰说："电力增容是有条件有政策的，需要申报，不是随便谁说增容就可以增容,这样吧,我回去跟公司老总口头渗透一下,有必要我去陈家湾看看,怎么申报再说。"

马怀云问:"你得告诉我增容申请怎么写?"

徐冰呵呵一笑:"很简单,说明陈家湾因为粉条生产煤改电,用电量增大,原申请使用的用电容量已经不能满足目前的粉条生产需要,特此申请在原有的基础上增加容量。"

马怀云赶紧在本子上写下来。

徐冰接着说:"一般变压器申请增容的程序是,由村里向县供电公司提交增容申请,然后供电公司派出工作人员进行现场核实,确实需要增加变压器容量,由生产技术部门确定具体增容容量,安装部门对变压器进行更换。"

马怀云说:"那太好了,有劳老同学费心啦。"

徐冰说:"就别客气啦,老同学的事,特事特办,我回去立马跟老总汇报,争取为陈家湾特开绿色通道,简化流程,批下来后,我帮你联系当地电业所为陈家湾增容的事,争取尽快派人调研,拿出方案。到时候同步完成电杆、计量表等配套设施的施工,确保粉坊户及时用电。你运气好,正赶上我们公司正开展优良服务月活动,会组织供电员工到陈家湾开展线路特巡、装表接电、上门义务排查安全用电隐患等服务,确保生产用电、村民生活用电,也算是给陈家湾的经济发展乡村振兴做点儿贡献。"

马怀云赶紧问:"需要花多少钱?"

徐冰又是一笑:"一般不需要村里掏钱。"

马怀云听了"噌"地站起来,搂住徐冰:"太好了! 说吧,我怎么谢你?"

赵永新说:"马怀云这次聚会收获太大了,必须请客。"

马怀云太高兴了,立刻一手抓住一个说:"赶日不如撞日,明天是星期日,我在陈家湾恭候二位,请你们观光旅游吃纯绿色的农家饭,谁都不许说没空啊!"

第二十三章

聚会回来后，马怀云兴匆匆地直奔村委会，第一时间把污水处理和电路增容有了眉目的消息告诉李金才，本以为李金才会高兴，哪知道他不温不火地眯着眼"哦"了一声，再没说话。马怀云心里有气，考虑到供电公司明天就来村里考察，总不能越过村支书吧。于是就又试探着说："他们是以同学小聚的理由先来探探路，如果真有可操作性，咱们再开始启动申请审批程序，你是陈家湾当家人，村里的情况又熟稔于心，要是你能亲自陪他们转转……"

没等马怀云继续往下说，李金才抬起眼皮，又"嗯"了一声，略微沉吟一下，接着说：

"行啊,来考察是好事,如果真能借助你老同学的关系把事办了,那也是陈家湾的造化,只是我还真抽不出空,你带他们各处玩玩儿,顺便叙叙旧不是挺好吗。"这话说得酸不酸辣不辣,马怀云咂摸不出里面的味道。

第二天一早,马怀云先是陪着赵永新和徐冰去大清河岸边走走。早晨的大清河,像刚刚苏醒的少女,朦胧美中带着灵气,阳光柔柔地泻在水面上,泛着光,与河水交融在一起,光怪陆离般随着微风摇曳,幽静的河边,碧绿清澈的河水,缓缓流淌,清澈的河水中,时而有鱼儿自由自在地游过,河面上偶尔有一只水鸟飞过,河岸两边白杨树倒映在河中。此时正当黄昏,美丽的夕阳把天空照耀的火红,与河水形成了衬托,犹如一幅天水图,整个大清河似乎都笼罩在一片瞬间可以将心灵净化的钟灵毓秀里。两位同学赞叹不已,没想到这块平平常常的原野上还有如此美妙的风光。

马怀云边走边兴冲冲地介绍大清河的鱼有多鲜美,这里散养的鸡、鸭下的蛋的蛋黄有多黄,又说这里农户自制的粉条多么柔韧滑顺有嚼头,一路上的说道把哥俩的馋虫都勾起来,眼前风景都显得有些褪色似的。赵永新打趣说:"被你说得哈喇子都要流出来了,观景不如充饥,咱先让美食填满肚子再来不迟。"这话正中马怀云下怀,他早就心在曹营身在汉了,哪有啥心思欣赏大清河的风光啊!但他还是要急不可耐地领他们去看粉坊。

马怀云带着他俩走街串巷,东边一户,西边一户,曲里拐弯走了不到十家,大半晌时间过去了,那二位同学心里有说不出的苦,每走一户都觉得心上又多了一块大石头,真后悔不该酒后拉大话,这么多棋子儿似的散落着的小粉坊,先别说安装污水处理设备,就连管道铺设和生产用电线路规划图画起来都很耗费脑细胞,真要是等到设计施工可不是一件容易办到的事。马怀云哪里知道他们的心思，依旧兴冲冲地介绍陈家湾的粉条原料多么纯净，手工制作工艺多么纯良，在十里八乡多么有声誉。马怀云动情地夸赞，两位老同学不时地交换眼神，在心里暗自叫苦。

天早已过晌很久了，终于转完了十八家粉坊，马怀云用乞怜的眼光看着他俩，忐忑地问："怎么，难度大吗？"

赵永新"嗯"了一声，沉吟半天才接着说："够难的，十八家粉坊就像满天星一样散落在陈家湾各个角落，太散乱了，废水处理有难度。成本加大且不说，过滤沉淀等设备安装设计都成问题。"

徐冰说："是呢，电力增容也有这个问题，增容还好说点儿，架线施工难度困难也很多。"

赵永新说："不知道有没有现成的厂房，让这些粉坊户集中到一起，好多问题都好解决了，你说呢，徐冰？"

徐冰点着头说："是啊，如果集中起来就好多了，既规范还好管理。"

马怀云眉头又蹙成了疙瘩，这个可是太大的难题了："据我所知，陈家湾没有现成的厂房。"他本来就担心，乡村振兴最大的硬指标是集体收入达到二十万元，这粉坊的事八字一撇都这么难写，真是架火烧啊，他感到了为难，因为李金才本来对自己要搞粉坊恢复加工的态度就不明朗，甚至还劝自己放弃，搞废水试验，电力增容都不需要村里花钱，这个他肯定会同意，要集中建厂，麻烦可就大了。想到此，马怀云心里没底了，为了缓解气氛，马怀云强作调侃地说："房子会有的，面包也会有的。眼下面包房就在眼前，走！跟我去吃新出炉的面包去。"

徐冰也跟着附和着："对！目前最急需解决的问题是肚子又开始闹事了，咱跟他去。"

赵永新一甩头，脆生只说了个"走"字，便搂着二人肩膀，唱起了他们大学时代最爱唱的那首歌："送战友，踏征程……"

　　马怀云记得老师曾说过，读一篇好文或许能改变一个人的人生，唱一首好歌一定能唤醒一个人的精气神。马怀云非常明白他们二位的良苦用心，心底一股拼劲合着一股暖流在心底交织升腾。

　　马怀云把两位老同学请到小卖部，一进门正赶上陈慧珍往外轰殷家贤，殷家贤嬉皮笑脸地赖着不走，马怀云怕被同学看到有损村里的名誉，就大声招呼："贵客来了，今天有啥好吃的？"

　　见马怀云领着生人来，殷家贤立刻提着空瓶子转身往外走，同时，趁陈慧珍不注意顺手抓起一包面巾纸攥在手心。马怀云看在眼里气在心上，要是往常他一定会拦住他问个究竟，但是今天不行。

　　陈慧珍马上迎出来往屋里让，招呼着落座后，赶紧沏茶倒水，指着门口边大盆说："刚从大清河里捞来的杂鱼，啥都有，喜欢吃哪个我给你们做。"

　　难怪那么多男人私底下惦记陈慧珍，谁不希望有个上得厅堂下得厨房的女人呢！你看，饭也做了，小铺也开了，一阵儿工夫，鱼香也飘出来了。马怀云一边暗自思忖，一边琢磨刚才殷家贤出门那一幕。

　　赵永新见马怀云沉思不语，担心他为恢复粉坊生产的事过分忧虑，就关切地说："你的处境我能理解，万事开头难，我们天天跟农村打交道，经验比你多，咱们慢慢儿来。"

　　徐冰也附和说："老同学，关于电力增容的事，你抓紧写增容申请，我回去看陈家湾是否符合增容政策，我能协调的肯定尽力协调，听我的信儿吧。"

　　人交心，饭可口，马怀云这顿饭吃得舒服、爽快！尽管两件事落实起来都需要时间，毕竟有点儿希望，他长舒一口气，随即缓缓地站起来，弯腰抱拳朝他俩拱手："我先替陈家湾的村民们感谢哥儿俩了。"

送走两位老同学，马怀云忐忑不安地来找李金才，又把废水处理电力增容和俩同学提的集中搞粉坊的事详细说了一遍。李金才好久没说话，马怀云就一直用眼睛盯着他的脸，注意捕捉他脸上的微妙变化，哪知道李金才根本不动声色，任凭马怀云的眼眶都要瞪裂了，眼珠子都要盯出血来了，也没发现李金才心理活动变化的蛛丝马迹，他只好让瞪累了的眼睛歇一会儿。就听李金才说："老厂房没有，新建厂房可不是吹气，你啥想法？"

马怀云说："没有现成的厂房，那咱新建呢？又得需要占地。"

李金才脸上挂起一丝微笑："还得说我有远见，前些年镇上帮着做规划时，我正谈着一个投资很大的企业项目，就再三要求给预留建设用地，上级很支持，真就预留了一块地，那块地原先是一片水洼地，几乎常年有水，填土垫高后，项目却没谈成，当时殷家贤软磨硬泡，非要承包，村委会一研究，闲着也是闲着，不如先租出去，就暂时承包给殷家贤和春香家了。"

马怀云一听有预留地，立马来了精神，赶紧问："那块地在哪儿？有多少亩？"

李金才依然漫不经心地说："就在西大坑北侧，十亩。"

马怀云差点蹦起来："太好了，李书记，咱就在那儿建厂房吧！"

李金才斜眼看着他："你别激动，地是有，可建厂房也得申请，批下来才能用，再说，建厂房，那得用不少银子啊，废水处理要用钱，电力增容要用钱，钱从哪儿来？还有，厂房建起来，那些粉坊户甘心认头放弃自己的老粉坊去租新厂房吗？还有，这些问题解决了，会不会还有别的问题冒出来?"

这句话如同一瓢凉水,让马怀云突然发热的脑袋登时清醒:"废水处理是我同学牵头承担的研究项目,学校有专项投资,可以不用陈家湾一分钱。电力增容也好办,我同学徐冰是县供电公司副总,他说了,按照以往增容惯例,供电公司负责把电线送到各家粉坊户墙外,墙里的配置由各粉坊户自己解决。基本也不用村里花钱,就是新建厂房需要投资,你说别的问题是指啥问题?"

李金才哼一声:"别的问题是啥我也说不好,好多想不到的事谁敢预料,在农村干事就是过一道坎儿又一道坎儿,你就干着看吧。"

"那你明说呗,别的问题到底是啥?到底都有哪些坎儿?"

"我又不是神仙,算卦都算不出来,先说第一难,投资,那可不是小数,垫地基,咱们这儿是蓄滞洪区,还是泄洪口门,地基不能低于一米五,十八家粉坊,每家连工坊带仓库起码五十平方米,还得多盖几间预备新增户,还得弄个大一些的冷库,估计起码得五十万。"

马怀云说:"咱号召粉坊户集资呢?

李金才说:"心里没底,你心气高,底气足,你挨家挨户问问,看有几家愿意集资的。再问问他们愿不愿意租厂房,我估计会让你失望透顶,陈家湾人的脾气性格我最了解,好处就在那儿摆着,你给他送家里去他乐不得,你让他费点儿力气去拿他都不干。"

马怀云真想动员粉坊户集资,他先问了问陈慧珍:"如果让粉坊户集资凑钱建厂房,粉坊户们会积极响应吗?"

陈慧珍说:"估计不行,这些人一个个都像钱串子,进了腰包的钱就串在肋条上了,估计也就刘长海会同意,别人都很难说。"

马怀云皱起眉头,心想,先找刘长海、殷大明等粉坊户渗透一下,看看反应。这一夜,马怀云根本睡不着了,翻来覆去思考怎么办,直到天亮,也没理出头绪。起床后感觉头昏脑涨,他决定先问问于德福、刘长海、殷大明,看看三剑客是啥心思。于德福的意思很无所谓,他说,我没有粉坊,弄不弄与我无关,我也不操那份儿闲心。马怀云很失望。转而去问刘长海。刘长海有些担忧,认为粉坊收入本来就不是多大,投资太多,一时半会收不回来,粉坊户都是庄稼佬,目光短浅,只看眼前。他又去问殷大明。殷大明则很明确,没钱投资,就在老院子干,不让干就算了。三剑客的回应让马怀云心里更是七上八下了,一时间没了主意。

然后,他又接连走访了其他几家粉坊户,得到的回应差不多,支持废水处理,支持改用电锅,但是让人们集资建厂房不行。因为本来自己家有场地,租厂房就要每年交租金,但如果必须租厂房才让开工,也只好顺着路走。怎么办呢?关键是建厂房,村委会没钱;集资,人们不同意,愁得他脑仁疼,怎么办?马怀云心里没底了。

第二十四章

马怀云分别找三剑客聊天的事让殷家贤知道了,都说了啥呢?他是既纳闷又格愣得慌,还泛酸,一贯的毛病就是不闹明白心里不踏实,就找刘长海打探。刘长海冲他嘻嘻一笑:"好事,不告诉你,就让你闷得慌。"殷家贤不甘心,去问殷大明,殷大明觉得没必要瞒着,就跟他说:"粉坊早晚要恢复,可能要集中到一起去干,要在西大坑北侧建厂房。"殷家贤"哦"了一声,心里开始打转转,建厂房计划里有我的冷库吗?这帮子人别把我排除在外,自己凑钱建冷库?我得抓紧打听打听。又一想,不行,西大坑北那块地不能动,前几年有个阴阳先生说那块地非常少见,天然地具备左青龙,右白虎,前朱雀,后玄武四灵,是难得的风水宝地。东面有村里的生活污水常年不断,属于活水,叫作青龙;西面与鱼塘相隔有条大道,属于白虎;南面有西大坑水面很大,是为朱雀;北面有一片高地,那是当年的庙台子,多年闲置,正好成了玄武;太难得了,谁家要是把祖坟安排到这块地里,将来说不定会出国家栋梁呢。阴阳先生的话让殷家贤动了心,他三番五次找李金才,要求承包那块地。李金才不知道他的用意,最后经过村委会研究,决定承包给他一部分,其他的承包给了春香家。时间不长,他就按阴阳先生说的,在一个月黑风高的夜里偷偷把祖坟迁移到这块地。现在要在那里建厂房,就破了殷家祖坟的风水啊,说啥也要拦住。

他觉得必须从根子上用力,过了两天,他找到李金才说:"书记啊,马怀云这是瞎折腾,他折腾完了,留个烂摊子还得你收拾,你当书记的要拿得硬,西大坑北那儿不适合建厂房,你是树根,你不答应,累死马怀云这个树梢摇……"

殷家贤正说得起劲儿,哪知道李金才绷起了脸:"行了,别说了,为啥不适合建厂房?当初怎么搞的规划?怎么成的预留地?再说,建厂房也不是我或者马怀云一个人定的事,是党支部、村委会的决定,村民代表会通过了的,镇上和县里都批准了的,你别瞎掺和。"

殷家贤又问:"那,我的冷库呢?是不是也一起搬迁?"

李金才轻描淡写地反问:"你的冷库能搬迁吗?"

殷家贤眨眨眼,心说:"还真是,除了压缩机可以搬迁,房子怎么搬?"

李金才的心路殷家贤是摸不透的,李金才是干啥的,脑子清楚得很,跟马怀云拧拧巴巴,差点儿闹出不愉快,那是他的小私心,他知道该就坡下驴的时候肯定下。再说,如果粉条加工废水处理好了,就可消除污染鱼塘的顾虑,电力增容使用大电锅,没有了烧煤冒烟问题,集中管理,也有利于村容村貌的管理,更重要的是各家粉坊给村里交租金,还增加集体收入。不过这些都是难办的事,最终能不能办成还在影儿里照着。马怀云如果真的办成,那也是大好事,不可能放着河水不洗船。还是要不疼不痒地顺着马怀云的思路配合、呼应,还不能太积极,万一不成呢,还留个退身步。万一搞成了呢,也不至于太被动。

殷家贤以为李金才会跟马怀云顶到底,哪知道李金才却站在马怀云一边说话,好像还特别支持,这让殷家贤有点儿捉摸不透了。在李金才那里没得顺气,他不甘心,想动员村民抵制,就来找刘长海、殷大明。

先神神秘秘地对殷大明说:"马怀云这小子看你跟刘长海有点儿小本事,出馊主意削尖儿啊。"

殷大明一愣:"啥?削尖儿?马怀云说得很透亮,以后大家都省心了,交点儿租金,就撒欢儿地干。"

殷家贤狡黠地一笑:"别信马怀云,他那脑瓜可不简单,我都不是他的对手,你们三剑客绑一块儿也敌不过,给你们三杯酒,都灌晕了,你见过天上掉馅饼吗,你们被马怀云卖了,还帮人家数钱呢。"殷家贤口气很是一本正经。

殷大明说:"反正我觉得马怀云做的是好事。"

殷家贤哼一声:"没法跟你说,不开窍的木头脑瓜子!"一甩手,走了。

要集中建厂房的消息迅速在村里传开,也引发不少人议论。殷家贤是最活跃的,他在村委会门口演讲,嘴角挂着唾沫,单手掐腰,另一只手挥舞着,让人想起小时候看的电影《列宁在十月》,那口气还真有些慷慨激昂："李金才这是要犯错误啊,听说上边有政策,村里不许随便搞建设。"

还别说,殷家贤的演讲还真有煽动性,聚集了几十口子人,议论纷纷。声浪传到村委会办公室,李金才和马怀云来到现场,李金才拉一把殷家贤,质问他:"阴诸葛你想干啥?是不是想挑起村民与村委会的对立?"

"哎哟,书记啊,你给我戴高帽啦,我能挑起对立,那得多大本事。"说这话的时候,他脸上露着邪性的奸笑。

马怀云往前靠了靠,撩眼皮瞪他一眼:"殷家贤,咱们打个赌怎样?"

"打赌?打啥赌?随你!我殷家贤不怕馇火。"

马怀云也回给他一个坏笑:"咱俩坐在村委会,谁都不许跟村民接触,让村民投票,如果反对的多,算你胜,我把一个月的工资给你,如果同意的多,算我胜,你怎么办,你自己说。"

殷家贤嘿嘿一笑:"赌就赌,还不知谁输谁赢呢,我输了嘛,这个,我阴诸葛的名号不要了。"

李金才上去给殷家贤后背拍了一巴掌:"阴诸葛的名号也不是你自己起的,那是人们送你的,你巴不得去掉呢。"

马怀云一看,话已经说出去,收不回来了:"你的意思是说,你输了,以后就少干或者不干阴诸葛的事了,对不对?"

殷家贤点点头:"对,还是马同志善解人意。"

马怀云很干脆地一拍手:"好,咱赌一把。"

李金才低声说:"还真赌啊?"

马怀云点点头:"不赌,殷家贤不认头,他赌输了,认头了,他就会收敛些。"

殷家贤眼珠不停地乱转,思忖一会儿,有了主意,哼,跟我打赌,我从根儿上给你使坏。他拿出手机,分别给刘长海和殷大明发了微信:集中建厂是马怀云的智谋,明面上给你俩戴了顶高帽,实际是扒你们的皮,吃你们的肉,以前你们在自家干,赚多赚少都是自己的,集中建厂,每年得交租金,还有啥统一商标,统一进原料,统一价格,少赚很多钱,一会儿你们找些可靠的人,劝他们一定要投反对票,把事情搅黄,我请你们喝三顿酒。工夫不大,收到俩人的回复,还都是一样的话:放心,等你请酒。接到回复,殷家贤心里有了底,跟着马怀云回到办公室。李金才打开喇叭:"紧急通知,请陈家湾所有在家的各位村民马上到村委会。"一连气广播好几次,村民不知有啥情况,三三两两地来到村委会。李金才说:"根据咱们村目前情况,结合十八家粉坊户现有条件,经过多次研究并请示镇领导和县有关部门,决定在西大坑北侧建统一模式的粉坊。"

殷家贤站起来,冲窗外喊一嗓子:"我不同意!"

马怀云说:"这是从陈家湾粉条加工长远考虑才做出的决定。"

李金才拉马怀云一下:"不用跟他费口舌,投票吧。"

陈会计刚清点人数,刘长海突然喊一句:"不用投票了,我代表全村百分之百的村民举手同意!"蒜头嘴噘了又噘。

李金才白他一眼:"别捣乱,谁也不代表谁,自己投票。"

投票结果当场公布,竟然只有一票反对。马怀云和李金才交换一下眼色,一起把目光投向殷家贤。殷家贤先是吃了一惊,很快就意识到刘长海和殷大明反水了,他张着一双小眼四下寻找,看到了,俩人正悄悄说笑呢。殷家贤心里骂一句:这俩浑球儿,还想喝酒,去喝狗尿吧,哼!但他脑瓜就是灵活,当他感到马怀云和李金才两股目光聚焦在他脸上的时候,他突然高喊一声:"我也支持建厂房,我再替陈慧珍投一票。"

话音刚落,于德福怼他一句:"陈慧珍用你替啊,早有人替她投完了。"

殷家贤斜眼瞅了瞅于德福:"哦,陈慧珍跟你好,她委托你投票啦。"

于德福蹦了起来:"殷家贤,你那破嘴留点德,别满嘴驴粪到处乱喷!"

李金才怕他们俩斗嘴,问殷家贤:"还赌吗?"

殷家贤撇一下嘴:"古人说得好,民不跟官斗!"说完,像戏台上抖水袖一样,抖了抖手,甩一下头发,扭着屁股,晃动腰身,迈着戏台上的步法,走了。

李金才呵呵一笑,高喊:"支部委员和村委会委员留下继续开会,其他人散会!"

两委委员坐定后,李金才皱着眉头说:"建厂房,目前只建十八家用房,过后如果有想加入的,再研究扩建,眼前需要解决的就是把那块地顺理成章地弄回来。"

对西大坑北那块地人们都清楚,因为那片地里有殷家贤家祖坟。当初企业项目没落实,地就闲下来了,殷家贤几次三番要求承包,还鼓动春香跟着起哄,村委会讨论后就承包给了他们,哪知道殷家贤是另有所谋,他听一个阴阳先生说这块地有风水,说后代会出当官的,就为了把祖坟迁移到这块地。人们担忧在补偿费上殷家贤会借机狮子大开口。

马怀云沉了一会儿,说:"他家祖坟是后期迁入的,完全可以协商,让他迁走。"

李金才把头摇了又摇："殷家贤的头不好剃，他的转轴多着呢。"

马怀云说："他转轴多咱不怕，他头不好剃咱也得剃。"然后把实验小组和投资情况跟大家做了介绍。最后形成了一致意见，同意试验小组入驻陈家湾。

散会后，李金才在回家路上遇到殷家贤。李金才不愿搭理他，装作没看见，径直往前走。殷家贤追上去，悄悄问："你不是不同意粉坊恢复加工吗？怎么还开会支持马怀云？"

李金才撇一下嘴："这叫猫有猫道，鼠有鼠道，你白读那么多书，等着看着听着，别多言少语。"

李金才这么说殷家贤，其实他也对自己有些说不清了，支持？反对？是也不是，都是模棱两可。唉，下一步怎么办呢？说实话，他很矛盾。

第二十五章

试验小组迅速开进了陈家湾,吃住安顿好后,便开始了紧锣密鼓的筹备。首先要选一个试验地点,马怀云觉得靠村边的刘长海家粉坊比较合适,可以在外面挖试验池。他找到刘长海,把试验的打算一说,刘长海一百个愿意。

马怀云嘱咐刘长海去找陈会计要钥匙,陈会计说李金才怕他管不住,自己管起来了。

刘长海骂了一句:"真他娘的。"

陈会计不敢惹刘长海,赶忙摇着双手说:"别骂街,骂街不好。"

马怀云皱了皱眉头,拿起手机,拨通了

李金才的电话,说:"李书记啊,试验小组已经来了,打算在刘长海家粉坊做试验,请你来村委会,把刘长海家粉坊钥匙拿出来。"

李金才在电话里轻轻沉吟一句:"刘—长—海,哦,我在外地啊,得过几天才回陈家湾。"

马怀云听出了味道,李金才是对自己做主张在刘长海家搞试验有意见。

刘长海也听见了,气得直骂娘。

李金才的故意回避也惹恼了于德福,那天殷家贤跟他争汛铺,两人逗闷子,尽管没换,但当时李金才好像真有意换他,还说他扫大街不着调,三七四六上了一大堆,那口气儿还憋着呢。他一贯是横的不吃,顺的吃,明着干耍滚刀肉,暗着干蔫坏损,心里开始琢磨如何给李金才添点儿腌臜,把他从家里逼出来。他离开村委会,没回家,出村顺着河堤闲逛,猛然看见有送葬车队路过,扔下十多个花圈,落在路边草丛。他盯着花圈就来了坏点子,他把花圈收起来,卷成卷儿,拿回家,走到门口,觉得不吉利,就把花圈放在房西,用柴草掩盖好,后半夜起来撒尿,看看是三点半,他悄悄把花圈拿到李金才门口,打开,放好,又蹑手蹑脚地回家睡觉。天亮后,有人赫然发现李金才家门口放着花圈,急慌慌地说:"坏啦,李金才家出事了,是不是老支书过世了?"

有人说:"不一定,昨晚上还看见呢,莫不是李金才?"

按陈家湾习俗,谁家有丧事,基本全村都去吊唁,哪怕以往有过节儿的,也不丢这面子。于是就有人陆陆续续拿着烧纸来吊孝,哪知道,推不开门,"啪啪啪"拍了一阵,门开了,李金才见人们手里拿着烧纸,旁边还摆着一个大花圈,顿时火冒三丈,破口大骂:"这是那个混账王八羔子干的! 我查出来决不轻饶!"骂街只是发泄心头怒火,解决不了实际问题,摆花圈肯定是报复行为,那么会是谁呢？李金才气得把花圈拢起来,抱着就往村外走,脸色铁青。有人遇到,就问:"李书记,大清早给谁家送花圈啊？咱村谁家死人啦？"

李金才没好气,先是不搭理,后来就干脆说:"给你家送!"弄得问话人朝他背影吐唾沫。李金才边走边揣摩,到底是谁这么胆大给我送花圈呢？再说我最近也没得罪谁呀,想来想去,归到于德福身上。对,错不了,就是他,这个滚刀肉,一个村里有这么几个浑球,别想顺当稳定。

这时,马怀云来了,见李金才并没出门,而是藏在家里呢。心里很不是滋味,他想不透,李金才不该这样啊,搞好粉坊污水处理试验,是十八家粉坊的大事,他摇摇头,但他不想让李金才难堪,就说:"李书记,那,刘长海家粉坊钥匙？"

李金才眨眨眼:"哎呀,也不知怎么回事,从昨天就浑身说不清的难受,就想静一静,怕人打扰,谁找我都说出门了。"说着,摸摸口袋:"哎哟不好,我办公室钥匙也丢了,长海,你把锁砸开。"李金才一番话其实是在遮掩,马怀云心知肚明,感觉他作为支书心也太小了。

砸开锁头,马怀云和项目团队赶紧对刘长海家粉坊进行实地勘测,而后便开始研究设计方案。一切都在紧锣密鼓地进行中,李金才时不时也来看看,询问进度,问得最多的是"能行吗",泛着酸味。

当天下午快下班时,李金才突然对马怀云说:"下班后我请你喝酒。"

马怀云一愣,有点儿纳闷,为啥突然要请我喝酒呢？是不是有啥话要跟我说,就说:"上级有规定,有要求,不许喝酒。"

李金才说:"不是村委会请你,是我李金才自己掏腰包请你喝酒。"

马怀云说:"那也不行,喝酒就违规。"

怎奈李金才连拉带拽，把马怀云请到了周家坨，俩人进了一家环境不错的小酒馆。斟满酒后，李金才说："我觉得有句话必须说在前头，你看试验团队的工作已经在进行中了，如果没把握，可以半路收工，随便找个台阶就下了，最后万一失败，可别落个劳民伤财不好收场啊！"

马怀云说："劳民伤财这个词不恰当，所有试验经费不用陈家湾一分钱，如果失败了，就是天意，咱就认了。"

李金才说："电力增容，治理废水，建厂房，哪方面都不是好办的事，想想头就大了，现在土地规划管理多严格啊，弄不好就落个空对空。"

马怀云说："开弓没有回头箭，只能干！县里我去跑，你只管负责把西大坑北边那块地量一下，看能建多少房子，除了现有的十八家粉坊，看有没有可以预留一些操作间、仓库、车场的空间容量。"

李金才本想借喝酒说真心话感动马怀云，没承想马怀云还是那么固执地坚持，只好耸耸鼻子："嗯，好，那我就预祝试验成功，来，喝一个。"

马怀云不敢多喝，心里惦记粉坊的事。

回到陈家湾，有些醉意的李金才回家去睡觉了，马怀云一想，好几天没去西大堤了，趁天还没黑，去看看那座空坟。就顺着大清河堤往西走，离空坟近了，他停下脚步，往四下看看，大清河水慢悠悠地流淌着，绿树青草在阳光下泛着白光，他心说，这里风光还是不错的。就在这时，忽然听见有人喊："来人啊，抓流氓！"好像是陈慧珍的声音，他心下一惊，朝声音传出的地方奔去。

当他拐过一道弯，见不远处一男一女正厮打，果然是陈慧珍，那男的竟然是殷家贤，他怒气冲冲地奔了过去。

原来，殷家贤喝醉了，歪歪斜斜地来到小卖部，见门关着，就拍着门喊:"陈慧珍,开门,我有话问你。"

殷大明正好路过,告诉他:"别拍了,拍碎了也没人开门,陈慧珍去地里干活儿了。"

殷家贤涨红着脸,斜眼看看殷大明,转身朝地里走去,远远一看,陈慧珍正在地里浇水,他沿着水沟歪歪楞楞地跑过去,近了,就喊:"陈慧珍,你浇地啊。"

陈慧珍见是殷家贤,一皱眉:"你干啥?"

"干啥?找你说几句话呀。"

"你跟我有啥话说,我忙着呢。"

"陈慧珍,我可想你想了好多年了。"说着,殷家贤就来到陈慧珍跟前了,似乎闻到了陈慧珍身上的气味。殷家贤突然双手张开,就去搂抱陈慧珍,陈慧珍一惊,赶忙挣脱,哪知道殷家贤的双臂非常有力,根本就挣不开,想低头用牙咬他的手腕,可又够不着,拳头也挥不动,急得她脑袋乱摇,破口大骂:"该死的殷家贤,遭晴天五雷轰⋯⋯"

殷家贤此刻好像中了魔,竟然真的起了邪念,要非礼陈慧珍,张着满是胡茬的嘴,喷着酒气,直往陈慧珍脸上凑。陈慧珍极力摇摆着脑袋,躲闪着眼珠滴溜溜乱转,琢磨解脱的办法。两人一边撕扯,陈慧珍一边朝远处看,盼着来人好解救她。殷家贤也不住地四处张望,他也怕来人,坏了他的好事。两人僵持了一会儿,陈慧珍心想,这样可不行,一会儿万一真来人看见也不好啊,也有损于自己的名声啊。时间长了自己不是殷家贤的对手,可就坏了,于是就停止了挣扎,把一丝装出来的笑意挂在脸上,扭捏着说:"殷家贤,其实,你倒不是十分膈应人,可是你真要在野地里动真的来邪的啊。"

殷家贤说:"嗯,我都想死你了。"

"那这样,你松开我。"陈慧珍强忍怒火。

殷家贤以为有门儿,果然松开了,但右手依然抓着陈慧珍的左手。陈慧珍见不好摆脱,就想,我也跟他来个弯弯绕,就说:"你看这儿也不是干那事的地方啊,咱找个地方,行吗?"

殷家贤看看周围,确实不好藏身,就拉着陈慧珍走。陈慧珍急速琢磨怎么解脱,那天还真就那么巧,周边地里就没个人影。走来走去,没找到合适的地方,殷家贤停住脚步说:"别走了,这样转到天黑也找不到好地方,就在这儿吧。"

"不行,你看着地上多脏啊。"陈慧珍一双眼不住地四下踅摸,看远近是否有人。

"哪儿都一样,你家床上干净,你让我去吗?就这儿了。"殷家贤还要耍横。

陈慧珍简直要哭了,忽然心生一计,用右手捂住自己的眼睛:"哎呀,你看你这张脸,好脏好恶心人啊,你能不能洗把脸,别让我太恶心了啊。"

殷家贤皱皱眉头斜眼看看陈慧珍:"你这娘们儿,刚才你不说,现在又嫌我脸脏。"

俩人又回到浇地的水沟边。陈慧珍说:"洗脸吧,放心,我不走,站你身边。"

殷家贤终于松开陈慧珍的左手。蹲下去,伸出双手去水沟里捧水,就在他身子前倾的当口,陈慧珍猛地伸手掐住殷家贤的脖子,摁进水里,殷家贤整个身子都栽了下去,俩手扎撒着乱抓乱挠。陈慧珍突然一松手,撒丫子就跑。殷家贤在水沟里扑扑棱棱站起来后一看,陈慧珍跑了,骂一句:"真他娘晦气,上臭娘们儿当了!"便起身紧追不舍。沟沿不宽,陈慧珍跑了不远就摔倒在沟里,浑身湿个透。殷家贤正好赶到,上前就扑在陈慧珍身上。陈慧珍大喊起来:"殷家贤,你缺八辈子德,来人啊,殷家贤耍流氓。"此时,马怀云已经来到跟前,上前踢了殷家贤几脚。殷家贤停了手,气哼哼地对马怀云说:"不用你管我这闲事,我俩闹着玩呢,对不对,陈慧珍?"

陈慧珍把一口唾沫吐到殷家贤脸上:"损阴丧德的东西,谁跟你闹着玩?"

殷家贤瞪陈慧珍一眼,又用身体撞了马怀云一下,走了。

马怀云看看浑身湿透了的陈慧珍,心里也不是滋味,还有些尴尬。

陈慧珍看一眼马怀云,鼻子翅忽闪一下,转身扭着屁股走了。

马怀云摇摇头,心里五味杂陈。

第二十六章

陈慧珍遭到殷家贤的侮辱,尤其救她的人是老同学马怀云,让她感觉脸面上太难堪了,没人的时候就暗自落泪,心情很低落。马怀云来看她,见她两眼红肿,就安慰她说:"没啥事,不要太纠结,以后尽量躲着殷家贤。"

陈慧珍说:"我早就躲着他啊,可他就像绿豆蝇一样死盯。"

马怀云嗑了好几下牙花,拨通李金才电话说:"李书记啊,你看咱正事都忙不过来,殷家贤还老添乱,你务必想办法管管殷家贤。"

李金才说:"我也没啥好办法,除非让他

蹲几天派出所,他可能会老实几天。"但李金才心里还有他的小算盘。他想殷家贤时不时出来捣捣乱,干扰马怀云的计划或延缓步骤,也是不错的,李金才没想到废水处理试验这么顺利,一直犹豫、彷徨的他,也不知是放手支持好还是继续拦阻好。

这段时间,赵永新带领实验小组的人兢兢业业,白天黑夜地观察、测算,经过艰苦的反复试验,三级处理系统最终成功,泡沫浮板上种植的水芹菜都已成活,十几条鲫鱼在水里自由自在游荡。就在即将大功告成之际,马怀云难掩心中的喜悦,兴奋地告诉李金才:"初步试验基本成功,剩下的就是扩大规模,正式处理污水。"

李金才听后,不由自主地鼓起掌来:"好好好,你真为陈家湾办了一件大事。"

和马怀云分开后,李金才去找殷家贤说:"你阴诸葛是陈家湾最有头脑的人了,韬略最深,计谋最高。"

殷家贤斜着眼问:"李书记你啥意思?跟我明说,别兜圈子。"

李金才嘻嘻一笑:"他们这些人可都是搞学问的,那些图纸啊,数据啊,好多呢,我就想啊,万一那些图纸数据丢了,可怎么办?不就半途而废了吗?"

殷家贤猴精猴精的,马上就明白了李金才的意思。他心里打起了自己的算盘,要是主动配合李金才,李金才肯定不会卸磨杀驴,自己就成了李金才的心腹,说不定下一届村委会换届,还能捞个委员当当呢。李金才走后,殷家贤盘算,我得去探探路。就来到刘长海家粉坊,见人们都在各自忙碌,他手托下巴在粉坊里转悠一圈,离开了。后半夜了,殷家贤悄悄起来,在刘长海家粉坊外溜达了好几圈,不敢行动,这是有生以来第一次做这等下作事,心脏突突乱跳,但一想到要在李金才面前立功，就叮嘱自己舍不得孩子套不住狼啊，下狠心干吧。于是，他翻墙进了粉坊，把那些图表、试验数据胡乱一卷，慌慌张张离开了陈家湾，边走边想，马怀云失算了，这么重要的东西，怎么不保护好，随便扔在粉坊呢，胡乱想着，就来到大清河边。他想拣块砖头扔进水里，转念一想，不行，我翻墙留下了印记，那屋子里留下我很多脚印，等他们发现这些东西丢了，还不得报警，警察一调查，弄不好我就得蹲大狱，那就全毁了。再说，我在陈家湾是读书人，读书人偷东西，太栽跟头。想到这儿，就感到脖子后冒凉气，我还是送回去为好。于是，他快步紧走，再次翻墙进院，把图纸放回原处。

李金才对试验结果还是不信，就想了解透彻。马怀云说干脆让两委班子成员、村民代表和粉坊户们都来听听。由赵永新给两委班子成员讲废水处理工艺流程，粉坊生产各工序产生的废水进入调节池充分混合后进入沉淀池，泥沙沉淀下来，定期清除，一个生产周期清除一次。用污水泵把较浓的废水抽入过滤装置过滤。滤渣用离心沉降分离机进一步脱水、增稠，再自然晾干后即成优质的蛋白调料，含有丰富的蛋白质、脂类和一些微量元素等，可以作为猪、鸡、鸭、鹅等家畜家禽的饲料。但是经上述过程处理的废水，水质还不能达到国家规定的排放标准。所以还要在废水处理场附近设置一个或几个可以容纳一个生产周期产生的废水池让其自然发酵，并利用池中生长的微生物对有机物分解处理，从氧化池出来的废水就完全达到国家排放标准了，就可用来浇地。浇地时，被截留及吸附的污染物和土壤微生物一起形成很薄的生物膜进行有机物的生物转化。水中的悬浮物沉在水底，胶体和溶解物都分散在水中，污染物靠土壤微生物净化，土壤微生物靠水体微生物净化。由于微生物十分活跃，加之农作物的吸收作用，可以使有机氮代谢产物快速下降。赵永新说:"目前我只能这么简单地介绍,以后大家就都明白了。"

试验成功,马怀云高兴地请来县环保局技术人员现场化验,经过处理的水已经完全达到国家排放标准。在场的李金才不信,认为是马怀云收买了技术人员,也灌一瓶处理过的水说:"我带回家养养小金鱼看看。"其实他带着那瓶水跑到县环保局,亲眼看着技术员化验,结果确实达标。他心里很矛盾,也很不是滋味。回到陈家湾,向马怀云和试验团队表示祝贺,跟马怀云说:"我作为支部书记,晚上我请客,尽尽地主之谊,一定要实验小组的老师们赏光。"

吃着饭,马怀云说:"下一步就可以在西大坑修建大型三级污水处理池了。"

由此,废水处理基本定案,电力增容也按照线路规划有条不紊地进行着。马怀云心里算是有些放松,但建厂房、冷库的六七十万资金没着落,他决定先找殷家贤研究研究冷库的事。

马怀云突然登门,让殷家贤感到很意外,马上意识到肯定有事,自己醉酒调戏陈慧珍,马怀云作为陈慧珍的老同学,会不会找他算账? 瞥一眼,没说话。

马怀云见殷家贤冷待自己,站了片刻,突然问:"你那个冷库多大? 当初投资多少钱?"

殷家贤没想到马怀云问冷库的事,稍一迟疑,马上说:"五十立方米,投资六万多。"其实他多说了三万,当时投资实际用了三万,他是想,假如搬迁冷库给赔偿呢,不能少说,瞅机会能咬一口是一口,他为自己脑子转得快感到庆幸。

马怀云又问:"把冷库搬迁到新厂房里需要多少钱?"

殷家贤闭上眼,沉了一会儿说:"也就压缩机可以搬迁,保温墙搬不了,估计做保温墙起码得五万。"

　　"你自己筹款搬迁,我做主,给你免两年场地租金。"

　　殷家贤张了张嘴:"免两年租金,嗯,也行。"

　　冷库搬迁不用操心了,还有建厂房的钱没着落,起码五十万,怎么办? 他决定回单位向领导汇报。

第二十七章

县科委是县属局级单位,一把手主任一般都是平级干部中的老资格。马怀云推开主任办公室的门,主任立即笑着迎过来:"马科长,辛苦啦!来,快坐!"

马怀云坐在主任对面,没等主任问他啥事,就直截了当地说:"主任,我遇到了难题,不知道怎么办向您请教来了。"

主任说:"啥难题,说来听听,看单位能不能帮你解决。"

马怀云就把进村以来的情况简单地汇报了一下,最后说:"眼前遇到的最大难题就是建厂房没钱。"

主任凝眉沉思一会儿,说:"你干得很不

错，恢复陈家湾粉条加工就抓对了，还调动了老同学的资源，废水处理试验不要钱，电力增容少花钱，不错，看来让你去陈家湾真是选对了人。"

马怀云急切地说："可是没钱建厂房这个难题把我困住了。"

主任给马怀云倒杯水，说："咱科委是没钱单位，没有资金来源，但咱可以发动单位全体捐款，不过也是杯水车薪，不可能捐几十万啊。"

马怀云站起来："谢谢主任的大力支持，靠捐款筹集资金肯定不行，我再想别的办法吧。"

主任追了一句："难不成你从家里拿钱帮他们?"

马怀云没加思考，竟然脱口而出："嗯，实在没路可走，我就从家里拿钱。"这句话其实在说出口之前他并没这么想，只是主任的一句话，赶在那儿了，他便脱口而出，说出来之后，心里也是乱七八糟的，从家里拿钱? 他忍不住在心里问自己，你真的从家里拿钱吗? 贷款不行，集资不行，废水处理实验小组等着进村，电力增容基本谈好，就等厂房的结果，如果厂房不建，废水处理、电力增容怕也得黄，陈家湾粉条就不能恢复加工，事掯在那儿，不从家里拿钱就解决不了，我说的话就落空了，我拿啥脸面见陈家湾的人，那不成了空对空，干脆卷铺盖回单位上班! 可是从家里拿钱也不是简单的小事，家里哪部分钱可以拿出去? 取自己的公积金，那得有理由啊，买房? 装修? 不行，那瞎话不好编。他脑子一片混乱，甚至都忘记自己是怎么从主任屋里走出来的，与主任打没打招呼。出了科委大院，直奔家里而去。

回到家，他在屋里来回转悠，突然，一眼搭在一个木箱子上，他想到了一个物件，心里咯噔一下，那可是家传的宝贝。当年爹传给他的时候，嘱咐他，这是奶奶的陪嫁宝贝，不到不卖就得饿死的时候不能打宝贝的主意。啥宝贝，当年你爷爷在周家坨一带打游击，从日本人虎口里救了一个年轻女人，那女人后来就成了他的奶奶，奶奶娘家是富户，奶奶的爹是文化人，家藏名人字画，奶奶跟爷爷结婚时，奶奶的爹在打点陪嫁的时候，把一张民国画家蒲华的《竹菊石图》放进了嫁妆包裹，这位蒲华虽然比不上吴昌硕的名气，但也算是民国时期的书画名人，这幅画就成了他们家的传家宝。这么想的时候，他几次否定自己，谴责自己，怎么会有这想法？再难也不能打传家宝的主意啊！可是他越不想卖那幅画，那幅画越是在眼前晃，晃来晃去，那幅画就变成了一堆钞票，他晃晃脑袋，眨眨眼，骂自己走火入魔了。可是不卖画，盖厂房的几十万块钱，去哪儿弄呢？

马怀云在屋里坐不住了，提起外套往身上一披就来到了大街上，说来也真是奇怪，大街上的商铺片刻就变成了字画店和古董店的牌匾，他想进去看看，询问一下行情，可是他又不敢进去，一是自己手里没有拿着东西，没法让人鉴定，艺术品不是批量生产的电子产品，一个牌子一个型号到哪都差不多的价。再者就是不到万不得已也不能卖，就是能卖个好价钱，人家说收了，你到底给不给呢？思来想去最后还是哪家店铺也没有走进去。他就这么想想看看，天色已经渐暗起来，可是那些牌匾依旧像苍蝇一样在眼前飞来飞去，轰走一波又飞来一批，他下意识地停住脚步，用手在眼前摆摆手，定睛看了看，哪有那么多与字画有关的店铺呢？眼前这家店铺的霓虹灯广告明明写的是电脑、笔记本、摄像头……

马怀云打了一个激灵，对呀！就是摄像头。

马怀云推开一家店门，一个阳光帅气的小伙子接待了他，二人简短交谈，马怀云接过对方的名片，匆匆告辞。看看天色已晚，就急急地开车回了陈家湾。

马怀云来到小卖部。陈慧珍正独自坐在柜台里发呆，见马怀云进来，起身迎过来问："看你脸色不好看啊，不舒服啦？"

马怀云坐下后说："没有，就是有点犯难。"就把近期所遇难题跟陈慧珍唠叨一遍。陈慧珍没说啥，眉头皱了一下，看得出她很替马怀云着急。刚要给马怀云倒水，马怀云已经起身，走到门口，又折回来叮嘱着说："对了，明天来人给你小卖部安装摄像头，你提前收拾一下，这是安装师傅的联系方式。"说完把名片往柜台上一放就急匆匆地出了门。马怀云因为低头心里想心事，在门口险些撞到一个人，定神一看是殷家贤，他也没多想，心急火燎地径直朝李金才家奔去。

见到李金才，第一句话就问："粉坊户集资肯定没戏了，如果他们能出钱，厂房产权和租金也是问题，不如咱筹款把厂房盖好出租给他们，你看每间房租金定价多少粉坊户可以接受。"

李金才说："按陈家湾实际，租金不能太高，每间房每月四五百元就差不多，每家两间房一个月交租金千八百元，那么一年下来，可以回收租金二十万左右。

马怀云点点头："正好完成上级规定的集体经营性收入二十万。"

李金才说："你光建厂房不行，还有冷库呢？"

"我找殷家贤说好了，冷库场地由村里出，搬迁费用他自己出。"

李金才嗫了嗫牙花："五十万可不是小数目，这钱从哪儿来呢？万一搞不成，怎么办？"

马怀云心意满满地说："嗯，用不了三年就可以全部回收。"

李金才说："是啊，可以这么想，可这五十万从哪儿来呢？"

马怀云摇摇头："目前还没着落。"

"没钱都是空话。"李金才说:"这几天我也没闲着,找周家坨干企业的朋友,找陈家湾在外面干买卖的求,都说钱不好挣,手头没钱。我又问了一些村民,让人们集资,将来收了租金分成,人们都撇嘴,没一个响应的。我家原先倒是有点儿钱,周家坨一朋友开饭店找我借钱,就都转给朋友了。唉,真是难啊。"这么说着,他用眼的余光看了看马怀云。其实说这些话他也感到心虚,因为他根本没找任何人借钱。马怀云满脸愁云,脑袋摇个不停。李金才把马怀云送出门时,说了句:"实在不行就算了。"这句话,像根针扎在了马怀云的心上。

他感到很累,想歇一会儿,刚躺下,陈慧珍来电话了,让他到小卖部去。马怀云来到小卖部,神情有些倦怠地问:"你有事?"

陈慧珍笑了笑:"听说你为建厂房的钱愁的够呛,我这些年积攒了七八万块钱,你先用,将来再还我。"

马怀云赶忙摆手:"不行,不行,哪能用你的钱。"

陈慧珍说:"作为老同学,眼看你那么为难,别的事我伸不上手,只能拿钱帮你一把。"

"不行,我有我的打算,你的钱还有重要用途。"

回到于德福家,马怀云像热锅上的蚂蚁,翻来覆去一直到天明,见于德福睡得正香,就悄悄出门,围着村子又转了一遍,看时间差不多了,径直来到村委会。

刚进门口,单位办公室来电话说今天下午单位组织大家给陈家湾捐款,每个人都捐,问马怀云捐不捐。马怀云心里更是打翻了五味瓶,很难受。再一想,主任也是没办法,靠捐款肯定是杯水车薪,但不管怎样,也是单位对自己的支持。他让办公室主任转达他对单位领导和同事的谢意,并通过微信转给办公室主任一千块钱,注明是捐款。

快下班了,办公室主任给他发来一个捐款表格,四位科委领导每人三千,九位科级干部每人一千,十七位普通科员每人五百,总共捐款三万多元。这笔款如果给一家粉坊,或许还能干点儿事,建厂房、冷库就等于杯水车薪了。马怀云心里很不是滋味。贷款是没希望的,除非是商业贷款,可利息高,不能给人们增加担忧。

回到住处,马怀云感觉浑身疲惫,身子一歪,躺在床上,依然在翻腾,他不愿意往那幅画上想,可越是抵制那想法,关于卖画的念头就越顽强地冒出来,说实话,那是奶奶的陪嫁,也是爹传给他的唯一宝贝,卖掉换钱建厂房、冷库?不行,爷爷和爹都会怪罪我的。可是建厂房、冷库的钱实在无处弄啦,打退堂鼓?不管粉条加工的事了,不为废水处理伤脑筋了,也不折腾电力增容的事了,难道就半途而废吗?要把这件事办成,就得有钱,钱从哪里来?难道我真的就只有卖画换钱建厂房冷库了吗?那我可就成了败家子了,爷爷、爹,现在我骑虎难下,我真的很为难,就这么翻来覆去,窗户上就现出了白光,天亮了。他一咬牙,最终下了狠心,决定把家藏名画卖掉,说了句:"爷爷、爹,我对不起你们啦。"

吃完早点,他告诉李金才说自己要去趟省城。他先开车来到县城自己家中,把那张画取出来。一路高速,来到省城一家叫艺缘堂的画店,门窗玻璃上写着:专收名人字画。马怀云把画递过去,鉴定师拿着放大镜一边看,一边说:"蒲华与吴昌硕、虚谷、任伯年齐名,称为'清末海派四杰',蒲华的画烂漫而浑厚,苍劲而妩媚,在当时就声名远扬。"鉴定师反反复复看了十几遍,最后说:"是真迹,蒲华作品价格近期处于上升状态。说实话,干我们这一行的也需要凭良心做事,不蒙人,不坑人。"

马怀云急不可耐地问:"您看这张画可以卖多少钱?"

鉴定师说:"参照苏富比秋拍蒲华类似作品价格,这幅画我出价五十万收购。"

马怀云心中暗喜:"五十万,建厂房跟冷库也差不多了。"就试探着再问一句:"还能不能再高些?"

鉴定师摇摇头:"不能再高了,任何投资都是有风险的,你们商量商量,如果认可这个价,就可成交。如果感觉不合适,可以再去找别的地方转转,万一给的价比我这儿高呢。"

此刻,马怀云心里可开了锅,爷爷传下来的宝贝,这一刻,只要自己一点头,就归别人了。说实话,他心很疼,他更知道此刻只要自己一动摇,画就可以拿回去,可没钱建厂房怎么办? 心说,爷爷和爹不会怪我的,一狠心一咬牙,左右也是左右了:"卖!"

办完手续,他从画店出来,鉴定师还追了一句:"我估摸你会后悔。"

马怀云扭脸一笑:"不会的,我从小没吃过后悔药。"

第二十八章

回到陈家湾，马怀云把银行卡往李金才面前一放，这是五十万，建厂房够了。

李金才很吃惊地问："你这，哪儿来的钱？"

马怀云抿嘴一笑："借来的。"

李金才问陈会计："能不能单独建账，专款专用，因为这不是村里的收入，是不是写一个收据，由你临时代办管理使用，财务管理我外行，你研究一下，看怎么处理为好。"

陈会计说："所有资金都不能体外循环啊，毕竟厂房将来要归村委会所有，借款人就应该是村委会，写个借款还款协议吧，把资金来源和使用方向，以及资金归还等事项

164

做个详细说明,备案。"

马怀云说:"你是财务专家,如何处理,听你的。"

陈会计草拟了借款还款协议,写明投资款不要利息,利用粉坊户租金归还借款,借款全部归还后,租金归村委会所有,算集体收入,主要用于房子的维修和配套设施的建设维护。马怀云、李金才和陈会计三个人都在协议上签了字。然后,陈会计又写了一个借款收条:今借到,马怀云粉坊基建专用款五十万元,借款人,陈家湾村委会,年月日。三个人又在经手人后签了字。交给马怀云,这个条子你收好。

马怀云说:李书记啊,钱有了,基建的事咱得紧着手操持了。"

李金才点点头:"好。"但抬脸又问一句:"那钱真是借来的?"

马怀云抿嘴一笑:"别管怎么来的,反正不是偷来的,你把心放肚子里,咱先把厂房建起来再说。"

"好吧,我抓紧联系施工队。"其实,李金才看着人们对马怀云那么信任,心里还是泛酸,因为这事从开始他就不同意,一段时间以来,李金才就在矛盾中被马怀云的热情推动着,干,不舒心,不干,又怕落个小肚鸡肠,一直就处在矛盾和纠结中。给十八家粉坊上锁,暗地指使人监视马怀云,明眼人都会看出是自己在暗中作梗。但马怀云东跑西颠,用尽了心思,最终把事促成了,这让他感到有些难堪。现在废水处理、电力增容基本有了头绪,厂房基建只要把钱弄到手,也就水到渠成了,这么大的动静,镇领导都知道的,是人家马怀云一手操持的。可自己作为陈家湾正宗当家人,好像成了看热闹的外人,背地里还嘱咐一些人提防马怀云,听人们话里话外的意思,自己在陈家湾的形象打了折扣。怎么办才能扭转被动呢? 思来想去,唯一的办法就是积极起来,凡是涉及粉坊的事多想想,多操持,把事干在明面上,让人们知道,我作为书记、村主任不是不支持粉坊恢复加工，而是真的因为环保问题。他马上电话咨询镇城建办，答复是首先要写一个用地申请报告报镇政府审核，再送县规划和自然管理局批准，办理土地用途登记手续后，就可以在那块地上建厂了。

马怀云也很兴奋，迎风站在高处，远望陈家湾大洼一片绿色，心里感觉特别舒畅。一只小鸟朝着大清河方向飞去，他骤然想到了娘的骨殖。就很突兀地问："李书记，你说那烈士墓怎么就成了空坟呢？"

李金才说："你已经问过我，其实我也说不好，就听我爹说当年县民政局按照上级指示精神，把散落在各地的烈士墓集中到县烈士陵园统一管理，就在那消息刚传到陈家湾不久，刘云的骨殖就丢了。据说丢失的当夜下了一场大雨，脚印和所有痕迹都没留下，公安局的人在陈家湾驻守好多天，最终也没破案，整个陈家湾老老少少都问了两三遍，也没查出线索，刘云骨殖丢失就成了至今没破的悬案。"

马怀云"哦"了一声，微微点头。

李金才问："你怎么对那空坟这么关心啊？"

马怀云马上意识到自己的莽撞，不能暴露自己的身份啊。就摆一下头，装作若无其事的样子："不是关心，就是好奇。嗯，对了，我想起一件事，李书记，粉坊可以先干着，让陈会计提前咨询办理相关证照的事宜，回头协助各家粉坊申办营业执照和卫生许可证。"

李金才说："太应该了，我告诉他，到时候把别的活儿都先放一放，尽全力帮粉坊户办证。"

难得李金才这么痛快，马怀云心里也是一阵惬意。但李金才脸上却挂出为难的样子，为啥呢，因为靠近西大坑的这片地里涉及殷家贤和春香两家的承包地，殷家贤的那块地里有几座坟墓。这一建厂房，殷家贤肯定要狠咬一口。

真让李金才说着了,殷家贤还真就动了邪脑子。他来到西大坑北地里,迎风凝神站了一会儿,又到地里转了几圈,一边慢慢走一边琢磨,既然建厂的事不能改变,我也得找补找补,站定了,稍稍沉思一会儿,便有了主意,脸上露出笑意,他想迁坟和退地都必须赔偿,这是进财的机会,不能放过。他又走了一圈,想不能自己单枪匹马地干,还要拉上傻二。傻二是谁?傻二是本村人,原先毫无瓜葛,现在是春香招夫养子的上门男人。

说起来,傻二不傻,就是比一般人更实在,有点儿楞横劲儿,还是个有故事的人,傻二吃饭、干活儿、说话一切都正常。可你说不傻吧,唯独对男女那点儿事却像不是地球人似的,连动物那点儿正常意识和本能反应都没有,先后娶了两个媳妇,都因为他不懂男女之事而离婚,也因此落了个傻二的名号。原因是傻二四五岁的时候,问娘他是从哪儿来的?姐姐怎么来的?弟弟怎么来的?娘笑着告诉他,你爹是男的,娘是女的,我和你爹炕头一个炕尾一个,对脸一笑,就有了你,有了你姐姐、你弟弟。傻二记在心里,男的不能跟女的笑,一笑就怀孕生孩子,因此就不敢对着包括姐姐在内的女孩儿笑,万一让女的怀孕生了孩子那不是惹了天大的祸。

傻二的第一个媳妇叫玉霞,洞房之夜,族门嫂子念着儿女双全的喜歌给他们铺好被褥,嘱咐傻二和新媳妇,红男绿女,男的盖红被子,女的盖绿被子,俩人愿意一个被窝更好,祝福他们早生贵子,就笑着离开了。傻二赶紧把门关上,然后把绿被子拉到炕尾,让玉霞钻被窝,把红被子拉到炕头自己钻进去。玉霞红着脸问,你这是啥意思?

傻二说:"生孩子啊。"然后就冲着玉霞笑。玉霞纳闷,问:"你笑啥啊,还不快睡觉。"傻二笑着说:"你快跟我一起笑啊。"玉霞笑不出来,毕竟是女人,羞涩,哪里敢主动要男人干那事,只好郁郁地睡觉。就这样,新婚第一夜,俩人一个炕头一个炕尾,谁也没碰谁。半夜,傻二撒尿,小心翼翼地把尿呲在塑料桶边上,怕弄出声音让玉霞难堪。玉霞起来撒尿,他就用被子蒙上头,也怕玉霞难堪。三天后,玉霞让他换裤衩,发现裤衩里黏糊糊的,就问:"你不懂男女之事,怎么还有……"

傻二不言语,反问玉霞:"怎么人家都有孩子呢,怎么咱就笑不出孩子呢?"

玉霞皱着眉头反问他:"谁家孩子是笑出来的?"

玉霞蒙上被子哭了一通,然后就回娘家了。

娘问玉霞:"怎么还没到四天回门的日子,就回来啦?再说,就是回来也要等去人接啊。"

玉霞阴沉着脸,只是摇头,不说话。

玉霞娘着急,逼问:"新姑爷打你啦?"

玉霞支吾着说:"没有,身子不舒服。"

经过再三追问,玉霞喃喃地说:"唉!谁家小猫不吃腥啊!可他……"

玉霞娘一听就明白了,就劝玉霞回去:"新姑爷年轻,还差惭,过两天就行啦。"

玉霞羞红了脸,双手捂住脸:"我不回去,跟他过一辈子,连个孩子都要不成。"玉霞心里烦闷,跟闺蜜倾诉,闺蜜劝她:"这样的男人才实诚可靠,过过就行了,哪有不吃腥的猫啊。"

玉霞跟娘说:"我倒不是惦记男女那个,我就想,要这样连一男半女都不会有,还叫过日子吗?我想离婚。"

娘说:"闺女怎么这么命苦啊,再忍忍,等等看,我不信一个硬邦邦的五尺男子汉,就不懂得男女的事。"

玉霞勉强被劝回婆家,一到晚上,傻二依然冲着玉霞笑,笑一阵儿,有时笑得自然有时就很勉强,甚至是没笑强笑。见玉霞不赔着笑,就说:"媳妇,你快笑啊,咱俩一块笑,就怀孩子啦。"

气得玉霞爬过去"啪"抽他一耳光。

傻二在外面干活时,有人爱讲荤笑话,哪怕别人都笑断了肠子,他也是憋住了不笑,即便憋不住要笑了,就快速扭转身子,偷偷笑出来,把笑的感觉和冲动释放了,马上就绷起脸来,因为他生怕自己和哪个女人的笑对在一起,让人家怀了孕,那就惹了天大的祸,了不得。傻二很纳闷,怎么自己的婚姻就这么不长久,女人都不愿意跟自己过日子呢?

遇到刘长海就问:"是不是男的跟女的结婚了就炕头一个炕尾一个,俩人对着脸笑就能生儿子啊?"

刘长海先是一愣,继而疑惑,金鱼眼骨碌碌乱转,蒜头嘴一张一合,接着就哈哈大笑:"啊,是啊,俩人对着脸一笑就怀孩子啦,哈哈哈哈……"

遇到于德福也问:"你笑出一个儿子,怎么我跟我媳妇就笑不出孩子来呢?"

于德福一听也是哈哈大笑:"谁告诉你的,两口子的事还用教啊?"然后补一句:"你就没见过猫追猫狗追狗,没看见过叫驴啊马啊是怎么,羊啊兔子,哼!"

傻二还是没有满意的答案。

傻二还是不敢正眼看女人,有女人用手抓着傻二的脸,朝他吼:"你看着我笑一个!"

吓得傻二赶紧闭眼闭嘴,绝对不敢看,更不敢笑:"不要不要,看了笑了就寒碜了,就栽跟头啦,别让我犯错啊,求你,别糟害我。"

玉霞很无奈,很苦恼,又回娘家了,这回算是死了心不回婆家了。

玉霞赖在娘家不走了,当娘的自然心疼,也就下定决心离婚。但无论如何也要把理由说个明白,不能让玉霞去说,玉霞娘气哼哼地来到傻二家,看到傻二,用眼狠狠地剜了一眼,鼻子发出重重的声音。找到傻二的爹,傻二爹热情笑脸相迎:"亲家请坐。"

玉霞娘怒气冲冲地说:"我家和你家结亲家算是倒了八辈子血霉。"

傻二爹一听,莫名其妙,赶紧问:"亲家,这,这,到底是怎么啦?"

"去问你自个儿子!"

傻二爹就喊:"傻二!过来!"

傻二走过来,爹大声斥责:"你到底怎么欺负你媳妇啦?说!"

傻二摸摸头皮,眨巴眨巴眼说:"没有啊,没打没骂,我就是让她跟我炕头一个炕尾一个笑,好跟我生儿子,没别的啊,不知怎么她就不高兴,总阴沉着脸,也不和我说话,我哪知道怎么回事。"

玉霞娘一听,真是混蛋透顶!一跺脚:"告诉你,从今天起,咱们两家姻缘一刀两断。"然后气冲冲走了。爹望着玉霞娘远去的背影,摇摇头,转身甩手给傻二一个大嘴巴,也怒气冲冲地进了屋,把门摔得山响。

结婚不到十天的玉霞和傻二离婚了。

傻二纳闷,傻二感叹,傻二想媳妇,病了,发烧,住进了县医院。当他一觉醒来,见全病室就俩人,另一张床上竟然是个女病人,他一个咕噜爬起来,嚷嚷起来:"我不治了,我要回家。"最后经过再三询问,原来他说不能和女病人住一个屋,没办法,家人求医生给调到楼道里的加床,傻二才安定下来。

傻二不懂男女事成了新闻,一下子在陈家湾传开了,再后来,周边村里，也都知道陈家湾有个叫傻二的男人，不是真男人。再不久，顺口溜出来了：

> 陈家湾，怪不怪，
>
> 出了一个大傻二，
>
> 洞房花烛把亲拜，
>
> 新被炕头炕尾拽，
>
> 对脸一笑求生孩，
>
> 气跑媳妇名声败，
>
> 天下奇闻实在怪，
>
> 有女别嫁大傻二。

从此再没有哪个女人愿意跟他，傻二成了纯正的光棍，一晃就是十几年。

后来春香男人出车祸死了，为了抚养儿子，春香在家人撺掇下决定招夫养子。春香耳朵里也有关于傻二不懂男女事的传闻，认定傻二是实诚人，能干活养家就行了，啥男女那些事无所谓。就这么，傻二成了春香的上门女婿，也是在春香的调教下，傻二才成了真男人。

第二十九章

殷家贤去春香家没找到傻二，就在村里转悠，听人说傻二在象棋摊儿看热闹呢，就奔过去。傻二轻易不去象棋摊儿，他也不会下棋，谁输谁赢他也不知道，就知道跟着起哄。今天闲着没事，站在围观的人群后瞎嚷嚷。殷家贤把傻二叫出人群："西大坑那块地要建厂房的事你知道吗？"

傻二说："知道，村里给租金。"

殷家贤挤挤眼："那块地是老殷家祖坟，轻易不能让他们占了，咱先拦着不让建，实在没法，拦不住了，狠劲儿要租金。少说也得一亩地一年给两千，我听说村里才给咱八百，太少了，他们这是欺负咱爷们儿。"

傻二瞪大了眼:"你说啥,他们欺负咱?"

殷家贤狡黠地一笑:"对呀,你看,那块地是咱爷俩为主,咱得跟他们闹,不答应就不签字。"

傻二说:"我听你的,怎么闹,你教我。"

殷家贤想了想:"建厂房这事都是那个城里来的小白脸马怀云撺掇出来的事,要是让他得了势,不知他还会弄出啥乱子,咱啊,得想法子把他鼓捣走。"

傻二说:"怎么鼓捣,我可不敢打他。"

殷家贤说:"那天夜里我看见他慌慌张张地从陈慧珍屋里出来,咱就把这事说出去,他就没脸再在咱村住下去了。"

傻二问:"你看见了?"

殷家贤认真地说:"看见了,我不光是看见他出来,还看见他给陈慧珍留小纸条呢,我不骗你,我是怕我一个人说别人不信,你的话别人不犯猜疑,到时候我说,你就跟着说也看见了就行。"

傻二嘿嘿笑着点头,他才不在乎啥乱不乱子,只记得电影里送纸条的孩子都是特别有本事的人,就把送纸条当成一件特别光荣的事,从小就打心底里崇拜这样的人。就说:"对,你说我也说。"

殷家贤又说:"不光是送纸条,还有,别管我干啥,你都跟着我走就行。"

傻二瞪起眼珠子:"都跟着你干可不行,你回家我也跟你回家吗?春香可不干,不行!不行!"

殷家贤气得想抽他,看他那滑稽样又被气乐了:"你真是二,不是跟我回家,是让你跟着我说马怀云给陈慧珍送纸条。"

傻二说:"行,不让我跟你回家就行。"

"好，跟我走，先造造舆论。"

殷家贤让傻二先回人群继续看下棋，他在后面琢磨怎么造舆论，就见刘长海从人群中走来，他赶紧迎上去说："长海，告诉你个秘密。"

刘长海眨巴眨巴眼。殷家贤赶忙附耳神秘地说："马怀云夜会陈慧珍我看见了。"

刘长海一愣，金鱼眼习惯地乱转几圈，蒜头嘴鼓了鼓："你可别胡说，他刚进去，小心听见。"

殷家贤一听更来神了，大声招呼傻二过来，扯着刘长海说："你问傻二，是不是马怀云从小卖部出来，临走塞给陈慧珍一个小纸条？"

傻二说："是，他是这么说的。"

殷家贤这个气呀，傻二就是傻二，这才说完就忘了，恨恨地大声骂道："屁话，是不是你看的？"

傻二见殷家贤急了，也知道自己错在哪儿了，只能随着他说："看见了，是我看见的。"

他们这一喊一闹早就围拢了一圈人，不知道头尾的人就问："看见啥了？"

殷家贤一指傻二说："问他。"

此时傻二好像一下子想起啥似的，摇晃着脑袋神气地说："马怀云给陈慧珍送纸条，对，是送纸条。"

殷家贤附和着说："我也看见马怀云从小铺里出来，临走留下了纸条，或许是钱，或许是情书。"

这时有人说："阴诸葛，你这是在说评书吧？即便人家俩人真的相好，有你屁事？你才叫咸吃萝卜淡操心！"

殷家贤梗着脖子说："说的狗屁评书啊？他慌慌张张地从屋里出

来,差点没把我撞趴下,头都不回地跑了。"

又有人逗趣说:"怕是你心里想美事被他搅黄了吧!"

殷家贤脸一红,气急败坏地说:"我有证据,不信你们去看看,门口边上装了一个大圆眼,屋里多了一个电视,他头天黑下从屋里出来,转天早上城里就来人给装啥摄像头,明摆着就是讨好陈慧珍嘛!"殷家贤说着就往小卖部闯。刘长海一把没拉住,殷家贤三步并作两步低着头朝屋里蹿。马怀云手里托着豆腐正要下台阶,两人一上一下刚好相撞,马怀云手一抖,整块豆腐全都扣在殷家贤脑袋上,他的头顶一下子就变白了,马怀云赶紧边说对不起,边帮他胡噜。人们"哗"一声笑起来。刘长海指着殷家贤鼻子说:"报应了吧!"

马怀云不知其里,茫然一笑,重新买了豆腐,走了。殷家贤望着马怀云离去的背影得意地笑了,心说,这也算是初战告捷吧,下一步是不是应该乘胜追击,再到村委会试试水?对,就这么办。然后追过去,低声嘱咐傻二,回头去村委会要租金,李金才不答应你就往地上躺。傻二笑嘻嘻地答应着,好好好。

殷家贤在家美美地犒劳了自己两杯小酒,稍稍小睡一觉,然后意气风发地走进村委会办公室。一进门就嚷嚷:"书记啊,西大坑北边那块地地势低洼,一来洪水肯定淹,在那儿建厂房就是劳民伤财。书记,你才是陈家湾正宗的当家人,你要为陈家湾负责啊,不能让姓马的胡折腾,回头一拍屁股走了,烂摊子还得你收拾,趁厂房还没动工,赶紧拦住了。"

李金才呵呵一笑:"我要是不拦呢?我要是支持呢?"

殷家贤把脑神经调动起来,飞速旋转,我不信,李金才不是不同意弄粉条加工吗?怎么说这不靠边不靠岸的话呢?干脆顺着说:"实在拦不住，就给我租金。"

李金才点点头："对，你说的不错，给租金。当初我是上了你的当，租给你，你也没好好种，我说一年一签合同，你非要一次签十年的，哪知道你是安了心要做祖坟地，我现在很后悔，再说了，村委会可以承包给你，也可以收回。"

殷家贤说："收回？那就是违约！你村委会要给我违约金！"

李金才"哼"了一声，没说话。

殷家贤说："既然你们下了决心建厂房，租金就多给，按年头算，还有八年到期，算算给多少？每亩地每年我交村里是五百块钱，我种庄稼，你村委会得补偿青苗费、种子钱、肥料钱、雇车钱、农药钱、用工钱，都是钱，算算吧。"

李金才说："你就别跟村委会玩转轴了。"

殷家贤说："不行，补偿费低了我不干！"

李金才问："那块地从你承包就没好好种过，你看看都成草场了，还有那地里半人高的杂草乱树。"

殷家贤眯眼一笑："那你别管，杂草乱树都是我养的，里面还有老鼠、刺猬、黄鼠狼呢，我没欠村委会承包费吧？"

李金才想，你阴诸葛狮子大开口，吓唬我是白费劲，要是把马怀云吓住，这粉条加工的事也会难产啊，但他又觉得似乎粉条加工也看到了希望，自己身为支部书记、村主任，在村民面前，必须拿出干部的姿态来才行。就说："我知道你弯着心眼儿想邪的，你说吧，给多少才满意？"李金才话音刚落，殷家贤举起一个手指头："最低一千，少了不行，别打着为村民谋利益的旗号，拿村民利益换业绩，更何况那块地里有我家祖坟，哼！"

李金才一听,脸登时变了色,殷家贤果然肚囊子大,张嘴就要一千,也太离谱了:"殷家贤你又满嘴喷粪,建厂房,是为了粉坊好管理,为了陈家湾的发展,你懂个屁,瞎嚷嚷。"李金才提高了声音:"租赁土地盖厂房本来是好事,你这样闹,就是想把好事搅黄了,殷家贤你看看你家那块地,杂草半人高,都成荒地了。给你每亩八百元租金的标准也不是随便定的,是经过调研,参考全县的租金标准,上报镇上批准的,你不同意,咱厂房不盖了,但是土地撂荒要罚款,你撂荒一亩地一年罚你一千元!"这几句话还真就把殷家贤压住了,阴诸葛一时闷了口。

这时,马怀云来了,走到殷家贤面前说:"建厂房符合县里给陈家湾做的总体规划,我相信你不会成心给村委会出难题,也不会做影响全村发展的钉子户,对不对?"

屋里仍是一片寂静。早在门外候着的傻二隔着玻璃冲殷家贤瞪眼,然后拉开门就往地上躺,殷家贤朝傻二眨巴眨巴眼,说:"既然二位领导这么说,那好,我不闹了!"

傻二媳妇春香越过几个人,拽住殷家贤的衣服:"四叔你让我家傻二跟着你闹,傻二傻不愣登地顶着,你自己倒出溜了,要弄我家傻二啊?"

殷家贤撇着嘴喊:"我这是识时务,傻二脑袋不周正,只能盛糨糊,哪懂这个,快松开!"说着,往后一退身,甩开傻二媳妇。

傻二媳妇俩眼瞪着殷家贤,本来很气恼,却找不出合适的话来报复,倔倔地来了句:"你同意,我家更同意!谁在乎谁呀!"这倒好,气顺的气不顺的都同意了。

陈会计一看,趁热打铁,把纸笔拿来:"同意就赶紧签字吧。"但殷家贤没签字,一扭身离开了。李金才冲他背影做出恨恨的表情。

第三十章

殷家贤心想，别看我没签字，租金也就这样子了，那块地里还有我老殷家祖坟，迁坟不是小事，必须用好这个硬招牌，过了这个村就没这个店了，抓住机会狠咬一口。他眼珠转了转，又生出一个计谋，租金我认了，但是我家祖坟搬迁得给搬迁费，少了还不行。

村干部们刚上班，他就来到村委会，大声说："哪位领导在啊，我有事问问。"

李金才应道："有啥事你说吧，那么大声音干啥。"

殷家贤下巴颏儿微微翘起来："村里收回那块地，等于反租我的地，我是地主还是村委会是地主。"

"当然你是地主啊，你每年身不动膀不摇，净等着拿租金啊，另外那块地里有你家坟墓，适当给你点儿补偿，把坟迁走。"

"不行，我那大书记，我家坟地是花钱请风水先生选的宝地啊，我爷爷、我爹的坟都那儿埋着，你让我把坟迁走，那不破了我家风水吗？说出大天来也不能迁。"

李金才说："这是村委会的决定，必须迁走。"

"别拿村委会压我，我不吃那一套，我得保住我家祖上选的阴宅宝地。"

李金才说："殷家贤，你是明白人，咱这里是啥地方？蓄滞洪区，分洪口门，不能平地起房，那年闹洪水是百年不遇，咱起码得预备五十年不遇，地基起码要垫高一米以上，你不迁可以，到时候垫地基就把坟盖里面，等于深埋了。"

殷家贤瞪大眼珠子："你敢！借你八个胆子，你帽子再大也不过是比芝麻粒还小的官儿，谁家没有祖坟，你敢那么干，我就扒你家祖坟，就给你家挂肉门帘！不信你就等着看，哼！"

李金才微微冷笑一声，心说，跟阴诸葛来一回硬的，就挺起胸脯："殷家贤，告诉你，我说干就能干，村委会已经跟上级打了招呼，也有政策依据。"

殷家贤听后，一屁股坐在地上，咧开大嘴，号起来："殷家列祖列宗啊，我殷家贤对不起祖宗，我没本事，没出息，丢了殷家的脸啊，祖宗们，显灵吧，让欺负咱殷家的人不得好死，夜里去敲敲他们家的门，站在门外喊他的名字……"

李金才听了，又好气又好笑："少来这一套，我不怕，不行你就去我家挂肉门帘！现在给你补偿，你扛着不迁，闹到最后不给补偿也得迁，不信你就扛着，等着看结果。"说完转身就走。

殷家贤见李金才要走，突然停住了哭声，眼珠转了转，改了口风："那你给多少补偿？"

李金才冷冷地回了句："国家对迁坟补偿有规定，你放心，村委会商量了，超出国家规定，多给你一点儿，一座坟给两千，别再矫情啦。"

"那不行，我家祖坟特殊，不是一般的坟墓，迁移后，风水就破了，影响家族后代命运，必须高价，低于五千不行，给低了我就不签字，不迁坟。"

"你别过分啊，建筑公司马上就来整理土地了，不能因为你家坟地耽误工程。"

殷家贤拧着眉头说："这些年我可没给你出过难题，你得帮我多要点儿，过了这个村就没这个店。"

"我是村干部，办事不能出格，不能让人们在背后戳我脊梁骨。"

"你是正牌书记、村主任，别让马怀云知道，他知道就不好办了。

正说着，马怀云来了，很沉稳地问："殷家贤，啥事让我知道就不好办啦。"

殷家贤的脸突然变了色，他万万没想到马怀云会突然出现，他知道马怀云的话茬子比他厉害，就改口说："这不李书记跟我谈坟地迁移给补偿的事吗，我是守规矩的人，我也不会没边没沿地瞎要价，只要合情合理，我不会闹腾。"

马怀云一笑："你是喝了一肚子墨水的人，自然会深明大义。"

殷家贤很自得地一笑。

马怀云轻蔑地瞟他一眼："希望你多配合村委会，不要一天到晚总想那些歪点子、鬼点子,迁坟补偿必须按国家规定一座坟给补偿,不能因为你闹,就多给。"

这句话刺激了殷家贤,他突然变脸:"哦,既然这样,我反悔了,字,不签了!"

李金才吼一句:"不签不行,必须签!"

殷家贤也吼起来:"不签,就不签! 别逼我! 惹急了,我给你家挂肉门帘!"

李金才眼里也冒出火光:"你去,不挂肉门帘你不是殷家贤!"

马怀云一看,不行,必须灭火。就赶紧说:"别别别,刚才我的口气不好,咱商量商量。"

殷家贤可算是逮着八大块了,身子往前一蹿:"别来胡噜毛吓不着那一套,我不吃。"

李金才气冲脑门子,把手里喝了一半的矿泉水,泼在殷家贤脚脖子上。水从鞋子里冒出来,殷家贤抬腿跺跺脚,火苗子在胸腔里回旋了一阵儿,眼皮就耷拉下来,吼了一句:"你干啥? 啥作风!"

李金才"哼"了一声,"吭"! 把矿泉水瓶子蹾在桌子上。

殷家贤随即把脸变成哭丧的样儿,吼了一嗓子:"李金才! 你真是逼我给你家挂肉门帘啊!"撒泼似的把身子倚靠在小屋子上,喊:"小秀啊,快给我拿绳子,我去挂肉门帘!"没有人回应。再喊,还是没人搭腔。殷家贤气哼哼地把脸扭向李金才:"你老李家看我老殷家祖坟占了好风水,眼红啊,嫉妒啊,用权力挤对我! 哼!"

李金才嘴唇发抖,两眼冒火。

马怀云说:"殷家贤你老玩那没用的把戏干啥呢?"

李金才圆睁双眼,拉起殷家贤:"你说得好,我用权力挤对你了,走,我陪你去我家挂肉门帘！"李金才一叫板，殷家贤反倒自行蔫了。眼见局面对他不利，他眼珠转转，站起来，甩下一句："有你们好看的！哼！"走了。

回到家，殷家贤脑子开始弯弯绕，一夜没睡，终于琢磨出一个令他自己都感到新奇的歪招儿：栽树。树是算不清的账，千载难逢的好机会不能错过。有了这个主意，他为自己这个阴诸葛的名号开始骄傲，不白读书，越想越觉得自己太聪明，真是诸葛转世，美得他差点儿笑出声来。又一想，我得找个打前站的探探路，如果村里默认，嘿嘿，马怀云、李金才，你们得皱眉头啦。找谁呢？ 他摇晃着脑袋，哼着小曲，先找到春香说："发财翻身的机会到了，赶紧找树苗，在那块地里栽树，能得到很大一笔赔偿。"

没想到遭到春香的一顿奚落："四叔你是有前眼没后眼，几次听你的话都弄得灰头灰脸，再说，马怀云那也是人尖子，聪明着呢，我不信能让你糊弄。你新栽的树就给你赔偿啊，你鬼人鬼心做鬼事，我家傻二不干，你自己挖坑自己跳吧。"

殷家贤气得直咬牙，正要走，傻二回来了。殷家贤说："你入了殷家，我就叫你大侄子，你看我有发财的门道总忘不了你，发财大家一起发嘛。"

傻二问："又有啥好门道？"

殷家贤神秘地说："这不把西大坑边那块地收过去建厂房吗，赶紧在你家那块地上栽树，只要栽上，就立马换钱。"

傻二迟疑地问："能行？"

殷家贤拍拍傻二的肩膀："你想过没有，你家地里有树，肯定赔偿。你想啊，这树一年收三百块钱，那么十年、二十年呢、三十年呢、五十年呢？应该赔多少？你不发财了？听我的,错不了,等你换来钱,别忘了请我喝酒就行。"

实诚人傻二心说阴诸葛还真不白给,是这么个理儿啊,机会真是难得:"好,我也栽树。"

春香说:"又听他忽悠,最后落个打不着狐狸白惹一身骚。"

殷家贤说:"侄媳妇放心,我不会害你,栽树要抢在今天黑夜,另外树苗就到村东枣树林子里挖,枣树串根,多的是。

天一黑,傻二叫着媳妇去刨树苗,一夜之间,他的土地上都栽满了树。李金才先发现了,但他没说,他猜测傻二家没这心路,肯定是殷家贤背地里鼓动,李金才太了解殷家贤了。但他纳闷殷家贤为啥不栽树呢？殷家贤多狡猾,他是让傻二先动手,自己在后面看看村委会的动静,然后再决定自己是否栽树。殷家贤啊殷家贤,真是个喝了墨水的老狐狸。

见傻二栽完树,村里没反应,李金才也没找,也没在广播里闹,殷家贤感到很得意,非常庆幸自己的妙计成功,心头大喜,吃晚饭时破天荒地没喝酒。小秀还纳闷,我爹今天为啥不喝酒呢,但她没问。殷家贤放下饭碗倒头就睡,到十点多,他喊小秀:"走,跟我去干活儿。"

小秀更纳闷了,我爹是多懒的人啊,就问:"今天这是怎么啦,大黑天的干啥活儿？"

"别问,走吧,到时候就知道干啥了。"殷家贤领着小秀来到村东枣树林沟边,用铁锨挖了起来,不一会儿就挖了一堆小枣树,一般都是筷子粗细,殷家贤开着电三轮,拉着树苗来到西大坑北他家那块地,吩咐小秀:"来,我挖坑,你放树苗。"

小秀嘟囔着说:"爹你这是讹人,到时候人家不认可不给补偿,咱不

183

是白干啦?"

"你懂啥,过了这个村就没这个店了,听我的错不了。"一边说,一边用铁锨撬个缝儿,让小秀把树苗放进去,殷家贤不愧有脑子,这办法还真是快,没用仨小时,他家这块地就栽满了枣树。

这时候,远天传来隆隆的雷声,还有一连串的闪电。殷家贤说,赶紧收拾,一会儿要淋雨了。父女俩急急慌慌在雷鸣电闪中赶回家,大雨紧跟着哗哗下了起来。殷家贤得意地说,真是天助我也,正好给枣树浇水,赶紧洗脸睡觉。

天大亮后,殷家贤还在熟睡,突然有人敲门,他一个激灵起身,出来开门一看,是马怀云和李金才,他估计是为枣树来的,就笑着说:"呦呵,二位领导找我,有啥事?"

李金才说:"你说你的聪明都用哪儿啦,你刚答应签字,就连夜栽树,你以为你突击栽树就能得到补偿吗,马同志早料到你会有歪招儿,提前让陈会计把那片地拍照了,地里种的啥,一清二楚,旁的别说,赶紧把树苗拔了。"

"那不行,我去年就打算栽树,那时还没有建厂房的说法。"

马怀云说:"殷家贤,你从哪儿弄的树苗? 破坏树苗是要罚款的。"

殷家贤满脸的不服:"我挖的树苗都是野生的,我连挖苗带栽树折腾一夜才完,我容易吗? 起码给五个工钱。"

李金才说:"啥也别想,赶紧把树苗拔了,再出么蛾子肯定罚你。"

殷家贤把脸一扬,脸像吃了苦瓜,问:"真不给?"

李金才说:"不合理的事,不能给!"

殷家贤摇摇头:"好!"然后,慢吞吞地离开了。

第三十一章

中午时分，殷家贤家突然传出凄厉的哭声，人们围拢过来，蜂拥一般进到屋里，发现殷家贤瘫软在一张椅子旁边，嘴边挂着白沫，身边还滚落着一个农药瓶，身上湿漉漉的，地面上洒了一摊农药水，散发着一股难闻的气味。小秀正趴在殷家贤身上哭。见李金才来了，小秀递过一张纸条说："这是我爹写的。"李金才一看，气得七孔冒烟了。只见纸条上写着：我是被李金才和马怀云害死的。李金才把纸条揉了揉，撕了个粉碎："殷家贤，真是够损……行，先不说别的，救人要紧，赶紧送殷家贤去镇医院。"

约莫一个小时光景，殷家贤睁开了眼

睛,他动了动疲惫无力的眼皮,瞅了眼急诊室的大夫和围观的人们,就哇的一声哭诉起来,还不住地埋怨医生和乡亲们不该把他救活。大夫没好气地责备他:"你快烧高香吧!幸亏你喝的是十年前的农药,药效降低了,喝的又少,如果喝的是新农药,神仙也救不了你,你早见阎王了。"

这时,马怀云和李金才赶来了,李金才没好气地斥责他:"本来没啥事,让你这么一闹,好像村支部村委会有啥问题似的,你这么折腾丢人不丢人,再说,你要真没了,小秀怎么办?"

殷家贤眉头紧皱,谁也不看,好半天,才冲着李金才说:"栽树的钱得赔我,不答应,我就不活了,你们还得把我埋在那块地里。"

马怀云说:"殷家贤,你弯弯绕玩的水平高啊,我早看出你的用意了,其实你知道那瓶农药过期了,不然你不会真喝的,对不对?"

殷家贤回避马怀云的目光,斜眼看着窗外,冷冷地说:"你是我肚子里的蛔虫啊,我怎么想的你全知道啊。"

马怀云也是冷冷地一笑:"殷家贤,你脑子好用,要用到正经事上,你会非同一般的。"

殷家贤歪歪脑袋:"啥是正经事啊,对我来说,就是喝酒、玩牌。"

人们散了,殷家贤拉住李金才,悄声说:"晚上给我个机会,请你喝顿闲酒。"

李金才感觉新鲜,殷家贤刚喝了农药,身体得恢复恢复啊,怎么这就可以喝酒,还要请我?他心里明镜一般,他太了解殷家贤了,没利不起早,肯定有事。就说:"你有事就说,不用绕喝酒的弯子。"

殷家贤一连气地说:"不是不是,我可没别的意思,就想跟你说说话,啥事都没有。"

"你刚喝了农药,胃口烧坏了,还喝酒?"

殷家贤笑了:"书记啊,你们都被骗了,我喝的是水,里面就掺了一丁点儿过期的农药。你闻闻,我身上药味大不大? 都洒在我身上了。"

李金才说:"你,你真是阴诸葛,花花肠子太多了。"

"别的不说了,给个面子,好吗?"

殷家贤如此反常的热情,李金才感觉不去不合适,就说:"那好,咱可不许借酒说迁坟的事。"

殷家贤说:"放心吧,绝对不说事,那咱就别去小卖部了,太寒酸,也别去县城,太远,咱就去周家坨。"在陈家湾人心目中,周家坨就是大地方,不亚于县城。

两人在周家坨中心街找了一家小饭馆。坐定后,殷家贤说:"李书记,今天我请客,想吃啥你随便点。"

李金才心说,这小饭馆也不会有啥新鲜的,就笑笑说:"随你安排。"

菜上来了,还要了一瓶二锅头,喝了两杯过后,李金才估计殷家贤该说正事了,眯起眼看着殷家贤。殷家贤也用眼扫了一下李金才:"来,喝呀,一瓶不够咱再要。"

李金才微微一笑:"好,喝。"

一瓶酒喝完了,殷家贤也没说事。李金才纳闷了,难道今天殷家贤真的请我喝闲酒? 他马上否定了这个想法,殷家贤这个铁公鸡不会随便拔毛的,阴诸葛啊,玩得够深的,我等着你。

这时候,殷家贤又拎着一瓶二锅头过来了,边走边喊:"服务员,再上俩热菜。"

李金才连忙摆手:"不行不行,我已经过量了,不喝了。"说着起身,做出要走的样子。

殷家贤赶忙拦住："书记，别走啊，我还有话说呢。"

李金才扑哧一笑："早就知道你有么蛾子，说吧。"

"嘻嘻，李书记，你看我家祖坟的补偿费？"

李金才把脸板起来："你说的是喝闲酒，我就断定你有事，借酒说事不行，不喝了，今天的客我请。"

"不不不，怎么能让书记请我喝酒。"

"就不要借酒谈事，谈事去村委会。"

殷家贤两手一摊："这，你看，我好心好意请你喝酒，你……"

"我知道你好心好意，但你别说事，喝酒说的话都是酒话，不算数。"

殷家贤拍拍脑门子，自语一句，又失算了。心说，不给办事今天的酒钱就让你花，见李金才已经走在他前面，他故意放慢脚步，翻口袋，拖延时间。估计李金才结完账了，他快步追过去："来来来，我结账！"

服务员告诉他，已经结账了。他追上李金才："哎呀呀，李书记，你怎么能结账呢？"

李金才抿嘴一笑："我为啥结账你比我明白，走吧，回陈家湾。"

殷家贤眨眨眼，心说该说的话得抓机会说，他拉住李金才："李书记你看我家祖坟迁移，再怎么说也得多给些补偿费啊，毕竟破了风水。"

李金才说："行啦，你前头一折腾，影响太坏了，党支部村委会已经研究过了，我也跟镇长汇报了，一座坟给你两千，镇长说太高，就按国家给补偿。"

殷家贤瞪大了双眼："啥，按国家规定补偿？那给多少？"

李金才说："少一半。"然后把嘴凑到殷家贤耳边低声说："你答应我，别闹了，我就做主，咱还按一座坟两千补偿，村里账上走一千，我让粉坊户凑一些，最后凑不齐，哪怕我自己出，也给你兑现。"

殷家贤眼睛一亮："真的?"

"真的!"李金才的口气很坚定。

殷家贤也低声说："那就依你,按你说的补偿,我认了。"

眼看进村了,殷家贤又歪着脑袋眯着眼说："书记啊,别看那地里都是杂草,春天种地时我可是放了八袋化肥,也得算钱啊!"

李金才哈哈大笑："殷家贤啊,你是钻了猫窝钻狗窝,不占点儿便宜不算完,谁家种地不放化肥?"

正好看见傻二在不远处闲遛,殷家贤马上就喊："傻二,你家那块地放了多少化肥?"

"放了十袋。"傻二闷声闷气地说。

"啊? 真的吗。"殷家贤白他一眼。

马怀云笑笑说："听到了吗? 十袋,比你家还多呢,人家都没闹腾。"

殷家贤手指傻二,怒气很冲："傻二,你!"说完拍了一下大腿。他还是不死心,他很窝火,忙活大半夜,用了这么多脑子白费了,心里揪成了疙瘩,撇撇嘴,转身要走。李金才喊一声："殷家贤,别走,签字啊。"

殷家贤跟着李金才走进村委会,陈会计递过笔和协议书,殷家贤在俩人脸上扫了一圈,慢腾腾地签了字。

殷家贤回到家，斜倚在东屋炕头上，眯着眼像打盹又像在想事。自从媳妇走后，每到夜晚，殷家贤的心里就没着没落的，就按捺不住那颗浮躁的心胡思乱想。

这天中午，他躺在炕上，眯着眼又把全村女人都挨个儿排队，最终还是把心思定在陈慧珍身上，他觉得陈慧珍虽然是五十多岁的乡村妇女，但风韵犹存，尤其是说话那声音，那简直是迷死人，还有那一头短发，那腰肢，那走路的姿态，想想就那么诱人，虽然几次调戏都被她拒绝，但她陈慧珍也是肉做的女人，肯定也想找个男人，只是抹不下脸而已。陈家湾还就我跟陈慧珍最般配，假如跟陈慧珍做夫妻那该多好,可惜……唉。他想,我那糟糠媳妇已经出去快两年了,过年都没回家。他自问自答,殷家贤你想不想媳妇,回答是,想,也不想。他翻转身子,仰面躺下,心说,社会上那么多离婚的,我不行也离婚啊,把那丑老婆找回来,离婚,不跟她过了,然后让陈慧珍跟植物人离婚,给我殷家贤做老婆,那日子肯定有滋有味啊。他把脑袋摆动一下,又一想,离婚怕也不是那么简单。就这样,他慢慢进入了梦乡。紧接着做起了美梦。梦中,他手拉着陈慧珍的手,在大洼里一前一后地走,陈慧珍不时回头给他一个微笑,那笑脸好温馨好甜蜜,引得他心旌摇荡。他忍不住了,冷不防抱住陈慧珍,猛烈地亲吻起来,陈慧珍并没躲闪,还很优雅地迎合他,哪知道,陈慧珍的脸皮怎么这么硬这么粗呢,好像还掉渣,弄的自己嘴里是啥啊?他还舍不得松开,更加用力地亲吻……

就在这时,小秀来了,一边推他,一边喊:"爹,啃墙干啥啊。"

他咯噔一下,醒了,但那嘴还贴在墙上,见小秀站在跟前,很不好意思地坐起来,再一看,那块被他亲吻过的墙已经湿了一小片。他急急地整理一下衣服,出了院子,梦中的场景挥之不去,总在眼前徘徊,他摇摇头,空梦空梦,没用的空梦,还是小酒最管用。这么想着,就把酒壶抓过来,咕咚咕咚一大口,顺手拿过一个青辣椒,咬下半截,然后,发出一声长音"哈——"。不一会儿,就喝了个红头胀脸。不喝了,把酒壶放下,抬手胡噜胡噜头发,心生一念,去小卖部。于是,一步三摇地来到小卖部,进屋一看,没人。他轻步走到柜台前,小声对正在看账本的陈慧珍说:"陈慧珍,我梦见你了,还亲你了。"

陈慧珍顿觉浑身发烧,满脸怒气,大声说:"殷家贤,老缺德,你快给我滚!"

殷家贤心说好不容易单独跟你见个面,我得抓紧跟你近乎近乎。就绕过柜台,想进到里面。

陈慧珍一看,厉声喊道:"殷家贤,你干啥?"

"我不想干啥,就想听你说话。"

"不许过来,再往前走,我就喊人!"

殷家贤心说机会难得,猛地上前抓住陈慧珍的手,一连气地说:"我是真心喜欢你,你看你嫁给那个半死不活的东西,天天躺在床上耗日子,那不是耗你的命吗?你带着那半死的人嫁给我,我跟我那丑娘儿们离婚,我不欺负你,心疼你,把你当心肝宝贝,我帮你把半死的人养死……"说着,那手就往上移动,陈慧珍一激灵,把他的手打到一边。哪知道殷家贤的手又快速伸了过来,直接触碰到了陈慧珍的胸部,陈慧珍脸色一变,抬手打他一个嘴巴:"殷家贤,你死了这条心,我就是再找男人,也不会找你!"

殷家贤一愣神,身子僵住了。

陈慧珍满脸怒气,指着殷家贤吼道:"赶紧滚!"

殷家贤迟疑了一下,马上在脸上堆起笑脸:"嘿嘿,打得好,我好美啊,以后多打我几下,我会更高兴的……"

"殷家贤,你再胡来,我就报警!"

"别,别,我不进去了行吗,咱隔着柜台说话行吗?我就想看看你,跟你说几句话。"

"我跟你没话说,你快走吧。"

殷家贤眉头一皱:"慧珍啊,你看我,在陈家湾是公认的有学问,你跟了我,我会把你当宝贝儿当鲜花供养起来,你会更漂亮……"

殷家贤正说着,突然一杯热水泼过来,烫得他大叫一声,双手慌乱地在脸上胡噜,嘴里还嘟囔:"慧珍,干啥这么狠心。"

陈慧珍怒气未消:"你走不走? 不走还泼!"

殷家贤一看,这女人真是铁了心,自己再不走,说不定就真会再泼,他歪歪脑袋:"唉,怎么就不知道我的心呢? 我走,我走! 看来我还是剃头挑子一头热啊。"

殷家贤灰溜溜地跳出门外,身后传来陈慧珍的声音:"真不是东西!"

他鼻子一拧,"哼"一声,快步离开。

陈慧珍气得给李金才打电话。

第三十三章

村委会里，马怀云和李金才正商量事。马怀云说："殷家贤那块地的事总算弄平了，我看你赶紧联系施工队吧。"

李金才点头："嗯，施工队好说，我有个朋友，是江苏的，实力很强，推土机、挖掘机、建筑队都有。前些年，陈家湾大搞建设的时候，他在陈家湾待了十多年，陈家湾现在的房子几乎都是他建的，我找他。"于是，拿出手机，大声跟对方说："老王啊，陈家湾有个工程，你不能推辞，必须给我帮忙，话先在说的头里，这个工程你不赔钱就行，不许赚钱，哪天开工听我准信儿，但是一开工，半月内就得完工，全部完工后我请你喝酒。"说完，出了村直奔西去,过了西大坑,直奔那片鱼塘。马怀云一看,就跟过去问:"这些养鱼池是村里的吧。"

李金才说:"是,承包给个人了。"

"是承包给本村人还是外村人呢?"马怀云抿嘴笑着问。

"本村人。"李金才若无其事地回答。

"哦,万一真来了洪水,这鱼塘里的鱼可就不保了。"马怀云的话很平静。

"是呢,我这不也是担忧吗。"李金才皱皱眉。

最终李金才也没主动说出鱼塘与他有关。马怀云心说问了也没啥意义。

这时,于德福给马怀云打来电话,俩人"嗯""啊"了一会儿。马怀云走出办公室,悄声问于德福:"西大坑以西那些鱼塘承包给谁了?"

于德福说:"还能有谁,靠锅的先热,李金才弟弟李金山承包了,其实李金山是挂名,真正的承包人是李金才。"

"哦。"马怀云明白了,要不怎么李金才老说西大坑污染渗透到鱼塘,影响养鱼呢。原来有原因,但他嘱咐自己任何时候都要管住自己的嘴,不能说破。

回到屋里,李金才正放下电话,脸色大变,一边大骂,一边拍桌子:"殷家贤简直就是陈家湾的败类!"

马怀云问:"殷家贤又出啥幺蛾子了?"

李金才说:"不是幺蛾子,殷家贤这个混蛋,真是拿他没办法,一贯的大错不犯,小错不断,气死公安局,难死法院。他去小卖部赊账买酒,陈慧珍催他结账,他不认账,还要抱人家陈慧珍。半夜撒尿录音发给陈慧珍,这不,刚才又去小卖部,还说要陈慧珍改嫁给他,人家陈慧珍有男人，你说他多混蛋，我真想抽他俩嘴巴。"

马怀云问："他除了骚扰之外，有实际的越轨行为吗？"

李金才脸色阴沉地说："哼，这还不够吗？今天拧这个小媳妇屁股，明天摸那个女人的脸，还不都是丢人现眼的事。"

"没有实际侵犯妇女的行为，说明他还不是那种流氓恶棍，回头我跟他细聊聊，臭毛病必须改，也是得病容易去病难，多难也得改。"

李金才压了压心头怒火，给殷家贤打电话，叫他马上到村委会，有事跟他说。

不一会儿，殷家贤来到村委会，很从容地甩一下头发，刚要坐下，李金才厉声吼道："站起来，谁让你坐了？"

一句话惊得殷家贤立马站直了："不让坐？为啥，我……"

"殷家贤，咱开门见山，我问你一条你回答一条。"李金才很少这样发脾气。

"那行，反正我没犯法，你随便问。"殷家贤的目光里露出狡黠。

"我问你，你为啥要摸妇女的脸啊手啊屁股的？为啥赊账不还，还要对陈慧珍非礼？"李金才威严的目光死死盯住殷家贤。

"我也不知道为啥，好像我得了一种病，喝醉了就控制不住，碰见漂亮女人就想摸摸脸或者屁股，就想……"殷家贤语气里含着狡辩。

"你还想干啥？"李金才把身子往前探了探。

"没想别的，不就是摸一下吗，又没摸别处，或许那些女人喜欢我摸呢。"殷家贤嘴角还挂出一丝笑意。

"胡说八道，拿着没臊当露脸，你还很荣耀啊！你没见村里妇女见了你都像躲瘟神一样吗？"李金才怒不可遏了。

殷家贤马上怼回来："不对呀，有的妇女见到我还笑呢，那怎么解释。"

李金才进一步追问："那，假如有女人迎合你，或者你得到啥机会，你会不会做出更加下流无耻的事。"

殷家贤眨眨眼："啊？那个，没想过，也没见哪个女人迎合我啊。"

"我说的是假如。"李金才满脸怒色。

殷家贤龇龇牙："我真没想过，说实话，我还真没胆量干那事，就是酒助怂人胆。"

李金才用脚跺地："哼！料你也没那胆量。"

殷家贤歪歪脑袋："我就是命不好，好女人都嫁给那些歪瓜裂枣了，我这有学问的美男子反倒娶了个丑八怪，老天爷对我不公。"

李金才说："不管你多腻歪你媳妇，那也是你正宗的家室，你有闺女，你要为她们负责，你丢人现眼，坏名远扬，将来谁娶你家闺女做媳妇，要是因为你的臭名，影响闺女嫁不出去，你糟心不糟心？你恨不恨你自己？你后悔不后悔？"

殷家贤撇撇嘴："没那么严重吧？就寻思我没福分娶漂亮媳妇，用手摸摸，过过手瘾，没邪的歪的想法啊。"

李金才压住内心的火苗子，用缓和的口气说："假如别的男人随便摸你媳妇的脸和屁股，你怎样想呢？"

殷家贤瞪一下眼："那，我，我那媳妇太丑，没人摸。"

李金才说："我说的是假如，假如有人摸呢。"

殷家贤把脑袋一摇："那我不干，别看我媳妇丑，只能我随便摸，别的男人不许碰。"

李金才剜他一眼："对呀，这不完啦，你媳妇不让别的男人碰，你随便摸别人的媳妇，你想想，别的男人恨不恨你？你这行为已经危害了妇女安全，影响了陈家湾的安定。据我了解，村里有好多人都想揍你，甚至有人扬言要骗了你，还有的想搜集你的罪状，让公安局把你抓起来。"

殷家贤有些吃惊："啊？谁这么狠心，还想把我骗了，把我送进监狱？"

李金才恨恨地说："你如果不改，说不定哪天就有人真把你给骗了，也说不定哪天公安局就真来找你了。"

殷家贤感觉浑身长了刺一样扎得慌，双手捂住脸，不住地上下搓，一对儿眼珠子不时透过手指缝瞄瞄李金才又看看马怀云。

马怀云歪脸问："你说你一个读过书的人这样做，对得起谁呢？是不是有辱斯文？"

殷家贤使劲儿闭闭眼，把脸上挤出好多褶子："我知道这样不对，可已经这样了，糊里糊涂混到死就完了。"

马怀云接着说："那不行，你可以不为自己的名声负责，可以不为媳妇负责，总得为你闺女尽到责任啊。"

殷家贤把手放下来，眼皮一耷拉："我就是管不住自己，见了酒心就痒痒，喝多了就想女人。说着，他抹下眼皮，再说我媳妇不回家，我天天守空房，哪个男人不想女人？谁也别把自己说得冠冕堂皇，包括你，也包括李书记，还有天底下所有男男女女，别看白天穿着衣服都像君子圣人，到了半夜还不都变成流氓，说的好听叫合法流氓也就是了，我喜欢听陈慧珍说话的声音，找她寻个乐呵犯哪家的法啦。"

李金才听不下去了："你还狡辩！起码的做人准则都没有，还算人吗？"

一顿斥责之后，李金才说："你回去好好反省反省，别一条瞎道儿走到黑。"

殷家贤顿了顿脖子，退了出去。

但殷家贤天生就是个走邪不走正的玩意儿，他边走边自我解嘲地想,我殷家贤命不好,想靠读书改变命运,可惜没机遇,空怀一肚子文化水,无处施展才华,好汉无好妻,在我身上应验,这是老天对我的不公啊。他叹口气,抬头看看天,太阳已经西斜了。此时他正来到刘长海家门口,本来没想遇见谁,却碰见殷大明。殷大明是应刘长海邀请跟于德福玩麻将的,殷家贤眼珠转了转,心里生出一个歪主意。他问殷大明:"还有老客户找你要货吗?"

殷大明说:"怎么没有,关门了,没货给人家啊。"

殷家贤把他拉到墙角,低声说:"我有主意,让你赚钱。"

殷大明问:"你能给我出好主意?"

"我也是没利不起早,我也不白忙活,你给我提成,咱弄点儿小钱好喝酒啊。"

"啥主意?"

殷家贤神秘兮兮地说:"再有客户问就说有货,可以送货上门。"

殷大明问:"没有货,送啥?"

殷家贤挤挤眼:"进外村的,侯家坨不是也有很多家粉坊吗,你批发价买过来,就说是你家做的,就变成陈家湾粉条了,比侯家坨粉条价格要高不少呢。"

殷大明一听:"也对,左右也是闲着。"

殷家贤说:"就是啊,你听我的,这事必须保密,别跟任何人说,包括你那狐朋狗友盟兄弟。"

殷大明说:"行,我现在先去长海家打麻将,对了,三缺一呢,要不您跟我们凑把手。"

殷家贤迟疑了一下,别看两人也曾无数次斗嘴,但他从来没进过刘长海家门,因为两家过去有世仇。

第三十四章

说起来，殷家贤与刘长海两家还真有世仇，不过已经几十年过去了。结仇的原因竟然是一只野鸟。那年，村里突然来了一只鸟，每天半夜出来叫，叫的声音特别难听，像呼号，像哭泣，但那只鸟的叫声不是所有人都能听到，徐家老太太半夜听到了，不几天就去世了。陈老三本来很好的，白天还去小卖部棋摊儿下棋呢，晚上听到了鸟叫，早晨就一病不起，也是不几天就去世了。正在病中的李金亮，听到鸟叫后，吓得吃不下饭，也不吃药了，说他也听到了那鸟的叫声，活不了几天啦，就趴在床上哭，哭了几天，真的就没命了。

这鸟的叫声让全村都陷入了惊慌失措,可是谁也没见过那只鸟长啥样,谁也不知道那是啥鸟。一时间,全村陷入了夜晚的恐怖。尤其是老人最怕听见,每当夜幕降临,就赶紧关窗户,有的就把收音机、电视的声音调到老高,以求压住那不祥的鸟叫声。

刘长海的爷爷老想除掉这只鸟,省得村里到了夜晚就空无一人。

他家几代人都玩猎枪,他也是好心,哪知道却因此和殷家贤家结下几世都解不开的仇。那几天夜里,刘长海的爷爷举着猎枪在空无一人的村街上寻找那只怪鸟。已经临近午夜了,老爷子心说,或许今夜找不到怪鸟了,就想回家。正在此时,忽听怪鸟在不远的前方叫了起来,他快步走过去,见一只鸟的影子站在一家房子的屋脊上,他瞄准后,便开了枪,那怪鸟的第二声还没叫完,就滚落到那家院子里。怪鸟凄惨的叫声惊动了宅院主人,一家子在院子里喊喊喳喳吵骂起来。刘长海爷爷推开门刚要进院,殷家贤的爷爷抬手就打,大骂刘长海爷爷混蛋,给他家带来不祥,老太爷如果去世了,就是你的事,刘长海爷爷左躲右闪,其他人还抄起铁锨、木棒,吓得刘长海爷爷撒腿就跑。

说来凑巧,殷家贤的爷爷真的不几天就去世了。办完丧事,殷家贤爹带着一帮子家人找刘长海爷爷算账,结果把刘长海爷爷双腿打折了,脑袋打破了,把粉坊的锅也砸碎了。从此两家结下不解之仇,村里过年,人们都是一家不落地互相拜年,可他们两家互不说话,自然就不会拜年了。后来生产队那阵儿,两家在一个队里,有时队长分配活儿就特意把俩人分在一块儿,也是有意让他们两家消除矛盾,后来日久年深了,互相都有些淡漠了。但殷家贤总觉得不自在,两家人说话也说不到一块儿,可他又寻思,世道变了,有句话不是说,没有永远的敌人也没有永远的朋友,我也应该搞五湖四海,化敌为友才是韬略,才显得我有读书人的处世之道。听殷大明叫他去刘长海家玩麻将，脸发紧，但心里发痒，真想赢钱买酒喝啊，登他家门等于是在刘长海面前低头，唉，就当是我读书人不拘小节心胸开阔高风亮节了。就说："行，解解闷。"

刚进屋，就听刘长海说："李金才不让做粉条，他不就是怕废水糟害他的鱼塘吗，他家鱼塘跟西大坑之间隔着一条路呢，还说西大坑的水能渗过去，其实根本就没这档子事，他就是霸道，说为了环保，就是借口。"

殷家贤拉把椅子坐下，吆喝一声："来来来，快打牌，提粉条干啥。"

刘长海说："你知道啥，好几个老客户打电话买我粉条，大门上着锁，哪儿来的粉条？"

殷家贤说："李金才就是不够意思，太霸道了，一句话把你们粉坊全关了，你们应该骂他，你们不开工，我收不到下脚料，不也是断了我的财路吗，我也骂他，全村人都应该骂他。"

四圈牌打完，殷家贤又输了，他站起来，浑身的衣服都摸遍了，才摸出一张皱巴巴的一块钱，往桌上一扔，完了，一百多块钱输光了："不玩了，回家吃饭。"

刘长海连忙起身："别走了，我家饭已经熟了，我那儿有半桶酒。"

殷家贤一听，这饭我能吃吗？前两代可是水火不相容的，我这又是跟刘长海玩牌，还要跟喝他家的酒，这要让祖宗们知道了，会不会怪罪我？可是听说有酒，就有些犹豫，酒对他的吸引力太大了，那种诱惑强过了对祖宗遗训的不敬之意，他看刘长海手里真拿出一瓶老白干，心里说，老祖宗，别怪我啊，我作为读书人，不能顺着你们的路走下去，我要和亲，我要搞五湖四海，广交朋友，喝酒就是最好的交友方式，这么想着，就坐了下来。

刘长海麻利地收拾了麻将，端来一盘黄瓜、一盘花生米、一盘兰花豆:"你们先喝,我再去弄俩小菜。"

不一会儿,刘长海又端上一盘韭菜炒鸡蛋、一碗八宝冬菜。四个人就一边喝酒,一边胡扯起来。扯着扯着就扯到了殷家贤的爹,因为殷家贤的爹过去也是有学问的人,在村里很有威望。殷家贤一口喝光了碗里的酒:"我爹就知道死读书,我跟我娘就没有享过一天福。"

刘长海立马责怪殷家贤:"现在日子好过了,过去的事不要提了。"

殷家贤拿过酒壶,又给自己倒了满满一碗:"人家当爹的都给儿子留下点儿家财,起码帮儿子盖几间房,我那房子是我自己盖的,我爹到死啥都没给我留下。"

刘长海也喝红了脸:"殷家贤啊,别喝几口酒,就满嘴胡咧咧,你的话犯忌啊,哪有儿子怪爹的,再说你爹早就不在了,你还这样说他,不怕你爹半夜去找你。"

殷大明说:"就是啊,你喝酒骂爹,当心你爹从坟里爬出来找你算账。"

这在这时,恰好一阵风吹来,几个人都打了个冷战。殷大明说:"酒喝不少了,咱回家吧。"

殷家贤喝了足有两碗酒,走起路来有点打晃。感觉裤子有点儿松,他把腰带紧了紧,跟跟跄跄、歪歪斜斜地往家走。风很大,刮得树木和电线呼呼作响,走着走着,路灯突然灭了,眼前一片漆黑,往哪儿看都是黑灯瞎火。风越刮越大,他感觉身上凉飕飕的。想起刘长海和殷大明的话,他浑身就起了鸡皮疙瘩,加快了脚步。眼看就快到家了,肚子突然咕噜咕噜一阵响,还有些拧着绞着的疼痛感。他意识到,要上厕所,去哪儿找厕所,憋得实在太难受了,就来到庄坡下小树林边,解下腰带,褪下裤子。蹲了一会儿,感觉轻松了许多,一阵风刮过,小树林里唰唰啦啦作响。他打个激灵，像是他死鬼爹的声音，"家贤，你个不孝子。"殷家贤魂都吓没了："爹啊，我刚才喝多了酒，再说也是话赶话的才说了对您不敬的话，您别怪我好吗？"此刻，风更大了，声音更响了，"殷家贤，不孝子……"殷家贤胡乱划拉一把草，急速擦了擦屁股，提起裤子，扎上腰带就走。哪知道腰带在身后被人抓住了……风越刮越大，他紧张的神经都绷紧了，好像是谁抓住他的腰带了，还没头没脑地拍打他的后背。他潜意识里认定是爹从坟里爬出来教训自己了！他吓得低下头，闭上眼，啥也不敢看，跪在地上大声哭着哀求："爹啊，我下次再不敢了。"殷家贤的哭声惊动了邻居，人们打着手电跑出来一看，一个个笑得前仰后合。殷家贤跪在地上，面如土灰，一边哭，一边磕头。身后腰带上捆着一棵小树，大风刮得小树发出呜呜的声音，小树的枝杈噼噼啪啪地抽打着殷家贤那光溜溜的后背……

　　早晨，殷家贤夜里遇到"鬼"的事就传开了，人们就像说戏剧一样，越传越玄，就好像殷家贤真的遇到了鬼。殷家贤可郁闷透了，心里像长了带刺儿的疙瘩，喘气都难受，满脸阴云。他感觉自己真是走背运，被于德福捉弄好几次，心里窝着的气还没出，就又遭遇一场出人意料的惊吓。

　　他哪知道，这还没完呢，于德福觉得殷家贤在树林受的惊吓虽然有些力度，但还不解气，就在周家坨镇上找到一个干泥瓦匠的外地人，拿出五十块钱晃了晃说："用你手机按我说的号码打个电话，把我要说的话转给他，转完了给你五十块钱的酬劳。"外地人很高兴，五十块钱来得太容易了，很爽快就答应了。按照于德福的嘱咐，拨通了电话："你是殷家贤吗？你媳妇跟一个野男人在县城租房子同居啦。"

　　殷家贤急急地问："你是谁，怎么知道我媳妇跟人同居？"

外地人说:"这你别问,反正我知道。"

殷家贤急了:"是不是你欺负我媳妇了?"

外地人没回答,只呵呵地乐。殷家贤气得七窍冒烟:"你别胡说,我媳妇那德行没人要!"

外地人说:"殷家贤,你骚扰陈慧珍,小心有人报复你。"

殷家贤一愣:"你,你到底是谁?"于德福抢过手机,挂断电话。然后给了外地人二十块钱,笑笑,走了。外地人拿着二十块钱追着,用一口的外地话问:"哥,说好的给俺五十啊,怎么才给俺二十?"于德福瞪眼回一句:"该说的没说完,就少给你。"外地人苦笑着摇摇头。

殷家贤接了神秘电话后,心里着实翻腾了一会儿,有时心里扎得慌,有时又觉得不可能,安慰自己说,那丑婆娘,爱跟谁睡跟谁睡吧,死在外面更好。最近他有了新习惯,每天早晨醒来,第一项就是偎在被窝里看电视。今天照样打开,结果没信号。摆弄半天,也不行,骂一句,网络公司真缺德,线路有毛病不报不修。等他穿好衣服,顺着线路一看,网线被人掐断了。殷家贤立马气冲脑门子了。一边骂街一边怒气冲冲地进了村委会:"李书记,我家的网线让人给剪断了,你管不管?"

李金才把身子往前凑凑问:"谁把你家网线让人剪断了?"

"我要知道是谁,就直接去给他挂肉门帘了,还来找你啊,陈家湾治安情况不好,真是圣人没走到的文化沙漠,好好的网线惹谁了,生生给剪断,李书记,你给陈家湾弄成了生态文明村,这人明摆着往你脸上抹黑啊,这事你真得管一管。"

李金才说:"还剪了谁家的?"

"不知道啊,反正我家的被剪断了。"殷家贤的脸绷得紧紧巴巴。

"怎么就你家的网线让人剪断了呢?"李金才不紧不慢地问。

殷家贤伸了伸脖子："是呢,这不是嫉妒我有文化,就是欺负我这喝了墨水的老实人,李书记,村风不正,你当书记的有责任!"

李金才笑了："是,我是有责任,可关键是根源在哪里,你不惹人,怎么会有人找你下手?剪断网线那也是要爬墙或者爬电线杆子的啊,你就知道你在村里的为人是啥样的了。"

马怀云听说后也是一阵发笑。心说,陈家湾真是故事多啊,如果我是作家,这么好的素材,一定能写一部不错的长篇小说。但他的心思还是在粉坊集中建设和寻找娘的骨殖这些事上,这些日子白天黑夜地忙,粉坊的事总算有些模样了,心里稍微轻松了些,就琢磨该用点儿心思打听骨殖的事了。

第三十五章

马怀云心里顾不上想太多，废水处理、电力增容、集中建厂都在紧锣密鼓地进行，已经够他操持的了。脑子稍一有空就想如何寻找娘的骨殖这件事。也就对村西大堤上娘那座空坟产生了莫名的期待，好像娘的魂魄给了他无形的感召力，好像娘的骨殖依然还在那座坟包里，有时就异想天开地觉得不知哪一天，那盗贼会偷偷把娘的骨殖送回来。他有意给人们留下印象，只要闲下来就去村西大堤上溜达，有时站在空坟的远处凝望，有时就站在墓碑前沉思。

夜里刚下过雨，他想看看地里的情况，就顺着村路走出村子，不自觉就来到村西大堤上，清新的田野里散发着草香，路面上还有不少小水洼，马怀云站在堤上四下张望，看地里还真没有人雨后下地干活儿，马怀云很失望，从这点儿也就可以看出陈家湾人的懒惰。他摇摇头，猛然间却发现远处于德福背着老娘地顺着大堤过来了，脖子上挂着个小马扎。心说，别看人们对于德福评价不高，看他背老娘出来看风景，还是挺孝顺，骨子里还不是那种混账透顶的人。

于德福背着老娘正走着，突然从芦苇丛中钻出一人，是来河边钓鱼的刘长海。刘长海蒜头嘴一张，哈哈地笑了起来："哎哟，老太太，年轻时你背着德福到处转，现如今你老了，让德福背着喽……"

老娘嘿嘿地笑："好长时间没去看望刘云了，这不，德福非要背着我来，好像我的腿坏了似的。"笑声和话语中有些幸福的味道。于德福抹把汗，把老娘放下，坐在马扎上，冲刘长海说："别耍贫，不行你替我背着走几步。"

刘长海一屈鼻子，走了。

于德福仰脸看看天，黑云少了，灰色白色的云在风的驱动下呼呼地朝东边飞奔，于德福知道这样的云暂时不会下雨了。他把身子靠在树上，脑子里闪出一个画面，那画面其实很多次在脑子里闪出过了。娘年轻时，于德福才几岁，那时娘几乎天天背着他到处走，去周家坨，给他买最爱吃的肉包子，他长大后知道那时候老两口一年都舍不得吃一回肉。老两口自从收养了自己之后，就把自己视为珍珠宝贝，外人根本看不出是收养关系，人们都为老两口竖大拇指，也为他遇上这老两口赞叹，说他是真的有福。风一吹，汗很快就败了，于德福身上有些凉，就再次背起娘，顺着大清河堤往西走，娘心情大好，精神头就来了："呦，今年大清河水不少啊，苇子蒲草长得多旺，你看，那儿有一朵野荷花。"于德福呵呵地笑。老娘忽然声音高了："瞧,那水板凳还在啊。"于德福说："是呢,木头都快糟了。"老娘说："那水板凳从我嫁到陈家湾就有,那可是老物件了。"于德福依然呵呵地笑,脑子里就闪出另一个画面,那就是爹挑水的影像。过去,陈家湾人都要到大清河挑水吃,于万斌也就三天两天去大清河挑水,于德福非要跟着,娘拧不过,就背着他跟在挑水的人们身后,德福趴在娘后背上,看爹怎样踩在水板凳上,打满两桶水,然后又颤悠悠地挑回家。老娘可能意识到儿子累了,就说："德福啊,放我下来,你看,你又出汗了。"

于德福找个土堆,把老娘放下,递过马扎,说："娘啊,咱不往前走了,行吗?"

老娘朝西边望望："德福啊,再往前不远,就是刘云的坟吧?"

于德福点点头："嗯,是。"

老娘说："刘云是你的救命恩人,可惜她的骨殖丢了,坟头还在,走,过去看看。"

于德福背着老娘来到那座空坟前。老太太抚摸着石碑说："刘云啊,你真是不幸的好人。你拿你的命换来我儿子德福的命,德福是我儿子也是你儿子。"转身对于德福说："德福啊,你给刘云磕头吧。"

于德福说："娘,您看这是空坟,我给谁磕头啊?"

老娘说："刘云的骨殖丢了,我觉得她的魂魄还在,石碑就是她的牌位,你快磕头。"

于德福不敢跟老娘犯拧,马上跪倒磕头。

这娘俩没想到就在不远处,有个人正密切注视着他们,谁? 马怀云。

马怀云没走远,往西走了一段路就返回了,看见于德福正磕头,他便把身子隐藏在芦苇丛中。见于德福背着老娘走远了，马怀云又来到娘的空坟前，凝视着石碑上那斑驳的字迹，自语着说："娘啊，儿子来看您了，可是您的骨殖已经不在这里了，您让儿子去哪里找，如果您在天有灵，给儿子明示……"

回到家，马怀云故意装作聊闲天，问于德福："你说那座空坟里的骨殖到底去哪儿了呢？"

马怀云这话问的太突然了，于德福有些局促，张张嘴："那，那，我也说不好啊，刘云是我的救命恩人，我是把她当亲娘看待啊，骨殖丢了后，我比谁都着急，可着急没办法，公安局都破不了案。"

马怀云闭上眼，故意不看他，等着他继续说。于德福却停住了。把目光盯住了马怀云的脸，他想从马怀云脸上发现啥不正常的含义，但他失望了，马怀云的脸上没啥变化，就像一盆冷水，保持着平静。他站起来，打个哈欠："哎呀，馋肉了，我去钓鱼，晚上咱俩喝两杯。"

马怀云一笑："我不能喝酒，你先别去钓鱼，你跟我说说空坟的事，我觉得很有意思呢。"

于德福斜眼瞅他一下，心说，马怀云到底跟刘云啥关系呢？为啥这么关心？弄不好还真是跟刘云有啥特殊关系或者有亲戚关系？就问："你为啥这么关心这空坟的事？"

马怀云用眼角瞄他一眼："我就是觉得纳闷，烈士的骨殖丢失，一座空坟，里面肯定有故事，所以就关心。"

别看于德福长得粗莽，但也是粗中有细，他也不动声色地说："啥故事啊，骨殖丢失的时候，有好几个说法，有的说是盗墓贼看上了刘云手腕上的玉镯，有的说刘云年轻、漂亮，把骨殖卖给一个阔人家结阴亲去了。还说要是抓住倒卖骨殖的贼人会重判，得蹲十年大狱！陈家湾的没人敢偷,谁偷了我跟他玩命!"

这时马怀云手机响了,是李金才的电话,要他去村委会,说有事商量。

来到村委会,李金才脸上挂起严肃:"镇上通知让咱俩去参加防汛工作会。"

于是,俩人一前一后穿过清河桥,在镇政府大院门口,李金才突然停住,他看见马怀云脚上的布鞋,跟自己穿的皮鞋反差很大,自己本是地道的乡村人,穿着皮鞋,他一个城里人却穿双布鞋,让人看了很不搭调,就把嘴凑到马怀云的耳朵边低声问:"你还有皮鞋吗?"

马怀云低头看了看脚上的胶底布鞋,不好意思地说:"有,只是这段时间穿惯了布鞋,再穿皮鞋还别扭,不舒服,你等着,我回去换。"

李金才倚在墙边举着手机看新闻,不一会儿,马怀云回来了,结果没换,还是那双鞋。

李金才问:"怎么没换。"

"不换了,在农村工作就得有农村人的样子。"

李金才摇摇头:"那好,走吧。"

散会后,刚走出乡政府大门,李金才满脸愁云地说:"过去,咱陈家湾总是遭灾的主儿,这些年没闹水,上级还是年年喊狼来了,年年不见狼,今年可能躲不过去了,预报几十年不遇的大洪水,满洼的好庄稼,陈家湾的房子,人们的日子红红火火,一闹水肯定要毁掉,咱怎么跟大家说呢。"

马怀云沉思片刻:"防汛涉及人们的生命财产安全,是天大的事,一丝一毫都不能含糊,陈家湾是蓄滞洪区,国家肯定会有相应的政策,咱们必须跟村民讲清楚,即使牺牲陈家湾,也是为国家,为他人,是高尚的,国家不会忘记的,肯定会帮咱重建家园,恢复生产生活。一定要安抚好人们的情绪,不要偏激,要配合国家防汛总体安排,该怎么做就怎么做,不能走样,更不能打折扣。"

李金才说:"肯定的啊,咱回去先把会议精神贯彻一下,过一两天,县里领导要来咱村检查防汛准备工作情况,到时候镇领导肯定也要来,估计会召开全村大会,领导会把相关情况跟人们说明白。"

俩人赶回村里,立马召开两委班子会议,传达会议精神,李金才面色凝重地说:"咱们这儿马上进入汛期,据气象部门预测,高强度对流天气和大范围降雨将会比常年偏多,上游山区已经下了几场暴雨,一些水库已经满容,根据上级指示,咱们陈家湾是蓄滞洪区的口门,为了保全大局,一旦大洪水形成,咱们就必须做好泄洪准备,因此我们必须做好防大汛、抗大洪的准备。再有,咱们这儿好多年没闹洪水了,水利设施已经老化,有的没经过洪水的考验,老一代有抗洪经验的人大部分已经去世,咱们面临的任务将会很复杂很艰巨。"

正说着,李金才接到镇长电话,县里决定在陈家湾举行抗洪抢险演习,要陈家湾做好准备。

人们的表情严肃起来。

第三十六章

　　马怀云建议让亲身经历了1963年特大洪水的老书记参与指导防汛准备工作，因为好多年没来洪水，人们对抗洪防汛没经验。他们首先来到当年爆炸泄洪的口门，八十四岁的李文凯老人腰板很直，站在迎风处，苍老的面容里隐含了许多难以抹去的印痕，脑海里闪现出当年的情景，久久没有说话。

　　往回走的时候，路过刘云的空坟，马怀云深情地朝墓碑看了几眼，快步跟上人们。他们来到长满荒草的围村埝外，杂草间依稀露出一些木桩。李文凯两眼凝视着那些面目难看的木桩，叹口气说："看到这些木桩，就想起那年的洪水啊，当年周家坨公社马强马书记，那是真的能干、胆大，敢作敢当。"

李文凯老爷子说马强胆大，指的是当年那场大洪水的时候，公社书记都配二把撸子，天天开会下村，走到哪儿都是枪不离身。那年的水实在是太大了，大清河北唯一的村庄陈家湾被洪水包围了。马强不放心，在洪水将要淹没清河桥的时候，淌着水过桥，人们看着就高喊不行，危险！万一桥被冲垮，马强就没命了。可马强愣是冲了过来，就在他爬上桥头沙包堆的时候，那桥就已经看不见桥栏了。整个陈家湾就像大海里的一个水盆，围村埝是盆的边沿，村子就是盆底，眼看洪水已经跟盆的边沿一般高了，稍微矮一点儿的地方，水就往村里漫，陈家湾成了被洪水包围的孤岛。水大风大，浪涛拍打着围村埝，随时都有决口的危险，一旦决口，陈家湾就会遭遇灭顶之灾，尽管村民已经提前撤了出去，但村庄也要尽一切努力保住啊。当时形势万分危急，没有电话，与上级失去了联系。唯一的办法就是动员人们保住围村埝，坚持到最后，才会有希望保住陈家湾。可是围村埝下方已经没有干土了。马强高喊，村干部带头挖各家院子里的干土，然后动员各家粉坊户挖院子，因为粉坊都是大院子，干土多。可是人们舍不得挖，就软磨硬抗。有人反映村民于万斌舍不得那几间祖传的粉坊，不但自己不挖，还煽动其他村民抗拒挖土的决定。马强急眼了，亲自找到于万斌家，掏出枪指着于万斌问："你挖不挖？"于万斌说："不挖。"马强再问："真不挖？"于万斌刚要接着抗拒。马强把枪一举，朝天开了一枪。枪响过后，于万斌吓得嘴都哆嗦了，赶紧说："我挖，我挖。"这一枪，把于万斌震慑住了，其他各户眼看于万斌乖乖地听从了命令，也都跟着把自己院子的干土送到了围村埝。看着浪涛不断地冲刷围村埝，马强又组织人们用麻绳把苫麻扎成排子，放在围村埝外面，减缓浪涛的冲击，围村埝终于抗住了风浪，陈家湾终于没被淹没，人们后来说当时要不是马强决断干脆、果断，开枪示警，说不定陈家湾就被洪水吞没了。人们后来提起马强来，就会想到那一枪。

洪水平稳了，马强找到于万斌道歉。没想到于万斌反倒端着一大碗煮熟的粉条来给马强道歉，说当时只顾那几间祖宗传下来的破粉坊，觉得哪怕住的屋子没了，也要保住粉坊，后来想，人要是没了还要粉坊干啥。于万斌非要请马强喝酒。马强说当时一着急，就开枪了，属于违反纪律，必须道歉。事后，于万斌把一个青铜漏勺拴到一棵老槐树上，嘴里不住地叨叨，老天爷保佑，龙王爷开恩，别把我家祖传漏勺冲没了。

虽然洪水平稳了，但还是处在高位，人们的心还是提到嗓子眼。就在那天上午，从独流方向开过来一艘轮船，后面拖拽着一只大木船，木船上装满了杉篙。轮船冒着黑烟突突突地往前开，在水面上划开一道箭头式的波浪，拍打着岸边。这对护村埝是个考验，人们挥舞着铁锨、衣服，高喊轮船慢下来，轮船不知啥情况，停了下来，人们高喊："靠岸！靠岸！"轮船拖着木船慢慢靠了岸，不知谁高喊一声，杉篙正好打木桩，抢了吧！一拥而上，把一船杉篙抢了下来。马强知道后，对李文凯大发雷霆，斥责李文凯为何不拦住，李文凯闭口不言。马强痛苦地摇摇头说："你们几个村干部赶紧跟我去县里负荆请罪！"到了县政府，马强第一个抢着说是他指挥人们抢的。李文凯赶紧拦住，不让他说。马强把李文凯摁住，对县长说："我作为公社书记带头抢劫抗洪物资，犯了极大的错误，请求县里处理。"县长确实很恼火，对马强吼了几句。然后又说："本来已经给陈家湾安排了抢险物资，下一船就是去陈家湾的，你们着啥急啊，县里有安排。"李文凯真后悔啊，没拦住人们抢劫，还让马强承担了责任。因为那件事，耽误了马强的前途，本来上边已经准备提拔马强当副县长了，就因为替陈家湾担了责，副县长没当上。想起这事，人们就觉得愧疚，觉得整个陈家湾都对不起马强。

　　过了几天，洪水没有下降，反而涨满了大清河，西北风卷起的巨浪拼命拍打着护村埝，一处处埝土被冲塌，一捆捆软料被冲散卷走。李文凯敲着锣拼命呼喊着人们抢险护埝，人们拿着工具从胡同里跑出来，飞快地向村西迎风面跑去。天黑得像锅底一样，风雨声、雷声、浪涛声、呼喊声混响在一起，给人一种大难临头的感觉。当时，村子里街道、胡同、院落已经都是水了。水势还在不断上涨，不大的北风却起了很大的浪涛，冲刷着前几天才堆起来的土牛，其实土牛就是防汛备用土堆，现在成了实际的堤顶。风推着浪涛不断冲击着土牛，有的地方已经漫顶，人们焦急万分。马强赶紧动员大家筹备物资。李文凯站在泥水里高喊："赶紧回家把门板摘下来，把存着的木料都扛过来。"于是，一些门板、闲置木料被源源不断地送到大堤上，靠村西大堤附近住的几家厢房的木檩也被扒了下来，年轻力壮的小伙子们在风浪中打桩，有人砍了很多树枝，用绳子捆成捆，使大堤增高。就在人们想喘息一下的时候，李文凯又喊起来："走，赶紧跟我走。"他指挥着人们在大街与胡同的连接处打起一米多高的小堤坝，大街就成了村中河。当时的情况非常危急，如果水势不再上涨，陈家湾或许就保住了。李文凯哑着嗓子指挥，不时冲着已经很累想直直腰的人愤怒地吼叫，甚至骂几句街。闪电和提灯照着在风浪中拼命的人们，一根根桩打下去，再用八号铁丝搅紧固定，塞进软料。人们把重物抬来压在软料上，一排人趴在软料上，攥着铁丝，互相拉着手，大浪打来，身体随软料起伏，水越过人，砸向堤埝……

　　按照上级要求，人畜粮食必须转移。人们踩着泥水，顶着近四十摄氏度的高温，人扛、车运，把粮食转移到了安全地方。对家具、农具、锅碗瓢盆等，能搬的也尽量搬走，搬不走的，就在院子里用木头捆扎成高高的架子,放在架子上,猪、牛、羊鸡等都转移到大堤上。人们在自家门口围上土埝,阻挡水进入院中,土埝还没挡好,屋里鼠洞就开始出水了,随后屋子里、院子里都流满了水。屋里的东西放在高处和床上,一会土坯床也塌了,人们不敢在屋子里了,都出来拾掇东西,大街里人们蹚着水,谁都不说话,但都有预感,难道真是大难降临了。

堤上放着准备堵决口的木桩与门板、布袋,抢险队员们都站在堤埝上,严阵以待。河水已经涨平了河堤埝,雨还在下,水继续猛涨,人们冒雨用手把掺上麦秸的胶泥团,垒在堤埝的低洼处,像一条弯曲的长城。上午九点左右,突然有人大喊,快躲开,堤埝要决口了。人们几乎同时看到眼前的堤埝上,有一道裂缝缓缓裂开,人们急忙闪开,裂缝快速扩大,随后哗啦一声巨响,洪水如排山倒海,从决口冲向农田和村庄,浊浪滚滚。李文凯见险情难以控制,出土又困难,来不及犹豫,高喊一声:"走,跟我来。"就在万分紧急的时候,解放军来了,人们把临近决口处的自家粉坊、住房拆了,木料、砖块、苇箔、门板和土坯都被扔进水里,最终硬是堵住了这个大决口。陈家湾变得一片狼藉,人们继续加固堤埝,用水车、泼斗向村外淘水。解放军战士手拉着树枝、苇把、席片,用身体顶着木桩,脊背和胸部被风浪打得红肿、生痛,但没有一人畏缩不前,这种钢铁般的顽强意志,真可使星云变色,天地动容。大洼成了一片汪洋。庄稼不见了,路也不见了,村庄成了一个个孤岛。很快,县里派来的大船陆续到了,陈家湾除青壮年留守之外,其他所有人,包括牛马牲畜,按照县里的安排,乘火车转移到了廊坊、沧州等地,到洪水彻底退后,才返回陈家湾……

洪水退后,上级号召生产自救,陈家湾人从外地购买淀粉,加工粉条,走村串乡,换来一些活钱,增加了不少收入。

此刻，一只白色水鸟飞过，马怀云很兴奋地喊一声，真好看的鸟儿。李文凯老人微微点点头，脸上木然的表情似乎难以退去，思绪好像依然沉浸在回忆中。

马怀云心想，当年爹在这里付出了心血，跟陈家湾的老少爷们都有很深的感情啊，尤其跟李文凯老人之间的感情，爹活着的时候没少提过，只是现在不能把自己是马强的儿子这个身份直接说出来，既然已经瞒着了，就瞒到底吧。于是，眼睛朝远方看着说："看来今年防汛形势很严峻。"

李文凯点点头："水火无情，但愿别闹水，粉坊厂房才盖起来啊。"

李金才说："不光粉坊，还有那些鱼塘呢，洪水一来，鱼塘肯定要淹，养鱼户就要遭殃啦。"

听李金才这么说，马怀云心想，也难怪，在农村当书记也得有自己的收入啊，有点儿私心也正常。

马怀云说："老爷子，经历过那场大洪水的人不多了，这些年没闹过水，人们都没经验，您多费心多指导。"

李文凯说："最主要就是村里一旦真的闹洪水，应急抢险组工作人员一定要配好抢险装备，确保随时待命状态，抢险车辆保持油料充足，不能有病车，如果有受伤人员跟水困人员，要抢先解救。最大限度地减少死伤人数的损失，千方百计地做好减轻损失的工作，洪水过后，就要组织人们抢农时，保粮食。如果房子倒塌了，上级肯定会拨款拨物，帮助咱重建家园，但咱们的精神不能倒，生在这个爱闹水的地方，就得年年预备跟洪水斗。"

老爷子没讲完，马怀云就拍起巴掌。

第
三
十
七
章

这天，没有一丝风，树梢一动不动，很闷热，潮湿的空气让人感觉很不舒服。马怀云说，全体村民马上回到家里或在地里干活，按部就班，等一会儿县长他们来了，大家一定要听从指挥，按照县里总体安排和部署，到岗到位，撤离时，一定要像真撤退那样，但要注意安全，不能乱。

上午九点，几辆车开进陈家湾，车上下来几十口子青壮年，走在前面的是县长和周家坨党委书记、镇长。小广场前一下子聚集了二百多人。

李金才和马怀云等人赶紧迎上去，县长问："怎么样？群众有情绪吗？"

李金才马上回答:"一切准备就绪。"

县长说:"计划执行。"刚要发布演习开始命令,殷家贤抢上前说:"县长啊,以前在电视里见到过县长,今天看见真人了,我想跟你说几句话。"

县长和蔼地说:"是吗,那你抓紧说,预定演习时间马上就到。"

"是这样,县长,今年来洪水是真的吗?你看大洼里多好的庄稼,万一真淹了,陈家湾人怎么活啊。"

马怀云拉他一把,高声说:"殷家贤,别跟县长起哄,来大水肯定有损失,请大家放心,万一真来大洪水,真的把陈家湾淹了,国家会给相当的补偿。"

殷家贤看看县长,歪歪脑袋,嘟囔着说:"谁起哄啦,我不就想跟大官儿说两句话吗,我这小百姓轻易看不见县长。"

于德福说:"是真来大水,粉坊就泡汤啦。"

马怀云拉住于德福说:"你把看汛铺和扫大街的差事让出来吧。"

于德福歪着脖子瞪起眼:"为啥?给殷家贤吗?"

马怀云笑了:"不是,李书记说北街有个老爷子没有进钱的道儿,让给他吧。"

"我呢,我有进钱的道儿吗?"

"你别着急,慢慢就会有的。"

"好,我听你的。不过,你可别把话落空地上。"

马怀云笑笑,没再回应。

这时,李金才站到一个土堆上,做了个下压的手势:"今天的洪水只是预测,不一定真来,但咱们必须按照上级指示,做好防汛抗洪的一切准备。谁也不许散布悲观言论,制造恐慌,当务之急是做好防汛抗洪演习准备工作。大家都别乱插言了,请县长主持演习。"

县长举起手持喇叭,做战前动员:"所有参加演练的人员,一定要提高认识,高度重视,要精力集中,精益求精,要真像防大汛抗大洪那样坚守岗位、尽职尽责,严肃工作纪律,认真履行职责,及时请示和报告,突出工作重点,把握工作要点,各职能部门之间要做到及时沟通情况,相互协调配合做好工作,切实按照演练每个阶段下达的拟定水情演进变化情况,及时完成陈家湾的防守部署和险情抢护处理工作。在这次防汛演习中,我们成立了预警组、抢险组、保卫组、通信保障组、物资供应组和后勤保障组。现在我们的天空是乌云密布、雷电轰鸣、大雨倾盆、沟满河平,洪水已经到来。下面听从指挥:抢险小组成员按照所划分责任区,迅速到位,放挡水板,囤积沙袋,防止洪水进入陈家湾,不留死角,不留盲点。周家坨镇领导和各分组领导立即组织人员进行抢险救灾,抢救现场财物,采取一切办法排除现场积水,力争将损失减到最小程度。"

县长接着说:"目前已进入主汛期,尤其近日连续降雨,县气象局、县水利局今天也来人了,你们要加强跟踪监测,及时预警,及时通告,做好防汛宣传工作。其他各部门要进一步统一思想,认真查找防汛工作中的薄弱环节,坚守岗位,各司其职,协同配合,查缺补漏,统筹有序,形成合力,要健全完善防汛工作机制,落实属地责任,做好安全隐患排查,增强防灾意识,切实把防汛工作想在前头、抓在手中、落到实处。要以严的要求,实的作风,铁的纪律,确保各项防汛工作落实到位,确保防汛工作万无一失。防汛抗洪演习的目的就是在真正遇到汛情紧急时,能够迅速、高效有序的组织人们安全撤离受灾区域,通过这次演练,进一步检验和提高我们应对汛情的应急反应能力,提高人们的防灾抗灾避灾意识，最大限度地减轻水灾造成的损失，保障人民生命和企业财产的安全。"

然后县长检查了物资准备情况。他来到抗洪抢险物资储备库，见那些潜水泵、排水管、移动配电箱、铁丝、编织袋、铁锹以及雨衣、雨鞋、电筒、洋镐、草袋、绳索等抢险用品摆放有序，院子里存放着两堆沙石和二十多辆农用运输车。县长不住地点头，表示满意。

随着县长一声令下，演习开始。不到三分钟，各个负责部门和队伍立即到岗到位。县长拿着手持喇叭大声下达命令："大清河上游发生洪水，陈家湾超警戒水位，依据当前雨情、水情、天气预报情况，根据省防汛指挥部命令，立即组织陈家湾全体村民转移，必须在今天十点以前将群众全部安全转移到预定接收地点。"

接到命令后，周家坨镇政府镇长通过手持高音喇叭紧急通知："陈家湾全体村民请注意，按照上级的命令，陈家湾蓄滞洪区将要分洪，全体村民除留守人员外需要立即转移，留守人员稍后到村委会集合。"随着转移命令的下达，按照防汛应急预案要求，交通安全组、转移安置组、医疗救护组等各小组迅速行动，安排群众沿预定路线向接收地点转移。因为是演习，人们没有慌乱，很有秩序地从不同角落来到集合点，分别坐上大巴车和农用车。

紧接着，县长又下了第二道指令："洪水有失控的危险，为了保卫滨海市和京沪铁路，需要炸开陈家湾西堤分洪，请爆破小组立即到位，时刻做好分洪口门爆破准备。"

演练结束，现场清理完毕。县长非常满意，表扬李金才说："你们的准备工作做得很好，整个演习过程环环相扣、紧张有序，达到了预期效果。尤其是撤退安排，想得很细，村民百姓疏散和安置组织得很周密。"

　　受到县长的表扬，李金才抬眼看了看马怀云，很惬意地笑了，但他没想到防汛演习会惹来麻烦。

第三十八章

县长刚走,就来了一伙儿人,直闯村委会,打头的又是夹板脑袋刘长海。刘长海走到李金才面前,金鱼眼用力地转了转,鼓起蒜头嘴:"听说今年再闹洪水,还要扒陈家湾大堤,我听我爹说过,当年闹大水,就是炸的村西泄洪口,我家祖坟就被冲没了。这回,县里要还在村西扒口子,我就跟县长玩命。"

殷大明说:"对!咱一块儿跟县长玩命,泄洪口再扒开,咱粉坊不能白建。"

于德福过来,俩手分别抓着刘长海和殷大明的手:"你俩别瞎闹,要不是那场大洪水,我也落不到陈家湾,我到现在不知道我是哪个村的,亲爹亲娘是谁,能遇见你哥俩,还得谢谢那场大洪水,对不对?"

殷家贤不知何时也赶了过来:"闹洪水属于天灾,没有人祸的事,你们没读过几本书,别瞎吵吵。"

李文凯说:"别瞎吵吵,万一真闹水,你们哪个也跑不了,都得上第一线盯着。到时候,村干部根本就不能回家,那年闹洪水,我连着八天没怎么睡觉,吃饭都是在大堤上,工地上,有时一天吃一顿饭,非常时期嘛,要干部干啥的,就是关键时刻不掉链子。"

老爷子说话很压茬,几个人都不说话了。老爷子继续说:"你们这帮小子也是拧种,跟当年扒口子炸堤时的人一样……"

殷家贤好像揣摩到李文凯老人喜欢怀念过去,一说到旧事,就滔滔不绝,他想借机讨李文凯喜欢,顺便就讨好了李金才,他凑到跟前,打断李文凯的话:"老爷子,据说当年炸西堤时,也不是顺顺当当啊。"

李文凯说:"那是,几十年的光景,那些事好像就在眼前,当时省里决定在陈家湾村西扒口子泄洪,人们自觉地守候了多少天,当时人们情绪很激动,因为费了好多天的劲才保住的陈家湾,上级却要炸开大堤,淹了陈家湾,人们不认头啊。"说到这儿,李文凯眼睛湿润了,脑海里浮现出几十年前的场景。

那时候,陈家湾的房子一般都是穿靴戴帽的土房,房子地基用青砖垒,屋檐用青砖封,屋墙是土坯垒,啥时候建的谁也说不清,屋顶是土的,如果被大雨浇透,就漏雨。外边大雨哗哗,屋里小雨叮当,家中的盆盆罐罐都派上了用场。人们把旧床席子苫在房檐上,用被单、床单、褥单、包袱皮,苫住四周的房山。晚上不敢睡觉,轮换着,提着马灯,拿着铁锨,围着房屋四周查看,有积水马上放掉。猪圈里的水满了,大猪小猪满街乱跑。几乎家家倒了院墙,塌了厕所,街巷里明晃晃一片。野地里齐腰深的水,地里的玉米高粱只露着半截。做饭也没有干柴引火,人们只能在床席下抽些干草,煮菜熬粥。

当时任陈家湾党支部书记的李文凯穿着雨衣卷着裤腿在大街上蹚着水走着,就见一群卷着裤腿或打伞或穿雨衣的女人们,不约而同地蹚着水去村东头佛爷庙给佛爷上供烧香,齐刷刷地跪在地势比较高的庙台上,磕响头,求佛爷保佑陈家湾,千万别遭水灾。有的甚至求佛爷快把水妖镇压起来,别让水妖作怪了。李文凯走过去,高声喊:"快起来,别磕头了,磕头也没用,走,快回家收拾东西准备转移。"人们被赶回了家,那些人还一边倒退一边作揖向佛爷赔罪:"对不起佛爷,对不起佛爷,他是共产党员,他是村干部,他是好人好心,都是为了村民百姓,您宽宏大量,别怪罪他。"

可是在人们的注目下,佛爷庙在雨水的冲刷下最先倒塌了。

雨还在不停地下着,晚上,人们一个个听着不时传来轰隆倒房声,心里一阵阵发紧,眉头紧锁。

新盖的房屋,后墙是金裹银,说的是正墙是土坯垒的,外墙皮用砖包上,殊不知新砖吸水性强,雨水把里面的土坯浸透,也哗啦啦轰然倒下,响声惊动全村,人们循声看去,只有房架子支着房顶,像老鼠夹子一样,危险极了,他一家人赶紧搬了出来。有的房屋很危险,因为没有砖,全是土坯,人们很是担惊受怕,不知道啥时候会有灾祸降临,心都提到了嗓子眼儿上。白天倒还好些,房屋出问题能察觉,晚上可就难熬了,谁还敢睡觉,塌房的轰隆声不断传来,响一回,人们就心头一震。乌黑的天空,偶尔有几道闪电和几声闷雷,借着闪光看到,暴雨白茫茫一片,没有停歇的征兆。只有田野变泽国里的青蛙像憋足了劲,幸灾乐祸地喊着有节奏的号子:呜——哇!呜——哇!

大雨一个劲儿地下个不停，后来是倾盆大雨。晚上，忽然有人大喊大叫起来："涨水了！涨水了！"只见大水通过各个门口从东南和西南方向汹涌流入村内，而且涨得非常迅猛，有人爬到房顶一看，可吓坏了，向南看一片汪洋大海，大清河南边的几个村庄只隐隐约约看到几片树叶在漂动，向北看，全部是白花花的大水直流线，而且大雨仍像盆倒一般，人们既没雨伞又没雨衣，个个像落汤鸡。从上游冲下来的木头，一根根溜走，猪、狗哀号着寻找固定的立足之地……有的村民想爬到大树上，但树早被蛇、老鼠、刺猬等小动物占据，人一爬树，吓得它们扑通扑通掉进水里。

入夜，闪电一次次撕裂黑夜，雷声一遍遍地在人们心头滚动，暴雨哗哗，洪水呜呜，灾难就这样从天而降。就在万分紧急的时候，解放军来了，县里派来的大船陆续到了。陈家湾除了青壮年留守之外，周家坨公社书记马强和李文凯分别指挥老老少少上了船，并随着县里的安排，乘火车转移去了邻县。

那天早晨，李文凯在河堤上查看水情，突然听人喊："西涵洞漏水啦！"李文凯就是一惊，赶忙往村西跑。半路正遇到部队韩副军长正跟赵县长讨论洪灾情况，忽然听到天空传来嗡嗡轰轰的直升飞机声音，紧接着，有通信兵送来步话机，向韩副军长报告说是军区郑副司令员电话。韩副军长接过话筒："副司令员您好，请指示。"话筒里传来郑副司令员的声音："目前抗洪形势非常严峻，你们要千方百计保滨海保津浦铁路，水涨到八米也要确保万无一失。"说完，挂断了电话。

这时，有人来报："陈家湾西涵洞透水。"韩副军长对身边的参谋说："情况紧急，来不及层层传达命令了，附近的部队就是驻扎独流的9连了，让通信兵马上给我接通9连，让他们连长接电话。"步话机很快接通了,韩副军长大声叫道:"你是9连连长吗?我现在命令你,马上带领部队,一个小时跑到陈家湾西决口处。"

话筒里那个连长说:"首长,这个行程有二十多里路啊,一个小时到不了。"

韩副军长立马叫道:"跑死人我负责,决了口你负责。"然后,韩副军长对通信兵说:"马上给各部队下死命令,哪里决了口,哪里负责人就地枪决。"

在一旁的县委书记赵长明对马强说:"你看看,军队和地方就是不一样,军令如山啊!解放军正是靠着这种铁打的纪律和作风才赢得了全国解放,才能保卫国家的社会主义建设啊。"

马强说:"是啊,咱没当过兵,但今天眼见了军队铁的纪律和雷厉风行。"

赵县长点着头说:"越是关键时刻越能考验一个人的意志、精神和能力。"

出事的涵洞坐落于陈家湾西边一里地左右,简单的水泥闸口上安装着很单薄的闸门,裂缝很大,早就漏水了,随着水势的加大,闸口的水泥墙边的土被冲泡软了,闸口倾斜了,闸门即将倒下,水柱越来越大。就在人们快速赶来的时候,闸门轰然倒下,出现了一个五六米宽的缺口,洪水奔涌而出,口子一下子增大到了十多米。陈家湾人一个个心急如焚,但面对汹涌的洪水又束手无策,情况万分危急! 9连奉命冒雨飞速赶到。紧张的堵口子战斗开始了,当把一筐筐的泥土倒下决口时,激流立即将泥土冲得精光。战士们又把一袋袋的泥土投入决口,一个急漩涡,又把整袋的土卷走了。连长见势不妙,纵身跳入激流,潜到水底,按住土袋,一会儿,连人带土袋又被卷出了水面。还是不行! 水不等人，人急如焚！这时，连长大喊一声："跟我来，不信就堵不住它！"说着，连长和指导员等几十名官兵一下跳进激流。赵县长跟着也跳了下去，其他干部哪敢怠慢，紧跟着也都跳进水里。马强用眼一扫堤上陈家湾的汉子们，喊一声："别愣着啦，下水！"一群庄稼汉子也跟着跳进滚滚洪流。他们一个个紧紧抓住系在木桩上的大绳子，肩并着肩，手挽着手，以身体堵挡激流，岸上官兵猛垫土袋。这时，骤然刮起了六级西北风。狂风卷着一米高的巨浪，一个连着一个地冲向堤岸，堤埝上从各家各户收来的苇把、苇席被扔进水里，但一下水就被打翻了，木桩被摇掉了，土一块块地坍下来，形势异常紧张。在这千钧一发的紧急时刻，增援部队来了，还调来了汽艇和木船，防汛军民跳到水里，筑起了人体防风屏障。人们用手拉着树枝、苇把、席片，用身体顶着木桩，脊背和胸部被风浪打得红肿、生痛，但没有一人畏缩不前。

经过二十六小时激战，终于堵住了决口，截断了激流。陈家湾西决口堵住了，但洪水还在不断上涨，抗洪形势越来越严峻。马强跟着赵县长走到连长面前，赵县长握住连长的手一个劲儿地说"谢谢"。当得知站在他面前的是县委书记时，一声令下："敬礼！"全体官兵给赵县长行了一个庄严的军礼。

而后，马强和李文凯随同赵县长在公社召开了军地抗洪联席会议。负责防汛抗洪工作的王副省长介绍全省抗洪情况说："抗洪到了最关键时刻，由于上游几处破堤，洪水下泄，大清河水位暴涨，陈家湾今天中午涨到了八点五米，入流流量高达一万两千立方米/秒。周边几个大洼已经连在一起，形成一片浩渺无边的大海。一百多亿立方米的洪水兵临滨海城下，整个滨海将要面临灭顶之灾，眼下就要选定几个爆破口，分别向渤海泄洪。"然后，通报了几个爆破口具体地点和位置，其中有陈家湾。王副省长说："陈家湾这个爆破点很特殊，爆破泄洪将直接毁掉陈家湾，你们县里的同志要赶紧组织人员做好陈家湾群众思想工作，不能拖延，不能迟误。另外，所有爆破工作由部队负责施工，各爆破点人员按时到位，明天上午十一点准时爆破泄洪。"

听说要在陈家湾爆破泄洪，马强浑身颤了一下，脸上闪过一丝愁容，表面上他很安静，但心思却早已飞到了陈家湾，竟然有些恍惚了。散会后，领导们都已经离开，赵县长见马强还坐在椅子上望着远处出神。就用手捅他一下："走啊，散会啦？"马强打个激灵，慢慢抬头。赵县长发现马强的眼里竟然挂着泪花，登时明白了马强对陈家湾的深厚感情。

马强说："赵县长，我不能跟领导说虚话，当我听说要在陈家湾爆破泄洪的时候，脑袋就蒙啦，刚刚费了九牛二虎之力把口子堵上，怎么就又爆破呢？"

赵县长说："你是共产党员、国家干部，关键时刻要与党组织保持一致，不能因为个人或小集体利益受损就有思想情绪，选陈家湾做爆破点，也是上级领导们共同研究决定的，因为陈家湾是蓄滞洪区和分洪口门，这不是瞎安排，必须端正思想，做好社员们的思想工作。"

马强抹掉眼角的泪花，一句话也没说。

转天一早，没顾上吃早饭，马强书记随同赵县长就来到陈家湾通报情况。这时候，来了几十口子陈家湾人，怒气冲冲地吼叫着把赵县长和马强围了起来。李文凯想，祖祖辈辈居住的陈家湾马上就毁于洪水，就会变成一片汪洋。他心如刀绞，想当年，日本鬼子曾在1939年秋天，在陈家湾北炸开了大堤，整个东大洼变成了一片汪洋，房倒屋塌，老百姓流离失所，外出逃荒乞讨，饿死了许多人，有些地方哀鸿遍野，饿殍载道。现在又要炸堤分洪，社员们这一关不好过啊。就对赵县长说："我是共产党员，对上级决定绝对服从，请给我一点儿时间，做好社员工作。"

赵县长点头。还没等李文凯说话，村民殷家喜就先嚷嚷起来了："赵县长，我见过你，听说你是个不错的干部，是给百姓办事的干部，怎么就看着我们陈家湾好欺负，怎么就非得在陈家湾炸口子？"

殷家贤他爹也挤到前头，冲着赵县长吼："你们当官的就知道两片嘴唇一碰就完了，陈家湾就活该死啊，为啥要在陈家湾炸口子？谁做的混蛋决定？"

马强上前拦住："别跟赵县长这样说话，怎么还骂街啊，在陈家湾爆破既不是县委也不是赵县长定的，是中央和省委以及抗洪指挥部根据抗洪需要和陈家湾的位置决定的。"

殷家贤他爹身子往前一蹿，指着马强愤怒地说："你是公社书记，不能为了保住破官帽，上级说啥就答应啥，你要对得起陈家湾！"

马强没有回答。李文凯拉住殷家贤他爹："上级决定在咱村爆破，马书记三番五次找上级领导要求改地方，可是已经决定了的事，不能改啊，马书记比大家还心疼呢。"

马强急的眼珠子都要挣破了，大声说："谁也不想害人！上级领导也是再三再四研究探讨对比，咱们陈家湾是蓄滞洪区，为了抗洪大局，必须做出牺牲，况且不在陈家湾爆破，别的村庄也是村庄，哪个村庄不是祖宗留下来的，好端端的村庄毁了，谁不心疼？咱们是为国家牺牲，是为保卫滨海市保卫津浦铁路做牺牲，这种牺牲值得。乡亲们呐，滨海是大城市，是咱中国北方经济的枢纽，是国家轻工业基地，津浦铁路是国家的大动脉，和咱陈家湾这点儿牺牲比起来，哪头轻哪头重我想大家心里还是明白的，淹了陈家湾，上级领导和全县百姓都不会忘记的，还会帮助咱们建设一个更好的陈家湾！"

有人愤怒地说："陈家湾人命不值钱？千八百间房，满洼的好庄稼啊。"

马强想伸手拉一下殷家贤他爹，却被猛力推开了。旁边有几个社员也凑过来，怒目圆睁。赵县长把马强拉到后面，自己上前一步说："乡亲们啊，今年的大洪水非比寻常，滨海市、津浦铁路面临巨大危险，不爆破后果不敢想象，实施爆破泄洪是省委、军区领导集体研究的方案，是经过党中央国务院批准的，陈家湾的损失各级领导都不会忘记的，肯定会帮助咱们重建更加美好的家园。"

社员们还是有人喊："我想不通！"

有人急得直跺脚："我也想不通！"

赵县长看了看表，十一点就快到了，必须挖炸药坑了，就大声说："爆破事关全局，必须马上执行！不能拖延了，赶紧挖坑埋炸药，个别人思想工作完事接着做。"说完跟部队干部说："开始施工。"部队干部一挥手，十几名战士手持铁锹、洋镐冲了上去。也就在那档口，殷家贤他爹也冲了过去，往刚刚挖了几铁锹的地方一躺："我家祖坟就在口门前面，大水一冲，我爹我爷我家祖宗们就没啦！你们挖吧，把我跟炸药埋在一起。"

马强冲过去和几名战士一起把他拖出来，他拳打脚踢挣脱着怒吼："我想不通！想不通！不能毁了陈家湾。"几名战士把他抬到远处。炸药坑很快挖好，埋好炸药，部队领导和战士们把聚集在大堤上的陈家湾社员们劝导着领到安全地带。

十一点整，随着轰轰几声沉闷的爆炸，空中腾起老大一片黑压压的泥土，大堤被炸开了一个豁口，洪水随之如万马奔腾般咆哮着翻滚着往堤外倾泄。冲破堤岸的水，如逃出牢笼的猛兽狂奔疾走，在高低不平的田野上浩浩荡荡蜿蜒着，冲撞着，奔腾着，咆哮着，翻滚着旋涡，吞吐着泡沫，绿汪汪的庄稼地顿时成了一片水的世界。人们看着大水逶迤而去，就见村里突然不间断地冒出一股股烟尘，大家知道那是土坯房一处一处地倒塌了。人们一个个难过地扭过身子，垂下了头，眼里涌出泪水。

村口的两棵古槐由于长在半坡上，扛不住洪水的冲击，慢慢歪倒了，陈家湾人看了，一个个心头揪成了疙瘩，老槐树的倒下成了陈家湾人的千古遗憾。

马强转身朝村里跪下了："陈家湾列祖列宗，洪水无情，没办法啊，村庄毁了我们会重建的。"说完，朝着陈家湾连着磕了三个头。

李文凯也跪在地上放声大哭。

一群陈家湾的汉子齐刷刷地跪下了，大堤上一片哭声。

马强磕完头，没起来，转身大声对人们说："大家不要过于伤悲，等水退了，咱们会有一个更好的陈家湾。"说完，把攥紧的拳头举了举。

殷家贤他多哭着说："道理不用讲，我们都懂，就是舍不得啊。"

李文凯也哭着说："是啊，就是舍不得啊。"

部队干部坚毅的脸上也挂起了泪花，战士们也都流着泪扭转了头。

赵县长说："为了滨海市、为了津浦铁路，陈家湾做出了巨大牺牲，党和国家不会忘记陈家湾。"说着，抬手把眼角的泪水抹去……

第三十九章

一晃几十年过去了，陈家湾的抗洪往事，也就李文凯这岁数的人还记着，还把那些难忘的经历当故事讲。每当想起这些旧事，李文凯就很激动，就忍不住提到刘云，此刻，他指着西大堤说："刘云最可惜了，舍命救了于德福，自己的骨殖还丢了，真是让人心里难受，咱陈家湾对不起马强，更对不起刘云。"

听着李文凯这样说，马怀云就感觉心脏的血在升温，整个胸腔都在膨胀，但他马上提醒自己，不可冲动，还是把身份隐藏起来为好。就说："老爷子，陈家湾不简单，不简单啊。"

尽管防汛形势闹得很凶，但县长嘱咐只是预测，洪水不见得百分之百真来，一切还要按部就班进行。西大坑这边施工的施工，架线的架线，厂房工地也是如火如荼，地基很快就垫好了，建筑队进场，昼夜加班，厂房主体很快就起来了。没有围墙，只在出口弄了两个门垛，围着厂房四周挖了一条壕沟，一方面防盗，一方面让废水汇集排放进处理池。

李金才看着废水处理池、电力增容、新建厂房等都按部就班地干得热热闹闹，心里是既高兴又纠结，虽然他被马怀云所感动，但还是感觉自从马怀云来了之后，在一些事情的处理上，尤其是对粉坊户恢复加工这件事上，好像自己的胸怀、格局、能力、水平，都比马怀云差了一截子，就那五十万块钱，尽管来得神秘，也不知他是怎么五马换六羊倒腾，但毕竟拿来了，人们在这件事上就对马怀云高看了许多，觉得从村民对待马怀云那种亲热劲儿，感觉人们对马怀云认可度超过自己不少，感觉自己这个正宗书记的肩膀矮了很多，心里总是酸溜溜的。李金才从鱼塘转了一圈回到村里，没有回家，他穿过两条胡同，顺着大街走到村委会门口，听见村委会门外的两棵白杨树上麻雀叽叽喳喳叫得很热闹，好像有上百只麻雀在聒噪。李金才停住脚步，小鸟儿们并没因为他是村支部书记、村主任而停止喧闹，麻雀也不知道李金才的心境，自顾叽叽喳喳聒噪不停。两棵树在这里已经站立了几十年，虽然躯干已经弯扭得不太端正，但是仍然生长得很粗壮很高大，树顶上的枝条好像在拂掠着悠然飘过的白云。这时，不知从哪儿飞来两只喜鹊，抿了翅膀直向高大的白杨树压了下来，那样子是十二分的从容老练，爪子像长了眼似的，准确而牢固地抓在了手指般粗细的树枝上，那根承重树枝还在摇晃颤动着，两只喜鹊就迫不及待地张开嘴巴哇哇地叫开了。声音高亢，清脆嘹亮，震人耳膜，盖住了麻雀的噪声。刚才那些麻雀的叫声已经让心情郁闷的李金才感到很晦气，喜鹊的叫声让他更加烦躁。李金才瞥一眼，真想扔块砖头赶走不解人意的喜鹊，他用力干咳一下，控制住自己对喜鹊的愤懑情绪，慢悠悠地把脸转过去，极力不让喜鹊的叫声钻进耳朵。忽然想起再过几天就是中秋节了，陈会计昨天已经把米面油拉回村里。分配方案昨晚也研究好了，按每家每户现有人口均分，七家特殊困难户给双份。于是，就让陈会计下通知，也是想通过做事情化解一下心里的烦闷。陈会计打开扩音器，喜滋滋地喊："各家各户注意啦，听到广播马上到村委会来领米面油。"

到村委会领东西是人们最关注的，也是最积极的。还在重复广播的时候，人们就迅速从四面八方聚拢到村委会。

在大清河边钓鱼的于德福也听到了广播声，他一手提着鱼篓，一手举着鱼竿儿侧棱着往村委会跑，哪知道来到村委会一看，已经排了老长的队伍。陈会计手里拿着单子，指挥着几个人忙着清点核实米面油。于德福站在队伍的最后，眼珠不住地转悠，他刚去河边钓鱼回来，满身鱼腥味，排在他前面的傻二回头瞅瞅他，一皱眉，如果不是排个儿，肯定会立马躲开，也舍不得放弃这个距离队伍最后有十多个人的机会，只好用手掩住鼻息，白了于德福一眼，把脸扭向一边。于德福不管别人嫌不嫌他，探过身子朝前面把眼一瞄，在前头发现了殷家贤，眼珠一转，来了计谋，何不趁机捉弄殷家贤。于德福拉住傻二，用低低的声音说道："哎呀，刚才我来的时候，看见殷家贤家闺女大秀来了，我跟殷家贤不过话，你去告诉殷家贤，估计大秀正等他开门呢。"

听说大秀来了，傻二眼睛就是一亮，大秀真来啦。傻二当年曾跟大秀同学好几年，俩人搞过对象的，要不是自己不懂男女事，被人小瞧，他就是殷家贤的女婿了。听于德福这么一说,傻二拔腿就走,于德福使劲拉住:"不是让你去,是让你告诉殷家贤回家去给大秀开门。"

傻二说:"我不搭理他,老挑拨事,昨天还跟他闹别扭呢。"

于德福说:"你正好借这个词儿跟他搭讪,省得再见面跟仇人似的,谁也不搭理谁。"

傻二说:"也是啊,好吧。"

殷家贤排在第三个,只要一开始发放,很快就能领到,他悠闲地摇着脑袋哼唱京剧呢。正唱得得意,傻二靠了过来:"四叔,大秀回来了,在家门口等你开门呢。"

殷家贤此刻正沉醉在唱腔里,听傻二这么一说,有些不信,因为大秀出嫁后一直没回来看过他,难道看我老了,对我转变了看法,来给我送好吃的,会不会还有两瓶酒?怎么这个时候来呢?很不情愿地对后面的人说:"我在你前头,我去开门,一会儿就回来。"说完,匆匆离开。

殷家贤兴冲冲来到家门口,根本没有大秀的身影,喊了几嗓子,也没人回应。推了推邻近的几家大门,扒着门缝问一声:"我家大秀来过吗?"得到的回答全是没看见。他很纳闷,心说,是不是等着急了,又回周家坨了。他追到桥头,也没见大秀的影子。这时候已经过去了半个多小时,他回到村委会时,领米面油的人们已经散了。他问陈会计:"傻二呢?"

陈会计说:"他呀,早领完回家啦。"

他把米面油送回家,急匆匆来找傻二,一进门,就高声喊:"傻二,你出来,我问你话。"

傻二摇晃着脑袋出来了:"干啥,还谢谢我吗?用不着谢啊。"

殷家贤厉声问:"你说大秀来了,怎么我找了半个村也没见到她啊?

莫不是你看我排个儿在前,成心捉弄我。"

傻二赶紧摆手说:"咦,不对不对,我可真没骗你,是于德福看见大秀来了,他让我告诉你的。"

殷家贤心里立马明白了,知道自己又被于德福捉弄了,一口唾沫吐在地上,打开手机,拨通了于德福的电话,可于德福根本不接。殷家贤心里骂一句,缺德福啊缺德福,你小子损招儿可够多的,真是缺德到家就差冒烟啦,你几次三番捉弄我,看我抓住机会怎么报复你。这么想着,狠狠地瞪了傻二一眼,两脚在地上跺了几下,悻悻地走了。

半路遇到李金才和马怀云,殷家贤没心思跟搭讪,低头快步走过去,背后传来马怀云的声音:"微信群里有人提议搞个中秋晚会,还有人提议让殷家贤出节目呢。"

李金才说:"眼下都忙粉条的事,谁有闲心操持晚会,别折腾了。"

马怀云说:"听说殷家贤唱戏有点儿水平,是真的吗?"

李金才撇撇嘴:"是真的,殷家贤演戏演得好,就是做人不地道。"

第
四
十
章

殷家贤不地道，是全村人公认的，但殷家贤唱戏好也是全村人公认的。殷家贤很小的时候，至于有多小，谁也记不清，反正他父母去世的时候他才刚上小学，因为有算命先生说他耳朵后有个花一样的疤，先生说他八字中既含甲子又含己酉，甲木为栋梁之木，相貌俊秀。身坐文书，长生、文昌，主有才学。可能是父母希望他长大之后能成为读书人吧，花钱请县城一位摆摊儿算卦的先生给他改名叫了殷家贤，他也确实看过一些书，那是爷爷传下来的一箱老书旧书，平时没事就一本一本地翻着看。但别人看书是修身养性，而他，却成了游手好闲的人，被人戏称为殷家闲或闲人，这也是分田到户后的事儿。其实他的游手好闲也是有原因的，一是他小时候爷爷奶奶太宠他，二是后来婚姻不如意，失落感让他的惰性累积。不过，殷家贤天生一副好嗓子，那嗓音可以说是清脆、响亮。因为嗓子好，就喜欢唱歌唱戏，后来干脆就迷上了唱戏。有一回县剧团来周家坨慰问演出，他抢着上台唱了一段《沙家浜》中的"军民鱼水情"，县剧团团长说他唱得不错，满宫满调，不丢板儿。后来，村里成立剧团，他就成了可以出演多种角色的多面手。他那德行，让全村人都不待见，可他却是个演戏的好角，他嗓子好，也会用嗓子，可以串演老生和须生，甚至为了救场还演过小生，演啥就是啥，更难得的是他不仅唱念做打功夫好，还识谱，全村只有他能对着乐谱和声。他还会吹唢呐，会打板，京胡拉得也是有板有眼，过去村里剧团没散摊子时，他就是台柱子。可他就是难改那人人恨的臭毛病，那双破眼睛总盯着女演员，总想跟女演员打情骂俏，哪怕用胳膊肘碰一下呢，也觉得是一种满足，惹得女演员都不敢搭理他，落的名声太差。

但马怀云觉得要用人之长，他提议由殷家贤主导举办一场陈家湾中秋晚会，一个村民代表出一个节目，出不了不会演的，可以找人代替，要比中央电视台更热闹。

村委会大院里搭起临时戏台。周边周家坨、侯家坨等村镇的人们听说陈家湾要举办中秋晚会，陈家湾剧团也恢复演出，从四里八乡赶来不少戏迷。陈家湾人看见外村人来看戏，一个个脸上都挂起自豪的笑容。院子里人头攒动，高挑着的几只大灯发出雪白的光，只听鼓韵悠悠，凉风缕缕，正是高粱晒米的时节，人们脸上洋溢着丰收在望的喜悦。

于德福背着老娘晃着身子挤进人群，胸前还挂着那个马扎，身边撞倒一人，老娘说："你慢点儿，碰人啦。"

于德福回头一看，是殷家贤，就一瞪眼。殷家贤也把眼珠子瞪圆了："瘸德福，缺德福！你成心撞我，要不是马上就演戏，我非跟你较较劲，哼！"

于德福也跟着哼一声："撞的就是你，谁让你挡我道儿！"

殷家贤把嘴一咧："嘿，缺德福，你撞人还有理啊，算了，跟你这文盲加流氓讲不出理来。"

于德福站定了，回转身，把老娘放下，喊一声："阴诸葛，你别走，你说谁是文盲加流氓？"

殷家贤见势不妙，得罪于德福可不好收场，他眨眨眼，赶紧钻出人群去后台了。

于德福恨恨地吐口唾沫："哼，我是文盲加流氓，你就是识文断字的流氓！"

开场锣一响，大幕拉开，有人学单田芳的腔调来了一小段书帽：

依山傍水房数间，行也安然，住也安然；一只耕牛半顷田，收也凭天，荒也凭天；雨过天晴驾小船，鱼在一边，酒在一边；夜晚老婆话灯前，今也谈谈，古也谈谈；日上三竿尤在眠，不是神仙，胜似神仙……

锣鼓声中，一群鸟儿惊得从树林中扑腾着飞上天去。台上的或英姿勃发，或水袖飘舞，或婀娜万千，台下的伸长了脖子，瞪大了眼睛，看得津津有味。

主持人陈会计说："今天的晚会可以互动，有喜欢唱的跳的，都可以上台。"

有人喊一嗓子："殷家贤,唱一段。"

殷家贤没想到居然有人喊他出场,就没回应。马怀云过去推他一把:"殷家贤,上吧。"

陈会计马上发出邀请,殷家贤用手胡噜胡噜头发,整整衣服上了场,先是三鞠躬,很谦虚地说:"我是狗肉丸子上不得大席,丑媳妇登不得大堂,如果我的戏不好听,大家可以喊倒好,把我轰下去。"

殷家贤这才走上台,清了清嗓子,唱道:

> 我正在城楼观山景,
>
> 耳听得城外乱纷纷。
>
> 旌旗招展空泛影,
>
> 却原来是司马发来的兵。
>
> 我也曾差人去打听,打听得司马领兵往西行。
>
> 并非是马谡无谋少才能,
>
> 皆因是将帅不和才失街亭……

殷家贤唱戏喜欢眯缝着眼,手脚并用地打着鼓点,一边唱一边瞄着马怀云,看马怀云的表情如何,他是想得到马怀云的赞许。马怀云自顾低头想事,因为听说气象部门预测今年太行山区降水偏多,防汛形势严峻,万一真来大水,可就崴泥了,正在建设中的厂房就得被淹,前功尽弃不说,对村民的打击难以估量。正这么想着,殷家贤来了一个高音叫板。他这才回过神来,看一眼殷家贤,转身跟李金才聊起厂房的事。

这时,下起了小雨,人们一下子走了很多,只剩下稀稀拉拉三十多人。

李金才问:"殷家贤,不行就停吧,你看没多少人看戏了。"

殷家贤说:"不能停,就算台下只有一个观众,也要把戏唱完。"

戏台上的塑料布没有遮严,淅淅沥沥地漏雨,演员怕打湿戏服,打着雨伞继续表演。尽管台下没多少观众,但演员们依然表演得非常认真。由于年龄的关系,这些演员的状态也许不如以前,可毕竟有老功底,举手投足间还是颇有神韵。加上他们唱腔优美、吐字清晰,而且唱、念、做、打动作熟练,戏台现场感染力很强。引来掌声不断,喝彩声连连。锣鼓、胡琴声中,台下台上男女老少都摇身变成了戏中人,替古人大悲大喜,个个摇头晃脑、怡然自乐,这或许就是戏剧的魅力。人们聚精会神地看戏,李金才也在场边不停地走动,一会儿抬头看看天,一会儿又看看台上,然后站在台边,一只脚随着唱腔的节奏不断地抖动。心说,殷家贤唱功还真是不错。就在这当口儿,殷家贤愣了一下,原来是他正唱得带劲的时候,裤子口袋里的手机响了,他神情一惊,继而马上镇定下来,接着唱。

殷家贤下台后,李金才走过去,板着脸说:"你带手机上场,可是出了笑话,一会儿散场后开会提要求,以后演出时,无论谁都不许带手机上场。"

殷家贤黑着脸低声说:"演戏演戏,耽误我好多事,刚才在场上那电话是朋友邀我打麻将的,我错过了赢钱的好机会。"

李金才捌他一眼:"你脑子里除了喝酒是玩麻将,回头定规矩,取缔麻将!"

"别呀,这两天左眼老跳,不是说左眼跳财吗。"

"你正事不想,光想一夜当富豪,可能吗? 还是看看眼前,赚一分钱那也是真的,比你做梦的钱牢靠,心里也想想,别稀里糊涂混日子。"

殷家贤咧咧嘴:"他们都愿意跟我玩牌,我也没办法,谁让我人缘好呢。"

"先别说了,该你上场了。"

殷家贤踩着鼓点儿,迈着四方步走上台,亮个相,我再给大家来一段《三家店》,然后唱道:

　　将身儿来至在大街口,

　　尊一声过往宾朋听从头;

　　一不是响马并贼寇,

　　二不是歹人把城偷,

　　杨林与我来争斗,

　　因此上发配到登州。

　　舍不得太爷的恩情厚,

　　舍不得衙役们众班头;

　　实难舍街坊四邻与我的好朋友,

　　舍不得老娘白了头。

　　娘生儿连心肉,

　　儿行千里母担忧,

　　儿想娘身难叩首,

　　娘想儿来泪双流。

　　眼见得红日坠落在西山后,

　　叫一声解差把店投。

台下响起稀稀拉拉的掌声。

晚会结束了，雨也停了。马怀云半开玩笑地说："殷先生。"

殷家贤一听："怎么我又成先生啦？"

马怀云点着头笑着说："以后你可以带徒弟，还不是先生啊，你就可以成为过去农村的老乡贤。"

"哎哟，可不敢当，我是顶风臭八里的阴诸葛，骂我的人少一点，我就高兴，啥乡贤不乡贤的。"

李金才知道马怀云抬高殷家贤的目的就是改造他，殷家贤肯定会顺杆爬，就说："你多会儿管住你那歪心眼儿，骂你的人就少了。"

殷家贤冲李金才龇龇牙，转身对马怀云说："说实话，我脑瓜仁里确实有点儿墨水，你们当领导的高看我，村民百姓高抬我，有我可以尽力的地方，我肯定实实在在地干。"

马怀云说："对呀，眼下就有个事需要你干。"

殷家贤伸长脖子："啥事，我能干？"

马怀云拍拍他的肩膀："你脑瓜儿好用，我建议你在演出剧目之前，就像过去放电影之前放幻灯片一样，适当加入陈家湾元素，唱一唱陈家湾好人好事、民俗民风，赞一赞前来看戏的观众，凭你肚子里的墨水，现场抓风得雨都来得及，我估计会出彩。"

李金才竖起大拇指："好点子！"

殷家贤说："那得给我营养费，我的脑细胞不能白糟蹋。"说完，急速离开，因为有人等他打麻将。

麻将刚打了一圈，一个女人突然闯进屋来，上前拉着殷家贤就走："你媳妇回来了，这回是真的，我亲眼所见，在桥头坐着呢。"

殷家贤把眼一瞪："滚你的，谁信你个鬼！滚，别耽误我玩麻将！"

女人把嘴一撇："哼，不信拉倒！"

散了牌局，殷家贤回到家里，正想躺会儿，就在他似睡似醒迷迷糊糊的时候，一个女人的声音在门外喊："殷家贤！殷家贤！"殷家贤心说，这谁呀，一口一个殷家贤地喊，没礼数，不理他！眼都没睁开。女人从门外挤进院里，喊声又大了："殷家贤，快出来。"殷家贤心里好气得慌，迷迷瞪瞪揉着眼走出来，谁呀，大中午的在我门口号丧啥啊。

那女人喜兴的脸立马拉了下来："殷家贤你说啥？我来你家门口号丧？好，我本来是来给你送信的，快拉倒吧。"

殷家贤听说送信，送啥信？赶紧问："哎，别走啊，算我说错了还不行吗。"

那女人回转身，没好气地说："我刚才从周家坨回来，看见一个女人在桥头那儿坐着呢，我细看了一下，是你媳妇，就来喊你了。"

殷家贤一听，半信半疑地赶紧小跑着来到桥头，可不是，一个头发花白的女人，半躺半坐倚在那半棵树上睡着了。他靠近了细看，果真是他媳妇刘玉芳。他说不清是生气还是高兴，上前一把就把女人拉起来，问："你还知道回来啊？"女人见是殷家贤，立马站起来，想躲开，被殷家贤一把拉住，拽回家。

媳妇回来了，殷家贤的心情很复杂，他从心底里不喜欢这个女人？但也曾经不止一次地想她。小秀打电话把姐姐大秀喊来，姐俩围在娘身边，查看娘身体是胖了还是瘦了，询问娘在外面是否吃了苦。刘玉芳一阵苦笑，一阵大笑："没吃苦，很好。"

大秀用质问的口气跟殷家贤说："爹啊，你以后要是再打我娘，我就把娘接走，永远不再回来。"

殷家贤脸上挂满苦涩："别这样跟我说话，我是你爹，我是打过你娘，可我为啥打她，你问问你娘，谁让她长得对不起我。"

小秀说:"爹啊,您都这岁数了,快收收心吧,我娘跟你这些年够不易的。"

大秀说:"我公公就不赞成你,我娘长得不好看,当初你还娶她,还生了我跟小秀?"

刘玉芳也说了一句:"你这么嫌弃我,等小秀结了婚后,我还走,或许就不回来了。"

这娘仨的一番话,还真让殷家贤内心受到了震动。

晚饭做熟了,殷家贤对俩闺女说:"你娘一路辛苦,肯定累了,让她早早睡觉。"

哪知道,刘玉芳说:"待会儿我去奶奶屋里睡。"

媳妇回来了,却不跟自己睡一屋,殷家贤心里更憋气了。殷家贤早早躺到床上去了,可翻来覆去睡不着,他想了很多很多,一会儿恨媳妇丑,如果不丑,自己怎么会嫌弃她?一会儿又问自己,夫妻结缘是不是命中注定啊?一会儿又对自己这些年走过的路进行回顾反思,是啊,自己号称陈家湾有学问的人,可自己却做了太多与身份不相符的事,其实一切的所作所为,都是心里明白着干的,明知不好不对,却还固执地这么走了下来。这真是生容易,活容易,生活不容易,我习惯了苦日子,这辈子就这样吧,我认了。

第四十一章

别看媳妇回来了，殷家贤却堵心得难受，不想在家里待，就想到小卖部看看，一进屋，见三剑客正凑在一起喝酒，就听于德福说："你俩记着啊，以后少跟殷家贤打交道，那小子简直就是猴变，一变一个坏心眼儿。"

刘长海鼓着蒜头嘴朝于德福直挤那双金鱼眼，于德福还没明白怎么回事，就听殷家贤在身后说："缺德福你这是说你老祖吧？"

于德福一惊，没想到殷家贤不知何时也来到小卖部了。于德福补了一句："我的意思是说殷家贤比诸葛亮还诸葛亮，比孙猴子还精。"

殷家贤眼皮根本不夹于德福，"哼"了一声，看他们吃的啥菜，喝的啥酒。

于德福从来不吃亏，补了一句："你给我充大辈儿，不怕风大闪了舌头啊。"

殷家贤冷笑地说："我充大辈儿？你说我是猴变，难道你是狼变的？你家老祖宗是啥变的？"

刘长海把蒜头嘴噘的老高："殷家贤，你是从小缺钙，长大缺爱，姥姥不疼，舅舅不爱。左脸欠抽，右脸欠拍。驴见驴踢，猪见猪踹。"

殷家贤马上怼回来："刘长海，你拿镜子照照，看看你那副尊容，前脸像被车碾过，侧脸像被驴啃过，就你这份尊容，人见了人烦，鬼见了鬼怕；吓死一双是少的，吓死一车是好的；见过懒死的，笨死的，没吃没喝穷死的；唯有你啊，是史无前例能把所有人都丑死的。"

于德福说："殷家贤，你嘴太损了，损阴德啊，我看你得改名，别叫阴诸葛了，叫阴缺德吧。"

殷家贤说："缺德福！你个没根没叶的东西，有啥资格说我，好好积你的德，把福积来，算你名字叫对了，这些年，白白浪费了好名字，你的德呢？你的福呢？我看你更应该改名，叫于福！"

于德福瞪眼大声问："为啥？"

殷家贤也瞪起眼珠子："为啥？因为你缺德啊，你看你腿脚那样儿，还真是应了这个名号，叫瘸德福最合适。"

于德福涨红了脸："是殷家贤，在家闲，爹嫌娘嫌，人人嫌！"

殷家贤知道于德福动嘴根本不是他的对手，胸有成竹满不在乎地说："那我也比你强多啦，瘸德福，谐音就是缺德福！哈哈哈……"

殷大明碍着殷家贤是他的长辈，不好插话参与，就坐在椅子上旁观。

……

他们斗嘴，殷大明一直坐在那儿看热闹，见殷家贤这样说话，就说："四叔啊，嘴上留点儿德吧，别太过分了，伤寿啊。"

殷家贤说："你小子旁边待着，没你事。"说完，瞥一眼殷大明，转身离开，心里那个气啊，本想舌战三剑客发泄发泄找补一下顺顺气，哪知道没占多少便宜，气悻悻地走了。一边走一边生气，殷大明你是老殷家人，盟兄弟比我这本家长辈还近乎，看我怎么给你添腌臜，殷家贤眼珠一转，心生一计，就去找傻二，悄声说："你对春香家过去老底不清楚，跟你说吧，春香男人死之前跟大明没分家，死后才分家，春香吃大亏啦。"

傻二有些吃惊："是真的吗？当然是真的，你看春香就一处宅子，大明三处，还有那个粉坊，本来是你们两家的，最后归了大明，这不明显分家不公吗？春香是女人，当然不敢和大明争斗，你是男人，进了春香的家，就要替春香分忧是不是？"

傻二问："那怎么分忧呢？"殷家贤神秘地说："这事别让春香知道，你去找大明，要求重新分家。到时候你家多分了家产，春香不就高兴了吗。"

傻二一听，来了精神："好。"屁颠儿屁颠儿地去找殷大明了。

此刻，殷大明刚刚在小卖部喝了不少酒，摇摇晃晃地回了家，刚坐下，傻二就来了："大哥，你回来啦？"

殷大明半闭着眼，用鼻子"哼"了一声，他根本不待见傻二，倒不是因为傻二不懂男女事，是因为傻二顶替了他弟弟，跟春香续婚，成了上门招夫养子的男人，他作为春香的大伯子，总觉得脸上无光。傻二见殷大明不待见他，心里就来了火，抓住殷大明的脖领子，大吼一声："你这人不懂事，我是在你家，你理都不理我！"

殷大明酒气冲天："就不理你,怎么着吧？"

傻二说："你欺负春香是女人,分家不公平,我来找你重新分家！"

殷大明冷笑一声："傻二啊傻二,我家分家有你啥事？你这是咸吃萝卜淡操心！"

傻二几乎是吼叫了："不行,春香现在是我媳妇,我要替她讨公道！"

殷大明厉声喝道："傻二,别蹬鼻子上脸,我们家的事你操哪门子心？"

傻二说："你不重新分家我就跟你没完！"

殷大明气越来越大,抬手打了傻二俩嘴巴。傻二也急眼了,抄起一把笤帚就打,俩人滚在一起。

这时,春香急慌慌地跑来了,高喊："傻二！住手！"俩人这才松了手。

春香说："傻二,你真混蛋,干啥呢这是？"

傻二说："你挨欺负,我来给你出气。"

春香满脸气愤地问："谁欺负我啦？你别胡咧咧,快跟我回家！"

傻二依然怒火中烧,跳脚吼叫："殷大明,你欺负女人算啥本事,有胆量咱俩斗一斗！"

殷大明蹿过来,想抓住傻二,春香从中给分开了："大哥,别跟他一般见识,他是中了邪了。"

殷大明说："春香你说心里话,分家对你公不公？"

春香说："大哥啊,我以我良心做证,我从来没跟傻二说过分家的事,这么多年大哥对我怎样我心里有数。"

殷大明喝多了酒,但在弟媳妇面前还是很有分寸,见春香这么说,消了不少气,就说："傻二,回家问问春香,我是不是亏待了她？"

春香赶紧拉着傻二回家，然后使劲把他摁在床上："傻二，你真傻，谁给你撒迷魂药啦，当初分家大哥对我特照顾，你为啥去找大哥？"

傻二扤扤后脑勺："殷家贤跟我说当初分家时，殷大明欺负你，还有粉坊，怎么就归他了。"

春香用手指头杵着傻二脑门子大声说："粉坊本来就是大哥自己操办的，跟我没关系，你听阴诸葛胡咧咧，他恨不得全村家家闹事，他才高兴，以后你离他远点儿。"

傻二直性子，觉得又让殷家贤耍了，不甘心，到棋摊儿，拉住殷家贤厉声质问："殷家贤你没事忽悠我干啥？我跟殷大明打起来了，你高兴啦？"

殷家贤拉着傻二离开棋摊儿，来到一个胡同口说："傻二啊，我是心疼你跟春香，是想让你帮春香讨回公道，让你跟春香得到本该得到却没有得到的东西，怎么是忽悠你啊。"

傻二说："反正我去找殷大明，俩人打起来了，也没闹出个一二三来，还惹得春香不高兴。"

殷家贤心里乐了，真好啊，就盼着你们打架，打得越热闹越好，哼！殷家贤心里美滋滋的，挥挥手："行，你不信就拉倒吧，吃亏上当与我无关。"然后倒背手哼着小曲回棋摊儿了，想找个新手，赢几盘棋，痛快痛快。可他用眼扫了半天也没找到有把握拿下的棋手，站在围观的人群外嘟囔了几句象棋术语，刚要说话，没想到春香来了，满脸愠怒："四叔，以后别老拿傻二当枪使。"

殷家贤也把脸绷起来："春香，这话怎么说的，我可是一片好心啊。"

春香说："好心，可惜您的好心让傻二跟我大哥打了起来，你在旁边看着乐了吧？"

"侄媳妇,我真的是为你打抱不平。"殷家贤眼神里透着狡诈。

春香说:"我家大哥对我很好,分家对我很照顾,我心里有数,不用您多事挑事。"

殷家贤歪歪脖子:"嘿,你看看,我是好心好意反倒落一身不是,好好好,你们家的事以后我可不管了。"

春香说:"最好别管!"说完,狠狠剜了一眼。

殷家贤又一歪脑袋:"这人不识好歹啊。"抬头一看,见马怀云走进棋摊儿,心想,马怀云肯定是来看望陈慧珍的,在棋摊儿只是站一站而已,因为他知道马怀云最近有事没事就往小卖部跑,肯定是牵挂陈慧珍这个老同学,说不定哪天小卖部就要出新闻啦。这么想着,心里却在犯酸。

第四十二章

此刻，已经是下午三点多了，白亮亮的阳光下，小卖部门前槐树叶子散射着绿光，空气变得潮湿起来。陈慧珍把门窗打开，跟往常一样站在门口朝不远处的象棋摊儿看一眼，那儿是一群老人习惯聚集的地方，他们几乎天天都到那儿聊天，电视里看到的国际国内新闻，手机头条上看到新鲜事，还有半夜睡不着想起来陈家湾发生过的旧事，谁家公婆欺负儿媳妇啦，谁家婆媳不和啦，谁家小两口半夜老打架啦，等等，都在那儿议论。老头儿们穿的服装大同小异，基本就是不合时令，长相本来就是满脸的皱纹都环绕到脖子下，浑浊的眼睛深陷眼眶，抽着自家种的旱烟。这些人从小到老,没离开过陈家湾,陈家湾里里外外、上上下下发生过的大大小小的喜剧、悲剧、闹剧,他们几乎无所不知、无所不晓。其实他们过去就是这些故事的主角,由于年老体衰,精力不济,变成了旁观闲人。马怀云本来不喜欢下棋,也没那闲心,他今天忽然心血来潮,想听听老人们都关心啥议论啥。他找个地方坐下来,扫一眼人群,见殷家贤不知何时已经离开了。

正是一天中最热的时候,按村里习惯,也是人们趁凉快儿才干活的时候,马怀云在棋摊儿看两位老人下了几盘棋,伸个懒腰,转身走进小卖部,见陈慧珍正坐在椅子上打盹,就拍了两下手,陈慧珍睁眼一看是马怀云,站起来,把椅子推过去,问一句:"中午不睡觉啊。"

马怀云说:"我忽然想跟你说个事,小卖部赚钱毕竟有限,我想帮你联系,把小卖部变成县百货公司连锁超市陈家湾分店,把你家院子封起来,扩大经营面积,增加经营品种,既方便了村民,又增加了你的收入。"

陈慧珍说:"脑子里就没想过要赚多少钱,再说自己没人手,干不了。"

马怀云呵呵一笑:"忙不过来,你可以雇人啊。"

陈慧珍说:"不费那劲了,就这样,把小卖部弄好了也能维持。"

马怀云说:"当初我筹款建厂房你想拿钱帮忙,我为啥拒绝你,就是有这个打算,你听我的,没问题。"

可陈慧珍却有些犯愁,几万块钱,连装修带进货,肯定不够,又不好意思跟马怀云说。

马怀云早看透了陈慧珍的心思,笑着说:"我知道你资金不足,不好意思跟我说,对吧?"

陈慧珍也笑笑:"嘿,你是算命先生啊,能知道我心里想啥。"

马怀云逗趣地装成算命先生的样子,伸出五指,嘴里嘟囔着听不清楚的词儿,故作高深地说:"我掐指一算,你的前世今生不太完美,就是八字少胆,五行缺钱,需要贵人帮忙。"

陈慧珍扑哧一笑:"别逗了,啥贵人?"

马怀云一本正经地说:"有贵人,远在天边近在眼前。"

陈慧珍哈哈大笑:"你是贵人啊,别逗啦。"

马怀云也哈哈大笑,笑完了,说:"说正经的,我知道缺钱,别着急,我当一回你的贵人,帮你想办法,实在不行招人投资入股。"

"谢谢你。"陈慧珍不知说啥好了,借着给马怀云倒水的时候,稳了稳自己激动的心。

马怀云走出小卖部时,见殷家贤在门边站着,脸上一副狡黠的笑容。马怀云寻思刚才自己跟陈慧珍的对话可能让殷家贤听到了,弄不好这人又得生事。但他没搭理殷家贤,径直去了村委会。

殷家贤看着马怀云拐了弯,就闪身进了小卖部。陈慧珍见了殷家贤就起腻,眼皮一耷拉,不理他。殷家贤笑眯眯地说:"陈慧珍,你弄超市,钱不够,我入股。"

陈慧珍对殷家贤的话根本不入耳,琢磨怎么把殷家贤糊弄走。这时,于德福来了,这俩人一见面就掐。于德福说:"阴诸葛,没事别老来这儿逗闷子,当象棋教练多过瘾。"

殷家贤最不爱听人叫他阴诸葛,也听出这话有些讽刺味道,就回怼一句:"你狗嘴里吐不出象牙来,没根没叶就已经够寒碜人了,还不积点儿真德真福。"

于德福最恨有人说他没根没叶了,殷家贤又说这话,心里就起急:"你才没根没叶呢,你再说一句试试。"说着,把身子往高处拔了好几下。

殷家贤自知说话过了头,不敢回手。但他回眸一笑,低声说:"于德福,别看你是陈慧珍表弟,但她对你都是虚情假意,对我才是真的,她弄超市缺钱怎么不找你,却找我入股呢。"

于德福吃了一惊:"你说啥?你入股?帮陈慧珍弄超市?"声音也很低。

"对呀,陈慧珍主动找我的,让我入股她的超市,不信你去问问陈慧珍,嘻嘻嘻……"殷家贤说着用手指放在嘴唇上打着嘘声。

于德福脑袋嗡的一下一连打了十多个问号,用力吐口唾沫,转身冲正打点生意的陈慧珍喊一嗓子:"表嫂,殷家贤入股你超市啦?"没等陈慧珍回答,于德福气哼哼地走了。

殷家贤的确是动了歪主意,他想,我要是真入了陈慧珍的股,不就有更多的机会找她说话了吗,那理由也多了。殷家贤提着一兜补品来到小卖部,一进门就喊:"陈慧珍啊,别人给我送来的,我舍不得吃,给你送来。"

陈慧珍说:"无缘无故你送我东西干啥,怕是又有歪主意吧?"

殷家贤嘻嘻笑着说:"不是啊,别老把我想得那么不是人,我跟你说正事,我听说马怀云撺掇你弄超市,这可是大好事,马怀云的主意绝对好,你听他的,绝对没错,不过我觉得你一个妇道人家,钱也不足,我出一半钱跟你合作,年底两家对半分红,你看行吗?"

陈慧珍连个奔儿都没打,立马回绝:"我弄超市的钱已经够用了,不用入股。"

殷家贤突然冒出一句:"不要我入股?要缺德福入股?"

没等殷家贤说完,陈慧珍怒火立马就燃烧起来:"殷家贤!你干啥造谣说你入股啊?我何时答应谁入股啦?你天天造谣生事,糟蹋人,良心不愧得慌吗。"

殷家贤赶忙后退："不是,谁说我入股啦？我何时入你的股啦？谁造的谣？"

陈慧珍嗓门很高,门外都听见了："是鬼走到天边也是鬼,别在这儿装人,陈家湾谁不知道你那些弯弯肠子。"

殷家贤见陈慧珍怒火一时半会儿消不下去,就赶紧退了出来。但他不死心,就琢磨怎么从陈慧珍身上把丢的面子找回来。在外面转了一圈,殷家贤又回来了,大大咧咧要酒要菜,半斤酒下肚后,其实他没醉,但为了掩饰,他就装醉,就对陈慧珍动手动脚,嘴里还嘟嘟囔囔地说："陈慧珍你干啥说话这么好听,让人惦记得睡不着觉。"

陈慧珍不想搭理他,给马怀云打电话,通了,没说话,就挂断了。这时,于德福提着塑料酒壶来了,见殷家贤正调戏陈慧珍,不由分说抡胳膊就打,殷家贤没有招架之力,左躲右闪地嘴里叨叨着："君子动口不动手。"

于德福说："我管你君子小人,拳头说话。"

陈慧珍上前拦住："别打啦,闹出去好说不好听。"

于德福不解气,手指头戳在殷家贤脸上,连推带搡,把殷家贤推到门外,使劲往墙上一撞,殷家贤身子侧着倒下去,于德福才悻悻离去。

殷家贤见于德福走了,又返回屋里,接着找碴儿跟陈慧珍说话。马怀云接到陈慧珍电话,但陈慧珍没说话,他纳闷,就赶了过来。一进门,见殷家贤正跟陈慧珍搭讪,他对殷家贤这点儿癖好比较了解,殷家贤最爱听陈慧珍说话,听陈慧珍说一会儿话,比喝二两酒还美,所以时不时就来小卖部找话茬儿,引着陈慧珍说话。马怀云走进小卖部时,陈慧珍正低头收拾东西,殷家贤身子前倾,趴在柜台上说："陈慧珍我说话你听见了吗？我在跟你说话。"

陈慧珍目光越过殷家贤,对马怀云说:"快坐,快坐。"

马怀云还没说话,殷家贤倒说话了:"陈慧珍你不对啊,我跟你说话你不搭茬儿,马领导进来你就这么热情,上赶着说话,看意思说话也看有没有权势啊?"

陈慧珍依然不理他。从柜台里走出来,给马怀云搬把椅子。马怀云没坐,对殷家贤说:"你脑子里都装了啥啊,说话还与权势有关?"

殷家贤说:"不是吗,我跟她说了好几句,她都不搭理我,你来了,她上赶着跟你说话,这明显是瞧不起平民百姓。"说着就斜瞅一眼陈慧珍。

马怀云哈哈大笑:"你真是空读圣贤书,枉为读书人,说出来的话哪有文化味儿,不如纯粹文盲!"话不算多,但对殷家贤还真有点儿刺激,他张张嘴,眨眨眼,没回应。

马怀云眯着眼说:"殷家贤,我有事找你,回头跟你细谈谈。"

殷家贤一愣:"呦呵,马领导找我,是不是天要给我降吉祥啦。"

马怀云抿嘴一笑:"我跟陈慧珍说个事,你回避一下。"

殷家贤歪脸盯着马怀云的眼睛说:"马领导,陈慧珍是乡村妇女,你可是吃官饭的,可要注意影响。"

陈慧珍刚要说话,马怀云用手一压,说:"殷家贤啊,你脑子太脏啦,总把人和事都想得那么歪。"

殷家贤鼻子一哼:"不歪,男女之间有事才正常,何况你们是老同学。"

陈慧珍瞥他一眼:"你这人心里想的都是垃圾,嘴里出来的都是炉灰渣!"

殷家贤乐了:"嘿,好,你这发怒的声音更好听。"

陈慧珍"啪"地把手中的一卷塑料袋摔到地上,意思是发火了。

殷家贤还想套近乎,陈慧珍呵斥一声:"殷家贤你快走吧,我有事,马上关门!"

殷家贤仰脸大笑:"嘿嘿,这是嫌我碍眼啊,好好好,我撤。"走到门口,回头补一句:"你们好好聊。"

殷家贤走了。马怀云说:"百货公司连锁超市的事给你联系好了,钱也给你带来了。"说着把一张银行卡放在柜台上:"这是五万,你收起来,封院子,置办啥,就操持吧。这几天,我还得回县城,有啥事,随时给我打电话。"

陈慧珍说:"你说你,这是撺掇小鬼上吊啊,我赔了怎么办啊?"

马怀云一笑:"赔不了,真赔了就不要了。"

傍晚,于德福去小卖部买酒。老远看见殷家贤从小卖部出来,嘴里还哼着快活的小曲,俩人错开的时候,故意打了个俏皮的斜眼儿。于德福心里咯噔一下,难道殷家贤说的入股是真的?他知道殷家贤一直纠缠陈慧珍,莫不是陈慧珍给了这小子机会,不然怎会那么高兴?他的脸就拉了下来。陈慧珍出现在门口,几天没看见于德福了,笑逐颜开地打着招呼,哪知道于德福连头都没抬,钻进屋里,直接找个凳子坐下。陈慧珍是个直性子,见于德福的反常表现,就俯下身子柔声问:"表弟,你怎么了?是不是不舒服?怎么好几天都没过来?"

"我当是谁来帮你呢?原来是殷家贤。"于德福开了口,脸上露出了一丝嘲讽,冷冷地说。

于德福这一反常表现让陈慧珍有些摸不着头脑,就问:"你怎么这样说话。"

其实,陈慧珍知道于德福在吃殷家贤的醋。正颜正色地说:"于德福,不许对我的人格有任何侮辱!"

于德福抬眼看看陈慧珍,一把抓住她的双手,脸红一下子到了颈根儿,急急地说:"表嫂,我的心思很简单,你懂吗?"

陈慧珍顿时觉得心怦怦乱跳,脸发烫,她甚至都闻到了于德福身上散发出来的男人气息,抬脸看到于德福那双火辣辣充满期待的眼睛,旋即将头轻轻地低下了。自己男人成植物人这么多年,她还是头一次和一个男人如此接近。她知道于德福心眼实诚,她更知道于德福对她的心思,虽然在心里没接纳他,但扪心自问,已经没有了过去那种强烈的反感。于是用复杂的眼神望了望于德福,然后轻柔地说:"表弟,难得你对我这么用心用意,咱都是过来人,也不年轻了,既然你这么用心思,那我今天也给你个痛快话,省得你胡思乱想。"

于德福一听,高兴地瞪大了眼睛,等着听下文。

陈慧珍闭上眼,又迅速睁开:"我实实在在看不上你,但你有长处和优点,找一个合适你的女人吧,咱俩不合适。"说着话,陈慧珍闭上眼睛,两颗泪珠轻轻地从眼角滑落下来。

夕阳的余晖照在陈慧珍那张白里透红的脸上,显得更加俊俏迷人,一股中年女性特有的发香和体香在于德福周围溢散开来。于德福不由为之一振,一步跨到陈慧珍面前,用一种从来没有过的温柔的声音喊了句:"表嫂。"

陈慧珍脸色绯红,双目微闭,心里如大海一样翻腾,说不清是苦还是涩。就在这当口儿,就听于德福低声说:"表嫂,我想问你一个问题,你和殷家贤到底有没有啥特殊的关系?如果你和他一点关系都没有,他凭啥把钱投到你的超市。"

陈慧珍脸色陡然大变,一把将于德福推开,指着于德福的鼻子说:

"于德福,你还在怀疑我和殷家贤之间有啥说不清楚的地方? 哪个鬼魂给我入股投资啦。"

　　于德福见陈慧珍动了气,就说:"表嫂你别着急,看来我是上殷家贤这小子的当了。"说完,开门离去。

　　于德福走后,陈慧珍的心情一落千丈,想着刚才于德福问她的话,简直就是在她的心头上捅刀子,陈慧珍再也忍不住,趴到柜台上抽搐着落下泪来。她万万没有想到过简单普通的日子也这么复杂这么难。陈慧珍呆坐了老半天,刚才还是红润的脸庞突然就变得憔悴了。心里恨恨地骂了一句,缺大德的殷家贤,一天不折腾事就难受,你干啥老纠缠我呢?

第四十三章

是啊,殷家贤一天不折腾事,就不得安生,那天傻二没给他做脸,他一直恨傻二没脑子,没出息,但他觉得粉坊厂房即将完工,不添点儿腻,心里总不舒服。这么想着,远远看见春香从家里出来,他上前拦住,悄悄地说:"春香啊,别看你不待见我,但咱是本家,打断骨头连着筋,我不记恨你,更不会害你,你看,你家傻二给殷大明打工,顶多赚个工资,要是自己干个粉坊,那收入就几万,甚至是十万八万了,你赶紧找李金才,要两间房,自己干,这是正路。"

春香反复琢磨,殷家贤这几句话说的还真有道理,要是真能自己干粉坊,可是天大的好事,至于技术嘛,可以雇人。

于是,春香找到李金才说:"我家也要弄粉坊。"

李金才说:"这是专门为十八家粉坊户弄的,你家原先不在号,没富裕房。"然后歪歪脑袋,低声说:"春香啊,现在粉坊的各项事儿都正较劲儿,你出来要房子纯粹是出难题,别人都跟你学,怎么办?等下批吧。"

春香说:"下批要等到哪年哪月?"

"反正现在是没办法给你解决。"李金才说。

正说着,马怀云来了,插话说:"春香真想干吗?真能干得起来吗?"

春香说:"我和傻二都不会做粉条,但是我们可以雇人啊。"

马怀云点点头:"你的想法很不错,不过你们还是先把手艺学到手,然后再另起锅灶。"

李金才抢着说:"是啊,傻二不是在大明那儿干吗,让他好好学,每一道工序都会做了,再自己开粉坊。"

春香迟疑了一下,也是,当初人家就是给十八家粉坊盖的房子,自己插一杠子还真是不妥。她马上意识到,殷家贤让她干粉坊其实是给马怀云出难题,还是拿我跟傻二当枪使啊,殷家贤,我不上你当!我可不做让人戳脊梁骨的事,马上仰脸冲马怀云说:"对不起啊,我不该在这当口儿出难题,我两口子先给大明哥打工,等下一批别忘了我们。"说完,扭动身子,走了。

李金才歪歪脑袋说,如果我没猜错的话,春香又是受了殷家贤的挑拨才来要房子的。

马怀云也点点头:"可能是,但目前忙得不可开交,还顾不上跟殷家贤直接交锋,腾出手来,我跟阴诸葛过几招儿。"说完,就奔厂房工地而去。

工地上，一片繁忙，他慢悠悠地查看了一下各个环节，就沿着西大坑边缘往西走。他一直担心，别看在刘长海家粉坊搞实验行，这么大水面能否成功还是未知数，厂房也建成了，电力增容也搞好了，电线已经接到了各家门前，万一废水处理不成功，可就崴泥了。他的一双眼睛不自觉地在水面上扫视，突然他发现在距离水岸六七米的地方，出现了几片红中透绿的叶子，他很惊喜地往前靠了靠，没错，就是睡莲，睡莲成活了！那是试验池建好后放进去的睡莲苗子，再往前走，又发现了一组组的还没完全伸展开的睡莲叶子，喜悦让他很激动，他又想到了那些鲫鱼，紧步走到特制的小网箱前，自己观察，没发现死鱼浮上来，他就站在那里，目不转睛地盯着网箱里的水，时间不长，水面上出现了几条不大不小的鲫鱼，在水面上划出一条条水线，打个旋儿就消失了，一会儿又浮上来，继续快活地游玩戏水。马怀云太兴奋了，马上给李金才打电话，告诉他这个消息。消息传出，实验小组的人来了，粉坊户们来了，李金才也匆匆忙忙地赶来了，人们不住地夸赞实验小组，赞叹他们真有学问。李金才说："好事，好事，这就可以放心了。"

　　这时，一辆卡车开了过来，他们迎过去，一问，是送大电锅的，真是一顺百顺啊。各家粉坊户纷纷上前帮着卸车，当过电工的刘长海迫不及待地帮着各家连夜安装调试。粉坊户们一个个兴高采烈，私下里排个儿邀请马怀云去家里吃饭，马怀云一一婉拒。这般热闹情景，让李金才感觉心里不是滋味了，脸上总挂着不自在的表情，因为好多用具都在各家粉坊里锁着呢。他真有些不好意思了，把钥匙交给陈会计，嘱咐他赶快把十八家粉坊的老作坊门锁打开。各家把一应用具都搬到新厂房，一拉溜的大车间，十八家粉坊依次排列，一样的大电锅，一样的电力供应，原料和成品仓库也是十八家各有摊位，中间留出二十多米做冷库,大院子是晾晒场地,也划分出十八条,人们统一穿白大褂。

李金才见事情很顺利,如果自己不表现一把显得姿态太低,再说也该有些积极性,就说:"赶紧办理相关手续,争取尽早开工。"

马怀云吐出一口舒畅的气息。

李金才拉了马怀云一把:"我说,我还是想知道你那五十万到底从哪儿来的?"

马怀云笑了笑:"我已经跟你说过了,不要问,反正不是偷的。"

李金才也笑了:"好,不问,你操持县里办手续的事,我去催催殷家贤,让他赶紧搬迁冷库。"

哪知道,转天早晨,人们早早聚集在厂房大门口,刘长海在大门口挂了块红布,还弄了一挂鞭炮。八点十八分,刘长海把蒜头嘴张的老大,喊一嗓子:"吉时已到开工喽——"然后就点燃了鞭炮。

马怀云风风火火赶来了,挥着手,喊:"不能开工,不能开工!"

人们围上来,七嘴八舌地问:"为啥不能开工。"马怀云说:"按照工商管理部门规定,咱们需要办理生产许可证,走完安检、工商、税务、卫生等申请审批流程才行。"

李金才听到鞭炮声,也赶来了:"是啊,不能开工。"

人们都不说话了,那就等呗。

马怀云说:"你们先试开工,我去县里找找看。"

终于可以做粉条了,人们自然很高兴。刘长海第一个把电锅烧开了,正在下粉,早有馋嘴的提前调好了香醋蒜汁,第一拨下锅后,特意多煮一会儿,不经冷却,直接用木棍搅成焖子,就是俗称打焖子,浇上蒜汁先解了嘴馋。

马怀云则心急火燎地赶到县工商局,找到一位熟人老大姐,把陈家

266

湾情况简要介绍后说："目前厂房、废水处理、电力增容都弄好了,听说还要办理生产许可证。"

老大姐递过一杯水,告诉他："这涉及食品安全问题,必须申办生产许可证,是有难度,你回去按我说的,把化验室、检测室、消毒室、更衣室、原料库和产品库都建起来,回头我想办法协助你,把省里有资质的专家请来,评定合格合规,达到国家规定标准,生产许可证自然就拿下来了。"

然后老大姐接着说："关键配好消毒和化验设备,培训上岗人员,还有,陈家湾那么多家粉坊户,应该成立粉条加工协会,以协会的名义起营业执照,注册商标,取得生产许可证,那就名正言顺了。"

知道了底情后,马怀云又风风火火地赶回陈家湾,告诉大家："目前最紧要的是按工商部门要求,配套检验设备,抓紧培训化验员,另外咱们的工作服和消毒设施,原料库和成品库卫生安全等都必须符合国家有关规定,需要请有关专家按国家标准评定后才能正式生产。"说完,他把李金才叫到一旁,低声说："十八家粉坊户没有合适的化验员人选,我把陈家湾年轻人在脑子里都过了一遍,觉得殷家贤家小秀比较合适……"

没等马怀云说完,李金才就拦住了话头："别说了,不行,小秀有工作,关键是冲殷家贤也不能用小秀。"

马怀云说："小秀的工作不稳定,老停工,一个月挣不了多少工资,咱粉坊应该是稳定的。还有,别老拿有色眼镜看人,殷家贤是殷家贤,小秀是小秀,不能因为爹不地道,牵扯到闺女跟着背黑锅。"

李金才说："我是怕殷家贤借机会乱伸手,搅乱粉坊户的关系,哪个地方他只要插手,肯定不安宁。"

马怀云说:"你分析得不对,恰恰是咱重用了小秀,会让殷家贤有所收敛。"

李金才不理解,把脑袋摇得像拨浪鼓。

马怀云接着说:"小秀年轻,高中毕业,接受新鲜事物快,除了搞好化验,我还有更远一点的打算,将来条件成熟了,可以让小秀把网络销售平台建起来,陈家湾粉条就不是周边有名了,就名扬四海了。"

李金才一看拧不过马怀云:"那好吧,就依你,可咱说了也不算,得十八家粉坊认可才行,小秀的工资得让粉坊户们均摊啊。"

马怀云说:"当然啊,咱先沟通好了,给他们提供人选,让他们认可。"

俩人先找到小秀,把意向跟她说了,小秀很爽快地答应了。李金才嘱咐小秀说:"回头告诉你爹,不要觉得你在粉坊上班,就乱插手,乱说话,乱挑拨关系,他要是老毛病不改,会影响你的工作。"

小秀点点头。

但李金才还是担心十八家粉坊户不接纳小秀。马怀云示意李金才不要多说,俩人来到大街上,马怀云说:"殷家贤那儿交给我,你就放心吧。"

然后召集十八家粉坊户开会,马怀云把化验员的重要性和网络销售的前景跟大家说了个透底。人们很爽快,没有反对的。李金才这下松了一口气。

小秀在县里培训一周后,带着一套化验设备回到陈家湾,马怀云赶紧请县工商局领导派专家来评估。环评、卫生、消毒、化验设施和人员配备、原料库、成品库全都合格,一切都合乎开工条件了,马怀云这才长出一口气,高声对刘长海说:"开工吧。"

开工后,各粉坊户都在紧赶紧地加工。

各家仓库里很快就有存货了,销售又成了问题。马怀云想起陈慧珍的植物人丈夫原先是销售大户,几乎十八家粉坊的粉条都由他出售,心里有了想法。就对陈慧珍说,你把原来的销售渠道都恢复联系,雇于德福开车送货。

陈慧珍说:"你这是要累死我啊,又让我弄超市,还让我弄销售,再说了,于德福太爱喝酒,我怕他误事,更怕酒后出事。"

马怀云把于德福喊来,告诉他:"陈慧珍是你表嫂,她要照顾小卖部,雇你开车送货。起初,陈慧珍带你跟各家销售户见面,以后就你自己送货，不过得约法三章，一是真心做人，诚心做事，账目清楚，不贪不占。二是尊重表嫂，两人一起外出时不许有非分之想。三是开车不许喝酒。"

于德福开始不愿意干，后来马怀云一直撺掇，就答应了。哪知道第二天就因酒驾被周家坨交警站扣押。马怀云前去打探情况，于德福已经被带去医院验血。他跟交警说，一定从重处罚。警察说，既然家属来了可以让于德福回家听候处理。但马怀云为了惩戒于德福，建议警察把他留置一夜，明天他来领人。

幸好于德福喝的不算多，扣分、罚款免不了，于德福从派出所回来，见了马怀云，歪着脑袋又是龇牙又是咧嘴，一句话也没说。马怀云也没说话，冷冷地盯着他。

于德福也盯着马怀云的脸，好像要从那张脸上看出点儿啥。

马怀云知道于德福心里在自责，因为约法三章是他亲口答应的，他知道于德福说到做到的脾性，所以不必再用语言刺激了，也就对以后放心了，肯定没有下次了。马怀云觉得于德福在慢慢改变，暗自高兴起来。

就在这个时候，陈慧珍给他打电话，让他到超市去一趟。原来，自从超市开业后，一直也很红火，品种多，质量好，原先人们去县城或者去周家坨买的东西现在不出陈家湾就可买到，真的是方便多了。就是忙坏了陈慧珍，她既要照顾好男人，还要张罗超市，还得顾着粉条销售，忙的是四爪朝天，陈慧珍吃不消了，这才给马怀云打电话。一见面，陈慧珍就诉起苦来："老同学，你这是要我的命啊，我实在是顾不过来啊，你赶紧帮我想办法。"

马怀云确实没想到会这么忙，别说一个女人，就是一个男人也做不到,巴掌再大也捂不过天来。他后悔自己的主意,让老同学遭罪了,怎么办呢?他再次想到了于德福,就说:"你是不是可以把车卖给于德福,让他专门销售粉条,你腾出手来照顾超市。"

陈慧珍说:"估计你会白费唾沫,他那脾气,早晨定的事晚上就变卦。"

马怀云说:"也不一定,万一听我话呢。"

陈慧珍说:"于德福是吃顺不吃戗的犟眼子,浑身带刺儿,尽量少跟他废话。"

马怀云说:"明天早晨我找他谈谈。"

转天早晨,马怀云招呼于德福:"赶紧吃早点,一会儿咱俩去河堤遛遛。"

俩人沿清河大堤边走边看,一路上狗尾草、白羊草、野麦子、芦草、莎草、茅草等各种杂草遍地丛生。于德福一边走,一边给马怀云介绍大清河的一些民间传说和以讹传讹的传奇故事。走了约二里地,他以为是马怀云让他陪着观风景呢,既纳闷又新鲜,心情很放松。确实啊,河堤上青草幽幽,河边还有芦苇与蒲草,像被夏天的风吹醉了似的摇摇晃晃,不时有小鸟鸣叫几声,间或有野鸭从芦苇丛中匆忙游出来,或有一只水鸟在平静的水面上掠过,这些画面很容易感染人,如果是诗人,说不定就会诗兴大发了。马怀云心情舒畅,这些天一直忙忙碌碌,始终没得空到大清河边转转,想不到大清河还真得有些风光景致,紧张的心就放松下来,时不时用手机拍照。于德福也很高兴,手里摇着一根芦苇,竟然哼唱起来:

大清河呦河水清,

大清河上刮清风，

清风吹走清河水呦，

曲曲弯弯去远行。

清水滋润青草青，

青草青树借清风，

清风带着清水来呦，

清水清风唱清明。

马怀云回头看看他，问："你唱的啥歌。"

"清河谣啊，"于德福很兴奋，"陈家湾大人小孩儿都会唱，你在这儿待长了也会唱。"

马怀云偷着拍了一张他忘情唱歌谣的侧影照片。然后问："你想不想复婚？"

于德福马上回答："做梦都想，可是那破女人她不想回来，我有啥办法。"

马怀云说："你把陈慧珍的车买过来，我让陈慧珍把他男人在外地的销售渠道提供给你，你搞粉条销售，这个财路不小啊，你有钱了嫂子肯定会回来。"

"我没钱，拿啥买啊，脱光了拿虱子啊。"于德福说的还很轻松。

马怀云问："你有多少存款。"

于德福说："存款？下辈子吧。"

马怀云沉思片刻："那，我借给你。"

于德福不明白，马怀云这么卖力气地帮我，让我买车，不知这马怀云是傻了还是茶了，可不管怎么说，马怀云的话硬邦邦的：车钱，他给。

他反问一句:"万一赚不来钱呢,我怎么还你。"说着,甩给马怀云一个坏坏的眼神。马怀云正目视前方,他接着说:"反正是你撺掇我买车,钱也不是我求你借的,是你自个给我的,我尽心干,赔了我没钱还债,只能跟你要肉头,话也说在头里了。不过,像我这命不济的人,喝凉水都塞牙,万一赔了,我怎么还你?"

"假如你真赔了,我就不要了,行不行。"马怀云说得很干脆。

"你傻啊? 拿钱让我去糟蹋。"于德福笑了。

"相信你不会让我赔钱。"马怀云也笑了。

"喝了墨水的人就是难对付,就依你吧。"于德福笑着摇摇头。

马怀云说:"我相信你不会坑我。"

于德福俩眼瞪大,一手指天:"如果我成心坑你,立马晴天打雷劈了我。"

马怀云一笑:"过啦,不必发这样的毒誓,我相信你能把销售干好,只要你好好干,肯定能赚钱。"马怀云拍拍他的肩膀:"还有,你没事的时候,帮你表嫂照料一下超市。"

于德福这回倒很爽快:"没问题。"

第四十五章

销售渠道又打通了,粉坊红红火火地干起来。于德福外出送货回来,就到陈慧珍的超市看看,或到刘长海、殷大明家粉坊转转,一切都那么顺畅。可人们谁也没想到,这几天的粉条质量都出了问题。说不清怎么回事,粉条断丝太多,粉条不匀,疙瘩太多。下脚料也多,殷家贤暗自高兴,他巴不得那些成品都变成下脚料,他就发了。残次品多,于德福就一次次跟客户对付,一次次就凑合着过去了,但他觉得毛病在那儿摆着,不能老跟人家对付,再说陈家湾粉条就不应该有这毛病。

于德福跟几家粉坊说了,人们不理会,

还照样赶产量不注意质量。于德福生气了,干脆不出车了,窝在家里喝酒、睡觉。

粉条卖不出去,粉坊户都很着急,压货就是压钱啊。可于德福就不露面。刘长海找到于德福家里,噘起独头蒜的嘴:"我都急死了,你倒好,藏在家里吱儿一口吧儿一口地喝小酒、睡大觉。"

于德福看都不看刘长海,闷声闷气地说:"我不喝酒干啥呢,粉条出毛病了,我不想卖那丢面子的粉条。"

刘长海说:"谁也不想出毛病啊,以前粉条也出疙瘩,也断丝,没这么多,现在多的不成样子了。"

于德福说:"你操作上肯定有毛病。"

刘长海说:"你帮我看看。"

于德福把脑袋摇成拨浪鼓:"不不不,我不行。"

刘长海屈一下鼻子,蒜头嘴噘起来:"哼!不够哥们儿意思!"

过一会儿,殷大明也来找于德福说:"咱哥们儿啥关系,你不管别人也得管管我和长海啊。"

于德福说:"我也没高招儿啊。"

殷大明说:"咱这关系你还有啥不能说的啊?"

于德福赶紧摆手:"行不行。"他心里很矛盾,看着长海他们的粉条出了毛病,他是真心想管,可养父生前再三叮嘱他不要随便把于家粉条秘籍告诉别人。不管吧,又觉得对不起盟兄弟,管,就违反了祖训。思来想去,只好摇头摆手。

这事很快就让李金才和马怀云知道了,李金才不愿跟于德福打交道,让马怀云找他,问问到底怎么回事。马怀云想,还是先问问于德福,或许能知道一些内情。他也没绕弯子,直截了当地问:"粉条积压在仓库,你窝在家里喝闲酒,你啥意思?"

于德福说:"没啥意思,粉条不合格,卖出去糟害陈家湾粉条名声,不如不卖。"

马怀云又问:"那,不合格的毛病出在哪儿呢?"

于德福没抬头:"你去问粉坊户啊。"

马怀云还真不懂,他只好去问粉坊户,刘长海说:"这些年一直就这么做,以前没这情况。"

殷大明说:"我看不是淀粉的事,咱们现在用的淀粉粉质细腻,白净鲜亮,没杂质,没碴口、颜色不发黄也不发灰,质量绝对没问题。"

马怀云说:"我不懂,但是既然出了问题,就得解决问题啊。"

刘长海说:"各家粉坊都出了毛病,干着急,没治,我知道德福跟他爹学了绝活儿,肚子里肯定有道道儿,我跟大明找过他,这小子不搭茬儿呢。"

马怀云点点头,没再说话,心里有了打算。

晚上,他破天荒地要请于德福喝酒,于德福感觉突然,但喝酒是他最喜欢的,也不问缘由,俩人边喝边聊。马怀云有意把粉条加工作为酒话的主题,一句话也离不开粉条:"据说陈家湾有一家粉坊最有名,你知道是谁家吗?"

"那还用问,是我爹的老于家粉坊。"提到老于家粉坊,于德福来了精神,举起酒杯:"来,干了这杯酒,我跟你细说。"放下酒杯,于德福眨巴眨巴眼:"其实也没啥,就是我爹从他爷爷的爷爷那一辈儿就开始做粉条啦,原先老于家粉坊的粉条也是放矾,到我爹主事后,他研究了一种做法,不用放矾,反倒更好。自从有了那个秘方之后,我爹就变得忒死性,为了保密,干活时把大门关闭,不让闲人看,配方和面时都背着帮工，谁也别想知道，村里人谁也别想套弄出来，刘长海他爹跟我爹还是拜把子盟兄弟呢，求他好多回，就不教，他爹特意请我爹喝酒，把我爹灌醉了，我爹吐了个一塌糊涂，都没透露半个字。别看我是他的养子，天天跟着他干活儿，但他也不教给我秘方，直到他病的不行了，马上就要搭床板了，才把人们赶出去，偷着把秘方告诉我。"

马怀云一听，乐了："原来你身怀绝技啊，高人不露相啊。"

于德福喜欢喝大口酒，仰脖就是半杯，此刻他已经满脸通红："我爹还跟我说过老于家粉坊过去的老故事呢。"

马怀云很感兴趣："啥，还有老故事？"

"是啊，老于家粉坊有俩传说，一个是清朝乾隆年间，金海县来了一位新任知县，上任后到乡里巡访民情，当时正值十月，陈家湾山芋大丰收，人们就用煮熟的山芋招待知县老爷，山芋很香，黄澄澄的，非常好看，知县老爷吃了一个连声说好，临走时看了看既大又饱满的山芋突然好奇地问，将此碾碎成粉，做成面条之状，食之岂不妙哉？后来，村民就按知县老爷说的做了起来。先将生山芋捣碎，置水中浸泡，再过滤出淀粉，晒干，然后擀成面条，煮熟，爽口、劲道，果然好吃！这种做法广为流传，远近闻名。知县老爷后来犯事被朝廷所杀，为了纪念知县老爷，村民们把这种粉条面叫作'老爷面'。"

马怀云听得很入神。

于德福接着说："还有个传说是说在清朝光绪年间，老于家有位先人日子过得很穷，因排行老六，人称六爷。六爷虽然穷，却看上周家坨一家富户人家的小姐，俩人暗生情愫，六爷上门提亲，小姐父母坚决反对，俩人不愿忍受相思之苦，毅然决然逃避他乡，私定终身，学古人过起了男耕女织的生活。六爷心灵手巧，擅长工匠活，做的工具既省劳力又美观。六爷勤劳，种了几亩山芋，秋后山芋丰收，小姐看着一大堆山芋，发愁着说，这么多，怎么存放？六爷也是摇头，不知道怎样才能把山芋变成另一种东西，方便储存？后来，六爷想到一种方法，并制作了一种工具，他们用这种工具把好多山芋变成了山芋淀粉。一天，小姐看着一包包山芋淀粉，皱着眉说，这么多山芋粉，到哪天才能吃完？六爷瞅着妻子手里端着的面条，突然心生灵感，可不可以把山芋淀粉做成像面条一样的东西？六爷想了七天七夜，又按想象的计划做了七天七夜，终于在第八天就有了一个叫'杠子'的工具。老两口用'杠子'做的山芋面条，看着一根根光滑、鲜白的山芋粉面条从杠子里出来，小姐说山芋粉能做面条啦！六爷说，咱就叫它粉条吧！自此便有了'粉条'这个东西。他们把做好的粉条晾晒在院子里，一捆捆雪白的粉条在阳光下泛着光，六爷做粉条的消息很快传遍全县，很快就有了粉条热。不过，粉条到底是不是老于家兴起来的，没人作证，多少年了，人们就这么口口相传，直到现在还有不少老人提起陈家湾旧事，还少不了于家粉条的传说。"

马怀云说："我想看看你家老粉坊。"

于德福说："行啊，那还有问题，走，随便看！"

马怀云跟随于德福来到他家西院，这个院子好久不来人了，杂草丛生，灰土遍地，一派破败景象，在院子西墙根有四口一米多高紫色大缸，底部埋在地下，上口直径在一米左右，另有两口带圆雕图案，其中一口高一米五，上口直径一米，缸沿下马状装饰珠带环绕，中间是回形富贵不断头图案和飞龙图案，最下是连心结。另一口高一米多，上口直径不到一米，上部圆雕寿字形图案和万字图案，下部是飞龙和连心结图案。马怀云弯腰仔细端详。于德福说："这几口大缸都快二百年历史了。两口带圆雕的大缸不但外形好看，还很特殊，粉浆放缸里一星期不臭，而别的缸只能放两天。大缸埋地下一截，一是太高人干活不得劲儿，二是为了保温，三是防臭，我爹说那几口大缸在他爷爷那时候就这样埋着。据我爹说，于家粉坊从明末清初开始经营，至今已三百多年了，《于氏家谱》有记载，老祖叫于桂新，原居山东济南府于家疙瘩村。于桂新有四个儿子，其中一个迁到金海县陈家湾，成为当今于家粉坊的祖上，有确切文字记载的是第六代于春海，经营粉房于清末同治至光绪期间。后来，于家粉坊走了下坡路，到日本投降后，于家老粉房只剩下一盘磨、一头驴，一天只出五六十斤粉条，专供天津有名的粉汤徐。当时的于家人苦苦支撑衰败的家业，一直到新中国成立。从于春海开始四代人吃了不少苦，直到我爹于万斌，除了给粉汤徐做粉条之外，也没干出啥名堂。我爹到老就给我留下这堆破烂，我记得最清楚的就是他老说的一句口头禅：'要想忙，开粉坊。'我爹死后，我又支应了几年，后来媳妇跟我离婚，带着儿子走了，我没心思受这瞎累了，干脆关门！对了，我爹还留下几个漏勺呢，有一个青铜的，上面刻着字呢。"说着走到外院偏房，从房梁上拿出一个布包，打开布包，是一只锈迹斑斑的漏勺，还真是青铜做的，在漏勺的边缘，有俩拴绳子的孔，上面刻着几个字：大清嘉庆十三年，看那些老青铜锈就很有沧桑感了。他拿着漏勺给马怀云看："这是老于家传了好多辈子的老漏勺，到我爹那阵儿就舍不得用了，让铁匠铺给打造一个铁的。"马怀云接过漏勺，翻过来正过去看了看，低声问："这个漏勺有多少年了？"于德福用手指弹了弹漏勺，发出清脆的声响："我也不知道，就听我爹说从他往上捯六辈儿，都是干粉坊的。而且家传一手绝技，做粉条从来不用矾，存放多久也不坏，色泽黄亮，身干条细，均匀，韧性好，拉力足，好吃爽口、粉味醇正、筋道耐煮、营养丰富，天津最有名的小吃粉条徐，就是于家粉坊特供。后来，我爹把祖传手艺和秘方都教给了我，到我这一辈儿，就传了好几代了。"

马怀云心说，真没想到于德福还得了真传，身怀绝技，他在打于德福的主意。稍微沉了一会儿问："既然你爹传授给你绝技，又有祖传青铜漏勺，那你为何不接着做呢？"

于德福说："你是不知道做粉坊的辛苦，那不是一般的累，我真是干够了。"

"你现在做销售，其实也不错，还可以做红薯淀粉的购进，这购进加销售，也够你忙活的，只是可惜了你的绝技被埋没，你看刘长海他们做的粉条老出毛病，不是有疙瘩，就是粗细不匀，你先帮他们把把关也行啊。"

于德福犯难地说："长海、大明都跟我念叨过，我都憋着没说，我得听我爹的，于家手艺不许外传。"

经不住马怀云再三再四地劝，于德福答应了马怀云，他觉得对不起养父，从超市出来，没有回家，直接去了于家坟地，他跪在养父坟前说："爹啊，对不起啦，咱家祖传一绝的手艺活儿我要外传啦，我没办法，我驳不开马怀云的面子，求爹原谅我。"说完，磕了好几个头。

转天早晨，他来到刘长海家粉坊，瞅一眼刘长海，也不说话，先看了看水温，揉了揉淀粉面团，然后把拴漏勺的绳子解下来，站在锅台边上，脚下放个一尺多高的方形木凳子，他一手举着漏勺，一手拿着木槌，冲刘长海说："装面团。"

刘长海抓过一块面团，塞进漏勺，于德福有节奏地捶打漏勺，均匀的粉条漏在锅里，捞出来一看，刘长海咂着嘴说："福，你真行，我服了。"

于德福嘿嘿一笑："这是我不玩的手艺了，当年跟我爹学的时候没少挨骂，累得胳膊天天都是肿的，功夫都是练出来的，我没吹牛，这是真传。敲的时候用力要匀，如果敲力过大，漏出的粉条就会出疙瘩。如果用力过小,漏出的粉条就会出现断条。如果用力不匀,就会漏出粗细不均匀、品相不好的粉条。其实我说你们的毛病在哪儿呢,就在心上,看着销路好,萝卜快了不洗泥,操作上不精细,稍微一用心,就没那毛病了。"

一句话说到病根儿上,的确是他们看着销路好,恨不得多出粉条,多赚钱,结果出了毛病,还找不出病根儿。于德福这一点拨,让刘长海和殷大明对于德福更高看了,晚上,俩人一起请于德福喝答谢酒。

为此,马怀云建议李金才召集粉坊户开会,专门研究如何保质保量的问题,让于德福给他们做示范。这一来,于德福可成了香饽饽,哪家都恨不得于德福亲自指导,那几天,于德福可风光了。

过了几天,马怀云对李金才说:"眼下粉条产量逐步增加,可以开展网上销售了。"

李金才说:"是呢,当初你不是让小秀除了当化验员之外,还可以担当这个重要角色吗,那就让小秀操持起来。"

于是,小秀注册建了网上销售平台。这一来,倒欢了殷家贤,他觉得有了磕打于德福的资本,就特意找于德福调侃:"我家小秀比你于德福优秀多啦,你除了会跑车送货,就是喝酒,会上网吗? 小秀坐在办公室就跟全世界联系,你行吗?"说这话的时候,他感觉自己肩膀很宽,形象很高大。

于德福瞥他一眼:"别不知天高地厚,小秀是小秀,你是你!"

让于德福没想到的是,没过多久,他的销售量就被小秀的平台超过,小秀和于德福的销售形成了两条战线,订货量还在不断攀升,可是十八家粉坊的产量已经到了极限,粉条供不应求。

就在这时候,村里又出了一条新闻,还是很邪性的新闻。

第四十六章

是的，陈家湾几天没有新闻就好像不正常似的，这个新闻又与傻二有关。在陈家湾，人们都知道傻二早先离婚是因为不碰女人，夫妻之间没有男女之事，那是尽人皆知也是全村人时不时议论的话题。当然傻二在春香的调教下成为真男人的事，只有他两口子知道。当年傻二穿开裆裤的时候，人们都见过他那撒尿的小玩意，和一般男人长的没有两样。只是后来穿连裆裤了，再没人看到过。由此人们便猜测傻二的生殖器有问题，或许天生就是太监。这个传闻也被很多人认同，因为傻二去厕所都会避人，如果发现厕所里有人，他立马转身离开，多少年来，傻二从来不跟任何人一起去厕所。

殷大明为了照顾春香,让傻二在他的粉坊打工,他觉得傻二实诚可靠,可是没想到傻二又遭到一个不大不小的羞辱。

刘长海喜欢挖根看底,中午休息的时候,一眼瞥见傻二奔厕所去了,就跟几个粉坊户男人起哄打赌,说如果谁能跟踪看到傻二的小弟弟,大家出钱给谁买一包花生米。这么简单的事,人人都争着去,最后采取抽签的方式决定,结果胜者是刘长海,刘长海兴高采烈地拍胸脯说:"看我的,我保证能看到傻二的小弟弟!"于是,刘长海就特意跟随傻二。见傻二匆忙进了厕所,紧跟在后的刘长海突然闯进去,吓得傻二赶紧扭转身子,急回头一看是刘长海,慌忙躲闪,哪知道刘长海却故意跟了过来,伸手拽傻二的裤子,歪着脑袋非要仔细看看。傻二急坏了,双手捂住裤子,这边扭,那边转,躲躲闪闪,却不料一脚踩进了粪坑里,鞋子和裤脚都沾满了粪便,傻二心里发慌,结果裤裆就湿了一大片。傻二逃出厕所后,一溜烟跑到村委会告状,见马怀云正好在,就说刘长海耍流氓。

马怀云问:"刘长海跟谁耍流氓?"

傻二说:"跟我。"

"你?"马怀云笑了:"你是男人,他也是男人,怎么会跟你会跟你耍流氓?"

"是,就是跟我!"

马怀云笑了,笑得流出了眼泪。傻二一本正经地说:"他偷看我撒尿,看我撒尿的那玩意儿,算不算耍流氓?"

马怀云想一想,也是,即使都是男的,偷看别人撒尿也不是很道德啊。马怀云思考一下,让李金才用大喇叭把刘长海喊到村委会。马怀云严肃地斥责刘长海道德修养不够、自律能力低下。

刘长海放声大笑:"我们逗着玩。"

马怀云更来气了:"逗着玩?你偷看人家的,你自己没有吗?不都一样吗?"

"大家起哄,谁能看到傻二的小弟弟就可以赢一包花生米。"说着从口袋里掏出一个纸包放在桌上。

马怀云摆摆手说:"你们这样取笑,是对傻二人格的不尊重。"

刘长海哈哈大笑:"其实我也没看到,行了,这包花生米送给你吧。"说完,快速地从纸包里捏几个花生米,然后包好,扔给马怀云,哈哈笑着离开了村委会。

马怀云望着刘长海离去的背影,摇摇头,笑了。转头一看,傻二还在,就把纸包让给傻二说:"好啦,这包花生米你吃吧。"

傻二举着那包花生米,想回家送给春香吃,没走多远,又遇见了刘长海。刘长海手里拎着酱油瓶子从超市出来,听见象棋摊儿上殷家贤正吆五喝六地闹腾,心说这阴诸葛又耍小聪明,假充大尾巴狼呢,哪知道殷家贤早瞥见了他,他刚拐进胡同,殷家贤就赶了上来,拍拍刘长海的肩膀,神神秘秘地说:"你粉坊折腾得不错,哪年不得存几万。"

刘长海说:"我存十万有你啥事,我赔钱更没你啥事,你吃多了闲得难受,去把大清河的水淘干。"

殷家贤没上脸,依然嘻嘻笑着:"手头有钱不正好到牌局上乐呵乐呵。"

刘长海心想,也是啊,好长时间没玩牌了,不过手头没多少钱啊,粉坊自打开工以来,天天都在忙,哪有闲钱玩牌。

殷家贤神秘地说:"你跟我去侯家坨,没钱我给借,咱俩在一个牌局上，我保你稳赢不输。"

刘长海不信："别忽悠我。"

殷家贤摇晃着脑袋眯着眼说："你呀，错过赢钱的好机会啦，好吧，不去拉倒。"

人啊，就是这样，殷家贤这句话本来就是欲擒故纵的意思，刘长海还就中招儿。上前一步问："借钱多大利息？"

殷家贤漫不经心地说："没利息。"

"那好，我跟你去玩一回。"

殷家贤有些得意了："赢了钱请我喝酒。"说着坐到刘长海的电三马上，两人去了侯家坨。

侯家坨与陈家湾是邻村，但却属于两个县，中间隔着一条小河，以桥为界，刘长海跟着殷家贤来到一家赌局，现场借了五百块钱，玩到太阳偏西，都输光了。刘长海傻了，抓着殷家贤的衣领子喊："殷家贤，你存心害我！"

殷家贤说："你怎么说话啊，这是愿打愿挨的事，你输了怨我，赢了呢？"

刘长海"啪"的一拳头砸在一棵树上。

殷家贤劝他："玩钱赢得起，也应该输得起。"

刘长海说："我的烦心事不是输钱，跟你说也没用。"

半夜，殷家贤闹肚子，不断地上厕所，见街边有人影晃动，细看，是刘长海，就问："刘长海，大半夜的不睡觉，转悠啥？"

刘长海说："我糟心透了，快离我远点儿。"

"是吗？殷家贤眼珠一转，别急眼啊，有啥事，我帮你拿拿主意。"

"不想听，你没好心眼儿，阴诸葛，害人精！"

285

"我是真心的,好好好,老拿我好心当驴肝肺,不说拉倒!"转身离去。殷家贤一边龇牙花,一边转眼珠儿,回身剜了刘长海一眼。

殷家贤就是这么个人,别看老是自己打自己的脸,遇见事弄不明白还不死心。

转天中午饭后,阳光很足,人们都歇息了,殷家贤又去刘长海家粉坊打探,走近了,听见乒乒乱响,走近一看,见刘长海正气急败坏地摔盆子打碗。殷家贤很高兴,三剑客谁家不安宁他都高兴,他悄悄走上前去,问:"刘长海,这又怎么啦,输钱了,媳妇不管饭啦?"

刘长海不想再搭理他,一声不吭,那张脸更难看了。殷家贤又是一笑:"火伤肝,肝火太盛伤命!"

刘长海扭脸怼他一句:"你懂什么,我家粉条沾潮了,发霉了。"

"哦,我看看。"

"行了行了,这儿没你的事,别瞎念经,快离开我。"

殷家贤抿抿嘴,见墙角堆放着不少粉条:"呦,积压了这么多啊。"刘长海不理他。殷家贤用鼻子一闻,潮湿味很浓。抓过一把粉条看了看:"嗯,沾潮了,为了省下租冷库的钱,你看多可惜啊。"

刘长海向来不给殷家贤好脸子,今天心情不好,更没好话:"看我的粉条糟蹋了,你乐啦?"

殷家贤俩手拍了拍:"这话说的,我没那么混蛋吧? 刘长海,我有个好主意,可以保你不受损失,你想听吗?"

刘长海金鱼眼瞪大了:"我不信你能给我出好主意? 除非太阳从西边出来。"

殷家贤笑着说:"别看咱爷们儿平时斗心斗嘴的,到了关键时刻还是有看处的,亲不亲老乡亲嘛,你只要听,我就告诉你。"

刘长海又转了转眼珠："有啥屁快放吧。"

殷家贤嘻嘻一笑："这样说话多不好，要不是我有文化有涵养，早就走了，来，我告诉你，但你必须给我保密，不许把我卖出去。"

刘长海不耐烦地说："行啦行啦，愿意说赶紧，不愿意滚！"

殷家贤舍不得失去让三剑客栽跟头的机会，赶紧笑嘻嘻地说："别看咱两家过去不对付，但我是读书人，雅人雅量，也算是我的姿态。"

刘长海不耐烦地说："真磨叽，你就快说啥办法得了，叨唠那些没用的干啥！"

殷家贤双手胡噜胡噜头发，然后习惯地用力一甩，嘻嘻一笑："其实就是用硫黄熏，你把这些粉条拉回家去，用塑料布蒙好，不要熏过了，稍微有点时间就行，然后再拉回到粉坊，神不知鬼不觉，我不说，没人知道。"

刘长海心里咯噔一下，用硫黄熏，以前干过，是不允许的。可是眼看两千多斤粉条就这么扔了实在可惜，那是一万几千块钱啊。殷家贤见刘长海犹豫，眼睛一眨么，狡黠地笑了笑："不听我的就得当饲料卖，喂猪，听我的一万几千块钱就换回来了，干不干你自己掂量。"说着，走了。

经过殷家贤这么一点拨，刘长海倒是冷静下来，他反复琢磨，最后决定熏。

殷家贤回到家，嘱咐小秀："咱家跟刘长海家有世仇，我想慢慢化解，白天我看刘长海家粉条沾潮了，给他出主意，用硫黄熏，你检验到他的粉条的时候，睁只眼闭只眼，让他过去。"

小秀说："那不行啊，我得负责任啊。"

殷家贤板起脸："这孩子这么死心眼，听我的。"

小秀撅起嘴："听你的准砸锅。"

平时，于德福都是下午开始收货装车，转天起早出发。这天下午，收完货，正装车，突然发现刘长海的粉条色泽不一样，因为用硫黄熏过的比没熏的要白很多。于德福弯腰用鼻子闻了闻，有一股子淡淡的硫黄味。直起腰问小秀："刘长海家的粉条有毛病。"

小秀低头不语。

于德福高声喊一嗓子："长海，你的粉条有毛病。"

刘长海紧走几步，那张脸扭曲着，挂着很不自然的笑走过来："啥呀，你今天这是怎么啦，鼻子失灵了吧，有啥毛病？"

于德福低声说："别糊弄我，跟我说实话，是不是用硫黄把你那些沾潮的粉条熏了？"

刘长海见瞒不过，就说："是，不熏，就得当饲料卖了喂猪，一万几千块啊。"

于德福瞪他一眼："亏你想得出，你这些粉条卖出去，人们吃出硫黄味来，谁还买陈家湾的粉条？你想过吗？再说，你用硫黄熏，小秀没化验出来，最后的责任是怪小秀还是怪你？总不能让小秀替你背黑锅吧，哼！"

刘长海用手扛着脸，嘟囔着说："殷家贤给我出的主意，我觉得他这回是为我着想。"

于德福有些愤怒了："殷家贤是啥样人你不知道？他肚子里有好肠子吗？他给你挖坑你就跳啊？"

于德福把刘长海的粉条一股脑推到地上："好的坏的我也不收了！"说完扭身就走。

刘长海拉住他："你真不收我的粉条啦？咱盟兄弟这点儿情

分都没有吗?"

于德福说:"除非你把熏过的粉条都挑出去,不然宁可跟你掰了,三剑客从此在陈家湾消失,我也不做昧良心的事。"

刘长海僵住了,金鱼眼咕噜咕噜转了几圈,蒜头嘴努了几下,歪着脑袋龇牙花。忽然一眼看见殷家贤躲在远处悄悄地笑呢,火气一下子冲了脑门子。他追过去,大喊一声:"殷家贤,你给我出的馊主意,你别躲,我踢死你!"结果根本没有殷家贤的人影,心说我找机会再报复殷家贤。

没办法,刘长海只好把熏过的粉条一捆一捆地挑出来,把没熏过的粉条给于德福送过去。俩人都没多说话,但心里都不是滋味。

晚饭后,为了让于德福和刘长海和好,殷大明请两人在超市喝了一顿,三剑客又和好如初。

第四十七章

殷家贤给刘长海出主意用硫黄熏粉条的计谋败露后，于德福告诉各家粉坊户，凡是殷家贤说的话一律不许听，如果谁家听殷家贤的话，粉条出了娄子，就断了谁家销路。这话传到殷家贤耳朵里，恨得他直磨牙。

也是该着殷家贤出事，没过几天，他就又一次丢人现眼了。

侯家坨大姐家外甥娶媳妇，作为舅舅被待为上宾，还特意找了酒量非常大的人陪他，开始还惦记喂猪的事，喝的还拘谨，后来越喝越兴奋，结果喝多了，眼看已经半夜，酒桌上一个个东倒西歪，他很美，一个劲儿说痛快。大姐让他住下，明天再回陈家湾，他非要回家，大姐不放心,让外甥送他回家,他把外甥推出老远:"外甥结婚是大喜事,不能半夜送我,我没事,放心。"外甥只好将他送到路口,看着他步履蹒跚、跌跌撞撞地离开。

侯家坨离陈家湾不远,也就四里地,本来是顺着公路走,结果走到一个田间路与公路交叉的地方他想撒尿,结果因为站立不稳,裤子、鞋上全都撒上尿了。撒完尿他竟然迷迷糊糊顺着田间路朝着相反的方向走了下去。越走越远,越走越难走,走着走着,一条不宽的河沟出现在面前,他意识里感觉走错了,站定后揉揉眼,心说不对呀,两个村中间没有河沟啊。抬头望望天,天上没有月亮,云层较厚,原野里像倒扣着一口大黑锅似的。凉风吹的劲头更大了,酒劲儿也越来越浓了,他感觉浑身燥热,焦渴难耐,好像皮肤肌肉都在燃烧似的。脑袋疼痛欲裂,腿脚沉重,就像拖着几十斤沙包。他眯着眼辨辨方向,跌跌撞撞地深一脚浅一脚地走进田地里,想抄近路往回走。脚下那些野草泥土,踩起来软绵绵的,半人高的玉米叶子扫的脸有些疼。脚下野草根子,矮树荒坟,仿佛都围着他快速旋转,晃得他头晕目眩。他拍拍脑门儿,睁大眼睛,集中精神,想尽量走田埂,可窄窄的田埂好像泥鳅背,凸凹不平,可能是天旱少雨,还很硬,不是这边滑,就是那边晃,或者杂草绊脚,怎么也走不稳。没走多久就滑到在地里,脸上被杂草根子戳破了,爬起来再走,紧跟着又摔倒,一连摔倒好几次,后来他干脆不起来了,蜷缩着身体睡着了。

冷清寂寥、昏黑朦胧的原野上响起呼噜呼噜的鼾声。股家贤睡得很恬静,很酣沉,就像饿殍野尸般毫无知觉。在浓浓的睡梦中,他身体里那股浓浓酒劲儿,逐渐冰雪般消融涣散,浓烟稠雾般慢慢飘散了。快到后半夜时,他逐渐恢复了意识,感觉浑身冰冷,并很快被寒凉夜气冻醒了。他睁开眼，发现自己竟然躺在长满野草、夜气潮湿的玉米地里。他蜷缩着身体睡得太久，半边衣服裤子都被浸潮湿了，就像躺在沼泽地里似的。原来有一股水流来到身边，不好，怎么来水了呢？他突然听到前面不远处传来窸窸窣窣的细碎脚步声。这深更半夜的，不会是野狗找东西吃吧？想到野狗，他有些害怕，因为自己赤手空拳，可别让野狗咬了啊。于是他赶紧躲着身子，纹丝不动地趴伏在田埂下面，连大气都不敢出。他不敢弄出声响，精神高度集中，屏息静气地偷偷观察，心里怦怦直跳。月亮像弯银钩似的，仿佛眯缝着眼睛在偷偷打量着这个幽暗世界。由于是下弦月，光线黯淡，就像给这片静谧原野笼罩着层轻纱幽雾似的。借着夜色，殷家贤依稀发现，前边田埂上有个黑影在慢慢移动。那好像是个人影，手里拿着手电筒，朝地上照着。他这才发觉身体冷冰冰的，冻得浑身都是鸡皮疙瘩，牙齿直打哆嗦。要是就这样睡到天亮，非把他冻坏不可。他赶紧双手裹了一下衣服，想爬起来。他明白了，是半夜浇水的，村里浇水都是排号挨个儿的，不管排到啥时候，到了谁家哪怕是半夜也要接着浇，不然好不容易挨到的机会就被别人顶了。

　　想到这儿，他站起来，想喊一嗓子，问问是谁，结果那人咳嗽一声，殷家贤听出来了，是个女的，他又蹲下了，觉得有点儿耳熟，该不是陈慧珍吧，如果是她，算是天赐良机，也算是冤家路窄，今天这机会正好把丢的面子找回来。他趴在田埂上，静静地观察着、守候着，就像一头伺机捕猎的野兽，在等待着机会，随时准备朝着猎物扑抓过去。

　　夜色昏暗，幽冥朦胧，殷家贤实在看不清楚那人到底是谁。那人做梦也想不到，这深更半夜的，竟然还有人野猫似的躲藏在地里！所以毫无防备，依然不断窸窸窣窣地扒拉着地里挡水的野草朝殷家贤这边走来。直到还有四五米远的时候，殷家贤借着昏暗夜色，发觉那女人个头儿较高，身材瘦弱，果然是陈慧珍。他突然翻身爬起来，大声喝道："谁！"

这突如其来的一声喝问，把陈慧珍吓得头皮发麻，魂飞魄散，就像突然在荒野墓地里，看到个披头散发绿眼红舌的厉鬼似的。"嗷"的一声像头狸猫似的，倏然转过身子，借着夜色，拔腿便朝着反方向逃去。匆促慌乱间，陈慧珍竟然失脚踩空，"扑通"一声，摔倒在地里。殷家贤见状，豹子般疾扑过去，迅速跳下田埂，扑到陈慧珍身上。陈慧珍温软柔弱，喘气如丝，根本不能从他身体下面挣脱出来。殷家贤搂着她，隔着单薄的衣衫，都能感觉到她那胴体微微发热，还随着呼吸波浪似的起伏着。她就像被饿狼抓着的野兔，吓得浑身瑟瑟发抖，心脏扑通扑通地跳得更厉害了。她呼吸急促，肚腹胸乳凹凸紧缩着，不断温温腻腻地顶撞着殷家贤。殷家贤不禁心旌荡漾起来。

殷家贤使着蛮力，连拖带拽，撕扯着好像真要脱她衣服似的。陈慧珍见挣脱不了，这才低声哀求着说："我看出来了，也听出来了，你是殷家贤，我是陈慧珍，你就放过我吧，我求你了。"

自从殷家贤动了陈慧珍的心思之后，每次遇着她，都好半天平静不下来，夜晚睡觉，也经常会想着她，偷偷做些难以启齿羞于告人的春梦。尤其在媳妇离家出走后，一到夜晚他就又感到孤单，就爬起来喝酒，屋子里全是酒味。空虚的他，每到夜晚除了喝酒，就是想女人，尤其是陈慧珍，那副嗓音真的让殷家贤很着迷，无数次夜里梦见他和陈慧珍在一起，无数次梦中醒来，就是难言的失落。没想到，在黑天半夜的野地里遇见，难道是老天爷给了这个绝好的机会。他紧紧地搂着陈慧珍，实在不想放手。这种抱搂，让他能很鲜活很切实地体会到陈慧珍有多娇弱，多温婉可人。这种抱搂，让他身体里那股热血情欲，那股原始欲望，像野火燎原般燃烧起来了。他紧紧地抱着陈慧珍,仿佛要把他融嵌进她身体里,他浑身燥热,喘着粗气,很快便开始动手动脚。

陈慧珍厉声喝道:"殷家贤,别蹬鼻子上脸,我不怕你,不信你就来真的试试,你看我敢不敢去法院告你,让你蹲大狱。"

"怕啥?我不怕,牡丹花下死,做鬼也风流。"殷家贤有些按捺不住了,又狂热地撅起嘴寻找陈慧珍的脸,甚至都快来不及讲话了。此刻,殷家贤的心撒了野,胆子越来越大,开始不断摩挲着,不安分的手朝着她胸脯和下身摸去,边伸手边说:"我现在孤身一人,你也是守活寡,咱俩瘸驴配破磨正好配套。"

"滚你的,谁管你是狗是猫,我才不是破磨呢,快滚!"

陈慧珍对殷家贤有着说不出来的腻烦,想想都憎恶,怎么可能跟他做那种损家声荣誉被人戳脊梁骨的龌龊丑事?陈慧珍心说再磨叽下去他就可能得手了。今晚要是失身,以后他肯定会经常纠缠她、骚扰她,那后果可就惨了。于是她赶紧伸手挡着殷家贤,低声哀求道:"殷家贤,我求你放过我。"

殷家贤浑身燥热,欲火焚烧,哪还听得进她的央求。更加用力地紧紧地抱搂着她,低头强行亲吻。陈慧珍意识到自己处境极度危险,她的脑筋疾速转动着,搜肠刮肚地寻思着,现在该怎么脱身呢。她一边左躲右闪,一边说:"殷家贤,不行的!不行!"但她的央求和喝喊毫无作用,陈慧珍赶紧换着柔弱哀恳语气,仿佛是半推半就地说:"不要这样嘛,这儿哪是干那事的地方啊。"

殷家贤听她这么说,觉得有道理,于是停住了亲吻,说:"那咱到前面田间路上去吧。"

说罢,不管陈慧珍同意与否,便紧紧搂着她,磕磕绊绊地顺着狭窄的田埂往前走。陈慧珍趁着机会，乘势使力，迅速从殷家贤怀里挣脱出来，站稳脚跟。可是尽管挣脱出来，但殷家贤依然抓着她的左手腕，半搂半抱地拖着她，借着昏暗夜色，朝着前面田间路走去。那条田间路比较宽，上面长满一丛丛的刺槐、小榆树等矮树，到处是高高矮矮的杂草。此刻两人迎着寒冷夜气，步履维艰地走在田埂上，脑子都比刚才清醒多了。陈慧珍乘机用温言软语地劝他把自己放掉，然而无论她怎么劝说哀求，殷家贤都死死地抓着她的胳膊，就是不放她走。其实殷家贤知道，他对陈慧珍那份贪慕完全是痴心妄想，完全是做白日梦，完全是癞蛤蟆想吃天鹅肉。要不是今晚天降机缘，让他喝醉睡倒在原野里，正巧碰到她，他这辈子可能连她手指都摸不到，更不会给他一亲芳泽、偷香窃玉的机会，他怎么舍得放弃啊，打死都不会把即将吃到嘴的肥肉吐出去。抓着她的胳膊，熬时间，等她服软。无论陈慧珍怎么劝说哀求，许诺利诱，他都浑然不当回事，就是紧紧地抓着她，连拖带抱地拉着她往田间路上走。

这条田埂不太长，所以他半搂半抱地拖拽着她，很快赶到田间路的尽头了。殷家贤随便找了处青草茂盛的地方，情欲难耐、迫不及待地想将她按在地上。陈慧珍见势不妙，赶紧假装挑剔着制止住他："这么猴急？就不会找片好点的地方？这里长着蒺藜，净是碎砖头瓦块，就不怕戳着人，硌着肉啊。"

殷家贤见她很挑剔，满嘴抱怨着，不想强迫她，心说在田间路上找片好点的地方还难吗。可陈慧珍总是很挑剔，这里嫌长着刺蒺藜，那里嫌碎砖头多，东边嫌地上不平，西边嫌靠水太近，怕被凉水溅着，反正就是没哪个地方能合她心意。殷家贤还算怜香惜玉，紧紧地抱拽着她，不断地胡乱亲吻她的头发，陈慧珍绝对不会让他亲吻到脸的。两人僵持着在田间路上走了好一会儿,只要陈慧珍说不满意,赶紧带着她去寻找另外一处地方。陈慧珍就左挑右选,尽量拖延着时间,实际在寻找脱逃机会。殷家贤紧紧搂着陈慧珍,依然不断摩挲着她,不断抢机会亲吻着她。陈慧珍不敢挣扎反抗,只能佯装依从,好让他慢慢打消戒防心理。

此时,殷家贤浑身炽热,色欲熏心,根本想不到陈慧珍会逃跑。他见陈慧珍带着他走到一片灌木丛旁边,停住了脚步,还以为是她选定好地方了。于是紧紧地搂着她,迫不及待地伸手想快点解开她的裤带。陈慧珍装出愠怒模样,一把将他的手推开,说道:"着急啥,你先把地上的草啊树啊弄倒,弄平整了。"殷家贤对她那愠怒嫌恶语气毫不在意,甚至还很想讨好她,所以接下来他继续用左手抓着她,然后蹲着身子,用右手把树枝和高高矮矮的杂草摁倒,然后用脚踩踩,发现地面还有两块砖头,想伸手将它们掰起来,扔到旁边沟里。他躬着腰,用力掰砖头,抓着陈慧珍的那只手便减轻了力道。陈慧珍赶紧趁殷家贤不备,使出全身力气,抬脚朝着殷家贤小肚子猛踹过去。殷家贤毫无防备,突然被她踹倒在地,然后翻滚到路边沟里。陈慧珍见殷家贤已被踢翻,终于逃脱了纠缠,迅速转过身子,拔腿朝村里逃去。

第四十八章

殷家贤眼见到嘴的天鹅肉飞了，心里那个懊丧劲儿，刚才一通扑扑棱棱的折腾，身上出了好多汗，酒也醒得差不多了。他使劲捶了几下脑袋，忽然想，假如刚才陈慧珍顺从我，我会不会真的就……如果真做出那事，怎么收场？陈慧珍会不会就坡下驴嫁给我？不会，肯定不会，那么会不会去派出所报案……一想到派出所，就想到了监狱，他不敢往下想了，脑门上渗出几粒汗珠来。心下一沉，坏了，这娘们儿会不会去找村委会告我啊？本来李金才就不待见我，让他抓住把柄，我就没好果子吃了，转念一想，她告状，我也提前备好词儿，就说是她约的我，不然我怎么知道她半夜去浇地，人们不明真相，连她名声也毁了，嗯，按这个思路分析她应该不会去告状。想到这儿，他晃晃脑袋，扑打扑打身上的土，坦然地回了家。

陈慧珍跑得很快，逃得很慌张，累得气喘吁吁、热汗淋漓，但她不敢稍做停歇，一直跑到自家门口，听听后面没有人追过来，长出一口气，总算逃脱了。

人们上班后，陈慧珍跑到村委会，跟马怀云和李金才把夜里的惊魂遭遇复述一遍，俩人大吃一惊。李金才气得七窍冒烟，猛拍桌子，殷家贤，真是老不要脸啦！问陈慧珍，殷家贤在哪儿？

"我比他跑得快，估计也回家了。"

马怀云沉思一会儿："陈慧珍，你是当事人，咱们是报警，把殷家贤抓走，还是留在村里由咱们处理，你有发言权。"

李金才与马怀云对一下眼神，安慰陈慧珍说："你先洗洗脸，稳稳心。"说着给陈慧珍端过洗脸盆。然后在屋子里转几步，气狠狠地说："这回殷家贤做了如此丢脸的事，必须想办法治治他。"

马怀云说："是，不能宽容，可以治他强奸未遂的罪。"

哪知道李金才听了却是一惊："别，还是慎重些，陈家湾这些年一直没出刑事犯罪案。"

就在俩人商议如何处置殷家贤的时候，于德福来了，没头没脑地说："你俩都在啊，我听说殷家贤又去欺负我表嫂了，这小子就欠抽，不过，我觉得不要把他送派出所。"

没想到于德福会来替殷家贤求情，这倒出乎俩人的意料，于德福跟殷家贤是老对头，怎么还替他说情呢？马怀云心说看来德福不是木头脑瓜儿，故意问一句："为啥呢？让殷家贤吃点儿苦头不是正好给你出气吗?"

于德福把脑袋一摇:"即便能治他罪,说的重一点儿,就是押几年,回来还会找陈慧珍的麻烦。"

李金才说:"你是不是又想用你的法子替公安局法院调理他?"

于德福咧嘴一笑:"咦,李书记,我一个笨人,有啥法子替公安局法院调理人啊,别给我戴高帽,更别给我扣屎盆子。"

马怀云问陈慧珍:"你是当事人,你说一句,报不报案?"

陈慧珍说:"表弟说的有道理,虽然他行为不轨,但没有真正伤害我。"

李金才让陈慧珍和于德福都回避一下,然后给殷家贤打电话,让他马上到村委会,一分钟也不许耽误。殷家贤还真听话,很快就来到村委会,眼皮耷拉着,心里在盘算如何应对,他估计是陈慧珍找村干部告状了,不然李金才不会是那么严厉的口气。拉把椅子想坐下,屁股还没沾到椅子,就被李金才的吼声震的浑身抖动了一下。就听李金才大声怒斥:"殷家贤!你干的好事!"

殷家贤不愧是阴诸葛,惹了祸依然保持镇静,撩一下眼皮,问:"干啥啊?"

李金才又吼一声:"你干的畜生事!"

殷家贤半眯着眼睛看看李金才,又瞅瞅马怀云,声音很平静地说:"你们是说我跟陈慧珍的事吧?"

马怀云一脸严肃地问:"你到底想干啥? 都啥岁数了,还这么不靠谱。"

殷家贤咧咧嘴:"不是啊,二位,是陈慧珍她约我去的。"

李金才抢过话头:"别放屁,陈慧珍会约你? 鬼都不信。"

殷家贤狡黠一笑:"是,就是她约的,要不然我怎么知道她那个时间去浇地啊,是她怕丢面子,把事说反了,成心糟蹋我。"

马怀云气得笑了:"殷家贤啊殷家贤,你害人反过来还要把自己说成是受害人,真有你的。"

李金才把脸阴得如黑锅底:"你忒不要脸,我都替你浑身发烧!"

马怀云说:"殷家贤,你对自己怎么看呢?"

殷家贤转转眼珠,心说还是马怀云厉害,我还得见机行事,心眼活泛少吃亏,嘻嘻一笑:"二位领导,谁让我是男的呢,怨我行吗? 我把责任担起来。"

李金才眉头拧成了疙瘩:"殷家贤,陈家湾的脸都让你丢尽了,我看你是癌症,没治了!"

殷家贤苦笑着摇摇头:"唉,书记,我并没对陈慧珍动真格的,就是想听听陈慧珍害怕的声音是啥样的,我真没有想干那事,是逗玩儿的!"

李金才愤恨地说:"有你这样逗玩儿的吗? 太过分了! 你这身臭毛病再不改,我非得让你到看守所尝尝被改造的滋味。"

殷家贤眨眨眼:"改,我一定改。"

"嗯,好,改不改你自己看着办!"

殷家贤歪歪脑袋:"改! 改! 改! 我一定好好改!"

李金才严厉地瞪他一眼:"哼! 今天我有事,暂时没空搭理你,怎么处理你等我得空再说。你先滚,快给我滚出去!"

殷家贤瞅瞅李金才,看看马怀云,立刻倒着身子退出村委会办公室。

第四十九章

于德福在村委会表面上给殷家贤求情，心里确实有他的歪主意，不能就这么便宜了殷家贤，必须惩治一下，给他点儿颜色看看，用啥法子呢，不能犯法，还得让他疼，让他难堪。吃完晚饭，他找个大塑料袋，一把铁锹放在门边。

马怀云问："你这是要去干啥？"

"我一会儿去帮三爷干活儿。"于德福说得很冲，三爷是他养父的三伯父，他去帮忙干活也是理所应当，马怀云便不再问。于德福走后，他把日志整理完，见于德福还没回来，脱衣躺下，从挎包里拿出爹留给他的一只玉镯看了一会儿，思索着娘的骨殖怎么寻找,半点儿线索都没有,想着想着就睡着了。

快半夜十一点了,猫在村边的于德福才开始实施他的计划,他悄悄出了院子,此刻万籁俱寂,四周一点儿声响都没有,他轻步来到街口厕所,把两个粪桶装满屎尿,挑到殷家贤门口,用粪勺泼在殷家贤家门前台阶上、墙上,整条胡同都弥漫着臭味,臭味透过门缝,弥散进院子里,钻进屋里。于德福半天没见殷家贤出来,就用脚踹了几下大门,意思是提醒殷家贤赶紧出来,踹完后便急急躲起来。过了好一会儿,殷家贤也没出来,他心说,这小子长心眼了,不上我的当。他摇摇头,抿嘴一笑,找到一块砖头,用力一扔,吭当,砖头碰巧砸在一个盆子上,响声很大。就听殷家贤高声骂了一句:"哪个缺德鬼这么混账,大半夜来找事。"

于德福躲在胡同拐角,稍微沉了一会儿,就见房门猛地打开,殷家贤手里举着一根木棒气冲冲地跑出来,一出门口,脚下一滑,摔了个屁股蹲儿,手不自觉地去撑地,结果也是一滑,整个身子倒在台阶下,顿时,一股恶臭把他包围,再一看,台阶上、大门上全是稀屎。殷家贤挣扎着起来,大声骂道:"哪个缺德鬼干这损阴丧德的事!"抓过木棒追着跑了一会儿,他想去大街上骂街,但他浑身恶臭,又折转身回家,把脏衣服脱下来,在水龙头下冲了老半天,用鼻子一闻,还是臭。他大声嚷道:"哪个缺德的干的!"

周边邻居也都闻到了,纷纷出来查找臭味的来源。人们一看,又是殷家贤门口周边,都知道殷家贤老得罪人,肯定是伤害了人惹来报复,便捂着鼻子一边抱怨和殷家贤做邻居晦气,一边快步躲开了。

于德福见成功了,立马忍着笑快步回家。见马怀云身边放着一张照片,拿起来看了看,不认识,放回原处。他关灯躺下,大睁着眼睛等着听大街上殷家贤骂街呢,结果却没有,等了大约一小时也没听到,心说,这小子不可能干吃哑巴亏吧？管他呢，睡觉。

于德福发现自己脑瓜还不错，过去人们叫他木头脑瓜子，其实是说他不开窍，过去也不是嘴笨，就是觉得自己不是陈家湾的正根儿，见人矮三分。那股子横劲儿也是小时候挨欺负时练出来的，一要横，人们就不敢惹他了，由此，就横了这些年。自从马怀云住在他家后，他感觉自己被马怀云的温和脾气感染了，横劲儿减少了很多。今天用他的邪法惩治殷家贤，虽然有点儿出格，但毕竟出了口恶气，不能由着殷家贤胡来。

于德福兴奋得睡不着，窝火憋气的殷家贤更睡不着，他心里明白，这不用猜，肯定又是于德福所为，他的气从小肚子直往上攻，恨不得撕碎了于德福，但他又自知理亏，真正理论起来，最终还是自己灰鼻子灰脸，只能认栽，等！等机会！我一定让你缺德福在全村人面前栽大跟头。想到此，就窝在屋里不敢露面。

天快亮了，于德福还是睡不着，报复殷家贤的快意还在心头，兴奋的他没有半点儿困倦。见马怀云还在熟睡，他想自己这一身衣服已经沾了不少屎尿，必须抓紧处理，就悄悄换来到院子，把脏衣服泡在水盆里，一遍一遍地洗，足足洗了七八遍，依然有味，心说，就这样了，实在不行这套衣服就不穿了，整治了殷家贤，出了气，扔一套衣服也值了。正在得意，马怀云出来了："你又去给殷家贤添腻了吧。"

于德福一愣怔，马上笑了："啊，嗯，是啊，这小子就欠整治，不然陈家湾放不下他了。"

"那你怎么整治他的。"马怀云问。

于德福也不笑，轻言轻语地说："给他门前胡同泼屎泼尿，哼，痛快。"

"啊？"马怀云一听："你也太过分了吧，你整治他，周边人家都跟着遭殃啊。"

"我不管那么多，都是殷家贤惹的，就让人们恨殷家贤吧。"于德福很得意。

天快亮的时候，一夜没睡的殷家贤找来水管子，一个劲儿地冲，足足用了两小时才把屎尿冲干净。

刘长海打这儿路过："殷家贤，你这搞的啥名堂，弄得好几条胡同都臭烘烘的。"

"我愿意！"殷家贤怒火憋着，说的话声音很重。

刘长海说："咦，殷家贤，怎么不通人性啊。"

殷家贤眼眉一拧："刘长海，你吃多了去逗狗，别在这儿给我添堵，我够闹心的了。"

刘长海说："你这人，天生让人不待见，接着闹心吧。"

殷家贤冲刘长海的背影狠狠地撇了一下嘴，抬脸见街口聚集了几个没事干的老人，就悄悄走过去想听听说啥。嘿，正议论夜里发生的新闻呢。傻二尽力伸着脖子，下巴上撅着稀稀拉拉的胡茬，咧着嘴，几颗黄牙龇龇着，心里好不得意。谁干的呢？殷家贤是该整治，那么多屎尿，可够殷家贤忙活一阵子。傻二说："我刚才特意拐弯从殷家贤家门口路过，看见殷家贤正卖力地冲水。"

刘长海说："谁弄的呢，够损啊，我家隔两条胡同都臭烘烘的，我也不知道该恨殷家贤还是恨这个弄屎尿的人。"

刘长海一脸不屑，漫布红丝的金鱼眼斜瞄一下傻二："殷家贤就欠这么整治他，损阴德的事干得太多了。"

傻二又说："就是不知是哪路大神干的，我估摸着又是于德福，那小

304

子鬼主意多着呢。"

殷家贤本来就猜测泼屎尿的事就是于德福干的,听傻二这么一戗巴,本来就怀疑是他,再加上前几天他帮着粉坊户们改良工艺,下脚料突然大减少,原来三五天就可凑一车,现在十天也凑不出半车,想想就怒气上攻,快步回家就拿根绳子跑到于德福家门口,扬言要挂肉门帘,他以为于德福会拦他,他就可下台阶,在村民面前显出点儿个性,也叫震慑力。哪知道,于德福笑呵呵地把门打开,冲着殷家贤喊:"来,挂吧,你不挂就不是殷家贤。"殷家贤反倒蔫了,但杠在那儿,自己不真挂,就威名扫地啦。硬着头皮慢吞吞把绳子挂在于德福家门楣上,眼睛朝远处巴望,恨不得立马有人过来解围,他好下台阶啊。就在他犹豫的时候,小秀跑来了:"爹啊,你不能死,你死了我和奶奶怎么活。"

小秀这一闹,正中殷家贤的下怀,心说这闺女还真行,关键时刻给我做劲。"好吧,"瞪了一眼于德福:"告诉你瘸德福,我跟你没完。"说着,把绳子撤下来,转身跟着小秀走了。

于德福在他们身后喊了一句:"下次来真的,别演戏。"

殷家贤回头冲于德福吐了一口唾沫。

于德福哈哈大笑。

第
五
十
章

早晨,村委会上班了,殷家贤一拐一拐地来了,咧着嘴跟李金才说:"书记,你来,来,到我跟前来。"

李金才走到他跟前问:"干啥呢?"

"来,往我身上闻闻,臭不臭?"

"你这人,又耍哪家子花活,闻你干啥?"

"没闻出来我身上臭啊?"

"臭?为啥臭?"

殷家贤哭丧着脸说:"还用问吗?有人在大街上泼屎尿。

刚走进办公室的马怀云问:"怎么啦?"

殷家贤叹口气:"屎尿乱泼乱洒,李书记,陈家湾的精神文明可得好好抓抓了。"

李金才问:"你腿瘸了,身上臭,跟精神文明有啥关系,直说,别绕弯子。"

"昨晚上,有混账人闹事,给我使坏,害我摔的。"

李金才又问:"啥?谁这么混账,怎么害得你摔成这样。"

殷家贤带着哭腔说:"别提啦,不知谁昨晚踹我家屋墙,我知道是来找碴儿逗闷子的,就没动窝。那个混账东西不死心,就往我家院子里扔砖头,我一生气找了跟木棒子开门就往外闯。哪知道,那混账人在我家台阶上放了一堆臭屎,我一脚踩上去,啪嚓就摔倒了,弄了一身脏,爬起来腿就疼得不得了,这不,今天就瘸了。"

李金才很吃惊,急问:"那个人是谁?为啥要这么做。"

"我哪知道啊。"

于德福突然从门外走进来,笑嘻嘻地说:"看来你又得罪人了,要不就是又干坏事了。"

殷家贤最不待见于德福,也在心里猜测就是于德福干的,见他插话,挥着手说:"去去去,没你事,赶紧滚一边儿去。"

于德福笑得前仰后合:"好,没我的事,我就等着看好戏。"说完,扭扭屁股,走了。

殷家贤朝于德福背影狠狠瞪了一眼:"哼,说不定,还许……"话没说完,就收住了嘴。然后把嘴凑到李金才耳朵边,小声说:"说不定就是缺德福干的,这小子混账透顶,全村也就他能干出这种缺德事。"说完,龇龇牙:"干这缺德事的人我还真不信他能尿出一丈二的尿,说不定就没有尿尿的玩意,有能耐来明的,搞偷袭不算真本事。"

李金才说:"别管谁干的,肯定是你先得罪人了,要不就是你干了不得人的事在先。"

殷家贤把眼一瞪："啥？你这啥话,你这是书记该说的话吗?"其实到底谁干的他早就判定八九不离十。心里骂道,缺德福,我先把这笔账记下,等得了机会,看我怎么整治你!

李金才抿嘴一笑："你确定就是于德福干的?"

"我也是猜测,因为缺德福跟我有过节儿。"

李金才笑笑说："你呀,跟于德福是老鸹落在黑猪身上,一对儿黑。"

殷家贤把脸变成了苦瓜："你这书记,哪能这么说我,我有文化,缺德福是木头脑瓜子,别拿我跟他比。"

李金才说："你还狡辩,你有文化还老做缺德事?"

"我心里苦啊,书记。"

"你有啥苦?"

"我那书记啊,你难道不知道我的底细? 我在陈家湾是不是喝墨水最多的人,我是不是仪表堂堂的人,可我那媳妇……"

"你都当姥爷了,还纠结媳妇长得丑! 那是你和媳妇的缘分,是上辈子结的缘。"

"别糊弄我了,啥上辈子下辈子的,我就是命苦,我……"

"行啦,快回家,把身上洗干净,喷点儿花露水,把台阶处理干净,以后多注意多检点,就没人再找你麻烦了。"

殷家贤摇着脑袋,撇着嘴离开了。

马怀云也认定给殷家贤家泼屎尿的事是于德福干的。晚上吃饭前,他就再三追问,于德福要肉头,就是不承认。后来马怀云跟他一本正经地说："于德福,你说实话,你承认了,我会表扬你,不承认,我就给派出所打电话来破案。"于德福一听,含含糊糊地说："那,他做缺德事在先。"

马怀云瞪他一眼:"他有错在先,但你没资格没权利用极端的方式惩治他。"

于德福说:"我就治他了,你看着办吧,蹲局子我等着!没想到你护着殷家贤。"

马怀云说:"这不是护着他,咱得说理啊,殷家贤对陈慧珍图谋不轨是他不对,你给他泼屎泼尿,你也不对,也太过分啦!"

"我就过分了,判我二年半吗?"

俩人吵的得不可开交,老太太撩门帘过来了:"德福啊,你就是太混,混到顶了!"

老太太一出现,于德福立马蔫了:"娘,我没给你惹祸,就是给殷家贤家泼了点儿屎尿。"

老太太生气地说:"你那样做就是不对,还死鸭子嘴硬!"

于德福赶紧弓腰:"哦,好好好,我不对,我不对,行了吗?"

老太太剜他一眼,又回屋了。

马怀云把嘴凑近了于德福的脸,压低声音:"我给你保密,不对任何人说,但以后你别脑子一热,天不怕地不怕,自己说出来,就行。"

于德福翻翻白眼:"不管怎样,我出了气,心里就痛快了。"

"那好,赶紧吃饭,一会儿要开全体村民广播大会,你别玩手机,好好听听。"

不一会儿,喇叭里传来李金才的声音:"这两天陈家湾出了个小新闻,殷家贤家被人泼了屎尿,这不是小事,陈家湾是生态文明村,现在正推动乡村振兴,这种不文明的行为,有损陈家湾形象。当然啦,殷家贤平时白己不检点,得罪人也很正常,咱农村人心眼小,心里藏不住事,报复也是正常的,但是过分啦,都是乡里乡亲,没必要你折腾我,我报复你，和睦很重要，泼屎撒尿的人请你注意，查出来，罚款两千。"

于德福听说查出来要罚款两千，"噗——"把一口唾沫吐出老远，带着恨意说："什么书记，管不了殷家贤，我学梁山好汉替天行道还错了吗，还罚款，哼！"

殷家贤明知是于德福算计他，但他不敢跟于德福面对面地斗，就想在陈慧珍这里找平衡。因为陈慧珍让他难堪了好几回，那股火一直窝在心里。怎么报复一下陈慧珍呢？他又想起了傻二，折回到陈慧珍超市东邻傻二家，站在门口问："傻二在家吗？"

春香走出来："四叔啊，您找傻二干啥？"

殷家贤嘻嘻一笑："傻二不在家，改天再说。"

春香拦住去路问："四叔，傻二不在家，您有事跟我说。"

殷家贤蹙紧眉头说："我觉得有事还是跟老爷们儿说为好，你一个女人家，等傻二回来再说吧。"

春香不让殷家贤走："四叔，你有啥话就说，我还忙别的事呢。"

殷家贤无奈地点点头："好吧，那我就跟你说，你知道，当初你们家这房子地基被陈慧珍他们家老粉坊占了将近二尺地。"

春香一听："啥？他们家占了我们家地基？真的假的？"

"这还假的了吗？那时你还没嫁过来，不知道这情况，咱一笔写不出俩殷字，都是一家人，我才告诉你。"

春香俩眼瞪圆了："按你这么说是真的啊？"

殷家贤说："你拿米尺量量看，陈慧珍家老粉坊肯定比你家多二尺地。"

正说着，傻二回来了，他在门口听见殷家贤的话了，就说："四叔啊，陈慧珍占了我们家二尺地啊，那我去找她，把占的地方要回来，不答应就扒她家房。"

春香一把拉住傻二："别瞎闹，得找到证据，要不然，两家关系原本很腻乎，一闹就伤了多少年的和气。"

殷家贤说："找不找是你们的事，反正我告诉你们了，也算是尽了长辈的责任。"

其实殷家贤心里一点儿底也没有，他根本就是瞎编的，只是想了这么一个计谋，把房子当个由头，让傻二去搅闹，给陈慧珍添腌臜，哪知道傻二想在春香面前表现一下男人的能为，拿着一把镐头去了超市，一进门就喊："陈慧珍，你家老粉坊占了我家二尺地，这账怎么算？算不好，我就扒你家超市！"

陈慧珍吓一跳，怎么突然来这么一出，迎过来问："傻二，你说啥？我家老粉坊占了你家地基？"

傻二挺胸腆肚，两手叉腰，高声说："对，没错，不信拿米尺量量看。"

陈慧珍还真不信，找来米尺，把春香家房地基和自己家老粉坊反复量了好几遍，长宽都一样。陈慧珍说："傻二，你看准了，咱两家一般宽一般长，谁也没侵占谁，不信你自己再量一遍。"

傻二真就自己量了一遍，确实一样，没话说了，低头耷拉脑地回了家。春香迎过来问："怎么样，是真的占了咱家房地基吗？"

傻二说："量了好几遍，两家房地基一般大。"

春香说："啥也别说了，四叔又拿你当枪用了。"

傻二使劲攥了攥拳头，没说话。

春香心里别扭，觉得殷家贤老拿傻二当枪使，是一种人格羞辱。到了下午，她忍不住了，就找到殷家贤家里跟他理论。殷家贤根本不把春香放在眼里，可春香也不怵他，都是过来人，别看差了辈分，荤的素的照样一起上。殷家贤脸上一阵红一阵白。春香又说:"阴诸葛就是阴诸葛,满脑子损招儿! 你看谁家安宁就浑身不得劲儿,是吧?"

殷家贤最不喜欢阴诸葛这个外号,谁这么叫就等于用刀子剜他肉一般,今天春香又喊他阴诸葛,又戳到他的痛处。他想,这么多年从来没让妇女奚落过,我一读书人怎好跟春香一个没素养的晚辈妇女斗嘴,他双手抱肩,不言不语,心里打着小算盘。然后就给自己找个台阶:"好啦好啦,我的好心总被人当驴肝肺,种地的人也就这素质,我认了。"

说是认了,其实心有不甘,殷家贤习惯了在东边吃了亏到西边去找补。怎么找补呢? 下脚料越来越少,除了冷库,几乎没有别的收入,我不能眼看着他们赚钱,我还得巧妙些。他打定主意,这回在殷大明身上下手。

第五十一章

也是天意，殷家贤的计谋总不能得逞。这不，这回操弄好几天的私密事又被于德福撞见。

这天，于德福在大清河边钓鱼，眼看天快黑了，也没钓到几条鱼，很扫兴地自语一句："今天不走运，回家。"当他上了大堤，见不远处一辆蓝色北汽福田车停在路边树下，苫着篷布，殷家贤跟司机搭讪一会儿，快步离开了。于德福凑过去，围着车转了一圈，是外地牌照，抬头见司机躺在驾驶室里玩手机。有些纳闷，又觉得与己无关，回家喝酒去。

回到家，他从冰箱里拿出冷冻的猪头

肉,哪知道吃得太凉了,闹肚子,连续上厕所,已经是半夜十二点,路灯已经灭了。他又一次出来上厕所,忽然看见一道白光。哦,是车灯,那白光朝粉条厂去了。他感到好奇,就提着裤子跟了过去,一看,原来是殷大明家卸车,走近了,一细看,正是白天大清河边停着的那辆蓝色北汽福田。于德福起了疑心,为啥白天不进村,殷家贤玩啥鬼名堂?这时,殷家贤出来了,后面跟着殷大明,就听殷家贤和司机悄悄说:"快,抓紧卸车。"转身又对殷大明说:"快卸车。"于德福躲在一旁,看清了,那淀粉袋子上印着"木薯粉"仨大字。嘿,于德福心说,殷家贤啊殷家贤,难怪人们叫你阴诸葛,你鬼花活真多啊,用木薯粉代替红薯粉,木薯粉比红薯粉省钱不少,可粉条质量差别很大啊,亏你阴诸葛想得出,这是存心琢磨殷大明,要毁了陈家湾粉条的名声啊,哼!卸完车,殷家贤对殷大明说:"你便宜大发了,省好多钱,不过你可记住了啊,一会儿趁天没亮赶紧把包装袋换了,把原来的包装袋藏起来,还有,千千万万不能对任何人说实话,记住了吗?"说完,又冲司机说:"给我的提成呢,赶紧给我,你快走人。"于德福一听更来气了,真想闯过去,给殷家贤个下不来台,但这是半夜,不折腾,明天带刘长海他们一块儿来戳穿阴诸葛,让他在全村丢脸面。对,就这么办。

第二天,于德福带着刘长海突然来到殷大明家粉坊,殷家贤正跟殷大明低声说话呢,见俩人来了,笑眯眯地问:"呦呵,俩人这么早,来给大明帮忙的吧?"

于德福嘟噜着脸:"阴诸葛,别装蒜,昨晚你玩的花活,骗不了我!"

殷家贤收起笑脸:"于德福,你胡说啥?我玩啥花活啦?"

于德福大声嚷道:"你干的好事你自己还不知道?"

殷家贤俩手一摊:"这哪儿跟哪儿啊,我干啥事了,不跟你们一样,天天忙自己的事吗？"

刘长海瞪起金鱼眼："别绕弯子，你帮殷大明买木薯粉充红薯粉，还拿了提成，对不对？"

殷家贤一听，脸色大变："你说啥？你们是不是半夜喝酒喝醉了，找我醒酒来啦？"

于德福不耐烦了："别说旁的，快让我看看仓库。"

殷家贤冷冷一笑："你算幺算六，人家仓库为啥让你看？"

于德福也瞪起眼珠子："你帮着殷大明半夜卸车，我看见了。"

殷家贤不紧不慢地扭扭脖子，晃晃肩膀："人家殷大明半夜卸车怎么啦，犯法吗？"

于德福举着手指头，厉声吼："你进的原料是木薯粉！"

殷家贤又是嘿嘿一笑："于德福啊，你木头脑瓜子不开窍啊，你看看，来，你们都来看，殷大明家进的货到底是红薯粉还是木薯粉？大明，把仓库门打开，让他们看！"

于德福和刘长海都愣住了，装淀粉的袋子上印着的字都是红薯粉。于德福俩眼冒火，不对呀，明明我看见卸的袋子上印着木薯粉啊。不对，殷家贤这个老狐狸，鬼招儿多。他两眼死死盯着殷家贤。

殷家贤一脸镇定，心说，就凭我殷家贤斗不过你们？很得意地冷笑一声："怎么样，看好了吗？大明，关门！"

于德福伸手拦住："别，你家进的货肯定是木薯粉。"

殷家贤不干了，把于德福往后推了一把，然后咣当一声，把门带上，又锁上了。于德福在殷大明家粉坊门口大吵大嚷，和殷家贤对闹，引来好多人看热闹。殷大明不知所措，不是搓手就是抖手，既不敢拦也不敢看于德福和刘长海。于德福一口咬定殷家贤帮殷大明用木薯粉代替红薯粉,这是糟蹋陈家湾粉条名声,越吵越凶。殷家贤气不过,从一辆车上拿了根绳子就往于德福家跑。一群人在后面跟着跑,他们知道殷家贤习惯了,只要跟人吵架,就会拿绳子给谁家挂肉门帘,也就是上吊,这一手曾吓住不少人。今天又来这一手,人们看于德福怎么收场。没想到,于德福就在殷家贤身后跟着,到家门口,抢在前面把门打开,让人们进院。殷家贤站在院子里嚷:"于德福你欺负我太过分了,我不活了!"

于德福说:"不活了,好啊,来,我帮你拴绳子。"说着,就从殷家贤手里抢绳子。殷家贤左躲右闪,俩人争抢绳子,人们看不明白了,殷家贤不是要上吊吗,于德福不拦,反倒帮他拴绳子,殷家贤反倒退缩了。殷家贤撇撇嘴,抓着绳子钻出人群。于德福在后面喊:"阴诸葛,不挂肉门帘啦?"人群发出一阵大笑。

马怀云得知殷大明家进了木薯粉,很严肃地对殷大明说:"赚钱的事得自己捧自己,不能只看眼前芝麻粒的好处就忘了明天会吃亏。"

殷大明说:"我也不太懂,本来我是不信他的话,可他这回跟我说的一本正经,说老殷家小门小户,应该团结和睦,还说虽然他爱搅和事,但是对本家不会动歪的邪的,他说木薯粉跟红薯粉一样,南方都是木薯粉做粉条,比红薯粉还筋道,卖的价格还高。我被他一番话说动了心,就依着他了,哪知道他玩了猫腻,他赚提成不要紧,还害的我家粉坊积压了两吨不能用的木薯粉。"

马怀云说:"咱宁可不做粉条也不要用木薯粉,回头让于德福给你捎带把木薯粉卖了。"

殷大明气鼓鼓地回了屋,心说,殷家贤啊殷家贤,你是长辈,干啥总拴套子让我钻呢?他不曾想到,几天后,殷家贤再次把他推向一个挣扎的旋涡。

第五十二章

这天,李金才接到周家坨镇政府办转发的县文化旅游局通知,要在全县搞一次非物质文化遗产普查,陈家湾粉条制作工艺还被列为申报市级非遗项目。这消息传到陈家湾,引起人们的关注。

殷家贤耳目灵通,得知陈家湾粉条确定为市级非物质文化遗产后还要确定一名传承人。他在电脑上查看了一下,市级非遗项目传承人可是花钱买不来的荣誉,含金量也很高。他脑瓜儿急速转了几圈,借口有事,转身就走,绕了两条胡同,来到殷大明家。他忽然觉得可以借传承人这件事挑起殷大明跟刘长海争斗,最后让他们闹掰,拆散三剑客，出出积压心头多年的恶气。以前他可没少受三剑客的气，尤其是刘长海跟于德福见了他就像仇人一样。一进屋，见殷大明正吃饭，就嘻嘻地说："大侄子，吃这么晚，没喝两口啊？"

殷大明白他一眼，又觉得不管怎样他是长辈，不能太失礼，就说："胃口不舒服。"

殷家贤眼珠子滴溜溜四下看着："我看看你喝的啥酒。"说着从门后抓过一个塑料壶，拧开盖子，双手举起来，闻一闻，然后嘴对嘴，咕咚咕咚，喝了几口，咂咂嘴："嗯，味儿还行。"

殷大明从心里膈应这个长辈，撺掇他买木薯粉已经让他栽了跟头，他想怼他几句，但碍于殷家贤是他的同族长辈，不好意思说得太过，就假装没看见，自顾吃饭。

殷家贤靠近了坐下："大侄子，我听说县里要给粉坊定传承人，传承人可不一般啊，值钱，你家是正宗，你做了传承人，那就是陈家湾十八家粉坊的总瓢把子，你就是权威啊，你家粉坊就成万年不倒的老店啦，光宗耀祖啊！于德福没法跟你比，他起码没干粉坊啊，刘长海更没法跟你比，不管怎么咱也是一个老殷家，我必须向着你，需要人证就找我，关键时刻咱爷儿们绝不含糊。"

"我哪好意思跟他们争啊，我们是一个头磕地上的盟兄弟。"

"你可别犯傻，不就是破三剑客嘛，又不是皇封的，能换金子还是能换银子，盟兄弟又不是三国的刘关张，人家那是真的磕头弟兄，你们不就是酒桌上一高兴，酒杯一举算磕头的盟兄弟，没啥真感情，顶多是酒肉兄弟，传承人那可值大钱，听我的没错。"

殷家贤的意思殷大明清楚得很，就是找一切机会挑拨三剑客之间的关系，拆散三剑客，殷家贤在陈家湾是一贯地耍阴谋，专好挑拨事，谁家的事只要他参与,准不顺当。就说:"四叔啊,您真不愧是阴诸葛,您说您让我跟刘长海闹掰了,有您啥好处呢?"

殷家贤一听,绷起脸:"你小子说的啥话,我没让你跟刘长海闹掰,就是让你把传承人抓到手,你做了传承人,你爹你爷脸上有光彩,就给后辈儿孙栽下一棵万年树,咱老殷家十八辈祖宗也跟着高兴,懂吗?"

"四叔,您别掺和了,我知道怎么做。"说着就顺腿躺下,闭上眼,不看殷家贤。

殷家贤歪歪脑袋:"哎呀,真不知你怎么想的,要换作我,打破脑袋也不能让传承人落在别人手里。再说我有办法让于德福失去传承人的资格,不用你出面直接争,到时候你认这个传承人就行。"

殷大明不说话,假装睡着,发出轻微的鼾声,殷家贤气得一甩脖子:"其实你是不是传承人没我啥事,你得了钱也不给我一分,好吧,好心好话劝不了傻鬼,等你醒过味来,黄花菜都凉了,哼!"

过了几天,县文化馆陶老师来了,干粉坊的人们都知道传承人的价值,一家一个人,跑来村委会挨个儿跟文化馆的人讲述自家粉坊来历。殷家贤拿来家谱找依据,还真就找到根儿了,殷家二世祖名下就有做粉坊的记载,到现在传到殷大明这一代有一百五十多年历史了。这一来,其他粉坊都闷了口。

马怀云说:"陶老师,为了让大家明白,你把非物质文化遗产传承人的相关问题跟大家说说。"

陶老师说:"按照国家有关规定,被认定人所传必须是祖先所创非物质文化遗产,非物质文化遗产传承人的认定,重点不在传承人姓甚名谁,而是看他所传的是不是非物质文化遗产。那么啥是非物质文化遗产呢?有这么几条标准,从传承时限看,被认定人所传文化事项必须具有百年以上的历史。时限不足百年者，不能申报非物质文化遗产。从传承形态看，被认定人所传文化事项技必须以活态形式传承至今。至于那些在历史上产生，但因种种缘故，并未能以活态形式传承至今者，是不能申报非物质文化遗产的。从原生程度看，被认定人所传文化事项，必须以原汁原味的形式传承至今。那些在传承过程中，已经被改编改造了的传统文化事项，是不能认定为非物质文化遗产的。从传承品质看，被认定人所传文化事项必须具有重要价值。另外，非物质文化遗产传承人必须亲自参与非物质文化遗产的活态传承，它的所指主要包括两方面内容。只有真正工作在生产第一线上的，懂传统技艺，具有实操经验的优秀匠人或艺人，才有资格申报非物质文化遗产传承人；或者尽管已经不再亲自动手，但仍能深入一线，凭借自己长年积累起来的经验，去指导业内后人的那些杰出的、深受同行和晚辈尊敬的老艺人或老匠人，才有资格申报非物质文化遗产传承人。"

别的粉坊都不言声，刘长海鼓了鼓蒜头嘴说："我家粉坊多少年我说不好，但我爷爷就是干粉坊的，听陶老师这么说，那我也是正宗传承人。"

殷家贤往前推殷大明，殷大明扭身白了殷家贤一眼，低头不语，觉得跟刘长海竞争会影响哥们儿感情，毕竟三剑客是陈家湾公认的，但他怀里有殷家贤塞给他的那本家谱。殷家贤见殷大明不说话，走到刘长海身边，低声说："不错，你家粉条质量与殷大明家做的不差，可你做得再好，不是老作坊，等你重孙子做粉条时，你家粉坊就超过一百五十年了，你重孙子肯定是传承人。"

刘长海说："阴诸葛，你家没粉坊，这儿没你事，别跟着瞎搅和，到我家粉坊一百五十年，你早变成黄土了。"话这么说，心里也明白，做传承人是没戏了,就退一步说:"那殷大明算第一传承人,我算第二传承人行不行?"

李金才抢了一句:"陶老师,可不可以有两个传承人啊?"

陶老师微微一笑:"一般没有,几十年历史的肯定不行。"

马怀云问刘长海:"你说你家粉坊是全村最老的,有啥证据?"

刘长海说:"据说我爷爷的爷爷就开粉坊,生产队那阵儿,我爹和我爷都是队里粉坊的技术人。干粉坊,一个字,忙,没听说那句话吗?要想忙,干粉坊。传到我这儿,我比他们心眼灵活,雇两三个人,忙不过来我搭把手,发不了大财,够吃够喝。一有酒局,或者三剑客小聚,就把粉坊扔给雇工,赚多赚少有酒喝就行了呗。"

殷家贤冲殷大明直挤眼,殷大明不解其意,就把声音提到老高:"我家干粉坊年头最长,我做传承人最合适。"

殷家贤走到马怀云面前:"粉坊的事你问我啊,陈家湾历史我说的最清楚。"

马怀云说:"你也干过粉坊吗?"

殷家贤挺挺胸脯:"干过,生产队那会儿我干了好多年,那会儿都抢着去粉坊,不用下地风吹日晒,还可捞点儿粉疙瘩吃。生产队解散后我就没干,太累,我读书人,不能干太累的活儿,嘻嘻。"

马怀云也一笑:"那你说说陈家湾谁家粉坊最老,谁家粉条最正宗?"

殷家贤上眼皮往上一撩:"我们老殷家粉坊最早,殷大明是最合适的传承人。"

刘长海推他一把:"别瞎掺和,我家最老,从乾隆年间就做粉条。"

殷家贤大笑:"你家老祖是乾隆的重孙子的孙子民国初年才搬到陈

家湾,做粉条是你爷爷从老殷家学来的,瞒不了我。"

刘长海不甘心,但真答不上茬儿,他从没研究过皇帝的事,也不知道乾隆是光绪的太爷爷的爷爷,扠扠头皮,龇龇牙,不言声了。

李金才说:"陶老师,咱去殷大明家看看呗。"

殷家粉坊院里搭着敞篷,篷下有几口一米多高的大缸,缸的下半部埋在地下。殷大明说这几口大缸都有一百多年历史了。

马怀云说:"殷大明你说说做粉条的工艺。"

殷大明眼眉往上一挑:"说实话,我不想干粉条这营生,太累苦。"

马怀云呵呵一笑:"你说说怎么个累苦。"

殷大明掰着手指头说:"做粉条有三十多道工序,打粉、搅浆、过滤、曝晒、煮浆、漏粉、捞粉、挂粉,等等,你说累不累。"

"哦,那就看看你的手艺呗。"马怀云笑着说。

殷大明亲自操作,确实还不错,做出的粉条匀细,纯净光亮,整齐柔韧,洁白透明。

李金才说:"要是用这粉条做粉条烧鸡、烧肉,那可是真的好吃。"

殷大明脸上露出得意的笑容,殷家贤把嘴凑到他耳边:"回头你得请我喝酒,我给你拔闯了,要不,你个不言声的闷葫芦罐,不争不抢,传承人就落到刘长海头上啦。"

殷大明嘟囔着说:"少说两句吧,您不掺和啥都好办。"

这时,马怀云来了,对李金才说:"我听说于德福家祖上干粉坊最早。"

李金才说:"是,老于家粉坊最早,全村人都知道,可是到了于德福这儿,就断了,没有传承人啊。"

马怀云说:"按陶老师说的,我觉得于德福应该是正宗传承人。"

李金才还没说话，殷家贤抢着说："缺德福就会缺德，他哪会做粉条啊。"

李金才瞪他一眼。

马怀云说："据我了解，前些年他还干着呢。"

殷家贤撇撇嘴："你是外人，哪如我们本乡本土的知根知底。"

马怀云说："你知道根底，好，那你说谁应该是传承人？"

殷家贤很爽快："老殷家粉坊起码有一百二十年了，算得上古老吧，殷大明是我们老殷家粉坊最有资格的传承人。"

马怀云笑了："一百二十年应该不算古老，据我所知，于德福家粉坊从清朝嘉庆年间就有，他家祖传的铜漏勺可以作证。"

殷家贤还要说话，殷大明拦住他："四叔您就别跟着瞎掺和了，村里人都知道于德福家粉坊最古老，再说我也没心思当传承人，您省省心，别糟蹋我了。"

殷家贤落个没趣儿，狠狠瞪了殷大明一眼，愤愤地离开。

没挑起事端，殷家贤闷闷地去超市喝酒，没想到遇上于德福。于德福有一阵子没来超市了，正喝着，殷家贤进来了，剜他一眼，把脸扭向窗户。超市一共三张小桌子，一张桌子坐满了人，于德福独占一张桌子。他端着酒杯，坐在于德福对面，瞄了一眼，接过陈慧珍送来的花生米，刚把盘子放桌子上，于德福伸手就抓，殷家贤手也快，把于德福的手摁住，俩人较上劲儿了，于德福猛劲儿往怀里抽手，哪知道殷家贤没松劲儿，盘子被拉到桌边，掉在地上，摔碎了，花生米滚的到处都是。殷家贤急了："缺德福！你干啥？"

于德福也不示弱："阴诸葛，吃你几个破花生米不行吗，至于吗？小气鬼！"

殷家贤七窍冒烟:"我招你惹你啦? 这辈子跟你一个村算是倒八辈子血霉了,哼!"说着用脚啪啪啪把花生米踩得粉碎,端起酒杯到柜台去喝了。

于德福仰头大笑。

第五十三章

看看已是中午，殷家贤从超市出来，忽听棋摊儿那儿有人大声问哪位是教练殷家贤？殷家贤走过去，上下打量一番，见是一位外村棋迷，今天专门要跟殷家贤对决几盘。殷家贤向来嘴上有硬功，更别说在一群棋迷面前，自己这个教练也不能示弱，就笑着坐在那人对面，那人用完全瞧不起的目光盯着殷家贤说："咱俩三局两胜，我保你每盘走不过三十步。"

殷家贤心虚，硬着头皮和那人摆开了决战的架势。在人们你一言他一语的起哄声里，殷家贤暗暗给自己打气，对棋迷们说："我是教练，难道还赢不了他。"但自己几斤几两他最清楚的,心里很是忐忑不安,脑袋上不一会儿就淌下汗来。那位棋迷实在厉害,连续三盘真的没过三十步,殷家贤输得那叫惨,脸憋得通红,站起来,抹抹汗,眨眨眼,赶紧给自己打圆场:"今天不在状态,教练也有马失前蹄的时候。"然后一挥手:"来来来,你们趁着我不在状态赶紧上。"说完,就到场子外围透风去了。连输三盘,殷家贤心有不甘,他心想,我这输棋的情绪不能带到家里去,我哪天不是带着胜利的心情回家啊。于是他背起手,四下扫视一眼,见一个不太熟的中年人,正在场子外围瞪着眼睛、扒着人缝看棋,殷家贤拉了他一把,问道:"下过吗?"

那人说:"刚学着走步。"

殷家贤笑了:"那就对了,来来来,我教你几招。"

那人摇着手说:"不行不行,你是教练,我不行。"

殷家贤边招呼边从口袋里掏出一个塑料袋,往地上一倒,原来里面是一副小象棋。殷家贤脱下一只鞋子垫在屁股底下,把塑料纸棋盘铺在地上,摆着棋子,喊道:"快,来来来,趁着我没走,教你几招,一会儿该吃饭去啦。"

那人无奈,摸摸后脑勺,蹲在地上嘟囔着:"我才刚学着走步,哪能上阵啊。"

殷家贤说:"没本事才多练啊。"

那人根本不是对手,殷家贤三下五除二就赢了三盘棋。那人嘻嘻笑着说:"教练水平就是高,赢得我稀里哗啦。"殷家贤喜上眉梢了,把棋子棋盘装进塑料兜,拍拍屁股,对那人说:"好,赶明儿你还来,我接着教你。"

殷家贤赢了三盘棋,得意地大笑几声,然后扭动身子,摇晃着脑袋唱起来：

> 朝霞映在阳澄湖上，
>
> 芦花放稻谷香岸柳成行。
>
> 全凭着劳动人民一双手，
>
> 画出了锦绣江南鱼米乡。
>
> ……

殷家贤正边唱边走，迎面遇见于三爷，平时俩人很少过话，但今天却出现了例外，殷家贤停止了唱戏，问："三爷走这么冲，去干啥？"

于三爷说："回家，老于家几个主要人在我家等我商量修族谱呢。"

殷家贤眼珠一转，嘿，天赐良机，看我怎么借刀杀人，缺德福啊缺德福，还想当传承人，我让你入不了老于家族谱，你不是老于家人，就当不成传承人，让你空欢喜一场。马怀云啊马怀云，我也让你失算一回。就对于三爷说："嗯，我们老殷家族谱都是我经管，我是内行，你们老于家谁懂这事啊，不如我跟你去，帮你们参谋参谋。"

于三爷一听，也是，老于家几个操持修族谱的人确实都外行。就说："好啊，那你跟我去，真帮了忙，少不了你酒喝。"

到了于三爷家，于氏家族几个人正议论呢。见殷家贤进来，都很惊讶，但毕竟不是同族人，还是要客气一下，有让座的，有倒茶的。殷家贤也不客气，坐下后就说："修族谱我不外行，我们老殷家族谱都是我经手操办，你们知道修族谱的禁忌吗？"

于三爷问："修族谱还有禁忌？"

殷家贤习惯性地甩一下头发，卖弄地说："当然有，古人说，国有史、方有志、家有谱。意思就是说一个家族的族谱，如同一个国家的史册，一个县的县志一样。族谱可以通过追根溯源了解到你是谁、从哪儿来的。修缮和更新家族，有两个禁忌：一是没有真实根据地乱涂祖先，会让后人误信百年；二是把同姓历史名人编入家谱，也会让后人在延续时相信家谱。族谱反映家族或宗族成员的宗族血缘关系，记录家族中优秀人物的功绩、荣辱和风风雨雨。通过修缮族谱，重新审视家谱的风格，为后人留下一个典范。修续族谱可要十分严肃，胡编乱写将会贻害后世，不能没有真凭实据地'乱认祖宗'，编入族谱，让后人信以为真，造成以讹传讹，贻害百年。还有重要的一点，就是家谱中要为本家族中获得功名或受到某些奖励的人增加文字篇幅记载，以光耀族门，激励后世子孙。但是家族中如果某人名声败坏、辱没祖宗，是不能入谱的，也是为了警醒后人。"

于三爷又问："你这话是啥意思，说明白些。"

殷家贤脸色严肃起来："嗯，你问得对，你不问，我还不好意思说呢。我觉得于德福败坏了你们家族的名声，可以说是家族的耻辱，如果是我们老殷家有这样一个不肖子孙，是绝对不能入谱的，再说他本来就不是你们老于家的根苗。"

此话一出，人们把目光齐刷刷投向殷家贤。殷家贤立马感到肩膀宽了，身子骨也高了，眯起眼睛说："于德福虽然是你们老于家人收养的，既没有手续，也没认过祖宗，他生了一个儿子还让媳妇离婚带走，身边没有一男半女，是没根没叶的人，假如他入了族谱，将来他名下也是断了香火，属于枯枝败叶的。"

几个人几乎同时张大了嘴，于三爷说："于德福不入族谱，他老娘肯定不干，于德福更会跟大家玩命。"

殷家贤笑笑："那就是你们家族内部的事了,我只是为了你们老于家安定团结,家兴财旺。"

屋子里静下来,于三爷说:"殷家贤说得有道理,于德福自从姓了于之后,不但没给老于家争来啥光彩,倒是丢人现眼不少,咱老于家几辈子没出过这种人,我觉得还真不能让他入族谱。"于三爷的话立马引起大家的议论,基本意思都差不多,大多数人赞成把于德福排除在于家家谱之外。最终于三爷表态说:"既然大家都这么看,就把于德福甩开,不过要保密,不能让于德福跟他老娘知道。"

殷家贤说:"对对对,那老太太也活不了几年了,等她死了,于德福就好对付了。"说着话,心里就想,缺德福,这回该你栽大跟头了,有你好戏看了。就说:"几位,你们接着研究,我撤了。"

殷家贤走到自家门口,忽然一个念头闪过,他停住脚步,单手托腮,一个歪主意冒出来,这把火应该烧得更快更大才好。就折身来到于德福家,一进门,于德福养的黄五就叫了起来,于德福迎出来,见是殷家贤,就说:"呦呵,稀客啊,太阳没从西边出来啊,阴诸葛,走错门了吧?"

殷家贤一摆手:"别一见面就上难听的,我有话跟你说。"

于德福不想让他进屋:"有响屁闷屁直接放吧。"

殷家贤说:"缺德福啊缺德福,你真是缺德福,我好心好意来跟你说事,你看你有一句顺溜话吗?"

于德福把身子靠在椿树上说:"好,那你就说吧。"

殷家贤眯着眼问:"不让我进屋啊?"见于德福依然靠在香椿树上不动,只好笑笑,接着说:"好吧好吧,跟你说,于德福,你们老于家修族谱了,你知道吗?"

于德福一愣:"修族谱? 我不知道啊。"

殷家贤一笑："对呀，修族谱是整个老于家的事，姓于的本家都应该知道，都应该参与。"

于德福问："你怎么知道的？"殷家贤狡黠地笑笑说："我刚从于三爷家出来，他们正商量修族谱的事呢，听说这回修族谱把你排除在外呢，说你不是老于家正根儿，也没给老于家留下根苗儿，还说你是醉鬼、懒汉、穷横，败坏了老于家名声，我觉得不合乎规矩，别管人怎样，姓于就得入于家族谱，天经地义啊，所以就来告诉你，你可千千万万不要说是我告诉你的，不然那帮子人还不把我撕碎了啊。于德福，别看咱俩平时不对付，见面就没好话，这回我可是真心向着你，我相信你是个汉子，不会把我说出去。"

于德福说："说真的，我不信你的话，不过修族谱这事你可能没编排我，我信你一回，你放心，我保证不把你露出来。"说着，站起来就走，根本不顾殷家贤还在自家院子里。

殷家贤看着于德福的背影走远了，自语道："走，去超市弄二两，等着看老于家的热闹。"

于德福晃着半截木头身子来到三爷家，门口有人伸手把他拦住："你别进去。"

于德福气冲了脑门子，抬手把那人推到一边，吼一声："谁长了倭瓜胆儿，敢说不让我进家谱！"

众人一看，于德福眼珠子都红了，没人应答。屋子里一片寂静。于德福抬起左脚，踩在一个凳子上，冲于三爷喊："三爷，您说我姓啥。"

"姓于啊。"

"姓于为啥不让我进家谱？"

"这……"

"我爹姓于，我爷姓于，我入不了于家族谱，让我爹后继无人，断了我家这一脉？哼！我就豁出命也要见个真章儿！"

于三爷眨眨眼："德福啊，你先坐下，我给你说说细情。"

"我拿好主意了，族谱里没有我于德福，我就撕了家谱！不信就试试。"

有人朝于德福瞪眼珠子："你敢！看你还反天了。"

于德福立马回怼："小眼子巴嚓你瞪啥，不怕眼珠子掉地上摔碎喽？"

有人嘀咕着说："不让这小子吃点儿苦头，怕是不回头，得教训教训他。"

这话刺激了于德福，他虽然没底气，但还是硬撑着高声喊："啥？想动手吗？好，来吧，我光脚丫的不怕穿鞋的，反正我这辈子左右也是混不出啥了。"

正说着，于德福养母进来了："哪个王八羔子出的损主意，德福给老于家上坟几十年，老头子不在了，你们不让德福入家谱，没门儿！"

这娘俩一闹，屋子里顿时鸦雀无声。于德福把瞪得圆圆的眼珠子扫了这个扫那个，满屋子人谁碰到于德福的目光都躲避。于德福声调更高了："别以为只有殷家贤会挂肉门帘，我也会！不信就试试！你们说，到底是谁不让我入族谱，那你就给我爹改姓！你们跟我娘说！"

三爷知道于德福的脾气，惹翻了他就得反天。就咳嗽一声，站起来，伸手摁住于德福的肩膀说："德福啊，是这样……"

于德福听不进去，大吼一声："还说我没根没叶，走，你们跟我去于家坟地，把我爹的坟刨开，问问我爹他姓啥？我姓啥？"于德福眼珠子都瞪出血丝了，转身对几个年轻人说："你们啥事都做得出啊？我姓于几十年，我名字叫于德福几十年，逢年过节，给老于家祖宗上坟几十年，不让我入族谱，天理不容！"

人们开始低声嘀咕起来，有胆大的就骂于德福，不一会儿，现场就嗡嗡乱起来，满屋子的咒骂和怒火。于德福感到了孤独，感到了威胁，心说如果再僵持下去，弄不好我还真就要挨打，因为只要长辈们一声喝喊，就会有十几双拳头砸过来，那样，我这副被酒泡坏了的皮囊还不得报废。他正琢磨怎么应对，门外有人喊："修家谱怎么还折腾事？"随即，李金才走了进来，于三爷把事情原委说了一遍，李金才说："本来你们宗族续家谱，党支部和村委会不干涉，但不能因为续族谱闹出事来，至于于德福入不入家谱不能草率，我觉得你们都冷静一下。"

于是，一场即将爆发的争吵甚至是争斗暂时被压了下去，但事情没有彻底解决，李金才火急火燎地打电话把马怀云叫到现场。马怀云了解情况后说："于氏家族鄙视于德福曾经是酒鬼、懒汉说明人心向善，但不能因为修族谱闹纠纷，于德福过去做人做事虽然不靠谱、不着调，但他没有杀人，没有做辱没祖宗的事，也没有道德败坏的行为。如果你们坚持把他排除在族谱外，那么于德福可以去法院起诉，你们还是不占理的，最终法院也还是会判于德福入谱。因为于德福姓于，他有入族谱的权利，希望你们冷静，还是规规矩矩让于德福入族谱。"

人们见马怀云说话了，且说的也在理，就都沉默了。马怀云看了看于德福，慢声慢气地说："这回知道自己胡混的结果了吧。"

于德福歪着脑袋，咧着嘴没说话。

这时，于德福当初落户老于家的证人李文凯也来了，冲于三爷劈头质问："你们干的这叫啥事？于德福怎么来的，你全知道，几十年过去了，你们不让于德福入族谱，那死去的于万斌还不找你们算账？修谱就规规矩矩地修,别平白无故生事。"

于三爷说:"本来没这打算,殷家贤跑来跟人们说,像于德福这样没根没叶的人不该入族谱,殷家贤读过书,有学问啊,他说出来的词儿,咱哪能不考虑。"

李文凯俩手一拍:"哎,你听阴诸葛的啊,那小子天天走歪脑子,今天鼓捣这家,明天鼓捣那家,你们不知道?"

马怀云补了一句:"修家谱应该让家族更加和睦才好。"

老于家人一下子无人说话了。

离开于三爷家,李金才气呼呼地找到殷家贤家里,厉声质问:"殷家贤你个阴诸葛,你是吃多了还是让猪拱啦,人家老于家修族谱有你啥事,你掺和进去给人家出馊主意,不让于德福入族谱,你安的啥心啊?就怕陈家湾安定,是吧?"

殷家贤嘻嘻一笑:"书记啊,老于家修族谱本来与我无关,咸了淡了都没我啥事,可是我觉得于德福这小子太浑,在村里也算是崴泥的主儿,不也是老给你出难题吗? 我变个法子教育教育于德福,不等于给书记你捧场吗?"

李金才说:"捧场? 没你这样捧场的,净无事生非,给我添乱!"

殷家贤本想借机断了马怀云让于德福做传承人的念想,出口恶气,没想到又没成功,心里很憋闷。

第五十四章

为了确定传承人，马怀云和李金才经过商量，决定来个大比武，殷大明和于德福各自表演手艺，用事实说话。

马怀云悄悄告诉于德福："想做传承人，想在陈家湾当粉条把式，就得拿出真本事。"

于德福咧嘴一笑："我压根儿就没想做啥传承人，你让我怎么做，我就依着你呗。"然后压低声音问："你那五十万块钱，从哪儿弄来的？"

马怀云摆摆手："别问，反正不是偷来的。"

于德福斜眼看着马怀云："好，不问就不问。"

刘长海放弃了竞争，于德福就在刘长海家粉坊操作。

先是打芡，打芡是关键的工艺，于德福不说话，心里有数，亲自动手，因为和浆打芡的最关键在于配料的比例。他先是将少量的淀粉倒入一个陶瓷盆，再逐步适量地加入温水，边加水边搅和，待淀粉成稀糊状，再将开水迅速倒入调好的稀糊里，之后用木棒顺时针方向快速搅拌，等稀糊均匀，成了半透明，就成粉芡了。之后他把粉芡跟湿淀粉混合，做粉条的人都知道，粉芡的用量占和面的比例极为关键。然后，于德福带领几个青壮劳力搋面筋，几个人像家庭主妇一样系上围裙，开始围着缸盆反复按揉，来回不停地转圈，就像几个人合起来和一大盆面一样，步调非常一致，不知道的还以为在跳舞。在这个过程中，缸盆里的面筋随着他们的手不停变换形状，手摁下去，雪白的芡糊就像吹足了气的气球鼓起老高，手抬起来，气球就塌了下去，反复地摁，反复地鼓，真的像是揉一大团白面，面越揉越劲道，面筋也是这样，揉得越久，下出来的粉条就越细匀瓷实，劲道耐嚼。

面筋搋好后，就可以下粉条啦。于德福挖了一团面筋试瓢，轻捶两下，看看漏下去的粉条是否连续不断，匀称结实，如果漏瓢下方的粉条下得太快说明糊太稀；如果下得粗细不匀，家人说是像鱼头一样，说明糊还没搋到位，还得返工继续围上一会儿。感觉可以啦，就开始转移阵地，移步到锅台边，其他人赶忙把和好的一盆粉芡糊抬到锅台边。只见于德福很是自信地把瓢高高托起，一只脚立在灶台上，这个姿势需要长时间不变，因为这道工艺需要掌瓢人具有一定的定力，也就是说需要从开始至结束都用同一种速度和力度敲击漏瓢里的面粉团。只见于德福左手抓住盛满粉团的大漏瓢，右手手掌握成微微拱起状，有节奏地捶打着瓢里的粉团。随着于德福一下一下地用力捶瓢，锅里千丝万缕的粉条像变魔术一样不停地浮出水面,再瞧,那粗细均匀的粉条就从漏瓢里源源不断地涌出,流到翻花的电锅里。随着于德福身体和手腕不断地晃动,再看那一条条粉条欢快地从瓢里漏出,像是花样游泳的运动员,摆动着窈窕的身躯,排着整齐的队形,整体和谐地纵身跳入大电锅滚烫的水中。等粉条在锅里稍加煮开,这边刘长海备好了长筷把它捞进凉水缸里冷却,然后由殷大明把冷却过的粉条像盘线一样盘好,顺手拿起粉杆,把盘成一簇的粉条穿在杆上,顺手在水里拍几下,让它在粉杆上码匀理顺,然后提起来交给别人拿到木架上暂时控水。盘杆也是技术活,不能太大不能太小,尤其是最后得用力把粉条拽断,码进粉条的底部,殷大明弄得整整齐齐,也算是老手了,新手弄不好就会疙疙瘩瘩,影响晾晒,至此,粉条所有工序基本完成。于德福说,瓢上的孔是圆的,下的粉条就是圆的,要想出扁粉条,就得用扁孔漏瓢,扁粉条不好做,但又特别适合熬菜下火锅,所以价格要比圆的贵一些啦。

人们都知道下粉条不但是个技术活,也是个力气活。捶打面筋时,力气得用均匀,这样出来的粉条才会粗细均匀。一般人做不到这一点,力量足时,还能拿捏个差不多,不足了,捶出的粉条就粗细不一,就没看相。于德福还真有些功底,一连捶几百下都能保持同样的力道。刘长海取笑地说:"德福,你要是到奥运会上,说不定能拿几块拳击金牌回来。那手劲儿,一旦打准了部位,不把对方击晕,也会金星乱冒。"

于德福脑门子上早就汗津津的了,他看着晒架上晒着一溜儿粉条,笑嘻嘻地说:"我爹那会儿除了会做圆粉条,还会做方粉条、细粉条、粗粉条。各样漏勺就有好几个,都在我家偏房里挂着呢。"

人们开始品评粉条,于德福做的粉条粗细均匀,晶莹剔透。还没等人们拿出评论结果,殷大明就说:"我家粉坊没有德福家历史长,他是真祖传,有绝活儿,我退出竞争,让德福当传承人。"

最终,于德福以绝技胜出,成为陈家湾粉条加工非遗传承人。

殷家贤狠狠瞪了殷大明一眼,歪歪脑袋,离开了。

马怀云看着殷家贤的背影,脸上现出一丝微笑。

比武大会散场后,马怀云去超市买了一兜子好吃的东西,还有两瓶北京二锅头。于德福纳闷,就问:"你不是反对我喝酒吗?怎么还买酒来?"

"我是反对你喝酒,但如果日子过好了,适量喝酒我还是赞成的。"

"哦,那说明你不是百分百反对。"

马怀云语气缓慢地说:"不说这个了,说高兴的,今天双喜临门,一个是你获得传承人身份,一个是你的生日,你看,我买了好吃的。"

于德福先是惊愕,继而抬手拍了拍脑门:"哦,对呀,嗨,我都好多年没过生日了。"再看那鱼、那肉、那酒,不知说啥了。这些年,他和老娘的生日从来不过,甚至都忘记了生日。他问:"你怎么知道我的生日?"还没等马怀云回答,他便快步跑到西屋喊:"娘啊,今天我的生日,快出来吃饭,都是好吃的。"

老人颤巍巍地走出屋子,对马怀云说:"难得你这么心细,给德福过生日,让我们娘俩心里好过意不去啊。"

"应该的,老人家,您坐下吃吧,我们哥俩一边喝酒一边说话。"

"好好好……"老太太乐得满脸皱纹。

马怀云举着杯子,神情特别专注地说:"本来我不该喝酒,可是今天我要陪你喝一回,来,先干一杯,祝你生日快乐。"

于德福有些激动,举杯一饮而尽,从媳妇离婚后,这些年他心情就没好过。他把酒杯举到马怀云的胸前,俩杯子碰在一起,发出清脆的响声。

马怀云酒量有限，两杯酒下肚脸就红了："说实话，我第一次看见你是在村委会跟李金才斗嘴，后来几次见到你都是你耍赖，我真的特别恨你。"

"我那么可恨啊。"

"没错，你就是可恨。"

"我快六十岁的人了，没个女人，不像家啊，自己被子自己叠，我也很苦啊。"

"像你现在酒鬼懒汉的样子，哪个女人愿意跟你过啊。"

"我……"

俩人说得热闹，喝得痛快，老太太起身回西屋了。

马怀云说去厕所，于德福说："就在院里随便尿吧。"

马怀云说："哪能在院里撒尿。"可是实在憋坏了，就朝香椿树下走，见几根木头在那儿乱蓬蓬地支着，刚站住。于德福急忙拉住："不行不行，那儿不能撒尿。"

马怀云问："刚才你让我随便尿，为啥香椿树下不行？"

"那是块干净地儿，风水先生告诉我的，连鸡狗都不能弄脏那里，没看我弄了几根木头支着吗。"

"哦。"马怀云若有所思地点点头："那还是去大街上公共厕所吧。"

马怀云去完厕所，在街头四下看了看，见大街上没多少人，就回到院子，忽然听屋里于德福在哼唱：

光棍美，

光棍美，

一人喝酒全家醉。

光棍美，

光棍美，

困了搂着枕头睡。

他笑着进屋问："怎么，想媳妇啦?"

"嗨，想啥啊，我早不想了，光棍多好，一人吃饱全家不饿。"

"想就想呗，想才是正常，不想才不正常。"

"嘻嘻，你笑话我了吧。"

"哎，你说心里话，是不是还惦记着嫂子。"

于德福沉思一会儿，歪歪脑袋："嗯，掏心窝子说，从来没放下。"

"这么多年了，疙瘩还解不开吗。"

"其实，没疙瘩，只要我按她的意思办一件事，满天云彩就散了，可我不能依着她。"

"啥事啊，为啥不依着她?"

"别问，我不能告诉你。"

"离婚后，就没去找过嫂子吗。

"我没去，让老书记李文凯替我去过好几次，老丈人丈母娘也都劝她回来，她就让老书记捎话问我那件事能不能依着她，我说不能，她就气得跟老书记说，不答应，就不复婚，这事就这么搁下来了。"

"那我去找嫂子探探心思，如果嫂子有意复婚，你可不能再出毛茬儿，别让我白跑腿啊，"

"行，你要能说服她，我请你喝八顿酒。"

第五十五章

转天，马怀云按照于德福提供的门牌，找到陈金兰家，陈金兰偏巧不在家，就跟陈金兰的老爹攀谈起来。马怀云问："据您了解，他们当初离婚到底是为啥呢。"

老人点着头说："其实他们俩没仇没恨，当初他俩离婚，我问过她多少次为啥，可她的嘴咬得特别死，到现在也没说。"老人正说着，老伴儿伸手扯一把他的衣角，老人便停止了说话。马怀云正纳闷，老人便又笑笑说："夫妻嘛，短不了吵嘴打架，谁家马勺不碰锅沿啊，可他们就离婚了。"马怀云发现老人笑得并不自然。

这时，陈金兰回来了。得知马怀云的来

意后,陈金兰说:"不想复婚,刚离婚那阵儿,陈家湾老支书李文凯来过几次,劝我回去,说是于德福求他来的,我让老支书捎话给于德福,让他亲自来跟我道歉,答应我一件事,我立马回去跟他复婚,可于德福就是犟眼子,愣是说啥也不来,跟我杠上了,我也就死心了。后来儿子结婚多好的机会,让他来参加婚礼,他还是没来,气人不气人,儿子是你于德福的种啊,给你老于家传宗接代啊。"

马怀云眨眨眼问:"你们到底为啥离婚呢?"

陈金兰没正面回答,却说:"那件事不按我说的办,就别想复婚。"

马怀云问:"啥事他没按你的意思办,还导致离婚啊?"

陈金兰摇摇头,把嘴闭住了。

马怀云追问:"到底因为啥事呀?是他有外遇?还是……"

陈金兰突然用手捂住嘴:"哦,不是,他那德行还能有外遇,你就别问了。"

马怀云也沉默了。屋里很静,过了好一会儿,马怀云说:"你想知道于德福最近的情况吗。"

陈金兰说:"知道有啥用,就他那脾气,好不了。"

马怀云两眼盯着女人的脸,慢慢地说:"最近我跟于德福住在一起,跟他聊过不少家庭的事,他就是放不下男人的臭架子,他就是死要面子活受罪的那种人,他这些年受的罪你可能不知道,极少像模像样地吃顿饭,就靠喝那口酒支撑着,酒后往床上一倒,昏天黑地睡觉。一个礼拜不洗脸不刷牙,衣服穿半年都不洗不换,过的那叫啥日子啊。"

陈金兰听后,垂下头。

马怀云接着说:"他越来越不好好混,村里人都瞧不起他啊,他天天过的是没有家的日子,家里没个女人,他心里苦啊。"

陈金兰嗫嚅着说:"我不求他多能干,也不求他发大财,就一件事,他按我去的意思办了啥事都好商量。"

马怀云问:"啥事?"

陈金兰脸上马上又挂起了难堪之色。

马怀云想,看来不好说出来,还不能挤对她,今天就到这个火候,留下回旋余地,明天再来。

第二天,马怀云又来找陈金兰。见陈金兰不在屋,先跟二老聊一会儿闲话,慢慢说到陈金兰和于德福的复婚。老爷子说:"于德福就是混蛋,多好的日子啊,不好好过,俩人也不知道为啥,平白无故闹离婚,离就离吧,金兰还不找主儿,就窝在我这儿,一直是堵在我老两口心口窝的一块病。他们复婚还好,不复婚,也不找主儿,我老两口死也闭不上眼啊。"

老太太说:"当爹娘的谁不盼着儿女有个好归宿,说句不好听的,按乡俗金兰死了都不知去哪儿安葬呢。"

马怀云趁机说:"是啊,于德福到老也是孤魂一个。"

二位老人眉头紧锁,你一声他一声地叹气。

马怀云又说:"咱在农村就说农村话,按照老习俗、老习惯,你家外孙子将来认祖归宗是必然的。我估计他会恨他爹,但再怎么恨,那也是他的生身父亲,是于德福给了他生命啊,他也已经长大成人了,应该为他娘他爹考虑考虑,不能让他爹娘到死都不能团聚,毕竟曾经是夫妻啊。"

二位老人沉吟不语。

马怀云接着说:"你们二老对于德福有多少委屈和恨都要收起来,藏在心里,咱们一块儿促成他们复婚。"

这时,陈金兰过来了。老爷子说:"你看我跟你娘都八十开外啦,吃了这顿不知还能不能再吃下顿啦,你没个着落,死了归哪儿呀,我老陈家坟地反正没法收留你,你不能当流浪鬼啊,回去还跟德福过吧,我俩棺材瓢子死也闭眼了。"

陈金兰沉着脸,不语。

马怀云说:"嫂子啊,其实于德福他人很厚道的,就是你们离婚后他才破罐破摔,天天泡在酒精里,日子没有滋味,没有奔头,他才变得那么懒。"

陈金兰依旧沉默无语。

马怀云接着说:"嫂子,我知道你一时还扭不过弯来,但我想啊,你从哪方面考虑,复婚是最好的结果,听我的,两人复婚吧。"

陈金兰嘴唇动了动,眼睛盯视着马怀云。

马怀云笑了笑,又说:"嫂子啊,你跟于德福都奔六十啦,说句逗着玩的话,老了,不能连个挠痒痒的人都没有啊。"

陈金兰依然不说话,眼里含着迷茫和纠结,还有怨和恨。

马怀云揣度着想,她可能还拿不定主意,但有心动的意思了,或许还需要时间。就说:"这样吧,嫂子,你考虑考虑,回头我再来。"

早晨起来,马怀云见天气很好,对于德福说:"你跟我去见嫂子。"于德福唧唧歪歪不愿去,马怀云连拉带拽把他塞进车里,直接去了周家坨。

见到陈金兰后,于德福拉不下脸,一句话也不说。陈金兰脸上挂着怒气,也是低头不语。马怀云捅了于德福一下,意思是你是男的,要主动说话。于德福嘟囔一句:"都这么多年了,谁也别怪谁,愿意回去,跟我走,有些不该说的话,就让它烂在心里。"

陈金兰抬脸看着于德福:"你说啥啊?谁说了不该说的话啊?你要不愿意让我回去,就直说。"

马怀云赶紧打圆场:"嫂子别听他嘴上那么说,他可是天天盼着你回去,他说了我要能把你请回去,他请我喝八顿酒,今早天还没亮就催着我快来接你。"

于德福说:"没有,我可没催你。"

马怀云用手摁了摁于德福的肩膀:"还说没催,你不是怕嫂子嫌脏嫌乱,半夜起来收拾屋子。"

于德福把脸扭向一旁:"哪儿呀,我……"

这时,马怀云手机响了,是李金才打来的,要他去镇上参加一个会议。他低声叮嘱于德福:"桥给你搭好了,你记着,多说顺耳的话。"

马怀云一走,屋子里立马静了下来,两人都不说话。沉闷好一会儿,于德福说:"复婚吧。"

陈金兰说:"复婚可以,但你先把骨殖挖走! 不挖走,别想复婚!"

于德福眼珠子一瞪,站起来,又坐下了,他脑子一转弯,有了主意,突然就在脸上挂起笑容:"那个事啊,我知道你在意,提前挪走了,你放心吧。"

"真的?"

"嗯,真的! 我知道我不把那事做了你不会答应跟我复婚,我就提前做了,马怀云可以作证,不信你跟我回去咱看看。"于德福说得很干脆,脸上一本正经,心里却说,老娘们终究斗不过老爷们儿,我说啥她都信,于是,就在心里发笑。

陈金兰没有全信,半信半疑,但还是说:"行行,我信了。"

于德福很高兴,觉得自己脑瓜儿原来这么灵光,不比阴诸葛差多少。又对陈金兰说:"你不许问马怀云。"

陈金兰眉头一蹙:"为啥不许问?"

于德福眼珠子瞪圆了:"不能问,这事问不得,万万不能张扬,我让马怀云假装不知道,你一问,不就露馅了,因为那年我是偷的,是犯法,公安局知道了就得追究,我就得蹲大狱,你跟儿子也得受牵连,因为你们包庇我。"于德福为自己编出这么一套话感到骄傲,没想到自己脑瓜儿还这么活泛。

陈金兰"哦"了一声:"那我不挑明了问。"

第五十六章

转天，天刚亮，于德福推醒马怀云："你今天回县城吧。"

马怀云纳闷："我回县城干啥？"

"你听我的，回县城。"

马怀云问："到底为啥啊？"

"别问为啥，让你回县城你就回，去给我采买好吃的，复婚宴席用，行吗？"

马怀云明白了："那我得跟李书记打招呼请假。"

于德福看着马怀云的车走远了，再次来到周家坨。见到陈金兰，第一句话就说："马怀云就是刘云的儿子，我跟他把骨殖挖走的。"

陈金兰问："真的吗?"

于德福满脸严肃："不信你回去挖开看看。"

陈金兰说："行,我知道你是直性子人,不会哄弄我,好吧,答应你。"陈金兰心里说不出是啥滋味,沉了一会儿说:"你知道刚离婚那几年我是怎么过来的,平时在娘家住,过年就没处去,因为出嫁的女人不许在娘家过年,我抱着孩子在大街上遛,三婶子看我可怜,拉我去她家,一晃我在三婶子家过了十多个春节。"说着眼圈红了。

于德福说:"那别怨我,谁让你非要离婚! 我吃的苦受的罪比你多!那天你离开家的时候,老娘生气,也回了娘家。我立马觉得这个家冷清了,摸摸空空的肚子,以后没人做饭了。我想煮碗面吃,翻遍整个柜子也没找到面条,摇摇酒坛子,里面只剩一堆泡得圆滚滚红中泛黄的枸杞,酒是一滴都没有了,只有干硬的半个馒头,我拍了一碟黄瓜,倒一碗白开水,算是吃了一顿早饭。从那天开始,我就过起了穷困潦倒的日子,娘越来越老了,我也越来越懒了,我实在熬不住了,咱复婚吧。"

陈金兰说:"还有一条,你必须戒酒,不答应,我就不回去。"

于德福马上就苦了脸:"一点儿也不能喝吗?"

"半两也不行!"

于德福心说,我先答应你,等你回到陈家湾,我偷着喝。就爽快地说:"行,戒酒,保证一滴也不喝了。"

"不行,你还得准备一场风光的复婚宴席,我不能乌漆抹黑地灰溜溜回去,准备好了,选个日子,你来车接我。"

于德福脸上有了光彩,满口答应:"行行行,一定一定。"心里却琢磨,这酒要是真戒,得有多难受,舍不得啊,肠子胃口都适应了,冷不丁不给酒味了,怕还受不了啊,可陈金兰要求必须戒酒,想要她回去就得依着她。唉,酒啊酒啊,要跟你告别啦。又一想,我趁复婚之前喝个大够,留个酒的纪念。他从周家坨回来,直接去了超市,喝了一斤多老白干,从超市到他家,一路摔了好几个跟头,就差倒在地上睡觉了。

按说,于德福的酒龄可够长,算得上酒精考验的了。十六岁第一次和刘长海、殷大明一起喝酒,仨人不敢在家里喝,拿着酒跑到村外小树林,没有酒菜,就去林子外边瓜地偷瓜,仨人竟然干下去三斤老白干。刘长海和殷大明早就醉倒在草丛里,唯独于德福还能打满一筐草回家。从那时起,他就知道自己的酒量,总想法从养父那里偷酒喝。养父于万斌有个玻璃坛子,里面常年有酒。于德福就贼兮兮地趁着于万斌不在的时候,倒半碗匆匆忙忙喝下去,舒适地打个酒嗝,一副满足惬意的样子,将坛盖封好。他怕养父发现,就往坛里掺水。每回偷喝半碗,就把半碗水掺进去,神不知鬼不觉过了一段时间,原本深黄的酒液从外面看已经成了浅黄。养父终于发现不对路,狐疑地打开封盖,舀出半碗,一闻,发现酒味淡了不少,顿时急得不行,大声叫道:"怎么酒没味了?"于是就怀疑于德福。于德福会狡辩,理直气壮地说会不会是盖子没封好,酒味飞了。于万斌还真就信了。于德福庆幸自己顺利瞒过了养父,没有受到责罚,后来就不敢那么肆意地偷酒喝了。后来,养父于万斌去世,陈金兰离婚带着儿子走了,于德福就靠酒消愁解闷。

转天,于德福送完粉条从外地回来,就不住手地收拾屋子,想到戒酒,心里又不是滋味了,自己戒了酒,三剑客就有名无实了,他想请刘长海和殷大明喝最后一顿三剑客酒。在超市里,于德福吆五喝六地大声说话,大口喝酒。刘长海晃着夹板脑袋问:"你拾了狗头金啦,这么高兴?"

殷大明也问:"是不是买彩票中大奖啦?"

于德福挥挥手："天大的好事！你嫂子过几天就回来啦！来，干！"

仨人都喝的红头胀脸了。于德福说："来，再喝这一杯，咱就算拉倒了。"

刘长海问："啥叫拉倒，赶明儿我请你俩，接着喝。"

于德福摆摆手："我答应你嫂子了，戒酒，从今往后，三剑客解散啦！"说着又把一杯酒倒进嘴里。那二人没喝，愣愣地看着于德福。

刘长海："至于吗？媳妇回来就高兴地戒酒啊，还想再生个老尾巴疙瘩吗？"

于德福踹他一脚："别瞎说，啥岁数了？还生？"

殷大明说："你天不怕地不怕的，喝个破酒还怕嫂子？"

于德福又一挥手："你们不懂！从赶明儿开始，你俩不许再喊我喝酒！"

于德福强迫自己三天断酒，他想考验考验自己能不能忍住。两天过去了，第三天再熬过去就达标了，但他感觉时间过得就像蜗牛从门口爬过一样，漫长得就像过了一辈子似的。不喝酒，吃啥都没滋没味，胸口像是被堵着，又像被很多虫子咬似的，嗓子眼发痒，十分难受，百爪挠心，度日如年，恨不得天快黑，快钻被窝，闭眼睡觉。实在忍不住，就拿过盛酒的塑料桶摇一摇，晃一晃，打开盖子，把鼻子抵紧桶口，闻闻已经淡下来的酒味，然后倒杯水，像品酒那样啧啧有声地喝。这时手机突然响了，一看是儿子打来的，他按下接听键，拿出老爹的口气说："有事吗？"手机里传出儿子呜呜呜的哭声："我妈死了！呜呜呜……"

于德福一时没反应过来，脑袋嗡了一下："啊？你说啥？你妈死了？"他猛然站起身，呼吸变得颤抖，接着全身开始发抖。儿子哽咽着说："我妈去烫发，结果就被车撞死啦，呜呜呜……"

于德福一屁股瘫坐在地上，手机掉在地上。他感觉呼吸急促，就像被人掐住脖子似的喘不过气来，两脚无力地向前蹬，双手摇晃着不知道摆在哪里，最后抱住自己的头，"哇"一下哭了出来。老太太慌忙过来问为啥哭？于德福只哭不回答，号啕大哭变成呜呜咽咽的哭声。

刘长海来了："德福，出啥事了？"

于德福吼一声："你嫂子出车祸死啦！"然后大叫着往街上跑。刘长海赶紧追上去，大声喊："我去开电三马送你。"于德福突然停下，折回来："不，用不着，快跟我去周家坨。"

俩人赶到周家坨，见儿子趴在陈金兰的尸体旁痛哭。于德福缓慢地走到床边，双手发抖，浑身战栗。他瑟缩着手，轻轻掀起白布，一声媳妇没喊出来就晕倒在地。

马怀云和李金才听说后也迅速赶到，商议陈金兰的后事。于德福提出："她是于家媳妇，弄回陈家湾办丧事。"

没想到安葬陈金兰，又遭到于家族人的抵制，说于德福本来就不是正宗的于家人，陈金兰不能入于家坟茔，马怀云怀疑又是殷家贤从中作怪，就去找殷家贤，问他又给于家出啥馊主意了，殷家贤狡黠一笑："没出啥主意，就是说你媳妇已经离婚，不是老于家人了，按老理儿，外人不能入坟茔的。"

"就你多嘴多事，人家原本就是我媳妇，离婚后也没再嫁，马上就复婚，我儿子姓于，你说该不该入于家坟茔？"马怀云一通斥责，闹得殷家贤直咧嘴："好好好，这里酸了咸了都没我啥事，我快躲远点儿。"

马怀云和李金才分头找老于家人做工作、讲道理，最后达成一致，同意入葬于家坟茔。

马怀云说："殷家贤不掺和，啥事都好办，他一掺和，准乱。"

李金才说:"他就是个搅屎棍。"

陈金兰的葬礼很简单,于德福跪在老婆棺木前一张一张地烧纸钱,谁拉也不起来。他仿佛变成了木偶,机械地重复烧纸钱的动作,眼神呆滞,泪水涟涟。

没想到要复婚了,陈金兰却死了,于德福的情绪一落千丈,他的生活又回到了从前,彻底没了念想,戒酒没意义了,接着喝吧,一连几天,他都没去送货,天天泡在超市。

这天晚上,飘起了雨丝,大街上排出他留下的一溜窄窄的脚印。他晃悠着回到家里,家里一切都没变,依然是空荡荡的屋子。他扫视一遍四角旮旯,摇晃一下脑袋,打个酒嗝,一头倒在床上,不一会儿便沉沉睡去,鼾声四起。

也就几天功夫,于德福的头发几乎全都白了。

第五十七章

马怀云心情很复杂，看于德福落魄失魂的样子，真想帮他找个女人组建家庭，找也要找个可靠的女人，谁合适呢？思来想去，觉得假如陈慧珍同意，可以带着他男人跟于德福合伙过日子，也算两得其美。但又一想，陈慧珍可能不会答应，毕竟他男人还活着，一个女人最看重的就是脸面，让她带着男人改嫁，恐怕难度不小。再说陈金兰刚刚去世，尸骨未寒，立马撮合他俩似乎有些不妥。不过，又觉得可以探讨探讨，万一俩人看对了眼呢，可以先确立关系，结婚往后推，他问于德福："我打算给你跟陈慧珍撮合撮合，你觉得呢？"

于德福迟疑一下："我,行吗,表嫂看不上我。"

马怀云微微一笑："那不一定,我找机会先摸摸陈慧珍的心思。"

吃完中午饭,外面下起了小雨。马怀云来到超市,几个喝闲酒的围着一张桌子说得热热闹闹。陈慧珍还在忙活,他走过去低声说："跟你说个事,你看你男人那个样子,你一个人打里打外,天天熬日子,也看不到头啊。眼下于德福的媳妇死了,别看他脾气不好,其实本质还是不错的,我想把你俩撮合撮合……"

陈慧珍停下手,瞪大双眼："你,你说啥?"

"我觉得这是两全其美的事。"

"亏你想得出,那叫啥事啊,我有男人!"陈慧珍眼里露出惊异的光。

"我的意思你可以先离婚,然后带着男人跟于德福结婚……"

"你觉得可能吗? 那种事我陈慧珍干得出来吗?"

"你考虑考虑,权衡权衡。"

陈慧珍决绝地说："不考虑,这事绝不可能!"

马怀云抬手搓搓脑门儿,想不出合适的词儿继续劝说了,呵呵一笑："老同学,你先别把门封死,慢慢想,想好了,想稳妥了再说。"

马怀云离开之后,陈慧珍脑海里又掀起波澜,说实话,哪个女人不想有个温暖的家,不想有个结实的靠山,可是男人没死,病倒在床,我就守不住妇道,跟男人离婚,再带着男人另嫁,说出去还不让唾沫星子淹死! 不行,人要脸树要皮。她叮嘱自己,陈慧珍你不能这样做! 必须把心封死。

喝酒的人都走了,超市里静了下来。陈慧珍坐在柜台里闭眼沉思,她没想到自己会是这样的命运,给哥哥换媳妇,嫁到陈家湾,本想认命了,嫁鸡随鸡,哪知道,命运捉弄了她,一次事故让男人成了植物人,这种日子的苦,只有亲身体验过的女人才知道。她除了要一人承担起家庭的重任,还要供闺女上学、成家。如果说为了给哥哥换媳妇是她的命不好,那么男人的病倒更让她认命了。有人劝她找算命先生给批批八字,或许能改变命运。她不去,她虽然感到命运对自己不公,但也认命了,她觉得所有命中出现的人和事都是天意,不可改变,必须认命。殷家贤几次三番不择手段地侮辱她,要占她的便宜,于德福时不时惦记着她,还有别的男人都用一种不怀好意的目光看她。很多男人都说她说话声音好听,甚至有不少女人除了嫉妒之外,也爱听她说话。她有时特别憎恨自己的嗓子,为啥让人喜欢,惹来这么多麻烦。她闲下来的时候也曾想到马怀云,但马上就谴责自己不该走心。

陈慧珍感觉很累,早早躺下,月光透过窗棂照在她的脸上,眼角上挂着两颗晶莹的泪珠,嘴上却挂着一丝微笑,似乎是正在做着一个甜美的梦。

陈慧珍做的梦很多,有的很大有的很小。有时候梦到她养的小黑狗突然站起来,变成一个英俊的男人,冲着她招手,男人的面容一阵清晰,一阵模糊,让她判断不清是谁,甚至有一晚那男人就朝她走来,陈慧珍赶紧躲到了一棵大树后面。走近了,那男人好像就是马怀云,但细看又不是,她马上谴责自己怎么会有这种想法?干脆闭上眼睛啥都不看,心跳特别厉害,好像要从嗓子眼里蹦出来。她好像感觉到男人从嘴里喷出来的热气,并热切地呼唤着自己的名字:陈慧珍……陈慧珍……那男人的嘴唇就要贴在自己的嘴唇上了,一只大手像炽热的火炭,从她的衣服下摆伸了进来,贴在她的肌肤上,像虫子一样爬蠕,一寸一寸、一寸一寸,终于在她的期待中爬到了山峰上。此刻,突然一袭闪电击中了她，她战栗着，又羞又急，一阵挣扎，醒了，发现是自己的手放在胸间。每次做完这样的梦她都很害臊，就特别地痛恨自己，怎么会梦见马怀云？不是，绝对不是，她彻底否定了，但老梦见同一个男人本身意味着啥？她一边谴责自己不安分，一边又忍不住去回味梦中的情景，甚至是每一个细节。因为梦中的男人像马怀云，她就很怕看见马怀云，每次碰见都低头尽量绕开，然后选一个不被别人发现的地方，偷偷地看着走远了的马怀云，就像做贼一样，心里虚虚的。

陈慧珍醒来时已是日上三竿，门前象棋摊儿人声嘈杂了，她顾不上洗脸，赶紧开门营业。

第五十八章

陈慧珍开门晚了，还有比她起得更晚的，这不，此刻的于德福也还在做梦呢，梦见自己坐在一辆高级小轿车上，身边坐着漂亮的陈慧珍，陈慧珍终于成了自己的新媳妇，他太高兴了，眼珠不动地端详陈慧珍。就在他和陈慧珍手拉手走进洞房时，突然一阵狂风吹来，风卷天地，飞沙走石，他赶紧两手抱紧脑袋，抱怨老天爷，为啥这个时候刮起狂风，把美梦打破。醒来揉揉眼，看看表，穿衣就走，他想去超市看看。

超市刚开门，于德福就来了。陈慧珍问："这么早，想买啥？"

于德福盯着陈慧珍的脸，没说话。陈慧

珍又问一句:"你想买啥?"

于德福说:"不买东西,马怀云跟你说的事怎样? 你,愿意吗?"

陈慧珍脸一红,装作不知啥事似的,故意问:"你说啥? 我愿意啥?"

于德福把半截木头的身子戳在椅子上:"他不是说给咱俩撮合撮合,凑一起过日子吗?"

陈慧珍觉得尴尬,扭身去了北屋。于德福隔窗望着陈慧珍的背影出神。陈慧珍呢,在北屋徘徊了一会儿,看看躺在床上的男人,心里乱成一团,在北屋徘徊一会儿,慢吞吞地回到南屋,瞅一眼于德福,把本来很规矩的东西再挪挪动动,装作干活的样子。

于德福遭到冷落,觉得没趣,晃着圆脑袋想离开,刚到门口,迎面碰上殷家贤,于德福见到殷家贤就没好气,把身子一横:"你来干啥?"

殷家贤说:"我来买酒,听陈慧珍说话,我就爱听她说话。"

于德福伸手扳住殷家贤的肩膀:"你记住了,以后超市你少来,马怀云正给我跟表嫂做媒人呢,你要再敢欺负我表嫂,看我怎么收拾你!"

殷家贤双手掰开于德福的手,上半身后仰着:"你说啥? 你跟陈慧珍这个?"说着双手大拇指并在一起。

于德福嘿嘿一笑:"没错。"

陈慧珍怒气冲冲走过来:"于德福你胡沁啥,哪儿跟哪儿的事,净胡说八道!"

殷家贤大笑起来:"于德福啊于德福,你说梦话也得提前打个草稿,别想疯了,落得一场空啊,哈哈哈……"

于德福斗嘴肯定不是殷家贤的对手,动粗殷家贤就不是个儿了。于德福张开大手,抬得高高的,如果殷家贤再接着说,恐怕那五指印就落他脸上了。陈慧珍抢过来,把身子挡在中间:"你们俩都闭嘴,这儿不是吵架的地方,快给我走!"

殷家贤甩一句:"遇上缺德福真是晦气!

说完,下台阶离开。于德福冲陈慧珍一个坏笑,也走了。

超市又静下来,可陈慧珍心静不下来,她拿出手机,想给马怀云打电话,摁两个号又把手机装进口袋,心里埋怨马怀云不该提这事,她想告诉马怀云自己一个有丈夫有家的女人,绝对不可能答应。于是,又拿出手机拨通了马怀云的电话,咬着下嘴唇说:"老同学,不是驳你面子,这事绝对不行!"口气很坚决。

"真不行?"

"不行,绝对不行!"

"你最好再考虑考虑……"

"不用考虑,万万不行,别说我男人还活着,就是他死了,我有心再嫁,也不会嫁给于德福!"

陈慧珍决绝的口气让马怀云失去了信心。回到于德福家,于德福急不可待地问:"怎么样,陈慧珍有戏吗?"

马怀云抿着嘴摇摇头。

于德福两只手胡乱揉搓着:"我就知道这娘们儿看不上我。哼,她觉着自己金贵,我还嫌她带个男人呢。"口气里似乎包含了不少愤懑。

马怀云担心他去找陈慧珍,嘱咐他说:"我警告你啊,别找陈慧珍惹事,人家有难处,咱得从她的角度思考,她是女人,脸面很要紧,给你俩撮合,是我想得简单了。"

于德福斜眼瞪了马怀云一下,没出声。

第五十九章

马怀云撮合失败，让于德福很沮丧，一下子没了希望，就感觉浑身都是空的，五脏六腑都没了。但他还不甘心，觉得还有机会，马怀云不行，就自己套套近乎。

该做饭了，于德福进屋直奔冰箱，见里面空荡荡啥也没有，本来是每天吃饭前要喝两杯的，没有酒菜喝不上劲。他匆匆跑到超市，还很清静，喊一声："表嫂，还有猪头肉吗？"

陈慧珍从冷藏柜里提出一个塑料袋，嚯，还有大半个猪头呢。

于德福问："怎么还这么多啊，我以为早卖光了呢。"

陈慧珍说："不知怎么回事，今儿没人买，这六七斤猪头肉剩下了，明天就不好卖了。"

于德福眨眨眼，心说正是讨好陈慧珍的机会，就说："都卖给我吧。"

陈慧珍哪敢信他，满脸疑惑。

于德福一笑："我说过了，包圆儿。"

陈慧珍还是不信："你买这么多猪头肉干啥？"

"这个还能干啥，吃呗，我一会儿去亲戚家串门儿带着。"于德福满脸的豪气。

于德福刚离开，在旁边瞄了一会儿的殷家贤来了，一进屋就喊："陈慧珍，你刚才是不是捡到一千块钱。"

陈慧珍惊讶地问："你说啥？我捡到一千块钱？在哪儿捡的。"

"是啊，人家刚给我送来的下脚料钱，一千块，今天我哪儿也没去，就在你超市喝酒了，这不刚离开超市，我一摸口袋，一千块钱没啦，肯定丢在你柜台上了，你不能昧起来，快还给我。"

陈慧珍说："你这哪儿跟哪儿的事啊，你太缺德啦。"

殷家贤一本正经地说："你不承认，咱就归官。"

"好，归官就归官。"陈慧珍气得脸发白。

俩人闹着一路来到村委会。马怀云正好在，就喝问："你俩闹啥啊，别闹了。"

殷家贤挺挺胸脯："马领导，你给评评理，我刚从储蓄所取了一千块钱，去她超市喝酒，哪儿也没去，转头一千块钱就没了，我断定丢在超市了，陈慧珍见钱忘义，昧起来了。"

"你胡说！鬼魂见到你一千块钱啦？你讹人。"陈慧珍眼珠子瞪得溜圆。

马怀云看了看俩人的表情,眼珠一转,双手压一压:"殷家贤,你真在超市丢一千块钱。"

"没错,丢了,就在超市丢的。"殷家贤底气很足。

马怀云再问:"你肯定?"

殷家贤就差拍胸脯了:"肯定! 绝对没错!"

马怀云转脸问陈慧珍:"你真没见到一千块钱。"

"谁见到谁不是人! 谁昧了钱天打五雷轰! 谁讹人晴天打雷劈死他!"陈慧珍满脸怒气。

殷家贤也怒目相对。

陈慧珍狠劲儿吐口唾沫。

于德福听说殷家贤又去找陈慧珍的麻烦,就赶过来,听了一会儿,忍不住骂了一句:"殷家贤,你明明是讹人! 还狡辩。"

于德福一说话,殷家贤就怒火攻心了,鼓足了劲儿跳脚吼起来:"缺德福,你几次三番欺负我,堵我家阳沟眼,往台阶上抹屎尿,掐我家网线,都是你干的,别以为我不知道,别以为我怕你,我跟你拼了。"

陈慧珍撇过身子不看殷家贤,眼角余光盯了一下马怀云。

马怀云拉住殷家贤:"别演戏了,你就说你到底丢没丢钱吧? 如果真丢了,那好,陈慧珍,去调录像,摄像头在那儿呢。"

"对呀! 我怎么把它给忘了。"陈慧珍眼睛一亮,说着就要摸电脑。马怀云拦着说:"你等等。"

马怀云瞪于德福一眼,示意他不要多嘴,然后用力拉住殷家贤,尽量压低声音:"你到底想不想要结果?

"要!"殷家贤跺跺脚。

马怀云声音变得严厉了:"要结果就别闹了!"

殷家贤呼呼喘着粗气，两眼冒火般盯着于德福。这时，殷家贤手机响了，是小秀打来的，就听手机里说："爹啊，我听说你又跟人家吵嘴啦，又喝多了呗，快回家吧。"殷家贤嘟噜着脸，没回应小秀，"啪"的一声把手机关掉。然后扭向马怀云，脸阴得快掉出水来了。

马怀云瞅殷家贤一眼，沉下脸说："公安来了一看就水落石出、真相大白，陈慧珍昧了你的钱要还给你，反过来你没丢钱，而是讹人，那么按法律条款，讹钱属于敲诈勒索，陈慧珍可以起诉你，估计最轻也得拘留，甚至还要重。殷家贤，我容你再想想。"

马怀云此话一出，站在他身后的陈慧珍简直要为他鼓掌，心说马怀云不愧是国家干部，一下子抓住了问题的命门。

马怀云问殷家贤："咱是叫派出所来查实，还是咱内部解决？"

殷家贤眼珠马上滴溜溜转了好几圈，在脸上挂起不自然的笑意："哎呀，马领导，我没干缺德事，只是喝多了酒而已，难不成喝多了酒也归派出所管？再者说，我只是说丢钱了，没讹陈慧珍，我是跟她讲道理啊。"殷家贤伸长脖子叫屈："我也是好人啊，一时糊涂做了错事，马领导，你大人有大量，不会冤枉我这好人的，对不对。"

听到殷家贤自称好人，陈慧珍膈应得都要吐了，真是恶心他娘给恶心开门——恶心到家了。

其实马怀云就是吓唬殷家贤，他们一没打架斗殴，二没造成多大的后果，顶多是让人们看场小热闹罢了。可是看热闹的人们偏偏一声不吭，只对殷家贤怒目而视，全都是不信他的眼神和表情，说的话都是希望派出所来人把他抓走，这可唬得殷家贤差点吓破了胆。他佝偻着腰一路小碎步向陈慧珍方向跑来，那样子别提多滑稽了，还没到陈慧珍跟前，用不着马怀云动手，殷家贤自动刹住了车，又是鞠躬又是作揖："得，算了，陈慧珍，好妹子，我今儿是喝多了，撞鬼了，让鬼迷了心窍！你好歹看在咱是老邻旧居镇上乡亲的份儿上，放过我吧。"

陈慧珍阴着脸没理他，殷家贤也从梗梗脖子变成了服软告饶。

陈慧珍："你高抬贵手啊，放过我吧。"

刚才有多横，现在就有多怂，殷家贤抹下脸皮，拱手弯腰给陈慧珍作揖："慧珍妹子！好妹子！我脑浆子勾荚了，下次绝不敢了。"

陈慧珍愤怒地说："殷家贤，你还要脸吗？"

"我的脸多少年前就没了。"殷家贤抹下眼皮。

马怀云刚才是扮黑脸的，这回红脸也就轮到他来扮演了："殷家贤你真丢爷们儿的脸，老算计人。要不是陈慧珍心善，看在乡亲的份儿上放你一马，这次饶了，下次再犯，两罪可要并罚，就不止拘留那么简单了。"

殷家贤如同跑了几十里的地段，满头大汗，一下子听到放他一马，顿时泄了劲，浑身虚脱，可也不敢就地歇一歇，仍不断撅着腚作揖："不敢了！再也不敢了！多谢马领导！多谢陈慧珍。"

马怀云笑了："行了，闹剧到此结束，殷家贤，快回家吧。"

然后冲于德福说："咱也回家吃饭去。"

于德福摆摆手："你先回去，我买点东西。"

工夫不大，于德福提着一个塑料袋回来了，打开一看，一大块猪头肉，还有花生米、兰花豆。马怀云就问："买这么多猪头肉干啥？"

于德福把塑料酒壶拧开，倒了半茶缸子，又倒了一小杯，笑嘻嘻地说："吃啊。"话说得很爽快。

马怀云说："这么多，吃不下啊。"

于德福说："多吃两天。"

"啧啧,你这样不对呀,全村就陈慧珍那儿有,你包圆儿了,别人买不到啦。"马怀云不理解于德福的用意。

于德福很高兴:"我一看已经过了饭时,没人买了,陈慧珍肯定犯愁,剩下明天就不新鲜了,不好卖了,我一看就买包圆儿了,嘻嘻嘻……"

马怀云把脸凑近了说:"咦,于一德一福,进步啦,学会巴结女人啦?"

于德福嘿嘿一笑:"不是,我可不巴结我表嫂,我是癞蛤蟆,我表嫂是天鹅肉,咱不敢巴结,巴结也没用,表嫂怎么会把我瞧进眼啊,来,快喝酒!"

俩人杯子一碰,于德福就干了一杯,然后晃着空酒杯说:"快干,大老爷们儿,喝酒,爽快点儿!"

马怀云晃晃脸:"我喝大口酒不行,小口慢饮还行。"

于德福,忽然把身子往前欠了欠:"对了,我还是想问问你,建厂房那五十万块钱到底是从哪儿弄来的?"

马怀云摆手:"上回告诉你了,不是偷来的,快喝酒,完后睡觉,我一会儿还要写日志。"

于德福摆摆头:"你们有学问的人对谁都不信任,我问你好几回了,你就是不告诉我,对我保密,不够哥们儿意思。"

马怀云听他这么一说,还真受了刺激,他把身子凑到于德福跟前:"我跟你说了,你可不许对任何人说,你给我下保证。"

于德福说:"我才不下啥保证,你相信我就说,不相信,就别说。"

马怀云一笑:"嘿,还叫板,将我的军,好吧,我跟你说实话,那五十万块钱是我把我奶奶当年嫁给我爷爷时陪嫁的一幅名画卖了,救急用吧。"

于德福把酒杯放下："啊？你这是败家子啊！"

马怀云咧咧嘴："没办法啊，我也舍不得啊，可实在找不出好办法了，粉坊的事骑虎难下，我只能对不起爷爷对不起爹了。"

于德福说："你还真有点儿汉子派儿，胳膊折在袄袖里。"

马怀云嘱咐一句："我卖画的事你千万千万要给我保密。"

于德福鼻子一拧："不放心，你别说啊，我又没逼你？"说着话，好像忽然想起了啥，把小杯子递给马怀云："来，快喝，喝完酒你去看陈慧珍吧。"

马怀云说："是，殷家贤老骚扰她，再加上我给你提媒的事，肯定搅乱了她的心情，我应该去看看她。"

第六十章

的确，陈慧珍很苦恼，很烦闷，脑子乱套了，以前殷家贤还有村里别的男人也曾对自己有非分的想法，但还能收敛些，不太露骨，自打马怀云来陈家湾之后，那些人简直太过分了，尤其是殷家贤，搅得人实在难堪。转念一想，她觉得自己太难了，守着个植物人与守寡没有两样，甚至比守寡还痛苦，可还要把控好自己，毕竟名声比啥都重要。她觉得自己命太苦，苦到无可奈何，苦到难以言表。她忽然想喝酒，想让酒精麻木自己混乱不堪的脑神经。她本来就没酒量，喝了半杯，就头晕了，喝了半瓶纯净水，想靠在椅子上闭闭眼，肚子突然疼起来，她意识到胃口着凉了，又想去床上趴一趴，没走几步身子就打晃，晕得她天旋地转，胸腔里说不清是啥滋味，一个劲儿地翻腾，搅得她难受至极，想吐，又吐不出来，就猫着腰倚着墙，在那儿干呕。正好马怀云走了进来，马怀云刚想找陈慧珍接着谈于德福的事，没想到一进门就见陈慧珍出了状况，赶紧上前扶起，惊问："怎么回事？"

陈慧珍闭着眼不说话。

马怀云问："能站起来吗？"

陈慧珍还是不说话。马怀云往外看了看，见没人可以帮忙，只好抱住陈慧珍的双臂，搀着她去了北屋。

谁能想到，这事让殷家贤碰上呢。殷家贤在家闷坐一会儿，拿起酒瓶子一看，空的，就直奔超市来了，一进门正看到马怀云正扶着陈慧珍进北屋，看陈慧珍那样子好像身体软绵绵的。殷家贤肠子又拐弯了，这可新鲜啊，马怀云跟陈慧珍这是……看来陈家湾有大新闻了。他把那双不大的眼眯起来，眨了眨，脸上露出一丝微笑。他想拍照，心里扑通扑通，他极力让自己稳下心来，叮嘱自己不要慌，小心盯着，悄悄把身子慢慢抬高，只见陈慧珍好像已经从刚才的状态里解脱出来了，坐在床边低着头紧闭双眼不说话。马怀云弯下腰把脸凑得很低，低声细语地说话，到底说了啥，殷家贤听不清楚。他心里还闪出一个大胆的念头，他想等马怀云走了，趁机进屋，给陈慧珍来个措手不及，起码也能抱抱她，但转念一想，陈慧珍对我没有一丝一毫的情意，我不能再唐突了，别再让鸭子咬了脚，马怀云啊马怀云，于德福给我家泼尿抹屎说不准就是你在幕后指使的，不然于德福那半截木头没那么多花花肠子，这回我给你脑袋上扣个屎盆子。他微微冷笑一声，心说我得赶紧琢磨怎么渲染他和陈慧珍的风流韵事。又过一会儿，马怀云在屋子里来回走了两圈，来到屋门口转身大声说:"陈慧珍,你先歇会儿,我回去了,有啥事打电话。"

殷家贤快步出来,一下台阶,与刘长海撞个满怀。刘长海说:"你干啥这么慌里慌张,偷人东西啦?"

殷家贤说:"你才偷人家东西呢,你小子真是种地不出苗,坏种一个。"

"你行,你脱了裤子推磨——转着圈丢人!"刘长海也不含糊,怼了一句。

殷家贤撇撇嘴,神秘地压低声音:"别进去了,屋里没人。"

刘长海说:"你把嘴撇成勺子也没用,阴诸葛说话谁信。"说着就上台阶,殷家贤一把拉回来:"让你别去,就别去。"正说着,马怀云走了出来。殷家贤赶紧笑着说:"马领导忙啊。"马怀云乜他一眼,没说话,走了。

殷家贤望着马怀云的背影跟刘长海说:"告诉你吧,我刚才看见了不该看见的事。"

刘长海问:"啥事? 还不该看见。"金鱼眼叽里咕噜转了起来。

殷家贤神秘地笑笑:"我告诉你,你可不能跟别人说啊。"

刘长海点头。

殷家贤把嘴凑到刘长海耳朵边,低声说:"刚才我看见马怀云抱着陈慧珍去了北屋。"

"啊?"刘长海张大了蒜头嘴:"真的吗?"

殷家贤说:"那还有假,我亲眼所见。"

刘长海吐了一下舌头:"没想到啊。"

殷家贤说:"这不是小事,一定保密啊,城里人乡下人都一样,都是肉长的,谁没有七情六欲啊。"

刘长海歪着脖子点点头:"马怀云是国家干部,家里有媳妇,怎么会跟一个农村女人……"

此刻,殷家贤的大脑翻腾起来,他想起马怀云在那次夜遇陈慧珍的事上,对他毫不留情,让他栽了大跟头,一直恨得牙疼。我心心念念惦记着陈慧珍,他反倒把缺德福跟陈慧珍往一块儿撮合,这明摆着是让于德福保护陈慧珍,他俩走到一起,我就得对陈慧珍彻底死心,这口气太难咽下去。又想到祖坟搬迁补偿款因为马怀云让自己失算,栽树的补偿款落空,几次调戏陈慧珍,都他娘的晦气透顶,既没碰到陈慧珍,还几次遭到羞辱,就连老于家修家谱那回,也是马怀云掺和,让我栽了多少回跟头,可以说从马怀云来到陈家湾,我就没得好,屡屡败在你手。哼,兔子急了还咬人呢,机会难得,我不能放过,该出手时就出手!想到此,殷家贤露出一丝狡黠的笑意,心说你终于让我抓到了把柄,这个把柄还非同小可,弄不好就让你小子栽在陈家湾了。乱搞男女关系,到了纪检委,就得上纲上线,就是大错误,动静小不了,够你马怀云喝一壶的。就阴阳怪气地说:"长海啊,人家俩人是同学,再说了,是猫就吃腥,你夜里没媳妇陪着不寂寞啊,马怀云也是人。"

刘长海说:"嗯,还真是,这花边新闻又让你阴诸葛撞上来了。"

殷家贤抿嘴一笑,摇晃一下脑袋,一字一顿地念一句京剧道白:"本相走也!"

一边走一边动他的歪心思,马怀云啊马怀云,这回我不给他来个高招儿,就显不出我阴诸葛的水平,我那些书就白读了,也污了我多年的阴诸葛的名号,哼!我跟你马怀云玩玩兵法,给你来个暗度陈仓,借刀杀人。想到此,他为自己读书积累了智慧而暗自高兴。他琢磨明着干不行,就暗地掰掰腕子;他琢磨给县纪检委写匿名信,反映马怀云在陈家湾帮扶期间与乡村妇女陈慧珍乱搞男女关系的问题。想到此,他很得意地露出笑容。

第六十一章

第二天早晨，马怀云见几个男男女女交头接耳，殷家贤正比比画画地说得热闹，看见马怀云，一挥手，人们立马就散了。马怀云很纳闷，沉思一下，还是不解，就打电话问李金才："刚才殷家贤跟几个人在院里议论啥，等我走近了，他们就迅速散开了，感觉很神秘，阴诸葛别又生事啊。"

李金才正好在附近，听完电话，找到殷家贤问："你刚才跟人们嘀咕啥？"

"没说啥啊，聊几句闲话。"殷家贤说得很从容。

"聊闲话还神神秘秘的。"李金才平静地问。

殷家贤阴阳怪气地说："李书记，这事涉及马怀云，不能大张旗鼓地说，更不能当他的面说啊。"

"涉及马怀云？啥事？"李金才声音变小了。

"你是书记，按道理应该向你汇报。"贤声音也放低了。

"别绕弯子了，快直说。"李金才有些着急。

殷家贤却不紧不慢地回答："我实话实说吗？"

"人真磨叽，快说不就完了！"李金才口气里带了气。

殷家贤眯缝着眼说："书记，你看，马怀云抛家舍业扎根陈家湾，太辛苦啦，晚上也没个女人陪，他也是男人啊，想女人很正常，我深有体会的，也非常理解马怀云。我呢，发现他最近老去超市找陈慧珍。昨天，我看他去了陈慧珍家里，就在后面瞄着他，目睹他抱陈慧珍，哎，后面的事就不好说啦……"

李金才大吃一惊："你说啥？马怀云抱了陈慧珍？"

"千真万确啊，我亲眼所见。"殷家贤说得很肯定。

李金才瞪大了眼睛，嘴也张开了："你这话可不能随便乱说，如果事实不符，你可要负法律责任啊。"

殷家贤底气十足地补了一句："再说我还没揭发检举啊，只是跟人说着玩。"

李金才赶忙警告他："不行，这不是小事，事关马怀云的名誉，如果造成坏的影响，你吃不了兜着走。"

殷家贤带着笑音说："我不怕，我亲眼见的，怕啥。"

"那也不能随便乱说话。"李金才口气变重了。

"乱说话，书记，你看，我是写了个举报信，想投到县纪委。"殷家贤好像胸有成竹。

"啥?"李金才又是一惊,急忙把举报信抢过来看了看,心想,这封信不论真假,投到县纪委都是一颗炸弹,如果是真的,对马怀云来说,一辈子的政治前途就毁在了陈家湾,马怀云毁掉,陈家湾会得到啥好处呢?上面一调查,我这个支部书记也有责任啊。又一想,马怀云来到陈家湾,前前后后做的事都很实在,看得见摸得着,村民们都给他挑大拇指,再说,殷家贤的话有几个人相信,他为了一时痛快,就毁掉马怀云,天理不容,我作为村支书必须把这股邪火灭掉。于是,他噌噌噌把举报信撕碎,装进裤口袋:"咧咧啥啊,还举报!"

殷家贤一看:"干啥啊,把举报信撕啦。"

"撕掉,殷家贤,我知道你会写字,我撕了你还会再写,但我警告你,不许再写!"李金才满脸愠怒。

殷家贤一抖手:"哎……"底气顿时消失了大半。

李金才也叹口气:"真想不到会出这样的事。"然后半信半疑地走到路边儿,靠在墙上沉思一会儿,随后给马怀云打电话,让他过来一趟,有重要的事说。

很快,马怀云来到大街上,神情有些凝重。李金才左思右想,马怀云是陷入了难以自拔的痛苦,还是在琢磨如何摆脱情感困境,抑或是对自己所犯错误的悔恨,还是惧怕上级组织会怎样处理他,但他无论如何也判断不出马怀云此刻的心思。他把一双眼睛在马怀云脸上不停地扫描,他想在平静无澜的脸上发现内心不平静的潜台词,可是却始终没看出啥。他站在马怀云对面,很平静地问:"想啥了,这么专注。"

"我,我在想粉条加工产量快速上升,销售也还可以……"马怀云没打奔儿。

"不对吧,你是不是在想别的,不好意思跟我说啊,心里有事就说出来,别拿我当外人,我可以帮你拿拿主意。"李金才想敲打一句。

马怀云紧跟话头说:"怎么会拿你当外人,我真的在想粉条加工的事……"

"没事,我知道你很纠结很为难,但摊上事也得看开了,千万别窝在心里。"李金才想用关心的语气感动马怀云。

马怀云不知内情,反问:"金才书记,你说啥? 我摊上事? 我摊上啥事了。"

李金才一脸严肃:"你就别遮遮掩掩啦,我都知道啦,大街上人们都传开啦。"

"你说的啥呀,人们传开了啥呀。"马怀云疑惑地问。

"你跟陈慧珍啊。"李金才脱口而出。

马怀云瞪大双眼:"你说啥? 我跟陈慧珍? 这风从哪儿刮来的,我跟陈慧珍怎么啦?"

李金才紧皱双眉:"有人看见你最近老往陈慧珍的超市里跑,还有人看见你抱陈慧珍。"

马怀云立时蹦了起来,脸憋成了红紫色,厉声喝道:"你再重复一遍!"

"有人看见你跟陈慧珍不太干净。"李金才说。

"这,哪儿跟哪儿的事啊,这纯粹是造谣中伤! 李书记你信吗?"

"我是不信,可有人说亲眼看见你抱陈慧珍了。"

"李书记,咱俩可都是共产党员,你不能没原则地相信他人诽谤我。

"你说你没有抱陈慧珍,谁给你做证,人家有人就敢出来做证,说你跟陈慧珍不清不白啊。"

马怀云深吸一口气:"是这样,我跟你说过,于德福家里没个女人,很孤独,陈慧珍处在那种家庭状况,也很难,就想给他俩撮合撮合,陈慧珍老是推托,我的确去了好多趟,但那是为了说服陈慧珍啊。"

"你去说服,也不能抱陈慧珍啊。"

"那天陈慧珍喝醉了酒,侧歪着身子,坐在地上,我喊她几句,让她站起来,她只摆手不说话,我只能把她抱进里屋。"

"有人说你最初是想给于德福和陈慧珍撮合,但后来就想自己独占陈慧珍。"

"天啊,我真没想到陈家湾人这么不厚道!我身子正不怕影子歪,心里清白干净,不怕嚼舌头。"马怀云气得嘴唇抖动起来。

这事就在殷家贤的操弄下不断发酵,整个陈家湾掀起一阵桃色波澜。

第六十二章

转天早晨，陈慧珍刚刚开门，殷家贤第一个闯了进来。陈慧珍顿时心里就起了厌恶："殷家贤，我今天不卖东西。"

"哦，不卖啊，正好，我跟你说几句话。"殷家贤哪愿意离开。

"我正忙呢，你回头再来。"陈慧珍说着就想推他出来。

殷家贤倚在墙上："别让我走，我有话跟你说。"

陈慧珍脸上如同挂了冰霜："有啥话赶紧说，说完快走，我还要忙呢。"

"说了你别不高兴，其实我也是为你好。"殷家贤故作严肃。

"快说吧,别磨叽。"陈慧珍恨不得他立马离开。

"我知道你看不上于德福那熊样,白天黑夜看着都闹心,所以就反过来勾搭媒人马怀云,人家马怀云是啥身份,你再漂亮他也看不上你,你快别做美梦,听我一句,快拔腿撤出来……"

殷家贤正说到起劲儿,陈慧珍脸色陡然变得黑沉沉了,抬手打了殷家贤两个大嘴巴,怒不可遏地说:"殷家贤!你猪吞狗呹啥啊,谁勾搭马怀云啦?我一身清白,不许你狗嘴喷粪糟蹋我,更不许你胡说八道糟蹋马怀云!"

"我知道你不会承认,这种事搁谁也不承认,俩人老同学,好就好呗,正大光明地好,怕啥啊,自己的命给自己活,对不对。"殷家贤不阴不阳地说。

"殷家贤!你再胡咧,我去法院告你造谣诽谤!"陈慧珍心里着急,超市也不来人呢,来人就帮忙解脱了。

"你死鸭子嘴硬没用,我亲眼所见,你不承认也是事实。"殷家贤好像抓到了八大块,很硬气。

"好,你去县里揭发吧,最终水落石出,有倒霉的,造谣、诬告,都可以定罪!哼!"陈慧珍气得要哭了。

殷家贤沉思一下,换了一种口气:"陈慧珍,我才是真心喜欢你,怕你跟这个好跟那个好,所以就老盯着你,看见马怀云抱你,我心里不好受啊。"殷家贤说这话连自己都感觉脸皮太厚了。

"殷家贤,我再一次正告你,不许胡说八道!"陈慧珍抬手又要抽他。

"就别装正经啦,脚踩几只船都可以原谅,漂亮女人都让男人惦记,谁让你说话好听呢,让我着迷。"殷家贤脸涨红了。

"殷家贤,你狗嘴里说不出人话来,赶紧给我滚,滚得越远越好,以后你少来超市。"陈慧珍嚷起来。

殷家贤还死皮赖脸地说："你是女人，想找男人，天经地义，可千万别答应于德福啊，你喜欢马怀云，倒还可以，就是我心里发酸……"

"殷家贤！你再胡说八道，我撕烂你的嘴！"陈慧珍说着抬手就抓殷家贤的脸。

殷家贤往后退着，嘴里还嘟囔："别呀，我是真心喜欢你才纠缠你，别惹急了我，给你编几段故事让人们听听。"

"你没人心，没人性，没脸皮，还会啥？吓唬我吗，好，你编，我身子正，不怕你胡编乱造，你几次三番对我图谋不轨，你人面兽心，你不得好死，你白披了人皮……"陈慧珍越数落越有气，抬手又是一个嘴巴。

殷家贤满脸通红，眼皮嘴角耷拉下来："陈慧珍，算你狠！"说着，倒退几步，转身出门走了。没走多远，停住脚步，心想，反正事情已经闹出来了，索性就把火烧大。

他找到于德福，见于德福正收拾车上的绳子、苫布。殷家贤凑过去，神秘地说："傻德福啊，咱庄稼汉玩不过城里人，你看马怀云天天关心你，还说给你介绍陈慧珍，其实他打着给你俩撮合婚姻的幌子和陈慧珍搞瞎扯。"

于德福抓住殷家贤的衣襟："别胡说！"说着拿起扫帚，扫车上的碎粉条。

"我不骗你，不信你去问陈慧珍。"殷家贤说得一本正经。

"啊？你的意思是说马怀云跟陈慧珍有一腿！没有真凭实据可不能瞎编排！"于德福还真信了。

"有啊，我亲眼所见，我是人证。"殷家贤狡黠一笑。

于德福眉头紧锁，扔掉扫帚，拳头攥得嘎吱吱乱响，心里火苗子乱窜,但转念一想,不对吧,殷家贤损招儿多,肚子里没好肠子,我不能信他。就笑了:"殷家贤,你一撅屁股我就知道你要拉啥屎,你是看不得马怀云对我好,挑拨他跟我的关系,别玩了,我不吃你这一套!"

殷家贤脸也变了:"于德福,别不知好歹,他马怀云早晚要离开陈家湾,你我脚脖子早伸到陈家湾地底下了。先前老于家修家谱的事,怪我考虑不周,说了错话,伤了你,我觉得对不住你,也是几天几夜没睡好。后来你也没少祸害我,我人大心大,不记恨你。这不,我发现马怀云的猫腻,就赶紧过来告诉你,跟你讨个好,你不信,就拉倒,反正我心尽到了。"

于德福觉得胸口都要爆炸了,眼眶瞪得难受了,如火的目光似乎要把殷家贤烧死。殷家贤被这两团火倒逼得心里乱了分寸,他不知道于德福瞪眼后会怎样,会不会把拳头砸过来,他感到了恐惧,说实话,他真怕于德福发作,如果真把于德福惹毛了,他这个陈家湾大学问人的肉体必然会遭到无情伤害。他决定赶快离开,撇着嘴说:"你爱信不信,不信,就算我没说。"说完,快速溜掉。

殷家贤离开后,于德福紧锁的眉头依然没有松开,心里翻江倒海乱成一锅粥,殷家贤的话可靠吗,马怀云真的跟陈慧珍有一腿?凭我对马怀云相处的感觉,他不是那样人,可殷家贤那小子说得有鼻子有眼儿啊,他感觉心脏都缩小了。

第六十三章

陈家湾都在议论纷纷，殷家贤暗自得意。

当晚，陈家湾微信群突然出现了一条爆炸性新闻，题目是："陈家湾特大新闻"。下面的文字是："驻村干部马怀云借给于德福和乡村妇女陈慧珍介绍婚姻之名，与陈慧珍搂搂抱抱，目的不纯，有失风雅……"

紧跟着就有十几个人给李金才发微信询问到底是怎么回事？他一概不理，可还有不少微信一个劲儿地往他这里发，还有的就在那条消息后面发议论了。李金才看后"啪"地把手机拍到桌子上："殷家贤，真不是东西！"他意识到这件事非常严重，如果上面追究，他也有责任，万不可草率，更不能让事情扩大。

李文凯问一句："又出啥事啦？"

李金才嘬了下牙花："殷家贤在全村微信群里发消息，说马怀云借着给于德福和陈慧珍撮合对象的机会，和陈慧珍眉眼相投，两人好在一块儿了，不知真假。"

李文凯叮嘱着说："殷家贤是啥人，你知道，他的话千万别信，我觉得马怀云是正经人，不会干那种事，肯定是殷家贤造谣。"

李金才皱下眉头："可殷家贤跟我说得有鼻子有眼，说他亲眼所见的。"

李文凯有些着急："就凭他一说，你就信啦，有证据吗？"

李金才说："殷家贤爱挑拨是非，这条微信一出，杀伤力肯定不小，舌头板子压死人啊。"

李文凯还是摇头："我觉得你不能简单地相信殷家贤，他阴诸葛的名号不是白得的，万一公安局来调查，最后无中生有，造谣诽谤，你怎么办？"

李金才点点头："其实我也不十分信，就是殷家贤面不改色地拍胸脯，再加上马怀云这几天神情不太稳定，让我也起了疑心。"

李文凯说："我觉得你应该跟马怀云细聊聊，摸摸他的心脉。"

李金才点点头："嗯，我先让陈会计立马关闭微信群，停止这条消息的传播。"

说完，马上给陈会计打电话，让他在群里说因群内出现不当信息，为防止不良影响扩散，本群暂时关闭。

然后，立即去找马怀云。

马怀云也是刚刚看了群里的消息，正生闷气呢。李金才来了，进门就说:"你脸色那么难看,是不是看了刚才陈家湾微信群里那个消息。"

"是看到了,那条消息殷家贤发的,李书记,我来陈家湾工作,一心一意为了陈家湾。我怎么干的,我是啥人,你应该看得到,体会得到。驻村任务没完成,反倒出来这档子不着边际却让人难堪的事,尽管我很生气,也很憋屈,但我是啥人,自己最清楚,也不怕殷家贤恶意诽谤。只怕村民都相信这个消息是真的,我也不可能一个个地去解释,也可能越描越黑,那我在陈家湾可就抬不起头了,甚至还会受到上级处理。尤其人家陈慧珍,一个女人,殷家贤这样编造谣言,败坏人家名声,如果出啥意外,我就起诉他,必须追究殷家贤的法律责任。"

李金才也很严肃地说:"是啊,殷家贤在村里历来名声不好,他这盆子脏水泼在你身上,对你对陈慧珍都伤害不轻啊。"

"对我来说,名誉不值钱,关键是如果让我不能在陈家湾继续工作了,可陈慧珍是女人,这谣言传开了,她在村里怎么做人,那影响就大了。"马怀云眉头紧锁。

李金才问:"那咱怎么办呢?"

马怀云说:"消息已经发出去了,村民们基本都看到了,我和陈慧珍不能跟每一位村民去解释,我觉得你作为支部书记应该站出来,替我和陈慧珍说话,澄清事实。你也可以让上级机关或司法部门来人调查,如果殷家贤说的属实,我立马卷铺盖走人,接受组织处理。"

李金才脸色凝重地说:"我知道事情的严重性,我也希望不是真的,我也相信你不是那种人,可是殷家贤说得有鼻子有眼啊,好多人都信了。"

没等李金才把话说完,于德福了闯过来,脸胀得通红,跳着脚急赤白脸地对李金才吼起来:"李金才,你良心让狗偷着吃啦?马怀云为陈家湾操了多少心你不知道吗？费多大劲才把粉坊搞到这样子。你摸着心口窝想想，对得起马怀云吗？你天天跟马怀云暗较劲，玩小心眼儿，村里人谁也不瞎，都看得清！哼！"

李金才也急了："于德福，你算啥东西，还轮不到你教训我！"

"李金才，你心里那些小九九谁不知道，马怀云天天为粉坊奔波，你站在旱地高台上说干话，你知道他为了筹集建厂房的钱，愁的他吃不下睡不着，最后逼得他没办法，把家传的宝贝名画卖了。"

"啊？"李金才一惊："你说啥？马怀云卖画换钱建厂房？"这句话刺激了李金才，此刻，李金才心里五味杂陈。马怀云这么干为的啥呢？一个包村干部，干多干少都无所谓，为了陈家湾的粉条加工，他真是豁出去了，真是一个认准一条路不回头的人，他还真不是跟我作对怄气，十八家粉坊恢复加工，他得不到一分钱，弄砸了，他的钱就扔在这儿了。我以前老担心渗透鱼塘，老是提防他，不配合，甚至阻挠。马怀云明里暗里没和我争斗，不声不响地往前拱着干，我跟马怀云比，真的是格局太小了。想到此，李金才对马怀云陡然产生了一种敬佩，似乎还有些激动，他低声对马怀云说："我，对不住你。"

马怀云面无表情地摇摇头。

"至于谣言也好，流言蜚语也好，不要管他，我相信你不是那种人，你来陈家湾后怎么干的，全村人有目共睹，你的形象不是一条消息、一个谣言就能毁掉的，我先召集支部会商量对策，把不良影响尽快消除。"

马怀云心里着急，但表面还平静，冷冷地问："怎么消除？"

李金才拧着眉头说："关键是你能不能理直气壮地跟我表态，或者你有啥证据说明殷家贤这条消息是谣言，那么咱就有办法让坏影响尽快消除。"

马怀云说:"那好,就凭我的人格,我不解释,陈慧珍超市有摄像头,咱可以去调出来看,看我是在啥情况下抱的陈慧珍。"

李金才点头:"好!"

马怀云眉头紧皱:"李书记,走,咱俩去调录像!我马怀云行得端,走得正,不怕影子斜!"

两人把录像打开,调出那段录像,陈慧珍确实歪身子了,马怀云也确实抱了陈慧珍。李金才说:"就凭那一点儿录像,我也不能一句话就把你洗脱啊。不过,我知道该怎么做了,我立马召开村两委班子成员紧急会议,研究方案。"

马怀云说:"都晚上九点半了,明天再说吧。"

"不行,不开这个会,我今夜睡不了觉。"李金才来了精神。

马怀云说那好:"你们开吧,我回避一下。"

晚上九点多了,人们嘟嘟囔囔地来到村委会,纷纷抱怨这么晚了开哪门子会。

李金才满脸严肃地说:"各位,今天这个会必须马上开,你们都知道了,陈家湾微信群已经关闭,为啥,你们更知道。把大家喊来,是想讨论一下该怎样处理这件事,如果不采取紧急措施,造成的影响将不可估量。"

人们一个个都沉默缄口。

李金才说:"这样吧,我问问你们,相信那条消息的请举手。"

无人举手。

李金才问:"不相信那条消息的请举手。"

无人举手。

李金才又问:"相信殷家贤正确的请举手。"

依然无人举手。

李金才再问："相信马怀云的请举手。"

还是无人举手。

李金才瞪着眼，把一张张面孔扫视了一遍："合着你们是既相信又不相信啊？对不对？"

无人作答。

"既然你们都装聋作哑，那咱就把这条消息上报镇上转交县里，让上边来处理。"

陈会计说："哎哟，那可不好，那样马怀云就受烧啦，人家马怀云来咱陈家湾一心一意给人们办实事办好事，他人品在那儿呢，我觉得那条消息是造谣，目的就是败坏马怀云名声，伤害了马怀云，其实就是伤害了咱陈家湾啊。"

另一位委员说："我怎么看马怀云也是正人君子，我不信马怀云会干出那等事。"

李金才说："别看仅仅是一条信息，有相当的严重性，你们知道吗？如果殷家贤说的是真的，那马怀云就要被处理。如果殷家贤说的是假的，那么就是造谣诽谤，国家法律可是有专门规定的，陈会计，你打开电脑，查查造谣和诽谤罪怎么处理。"

不一会儿，陈会计说："书记，我查到了，我给大家念念。对于网络上散布谣言需要承担的法律责任，主要分为三种责任：一是民事责任，就是如果散布谣言侵犯了公民个人的名誉权，要承担停止侵害，恢复名誉，消除影响，赔礼道歉及赔偿损失的责任；二是行政责任，就是如果散布谣言，谎报险情、疫情、警情或者以其他方法故意扰乱公共秩序的，或者公然侮辱他人或者捏造事实诽谤他人的，尚不构成犯罪的，要给予拘留,罚款等行政处罚;三是刑事责任,就是如果散布谣言,构成犯罪的要追究刑事责任。"

李金才说:"大家都听透了吗？发微信造谣诽谤也是要负法律责任的。陈会计,你再查查,法律对造谣诽谤者会怎么处理。"

陈会计接着说:"嗯,这里就有一段,大家请听,公民的个人感情生活,包括婚外男女关系等,均属个人隐私范畴。若网友以书面或者口头形式侮辱或者诽谤,损害其名誉的,应认定为侵害名誉权;而擅自采取披露、宣扬等方式公布隐私材料,侵入其隐私领域、侵害私人活动,就是侵害隐私权的行为。按照相关法律规定,受害人可以要求侵权人停止侵害、恢复名誉、消除影响、赔礼道歉、赔偿损失。"

李金才说:"好,咱先处理殷家贤的事,今天不处理完,谁也不许回家。陈会计,你带两人现在就去找殷家贤,哪怕睡觉了也要把他弄到村委会来。"

不一会儿,殷家贤跟着陈会计来了,睡眼惺忪地问:"李书记,你们两委班子开会是拿工资的,把我喊来干啥？给我开工资吗。"

李金才走到他面前,把脖子伸出去,用重重的口气说:"殷家贤,为啥这么晚了还把你叫来,你心里清楚。"

"我知道,不就是微信群里那条新闻吗,是我发的,走到天边我也承认。"殷家贤毫不避讳。

"你不承认也不行,关键是你的信息没有事实根据,属于造谣诽谤。"李金才的口气有些严厉。

"谁说没有事实根据,我就是证据,我亲眼所见还不是证据吗。"殷家贤也不示弱。

李金才说:"那不行,据我所知,法律上有说法,要证实非婚姻的男女关系,除了有人证实亲眼所见,或用照相、录像、录音等手段固定证据,其他诸如风言风语的传闻、人们感觉中的想象等都不能成为法律上的事实。"

"是啊,我亲眼所见!"殷家贤说得还很干脆。

李金才问:"旁证呢?你亲眼所见,全村人都知道你早就对陈慧珍想入非非,图谋不轨,你几次想占陈慧珍便宜,都没得逞,现在就想给马怀云和陈慧珍泼脏水,对不对?"

殷家贤咧嘴一笑:"哎呀,李书记你说得不对,谁想入非非啦,我可不敢占陈慧珍的便宜,她一个女人过那种日子怪不易的,我是想关心她一下。"

李金才说:"有录像作证,马怀云没有出格的行为,别说没用的啦,让陈会计给你普及一下法律知识。"

陈会计又把刚才那两段给殷家贤念了一遍。殷家贤不语。

李金才问:"殷家贤,你琢磨琢磨,你是想落个造谣诽谤罪呢,还是……"

殷家贤没有回应。

李金才用居高临下的口气说:"微信群已经关闭,但你造成的影响已经存在,你想好了,如果不想闹大,赶紧琢磨如何收场。"

殷家贤眼珠转了转:"我回去想想行吗?"

李金才再次严厉地说:"不行,必须尽快想好拿定主意,这事今夜必须解决!你先到里屋去仔细想想,我们在外屋接着开会。"

殷家贤来到里屋,心里还真的琢磨微信里那条消息的利害,本想杀杀马怀云的锐气,给陈慧珍来个下马威,给于德福添个堵,目的就是把他和陈慧珍搅黄了才解恨。哪知道那条消息却引发了陈家湾小地震,两委班子连夜开会，这些人真是小题大做，马怀云要不是伤我太重，我也不会糟蹋他的名声。再说李金才说的也有道理，万一造成啥不好影响或者马怀云告我造谣诽谤，弄不好还真得吃官司，得不偿失啊。自古好汉心眼儿活，我不能明知是陷坑还往里跳，不能自己害自己。这次就算我心软一回，以后有机会再用软刀子报复他们。他对自己冒失地发那条微信有些后悔了。想到这儿，他来到外屋："李书记，各位，我想通了，这件事说小就小，说大就大，我不给李书记和两委班子添乱，我给马怀云认个错，这事就此打住，行吗？"

李金才黑着脸："嗯，没底气了吧，你马上去给马怀云认错，并在微信群里发一份声明、一份检讨，声明那是你加工的假消息，检讨必须让全村人都知道，你跟马怀云道了歉。明天早晨，在广播喇叭里公开道歉，承认这条消息是你编造的谣言。"

殷家贤咧咧嘴："啊，那，我……"

李金才问："怎么，要反悔吗？"

殷家贤把嘴咧到腮帮子了："不是啊，我觉得我委屈，发一条消息就这样啊，这不是变相整我吗？"

李金才说："殷家贤，你如果不按我说的办，事情就不会结束，你知道吗？"

殷家贤低头颔首闭上眼，叹口气："好好好，行行行，我听书记的。"

李金才满脸怒气地一挥手："散会！"

散会了，人们都把今晚的怨气化作怒气朝殷家贤发泄出来，一个个对着殷家贤瞪眼撇嘴。殷家贤的脸就成了苦瓜模样，他仍然心有不甘。他把李金才拉到暗处，低声说："李书记，其实我这是配合你，替你出气啊。你天天暗地儿跟马怀云较劲，互相掰腕子，下绊子，我早看出来了，咱是老乡亲,我不得帮你两肋插刀啊。"

李金才正颜厉色地说:"殷家贤,你懂啥,我何时跟马怀云较劲啦?马怀云是来陈家湾帮扶的,我们合作得非常好,不许你乱插杠子,该干啥干啥去!"口气严厉。

殷家贤一时气急败坏了:"李金才你好不通情达理,好心帮你,你却如此对我,真是荒唐,哼!"

第六十四章

半夜，马怀云回来了，一副疲惫的样子。一进屋，见于德福已经睡着了，就把身子往床上一扔，闭上眼睛。

就在这时，于德福说话了："散会啦？开啥会，这大半夜的。"

马怀云摆摆手，没说话。

于德福心想，难道殷家贤说他跟陈慧珍有事是真的，不然怎么不搭理我。往常可不这样啊，天天都是乐呵呵的。他这样肯定是有事了，想到这里，于德福心里沉重起来，倚着门框看低头不语的马怀云。过了好一会儿，于德福终干忍不住，走到马怀云身边："是不是心里有说不出来的话啊，跟我直说，没事的,你看上陈慧珍,也是正常的,你一表人才,咱俩比较起来,陈慧珍肯定看不上我,你放心,我不跟你争,我就是觉得憋屈,唉……"

马怀云坐起来,茫然地看着于德福:"你都说的啥呀?我跟陈慧珍怎么啦?陈慧珍怎么看上我啦?我三番五次地劝陈慧珍,为的不就是成全你和她吗,怎么变成我跟她啦?你吃错药了,还是神经线搭错位了,哪儿来的这番话。"

于德福的话也很冲:"那你今天怎么没话说,进屋就躺下,好像心里有多少事似的,我没文化,但我不傻,看得出来,你心里有事。"

马怀云说:"对,你说的没错,我是心里有事,你看村里废水处理池正常工作了,电力增容也没花村里一分钱,粉坊正常开工了,本来人们应该把心思都投到粉条加工上去,可是陈家湾有不厚道的人啊。"

于德福心想,原来不是陈慧珍的事啊,我怎么能把他引到陈慧珍的话题呢。他把大脑袋晃了晃:"你说话办事都很地道,陈家湾人对你评价都很高,你办的哪件事人们都挑大拇指,就是……"

"肯定有办的不太好的事,肯定有人们不满意的地方。"马怀云目光瞅着别处,心情沉重地说。

"我倒是没听人说啥,只是……"于德福把后半句吞回去了。

"只是啥?你就直说呗。"马怀云追问。

"只是我有件事不太满意,呵呵。"于德福一笑。

"哦,哪件事?"马怀云再问。

"你答应给我说媒,让陈慧珍跟我……"说着把两个大拇指放在一起比画。于德福嘻嘻一笑。

马怀云也笑了:"婚姻不是去地摊儿买菜,没那么简单,陈慧珍有男人,我这样做本身就违背常理,不可能我一说她就同意,得有个过程,甚至说这事到最终也不可能成功。"

"哦,那么说,殷家贤说你跟陈慧珍……"

"怎么,你也信殷家贤的话?"

"我是不太信,可他说你借给我说媒,跟陈慧珍亲近,说你还抱了陈慧珍,是真的吗?"

"啊,天地良心,我是啥人,你应该看得透,如果你相信殷家贤,那我就不是人了,我也没脸面对陈家湾的父老乡亲,那我只能离开陈家湾,咱俩谁也不认识谁,可我啥事也没做啊,殷家贤埋汰我,太过分了!"马怀云有些来气。

"那……"于德福想问个底细,但不知怎么问才好。

马怀云很生气:"最浅显的道理在那儿摆着,陈慧珍的确喝醉了,也确实病了,我把她抱到床上,如果她没病,我能抱她吗,这是多么简单的逻辑,根本不用解释,殷家贤编造的谣言根本不值得一驳,没想到你们都信了,就没有一个人动动脑子分析一下,看殷家贤的谣言站得住脚吗?"

于德福立马表态:"你这一说我明白了,就是殷家贤这小子太歹毒,恶意编造谣言,败坏你,败坏陈慧珍,我找他去,一定替你出气,一定让他自己把谣言的苦水自己喝了。"

这时,门外有人咳嗽一声,李金才推门进来:"你俩刚才的话我都听见了,我也明白了,就是殷家贤这小子在搅浑水,两委班子会议一致同意让殷家贤公开道歉。"

于德福摇晃脑袋说:"不行,我兄弟白白让他糟蹋一顿,一个道歉就完啦? 不能那么便宜他。"

李金才歪着脸问:"那你说让他怎样才行。"

"我,我也不知道怎么惩罚他才好,反正光道歉不行,殷家贤脸皮厚,道歉伤不了皮更伤不了骨头。"

马怀云说:"先挽回影响,惩罚的事再说吧。"

于德福"哼"了一声,狠狠捶了一下墙。于德福一夜没睡好觉,就琢磨怎样教训殷家贤。

天一亮,于德福就找到殷家贤,指着他的鼻子大骂:"殷家贤,你真是猴拉稀坏肠子了,告诉你,你败坏马怀云,糟蹋他的名声,我饶不了你。"

殷家贤知道于德福的厉害,更领教过于德福那些让人防不胜防的蔫坏损招法,他从心里对发怒的于德福有些恐惧,不敢回应,也不敢再拿挂肉门帘那招儿吓唬于德福,因为于德福不吃他那一套,他歪脸龇牙,逃跑似的离开。

于德福看着殷家贤走远的身影,吐口唾沫,去了超市。

一进门,见买东西的人还不少,就拉把椅子坐下。等把人们都打发走后,陈慧珍走过来,一种成熟漂亮女人身上特有的气息一下子就荡进了于德福的鼻息,于德福突然猛地抓住陈慧珍的手,动情地说:"表嫂,我总想找机会给你干活儿,就想让你知道我的意思,咱俩凑合凑合一起过日子。"

陈慧珍赶忙抽出手来说:"表弟,你又喝多了吧?"

于德福正色说:"表嫂,我没喝,我说的都是心里话儿,表嫂,你就答应我吧!"于德福说着用火辣辣的眼睛直直地盯着陈慧珍,显得很激动。

陈慧珍说话有些局促,有些羞赧:"表弟,跟你说实话,我有男人,不能带着男人改嫁,我受不了人们的唾沫星子,再说,再说……"

于德福两眼盯着陈慧珍问:"再说啥?"

陈慧珍尽量稳了稳内心的慌乱,鼓足勇气说:"再说,再说,我真的没看上你。"

"哦……"于德福像泄了气的皮球,一下子坐在了椅子上,垂头丧气地闭着眼睛,过了许久,才发现陈慧珍去北屋给男人换尿布了。于德福把院子里的啤酒箱、空纸箱等杂物整理一下,出了一身汗,拿过陈慧珍用的毛巾,放在鼻子前,闭上眼,用力地闻着那种香皂味,他想从毛巾里闻到陈慧珍的味道。

于德福没有走的意思,坐在椅子上眯着眼等。见陈慧珍从里屋出来了,就说:"给我弄俩小菜,来个小牛二。"陈慧珍知道他说的小牛二就是小瓶的牛栏山二锅头。酒菜上来后,于德福一口酒一口菜地吃起来。自从马怀云动了心思要给他跟陈慧珍撮合之后,他眼前老是晃动着陈慧珍的影子。他听广播电台的情感节目主持人说,要想得到一个女人,关键是取得她的欢心,她认可了你,你才有希望。尽管于德福上学不多,但播音员这话还是启发了他,呷口酒,叹口气,对站在柜台里的陈慧珍说:"表嫂,你别死心眼好不好,别说绝话,我错待不了你。"

陈慧珍直截了当地说:"你就彻底死了这条心吧,万不可能!"

于德福两眼直愣一下,没再说话,一仰脖,把酒喝干,失落地回家。

转天,于德福带着失落和郁闷去送货,在临县一个市场上,猛然听到有人大声叫卖:"陈家湾粉条! 陈家湾粉条!"他感到好奇,走过去一看,粉条粗细不匀,有不少并条、碎条,有的还有霉斑,用鼻子一闻,嚯,一股子难闻的味钻进鼻息,说不清是霉味还是酸味还是苦涩味,他眉头一皱,这绝对不是陈家湾粉条。他一边翻看粉条一边漫不经心地问:"多少钱一斤?"

掌柜的回答:"五块钱一斤。"

于德福站起来,心想,陈家湾粉条一般要卖到十块钱左右,高的可以卖到十五块钱一斤,你这才五块钱,肯定有猫腻了,他再一定神看那人，咦，好像在哪儿见过，于德福拍拍后脑勺，想起来了，这不是那回在小卖部调戏陈慧珍的那个外地人吗？对，就是他。没承想这小子净干无良的事，假冒陈家湾粉条，毁陈家湾粉条的名声，怒从心头起，没说话，上去就给那人脸上打了一拳，随后跟了一句："我让你调戏妇女，还假冒陈家湾粉条！"

那人吃了一惊，迅即认出了于德福，自知理亏，没有还手，只说一句："我进货时，人家告诉我是陈家湾粉条。"于德福把那人的粉条双手一拢，扔到车上，气悻悻地哼了一句，然后转身，离开了集市。

傍晚时分，于德福回到陈家湾，把他在外县市场上发现假冒陈家湾粉条的事告诉了大家，把假冒粉条给人们看。这个消息让粉坊户们很气愤，这不明摆着败坏咱陈家湾粉条的名声吗，不行，得查根问底，找到假冒的人，把他的粉坊砸了！刘长海夹板脑袋晃了又晃，金鱼眼瞪得溜圆，一句话没说，开车就出了村。到下午，刘长海回来了，跟粉坊户们说，我假装买粉条，到侯家坨暗访，摸清了，就是侯家坨的几家粉坊干的。说着拿出两袋粉条，包装袋上印着陈家湾粉条。人们急眼了，一个个群情激奋："告了他，不能让他们祸祸咱的名声。"

马怀云得知情况后，赶紧安抚粉坊户，劝大家不要激动更不要冲动，想想办法，看怎么做才能消除影响，制止假冒。反过来说，有假冒的，说明咱陈家湾粉条有名，市场认可，消费者认可。

然后他找到李金才说："以前陈家湾的粉条都是赶大集，卖散户，我琢磨着本来就有名，又列入了非遗项目，应该进超市，应该按国家规范生产，所以咱赶紧注册陈家湾粉条商标，不然吃大亏了。"

自从得知马怀云卖掉家传名画建厂房以后，他的态度有了一百八十度大转弯，听马怀云这么一说，立马回应："是啊，陈家湾的粉条就是好。"

"注册商标的事我已经琢磨好长时间了，一个产品必须有自己的商标，陈家湾粉条是周边百里有名的品牌，是有含金量的品牌，必须抓在自己手上。"马怀云说道。

　　李金才问："要是各粉坊户都去注册，十八家粉坊十八个商标，不可能都注册陈家湾啊。"

　　马怀云说："是，如果注册陈家湾牌，就必须是大家共用一个商标，不然十八家粉坊注册十八个商标，就不能突出陈家湾的地域特色和地理标志，我建议，成立陈家湾粉条加工协会，这个会长我觉得让于德福担任比较合适，注册一个商标，大家共用，统一包装，统一定价，统一质量，粉条销售和淀粉原料也一个大渠道，这样也能保证质量，这样对陈家湾粉条加工形成行业更有好处。"

　　李金才当即表态："好，我赞成、同意，但还是征求一下粉坊户们的意见为好。"

　　下午，下起了小雨，马怀云和李金才来到新粉坊，把大家聚拢在一起，特意把于德福喊来。李金才说："现在有个事需要大家拿主意，就是营业执照和注册商标的问题，按照目前实际，建议你们十八家粉坊户成立一个陈家湾粉条加工协会，谁当会长就是协会法人，大家共用一个营业执照、一个商标。"

　　人们低声议论一会儿，基本都同意。李金才接着说："那么让谁来做会长、做营业执照法人呢？我们也是慎重考虑，建议由于德福担任，他身怀粉条制作绝技，这是别人不具备的优势，他是非遗传承人，又掌握销售、进料，我觉得应该让他牵头。"

　　李金才话音刚落，刘长海就站起来说："我同意，我拥护！"

　　殷大明也站起来："我更同意，更拥护。"

这可好，俩小子一带头，人们纷纷举手同意。

于德福却不同意，把脑袋摇得像拨浪鼓："我不行，别往我脑袋上戴帽子，我管好自己的事就不错了，这么多家的事，我不是管事的料儿。"

马怀云赶紧按下他："你不同意不行，大家对你的信任，给大家操心办事，属于积德积福啊，正好和你名字相符，多好的事。"

于德福说："我为啥要同意，日子长了，谁知道哪件事办得让人们不称心如意，我不得挨骂？"

李金才说："新鲜，于德福怕挨骂，这些年你挨骂的事没少干啊。"

于德福瞪他一眼。

马怀云拍拍于德福的肩膀："干吧，人们相信你，是因为你有这个能力，不过，你还得担责任，你是法人，十八家粉坊中谁家不按规矩做，出了乱子，惹了娄子，比如以次充好、分量不足、假冒伪劣、卫生不达标、不按规定要求操作等，上边只要追责，就得找你。"

于德福一听："啊，那谁家出事都找我啊，我不干！"

刘长海说："你干吧，回头我多请你喝几回酒。"

殷大明也跟了一句："干吧，这帽子你不戴，总得有人戴，你应下，我今晚就请你，想吃啥，超市的东西你随便点。"

于德福说："得了吧你，超市就那几个小菜，还随便点，瞧你那大方劲儿。"

其他粉坊户们也都起哄般地说："就是啊，干吧，你给大伙操心，我们也少不了请你喝酒。"

于德福摇摇头："你们这些人，没安好心，净往坑里推我，好吧好吧，说好了，谁办砸了事，可别怪翻脸无情。"

大伙一哄而笑。

第六十五章

于德福受到各粉坊户的拥戴,三剑客成了陈家湾的铁三角,马怀云感到很欣慰。

晚上,马怀云写完日志,冲还在看抖音的于德福说:"我耳朵里有关你的说法很多,褒贬不一,但总的来看负面比较多,我觉得你应该用行动给自己正正脸。"

于德福问:"我知道我名声差,可我没成心糟害过谁,挨骂的不见得就是坏人。"

马怀云说:"不对,就是明天你死了,起码得让人们少骂你两句。"

于德福说:"多半辈子了,改不了啦。"

马怀云说:"不,你能,你看你搞粉条销售赚了点钱,是不是做点公益事,让大家对你刮目相看。"

"啥叫公益啊?"于德福漫不经心地问。

马怀云一看有门儿,兴奋地说:"比如村里的路坏了,你出钱维修,桥破了,你出钱修修。"

"工程,千八百的弄不了,我出不起大钱。"于德福说着话龇出一口黄牙。

"村委会研究,打算给各家各户挂家风牌,就是一家一块木牌子,我在会上提出让你出这个费用,怎么样?"马怀云说话时眼睛盯住于德福的脸。

"少了行,多了我拿不起。"于德福下意识地把脸扭向一侧。

"不会太多。"马怀云拍拍于德福的肩头:"干好事,人们不会忘记你。"

于德福扬扬脸:"行,听你的吧。"

马怀云很高兴,马上去村委会,跟李金才说:"于德福答应出钱弄家风牌,各家各户的家风家训词儿我建议让殷家贤弄,给他个机会,也算是发挥他的特长,或许通过利用他的特长就能把阴诸葛变成阳诸葛。"

李金才心说,别想让殷家贤成为乡贤,他比狐狸还狡猾,能让你玩转了,那才叫陈家湾的西游记,怕是一头热,最终而已是一场空,但他不想拦,就说:"那你找他谈谈。"

马怀云把殷家贤找到村委会,一本正经地跟他说:"你看你读了那么多书,肚子里装了不少学问。"殷家贤立马来了精神:"那自然,我读的书那叫多,恐怕你都没读过呢。"

马怀云一笑:"是,我也没读多少书,我想你应该把学问发挥出来是不是更好?"

殷家贤一愣："发挥出来？怎么发挥？读书有啥发挥的？"

马怀云微微一笑："你想啊,村里用到文化的地方可不少,比如现在各家立家风牌,你的学问就用上了。"

殷家贤不解："家风牌？家风还要立牌子？"

马怀云马上接茬儿说："对呀,每家每户把自家的家风追求写在木牌上,对各家的家风建设甚至对陈家湾的文明建设都有好处。"

殷家贤脑瓜多灵光,立马就明白了："好,这事好。"

"明天开大会,号召人们自己出词儿,但估计都不会有针对性,那你就根据全村每家每户的特点,把家风弄的文气一些,既有针对性,又有约束性。"马怀云接着说。

殷家贤感到人前高了一头,脸上有光,肩膀宽了,底气也足了,心里美滋滋的,觉得他总算有了用武之地,夜里睡不着觉,看看新闻,想从中受到启发。

转天早晨,马怀云跟李金才说："悬挂家风牌,既是村民自我提醒,又能使邻里互相监督。让人们在家风、家训的熏陶影响下,尊老爱幼、和睦相处、勤俭持家、勤奋创业,家家户户都是文明家庭。全村家风都好了,村风还会坏吗,所以说家风很重要。"

其实李金才还不很理解,觉得农村人上几辈都是顶高粱花子,跟黄土打交道,树哪门子家风,那应该是城里知识分子的事,不过,既然马怀云支持,就弄,大不了走走过场,对外说出去好听或者换来领导几句表扬也就完了。他吩咐会计打印关于各家各户编写家风的通知,发给村民代表,再由村民代表发到各家各户,要求半个月内,各家按照不同的想法和习惯以文字形式写成家风,交到村委会。陈会计在广播里喊了好几遍,嘱咐人们往几辈子以后想,再过一两代人,农村就都是喝墨水的人了。

弄家风的事引起人们议论纷纷："谁的主意，写啥破家风啊？"

"几辈子脑袋上顶高粱花子，弄啥家风？"

这些话传到李金才耳朵里，就找到殷家贤："家风让人们愁坏了，近期你就到村委会来上班，替各家各户写。"

殷家贤感到自己在陈家湾真的成了顶尖人物，心情很好，走路都哼着小调。不过，弄家风这事还真就把殷家贤拴住了，每天晚上憋词儿，然后用毛笔写，没事还串胡同，欣赏自己的词儿自己的毛笔字，心里也很惬意，没想到自己在陈家湾出类拔萃了。弄家风那阵儿，没有殷家贤的四处乱窜，村里别提多安定了。

还别说，殷家贤肚子里真有点儿文词儿，给各家各户编的词儿都有针对性。你看，他第一个先给李金才编写，也是下了功夫的："日思所失，月录所行。慎独则心安，自检则无愧。内而专静纯一，外而整齐严肃。"给爱吵架骂街的刘长海写的是："和而至善、信而立人，俭以养德、勤以修身。"给出了两个大学生的于万才家写的是："仁爱兴家，义德齐家，奋发荣家，勤俭持家，清廉保家，诗礼传家。"给一家子全是文盲的傻二家写的是："吃不穷，穿不穷，人不读书一世穷。"给于德福编的词儿是："自我约束，重礼谦让，与人为善，与人为友。"

于德福站在殷家贤身后看了一会儿，突然抓住殷家贤的脖领子："阴诸葛，你给我写的啥意思？按你的意思我是四六不成材呗！"

殷家贤一下子结巴了："你，你，你……"紧跟着眼珠一转："别闹，全村的词儿都差不多，我又不是造词儿机器，哪弄那么多新词儿。"说着指着自己名字说，你看我给我自己写的词儿："作善降之百祥，作不善降之百殃。勿以善小而不为，勿以恶小而为之。"

于德福撇着嘴说:"显摆呗,茅房里摔盘子,臭词儿不少,你瞎拽吧,我也不懂。"

殷家贤有些得意:"臭词儿也是词儿,告诉你吧,说的是行善举做善事,上天会降福给你,如果不行善举,不做善事,上天就会降祸给你,所以呢,不要以为善事小就不做,也不要以为恶事小不在乎,就去做。"

于德福白瞪白瞪眼:"哼!你做不做善事,你缺德带冒烟与我无关,别变着法糟蹋我就行!"说完,歪着脖子走了。

李金路说:"我家不要殷家贤瞎编,我自己出词儿:'为人和气,做事大气。'"

于万海说:"我也自己出词儿:'家里外头不吵架,不偷不摸做好人。'"

李金来说:"我也自己编两句:'老实做人,老实做事。'"

这时,马怀云来了。殷家贤龇牙咧嘴地说:"你看我这儿挖脑子捣肠子地编词儿,还有人说三道四,我真是受累不讨好。"

马怀云笑了:"读书人不是胸襟广大吗?怎么连说三道四都装不下?"

殷家贤苦笑着说:"哎哟,行,装得下,装得下。"

马怀云说:"这就对了,你还得走走脑子,弄个《村训》。"

殷家贤心里甜丝丝的,心说这么多年,就没人待见过,这马怀云倒是真看重我,让我编家风,还说我是乡贤,弄得我天天脑子不得闲,我还乐颠颠的,我是不是五迷三道了啊?

回家吃晚饭时,殷家贤拿过酒瓶子,刚要喝,又放下,他想明天就把《村训》给马怀云,让马怀云看看他殷家贤的本事。嗯,今天不能喝酒,喝完酒犯困,他抓过酒瓶子,打开瓶盖,用鼻子闻了闻,把瓶子放回原处，自语一句，不喝酒，这饭吃着没味啊，但他还是克制住了。吃过饭，立马就趴在桌子上写起来。快半夜时，终于完成，手里举着，扭动腰身，迈着四方步在屋子里来回踱步，边走边念："爱党爱国、遵纪守法、敬业奉献、诚信礼让、产业兴村、勤劳致富，村风文明、邻里团结、家庭和睦、尊老爱幼、绿色环保、生态宜居。"接连念了好几遍，他很得意地点点头，嗯，应该可以交差。端起水杯，空的，突然想起吃饭没喝酒，抄起酒瓶子，咕咚咕咚，喝了几大口，打个舒展，睡觉！

转天早晨，他把编好的《村训》交给马怀云，马怀云转给李金才："我建议你先看看，如果觉得没啥毛病或者没意见，让陈会计打印，每家发一份，然后让陈慧珍做个朗读抖音，在微信群里反复播放。"

李金才感到新鲜，很认真地看了看，一抖那张纸："没问题。"

马怀云说："干脆，让陈慧珍把《村训》朗读一下，录下来，在微信群里播放。"有人还把陈慧珍朗读的《村训》在抖音里推出。殷家贤知道了，那叫美，半躺在床上翘着二郎腿，看了一遍又一遍。就在他沉浸在欣赏陈慧珍声音的时候，马怀云来电话了，用表扬的口气说："殷家贤，家风弄得很不错，你真是满肚子学问，我再给你派个活儿，你把陈家湾粉条恢复加工的事写个新闻报道，我给你投到县报去。"

殷家贤龇牙乐了："你还真是知人善任啊，我这点儿墨水写个新闻报道还是没问题的，放心吧，一会儿我就写。"

过了几天，殷家贤写的小稿子果真在县报上发表了。把他高兴得不得了，虽然他在陈家湾号称有学问，但写稿子能变成铅字还真是开天辟地第一回。他去超市买了酒和猪头肉，乐颠颠地哼着小曲进了家，他感觉今天这酒喝得最痛快了。

李金才拿着报纸把那篇小报道看了好几遍，心说，马怀云是把殷家贤看透了，通过家风牌这件事，他也看出马怀云确实有本事，能让于德福走正路赚钱，还出钱做公益，又让阴诸葛服服帖帖地弄家风、写报道，说实话，他从心里认可了马怀云。

转天一早，马怀云刚出门，殷家贤就迎了上去："我想请你喝酒，别拒绝，给我个面子。"其实殷家贤这一手也是有预谋的，他想通过求马怀云帮他干事，测测马怀云到底有多恨他，如果拒绝，那就恨到一定程度了，如果答应帮我，那就是不计前嫌。

马怀云很纳闷："怎么，太阳从西边出来的啊，为啥要请我喝酒？"

"酒没有白喝的，我是有求于你。"殷家贤一笑。

"求我？"马怀云有些疑惑。

"是啊，我想了整整一夜，没合眼，我想通了，我知道我是揣着明白装糊涂，明知不对，故意那么干，我下决心改，一定改。"殷家贤拉着马怀云的手说："赶明儿来我家住吧，咱也可以成为好朋友，你看你把十八家粉坊户都安排得妥妥帖帖，还没花陈家湾的钱，尤其是你生生把一个浪荡酒鬼于德福帮成了粉条销售专业户，我是真心服你了。"

马怀云微笑着说："你别抬轿子，然后摔我啊。"

殷家贤抬手扎着头皮："是真的，你看你把小秀安排当了粉坊化验员，我以为你会记仇，绝对不会想到我家小秀，可你真的胸怀宽大，我真的佩服你。还有，我给你出了那么多难题，尤其是给你跟陈慧珍捏造的那件事，你都没计较，也没报复我，我真的很感动啊，昨天她们娘仨奚落我一顿，她们的话像刀子一样剜我的心啊，我气恼，但又没法反驳，因为她们说的都是事实，我一夜没睡，你信任我让我弄家风、写报道，我很荣幸，回想自己这些年走过的路，尤其是对不起陈慧珍，真是惭愧啊，我回头当面向陈慧珍道歉。"

马怀云有些不信,把脸凑近殷家贤:"你真下决心改变可太好了,我给你点大赞,也相信你能改变,希望你不要食言。"

殷家贤拍拍胸脯:"不会的,我也是庄稼人,说话一个字砸一个坑。"

马怀云说:"那好,我也有个帮你的想法,你看现在粉坊工艺都改进了,产量越来越高,销售量越来越大,你的冷库根本不够用,我跟李书记商量,打算让你在预留空地扩建冷库。"

殷家贤闭眼低头沉了一会儿说:"我初步算了下,按十八家粉坊目前的产量估算,需要五百立方米的冷库才够用,得分成两间,用冷风机制冷,两套制冷机组单独控制,加压缩机,总价大约二十万。不过,粉条冷库跟一般的冷库还不一样,材料不能堆放,需用粉杆架好后在冷库中上架、架与架之间要有适当间隔。我觉得从隔热性能、价格、来源、施工和使用耐久性等方面综合考虑,用稻壳做隔热材料最好,投资少,取材方便,建造容易,能耗低,这样或许可以节省一半投资。"

马怀云心说:"真不愧是阴诸葛,脑瓜儿是好用。"

这时候,殷家贤小眼珠转了转:"新冷库的钱我出不起。"

"那,你能拿出多少钱?"

"我没钱。"

马怀云说:"如果你出不起钱,那村委会出钱建,可就没你啥事了。"

殷家贤歪歪脑袋:"那也没办法,我不能动小秀的嫁妆钱。"

马怀云问:"嫁妆钱有多少?"

殷家贤摇了摇头:"十万,不能动啊,要不然,我对不起孩子。"但他心里却起了波澜,建冷库等于栽下一棵大摇钱树,机会错过,后悔都来不及。

马怀云说:"你的投资估计半年就能收回一半,小秀的工作我去做。"

殷家贤把脸扭向一边："小秀的事还用着你啊,她是我闺女。"

马怀云笑了："那,冷库的事?"

殷家贤歪歪脸："我跟小秀商量商量。"

马怀云笑了："还是财动人心啊。"

他把殷家贤投资扩建冷库的事跟李金才说了,李金才把脑袋摇得跟拨浪鼓似的："你千万别信他,他就是跟阎王爷走后门儿再托生三回我也不信他,你等着看吧,说不定赶明儿就得找你哭穷,你弄来钱,他还要把冷库弄到手。殷家贤的酒你不能喝,走吧,跟我去周家坨,我请你喝酒。"自从他得知马怀云拿名画换钱建厂房之后,就很激动,早就想跟马怀云好好聊聊。

马怀云摇头："不行,喝酒属于违规违纪。"

李金才说："要不去我家,谁也不叫,就咱俩,吃家常饭,我跟你掏掏心窝子。"

马怀云心想,或许李金才真的感动了吧,如果他真掏心窝子跟我说说话,也是好事。就说："那好吧,我交饭钱。"

李金才推他一把："干啥啊,跟我也外道?"

马怀云很严肃："不让交钱我心里不踏实。"

李金才歪歪脑袋："好吧,你这句话就相当于交饭钱了,行不行?"

马怀云也是一歪脑袋,抿嘴一笑："好吧。"

俩人面对面坐下来,马怀云说："我看殷家贤是真心要扩建冷库。"

李金才歪歪脑袋："我是不信的,不过,我也不过早下定论,是真是假,看他的实际行动吧。"

第六十六章

马怀云说的不错，殷家贤这回真没给马怀云打脸，他真要扩建冷库了，他跟小秀商量好，等收回成本，多给小秀两万。小秀对自己这个爹也是信不过，但也说不出啥，她倒是觉得爹建冷库是正事，至于嫁妆，多给少给无所谓，对象还在灯影里照着呢。殷家贤呢，本来就喜欢在外面飘，这一忙活就更顾不上家了。小秀对冷库的事不管也不问，因为父女俩三观不同，说不到一块儿。尤其是爹总说她是丫头片子，不能给殷家传承烟火，对她刺激特别大，就觉着委屈，丫头片子也不是谁能选择的，谁让你把我造成女孩子呢。她也为自己有个号称读书人却又不文明被村里人指指点点的爹感到脸上无光，每当听到有人议论她爹时就连忙回避。有时爹只喝酒不吃饭，她就担心爹的胃口会受害。如果爹喝多了，胡言乱语，又从心底里感到厌恶。她也为自己没随爹那张好看的脸却随了娘的相貌而忧伤，她的确长得过于普通，时常拿某个人跟自己比较，觉得随便哪个人家庭出身都比自己好，模样都比自己出众，她明显感觉到了相貌劣势带来的压力，就很自卑，这种忧伤和自卑让天性爱美的她时常独自面对镜子黯然神伤。每当家里没人的时候，小秀就阴郁地对着镜子仔细端详自己的脸，嫌弃自己的耳朵肉太少，嫌弃自己不是柳叶眉，嫌弃自己的眼睛不是双眼皮，鼻梁不挺拔，不是樱桃小口，而稍微显得文雅一点儿的就是那副近视眼镜，进而又抱怨爹给起了个俗气、土气的名字。她揣着心事坐公交车来到县城，愁眉不展地在大街上逛荡。经过一家日化品专店，她几经犹豫，还是进去了。一进店门，就被热情的服务员搞得晕头转向，拉着她介绍大瓶小瓶的化妆用品。服务员过分的热情弄得小秀有些不好意思，她吞吞吐吐地说："我买最便宜的那种。"服务员一听，立马松开了拉着她的手，跟另一个人低声耳语了几句，小秀从他们的表情看得出是瞧不起她这个乡下女孩。服务员漫不经心地取出价格最低的产品，小秀要了一根眉笔，又要了一支口红。尽管是便宜货，她还是有些心疼，把两样廉价的化妆品放进包里，走出店门。还没想好去哪里，突然身后有人大声说："小秀！怎么是你呀。"

清脆的声音吓了小秀一大跳。小秀扶了扶眼镜，才看清是一位高中同学。小秀吃惊万分，不敢相信自己眼睛似的叫了声："哎呀，是你，老同学！"

两人拉了拉手，互相望着笑了。

小秀睁大眼睛上下打量着老同学，哎呀，真是时髦、光艳、性感、养眼，她脑子里储存的所有赞美女性的词语一下子涌上来好多，觉得怎么用都不过分，与她记忆中的老同学判若两人。小秀心里叹口气，看来真是应了句老话，佛要金装，人要衣装啊。

小秀回到家，把买来的两样化妆品从包里取出，摘下眼镜，对着镜子化起妆来。虽然没有眼影、粉饼之类，但她用眉笔勾画出的柳叶弯眉还不错。小秀一边描着眉，一边想着在城里大街上看到时尚女青年的假眼睫毛，就像芭比娃娃一样。她仔仔细细地把自己的眼睛和嘴唇涂抹了一番，却发现原来自己打扮一下还是有几分光彩的，对着镜子左看右看，自恋了一番。然后，躺在床上想休息一会儿，可耳朵里总有爹一声又一声的叹气从东屋传过来。她知道爹早给她准备了嫁妆钱，可却几次三番强调要她找个有钱人家，起码要十八万彩礼，不然他就白养这个闺女。小秀越想越忍不住，气冲冲地闯过去大声说："爹，难道你生了我，我就欠你一辈子还不清的债，我就得用幸福还你生身的债吗。"

作为小秀的爹，殷家贤自有他的苦恼和道理，他骨子里的失落是显而易见的。在农村，谁家绝后，那是被人瞧不起的，见人矮三分。就连跟邻居吵架拌嘴，也会让对方一句绝户头闹得气短一截。自从儿子淹死之后，殷家贤心里是多想要个儿子啊，没承想生了个大秀。他不死心，盼着下一胎生个带把儿的，哪知道又是个丫头。再加上小秀长得不太好看，那张脸比殷家贤差了很多，他把责任和怨气都撒到老婆身上，喝醉了打骂，不喝醉的时候也没好听的，除了责骂就是训斥。老婆觉得没给殷家贤生儿子理亏，就忍气吞声。

尽管小秀长得不算漂亮，但殷家贤还是指望小秀找个有钱的好婆家，有个有本事的好女婿自己脸上也有光啊。他好多次严肃地对小秀说:"我拉扯你到今天,供你吃喝,供你上学,供你穿衣,你找对象必须找个有钱的,我得多要点儿彩礼养老,不能白养活你,你别榆木脑瓜儿不开化。"小秀一想到爹这句话,心里就像堵了疙瘩。她埋怨自己命太苦,看看别人家那过日子的气氛多好,自己这个家却总是让人不舒心,她理不出头绪,感到有些头疼。她每天都盼着快搞个对象,期待着那种带有刺激心跳的感觉。可她毕竟是女孩子,她还得故意装出一副矜持的样子,尽管内心有一种莫名的兴奋和一种温软的情绪慢慢滋长。她知道,这是一种不能自主的情绪。她曾经认为自己是个很坚强的人,即使没有爱情,也可以活出自己的精彩。但是她错了,错在太高估自己了。其实她不是,她发现自己一点都不坚强,只是一直在掩饰自己的脆弱而已,明明很难过,却还故作坚强?她不明白为啥人总要在经历一些事情之后才能了解自己。尽管她对自己的未来很有信心,但对于婚姻和感情,对于明天,对于明天的明天,她仍然没有丝毫的把握。

此刻,她想到了老同学,从那天相遇之后,两人互相加了微信,老同学在微信上说要给她介绍对象,并把男方的情况做了简要介绍,她希望通过婚姻改变自己的命运。因此,她忽然感到阳光温暖起来,以前怎么就没发现阳光照在身上特舒服,也特温馨,毕竟这么温馨的阳光不多见啊!她伸开双臂,对太阳说:"来吧,再多给我一点温暖吧!"站在太阳底下的她,感觉太阳有点刺眼了,有种晕晕的感觉。她倾听着自己的呼吸,聆听着心跳的感受,世界似乎安静下来……

但是小秀心里明白,不管自己多么嫌弃爹,他也是生养自己的亲爹,爹是没办法选择的,他混到啥样自己作为爹的闺女也必须喊爹。可每当想到爹,她心里就说不清是啥滋味,就羡慕别人的爹那么沉稳、高大、可敬,就想象如果自己的爹像英雄那样巍峨如山、顶天立地,像真正

409

有学问的人那样儒雅、端庄、大气，该多好。可惜爹不是，她始终闹不清爹为啥成了这样的爹，难道仅仅因为娘长得丑吗？还是读书读出了毛病？那些书都是圣贤书啊，古今多少读书人，都成了社会栋梁，而我爹怎么却成了……唉，她不愿意在爹这个字眼上多耗费脑细胞了，因此，有时爹在她心目中只是一个符号，她甚至不相信爹到冷库收回成本会多给两万的嫁妆钱的话……还是把化验员干好，把网络平台干好，相信人世间有缘的人必将相逢……

就在小秀胡思乱想的时候，殷家贤回来了，一进屋，先去掀锅盖看了看，啥也没有，就嗔怪地说："没做饭，清锅冷灶啊。"

小秀的思绪还沉浸在刚才的遐想里，听爹问没做饭，马上回应："我这就做。"

殷家贤鼻子一拧："别管我了，我去超市喝酒。"转身走了。

第六十七章

殷家贤刚走到大街上，便遇到了于德福，这两人是天生的冤家对头，只要见面准掐架，这次相遇，就互相找碴儿，又杠上了。

于德福问："阴诸葛，又去小超市找陈慧珍了吧？"

殷家贤冷笑一声："我去不去小超市关你屁事？碍着你喘气了吗？"

三剑客没全在，于德福有些孤单，但还想硬挺着对付，就说："陈慧珍是我表嫂，表哥有病，我得保护她。"

殷家贤瞧不起于德福："你？你缺德福三辈子没活两岁半，仨字不认的大铁勺，懂个屁！还保护她，也不撒泡尿照照自己啥模样,跟你这没读过书人说话掉价儿,有没有文化很重要,没有文化你就活得不靠谱,你就活得没有我这样潇洒和有气派,你看我出来进去都是光鲜亮丽,你呢,土得掉渣!我喝酒也比你有品位,从里到外比你都体面。"

于德福呵呵一笑:"嘿嘿嘿,你真是不怕风大闪了舌头,你的德行在陈家湾那是最出名的,名人啊,谁能跟你比啊,你手指头伸出来都比我的腰粗。"

"那你就跟我学。"殷家贤弹了弹两个手指间夹着的香烟,笑眯眯地说。

"跟你学?跟你学啥,今天摸摸这个女的脸,明天捏捏那个女人的屁股,让女人见了躲着走。"于德福没好气地回怼。

"在陈家湾你最没资格说话,没根儿没叶儿的,天生一条贱命,你这辈子别想口袋里存下钱,能有个温饱就不错了,还买车,还想赚大钱,娶媳妇,陈慧珍那么漂亮,给你留着呢,没事半夜去想吧,那才是癞蛤蟆想吃天鹅肉,你就天天半夜做梦娶媳妇吧,哼。"殷家贤咂了咂嘴揶揄着。

"你说的是屁话,你认驴做爹的拿我穷开心是不是。"于德福呼啦一下火冒三丈了,眼睛瞪得溜圆。

殷家贤一看于德福急眼了,也瞪起眼珠子:"咦,跟你说笑话呢,你就翻脸啊。"殷家贤把香烟一扔,用脚踩灭,两眼像灯泡一样盯着于德福问。

"就翻脸了,我知道你惦记人家陈慧珍,半夜想得抓耳挠腮,可人家还不让你想呢,好歹人家陈慧珍还不那么烦我,气死你!"于德福恨恨地吐口唾沫。

"陈慧珍不是你媳妇,我愿意想,怎么啦?就想了,想也犯法吗?"殷家贤故意仰头回答。

"呸，折损了你先人的德啊！你有胆量也去扒陈慧珍的墙头，看你会不会遭更大的报应。"德福跺脚拍打着大腿挖苦殷家贤，扭头气呼呼地要走。

殷家贤望着德福转过去的背影坏笑着说："眼馋不饱，馋死你！"

"你还是给你家后人积点德吧，别一辈子损了三辈子的德。"于德福突然转身朝殷家贤吼了一声。

"我就说了，你能把我怎样？有本事长好看着点儿，有本事把自己弄得像个人样儿。"殷家贤嘴里又叼了一根烟。

"呦呵，你觉得你在陈家湾混的还是个人啊？还不把耳朵清洗干净，带着二两棉花，到各家各户访访，你是一两还是半钱就知道了。"于德福往回走了几步，用半拉眼斜着看殷家贤。

多少年来，人们听惯看惯了几个杠头斗嘴，好像杠头们斗嘴就是陈家湾人的生活佐料，一旦没有了还不习惯呢，所以围观的七八个人也都嘻嘻哈哈地看笑话，巴不得两人吵得更热闹。

殷家贤见于德福脸红脖子粗了，他知道于德福动真格的打起架来那是不要命的主儿，他殷家贤绝对不是对手，就说："算啦，算啦，不管怎么说也是老邻旧居，抬头不见低头见，我说话没轻没重你别往心里去，以后咱都把控好自己，尽量少斗嘴吧。再说，咱也得跟跟形势，讲讲文明，别给马怀云那个大好人出难题，对不对。"见于德福斜眼瞪着他，赶紧迈动双腿快步离开。在他走到你十字街口的时候，正好遇到马怀云，他本不想说话，马怀云却先开了口："殷家贤，这是干啥去，匆匆忙忙地？"

殷家贤带搭不理地说："没事，回家，你是不是怀疑我又犯老病，跟人斗嘴啦？告诉你吧，我是文化人，善于自我改造，以后村里得给我颁发文明公民证书啦。"

马怀云就傍身跟他一起走，低声问："你在陈家湾算是个人物，耳目通天，你说西堤上烈士刘云的骨殖怎么就丢了呢？"

殷家贤停住脚步，俩眼盯着马怀云反问："那骨殖丢了好多年了，你打听这个干啥？"

马怀云说："我吧，觉得烈士骨殖丢了也是个事，毕竟在陈家湾丢的，要是能找到，对烈士家属也是个安慰。"

殷家贤说："我就知道丢了，丢到哪儿去了，不知道，要知道线索早报告县公安局了。"

马怀云点点头："也是啊，我就是闲着没事瞎打听。"

马怀云到处打听空坟骨殖的事，传到李金才耳朵里，李金才起了疑心，他问了几个村民，得到的回答都是很简单，都是说马怀云觉得烈士墓是空坟感到新鲜，打听着玩。他不信，觉得肯定有缘由，马怀云或许跟刘云有啥瓜葛，他琢磨马怀云去于德福家吃住或许是有别的目的，因为刘云是于德福的救命恩人，估计马怀云会跟于德福议论刘云骨殖丢失的事。他找到于德福问："马怀云问过你刘云骨殖丢失的事吗？"于德福心说，李金才为啥突然关心这个事，是不是有啥目的，不能告诉他实话，连自己发现马怀云多次去空坟的事也不能告诉他，就很坦然地说："没有啊。"

李金才回家跟爹说："据村民反映，马怀云找了很多村民询问刘云骨殖到底为啥丢失，据说问得很细，刨根问底。"李文凯一听，也是一愣，马怀云、马强、刘云，难道马怀云是刘云的儿子？

父子俩揣测一番后，李文凯说："你给马怀云打电话，让他到咱家来,我直接问问他,要真是马强和刘云的儿子,那可真是天凑的缘分,将来你和他要当亲戚来往。"

功夫不大,马怀云来了,李文凯上上下下打量马怀云,李金才也用一样的目光瞅着他,他感到纳闷:"老书记、李书记,找我有啥事?"

李文凯说:"你坐下,我问你几句话。"

马怀云心里登时就翻腾起来,他意识到可能要询问他的身世,他想起爹当年多次嘱咐他,在任何时候都不要炫耀自己的出身和家庭背景,到工作后除了填表必须写出身,平时跟任何人也不提爷爷是谁,爹是谁,以至于很多人都不知道他的出身和家庭背景。来陈家湾之前,就已经拿好主意,不把自己的身份亮明,尽管人们知道自己的身份或许会高看,因为李文凯老书记是战争年代他爷爷当年的堡垒户、他爹当年的老朋友,还有他娘当年在陈家湾小学当老师,据说人们都特别敬重她,好多事一涉及个人之间的关系,一旦人们知道自己的身份,好多关系处理上就有了感情成分,就不好处理,不利于开展工作。还是保持一点神秘更好,人们不知道他是刘云的儿子,没有各种关系的牵绊,开展工作更灵活,更从容,或许更有利于寻找娘的骨殖。但老爷子的提问,还是让他猝不及防,但他马上强迫自己快速调动思维神经,来不及迟疑,他很爽快地说:"您老问吧。"

"你爷爷是不是叫马军?"

"不是,我爷爷叫马增军。"

"哦,多一个字。"

"爷是干啥的?"

"爷是教书先生,我刚记事时就得病去世了。"

"那你爹是不是叫马强?是不是当过公社书记?"

"不是,我爹叫马全利,在工厂当工人。"

李文凯问的时候,李金才盯着马怀云的脸,但却没发现丝毫变化。

马怀云反问:"老书记,您问这个干啥啊?"

老爷子笑了:"没啥,随便问问,那位马军当年在陈家湾一带打过游击,我家是他的堡垒户,马强当年在周家坨当过公社党委书记,跟我处得不错,正好你也姓马,就想问问,万一是一家人呢。"

马怀云为自己随机应变随口编出爷爷和爹的名字感到很愧疚,又很自得。就笑了笑,装出很自然的样子说:"可惜不是。"

李金才也笑了:"你要是刘云的儿子多好,咱俩就是子一辈父一辈的关系了。不过,既然你跟刘云没有血缘关系,为啥那么关心刘云骨殖丢失的事呢?"

马怀云哈哈大笑:"人们都误会了,我就是感到新奇,为啥一个烈士的骨殖会丢失?为啥那座空坟依然保留?闲着没事就想打听打听。"

听马怀云这么一说,李文凯父子俩释然了。

就在这时,有人从门口路过,比画着说:"殷家贤在超市闹事呢。"李金才叹口气,对马怀云说:"你在他身上下了那么多功夫,前段时间看他确实改变了不少,哪知道又犯病了,真是江山易改,本性难移啊!"

马怀云说:"咱不了解情况,去看看呗。"

李金才摇着头说:"我敢断定,他又喝多了,狗改不了吃屎。"

第六十八章

李金才的判断还真是冤枉了殷家贤。

原来，殷家贤请了几个朋友在超市喝酒。之前他跟客人说，书记跟县里来的干部陪酒，完后就特意邀请李金才和马怀云，结果俩人都没答应，殷家贤觉得没面子，心里本来就不痛快。有个客人还逗笑地用话涮他，你殷家贤在陈家湾算得上是大学问家，吹别的牛行，别吹领导给你陪酒的牛啊……殷家贤听了浑身发热，脑袋上直出汗。他一手掐腰，一手比画着："你们不是陈家湾的人不知道细情，我跟你们说啊，我在陈家湾，不是一般人物，书记、县干部谁不高看一眼，你们可以访访，村里哪件沾文化边的事不是我操办,盖厂房时我家迁祖坟,多给我两千多块,我吃错了药,书记、县干部送我去医院,然后书记请我喝酒给我压惊,这在陈家湾绝对是独一份。"

几位客人不住点头,纷纷敬酒。殷家贤喝的满面红光,见盘子里菜快吃光了,欠身喊一嗓子:"陈慧珍,再添俩菜!"

陈慧珍过来说:"添菜没问题,酒喝多了不好,差不多就行了,赶明儿再接着喝。"

话音未落,殷家贤腾地站了起来:"啥话,成心栽我面子啊,让你添菜你就添菜,别那么多没用的话。"

陈慧珍脸上一红一白,摇摇头,对客人们说:"几位,你们劝劝他,别再喝了,省得喝多了闹事。"

这句话刺激了殷家贤,他双手掐腰:"陈慧珍,你这话啥意思?我几时喝多闹事了?当着客人埋汰我,是吧?"

陈慧珍真不想招惹他,就退回到柜台里面。

殷家贤低声对客人说:"你们没看出来吗?这娘们儿跟我关系不一般。"

有个客人说:"是啊,人家怕你喝多了,不让你多喝,是关心你啊。"

殷家贤得意地笑了:"怎么样,我还是很有魅力的啊,哈哈哈……"

几个人连拖带拽,把殷家贤架起来,想送他回家。

陈慧珍说:"殷家贤,把账结了。"

殷家贤把脸一沉:"你说啥,结账?咱俩谁跟谁啊,今天这账不结了。"

陈慧珍拦住他:"不行,不结账,你就别走。"

有位客人说:"我结账。"

殷家贤把客人推到一旁,对陈慧珍说:"当着客人的面,别找难看,好不好。"然后对客人们说:"今天的酒钱不用结账。"几个人纷纷解劝,并抢着结账,殷家贤哪里听得进去,越说越快,声音越来越高,嘴角有了白沫。几个客人连拉带搡把殷家贤推出超市,殷家贤嗓门很高:"陈慧珍,我知道你对我有意思,只是拉不下脸……"

陈慧珍气得脸色通红,浑身发抖,本来想怼他几句,可又一想,跟醉鬼闹,不会有好结果的,还是先忍下这口气,等他醒了酒再跟他理论。这时,于德福走了过来。有人拉他一把,低声嘱咐:"殷家贤又喝多了,你快去干你的事。"于德福根本不听,本来看见殷家贤就不顺眼,他进屋先问陈慧珍到底是怎么回事,陈慧珍把情况简单介绍后说:"没你事,你别掺和。"

于德福来了气,追出门口,喊一嗓子:"殷家贤,那酒喝人肚子还是喝狗肚子啦,别在那儿狐拉狗扯地瞎白话。"

殷家贤仰脸朝他一瞪眼:"缺德福啊,咸了淡了也没你的事,别瞎操心。"

于德福一听缺德福三个字,就气冲脑门子:"殷家贤!你别看我瘸,是棵好葱,你家坟地长莎草,长不出我这样的葱,哼。"说完,就要冲过去跟他斗,陈慧珍在后面拉住了他:"让他再白话一会儿,累了自然就走了。"

于德福心说:"好,殷家贤,你太损了,看我怎么收拾你。"然后狠狠瞪他一眼,又吐一口唾沫,"哼"一声,心里有了新主意,他要去周家坨中学找个有学问的,帮他编几句文明骂街的词儿,想到此,忍不住一笑,走了。

殷家贤回到家,咕咚咕咚喝了几大口水,倒下就睡。呼噜声传出窗外,这一觉睡得美,直到太阳西斜,睡眼惺忪地斜眼朝窗外看一眼,伸了伸腰,喊了一声:"小秀。"没人答应。殷家贤想出去遛遛,他把门关好,正要上锁,却见大门上贴了一张黄纸,上面写着:"爹娘生崽叫家贤,一心盼儿有出息,不知成了万人嫌,爹娘九泉泪涟涟。"殷家贤一见,顿时火冒三丈,脱口骂道:"这又谁干的?"他端详那字,想看看是谁写的,字体写得有些歪歪扭扭,像是三年级学生写的。他脑子里又开始琢磨,这或许不是于德福所为了吧,那小子没上几天学,绝对写不出三年级的字来,再说他也不会编顺口溜啊,那又是谁呢?他捉摸不出来,就想把黄纸撕下来,哪知道,糨糊抹得太多了,根本撕不下来,用指甲一点点地抠,抠了老半天,只把黄纸的四边抠成了狗牙儿锯齿。他只好进屋端来一盆水,用抹布蘸水在黄纸上擦。正擦着,傻二来了:"四叔啊,没喝酒吗?"

"没有啊。"说着就把身体紧紧贴在门上,他是想用身体把黄纸挡住,不让傻二看到那些乌七八糟的东西,也太难为情啊。哪知道,他的身体只挡住了半边,另一边还是被傻二看见了,傻二轻声问:"四叔啊,您在大门上贴这个干啥啊。"

殷家贤心说,这傻小子你是真傻还是装傻啊,谁吃饱了撑的贴这个啊?就支吾着说:"啊,是啊,是啊,今年气候不好,要闹瘟疫,就买了黄纸,求大仙给写了两道符,辟邪,辟邪!"

傻二心说,那句话不是辟邪的意思啊,就摇摇头一笑:"既然是辟邪,那就不怕人看,您接着忙。"

这时,于德福举着钓鱼竿过来了:"呦呵,这是干啥,不年不节的,贴对联干啥?还是黄的,啥意思?"

殷家贤直起腰,面沉似水:"于德福,我愿意,贴黄对联贴黑对联关你屁事,碍着你咽气了还是挡着你跳井了。"说完这话,用力盯了于德福一眼,心说,估计又是你这个缺德福所为。哼,这事又只能吃哑巴亏了,不能再去村委会告状了,不然,又让李金才数落我一通,又给我扣死不悔改的帽子,再说,马怀云一劲儿拉吧我,我不能让他瞧不起我。

于德福这回没生气,坏笑一声:"好好好,你快去给土地庙贴对联吧。"说完,举了举钓鱼竿:"钓鱼去喽,熬大鱼喝小酒,哈哈哈……"说着给马怀云打电话,声音特意放得很高:"晚上等着吃熬鱼!"

马怀云此刻正在村委会办公室低头思索,琢磨写个粉条加工情况报告。陈会计正埋头记账,屋子里很安静。黄昏时分,报告初稿写完了,马怀云觉得浑身都很轻松,就跟陈会计闲聊:"陈会计啊,你看李书记这人干农村工作还真是一把好手。"他的话并不是心里话,说这话的意思就是听听陈会计怎么评价李金才。

陈会计说:"李书记敢说话,敢拍板,敢担事,就是有点儿激进,一般人的意见他听不进去。"

"你跟李书记搭伙很多年了,肯定积累了不少农村工作经验。"

"我不行,我身上没长瘆人毛,我思想保守,胆小怕事,人家谁也不怕我,干事前怕狼后怕虎,好在我不是大毛儿二毛儿,就是听喝的,有风有雨咱也不怕,书记在前头呢。"

马怀云呵呵一笑:"你忙吧,我出去透透风。"

他来到大清河堤上,想看看于德福在哪儿钓鱼了。他四下望了望,没有于德福的影子。他双手做成喇叭状,放声高喊:"于德福! 于德福!"侧耳听听,有几声鸟叫。他接着又喊,还是没有回应。又往前走了一段,再喊:"于德福……"

就听河里有人回应:"我在这儿呢。"

马怀云只听见人语却看不见人，就循着声音的方向往堤下走。这时，芦苇晃动起来，于德福从芦苇蒲草丛中走了出来，身上穿着长裤长褂，脖子上挂着个布袋子，一双沾了泥的大脚丫子，踩在草地上，发出吧唧吧唧的响声。他走到马怀云跟前，把脖子上的布袋子摘下来，嘻嘻地笑着说："我看你天天这么累，今天想给你钓几条大清河的鱼，犒劳犒劳你，咱哥俩晚上弄二两。"

马怀云对钓鱼外行，第一次这么近距离看钓鱼，觉得很有意思，就站在岸边等着看如何于德福钓鱼。

突然，于德福低声喊一嗓子："来个大货。"

马怀云一看，还真是，于德福手里的钓鱼竿弯成了圆弧形，鱼线绷得吱吱儿直响。再看于德福，身子后仰，本来腿脚不利索，脚下一出溜坐在地上，鱼竿失手，被鱼拉走了。于德福一看急了，噌地跳下水，去追鱼竿儿，哪知道鱼拉着鱼竿儿已经到了水深处，哪里长满了水草，于德福正犹豫间，又见鱼竿儿翘动了一下，于德福奋力朝鱼竿儿游去。那里的水已经很深了，于德福一边用脚踩水，一边伸手去抓鱼竿儿，但他近一点儿，鱼竿儿就又远一点儿，就这样，他被带进了水草区。马怀云没见过这种场面，以为于德福有经验，就等着接应。哪知道，不一会儿，于德福就喊起来："不行，快来帮我，我的腿让水草缠住了。"

这可吓坏了马怀云，他不知道怎么帮忙，朝河堤上望一眼，没人，怎么办，看于德福在水里乱扑腾，他想下河，可自己不会水，情急所致，他想到了河堤上的小杨树，救人要紧，他快速跑上河堤，狠劲儿把一棵小杨树折断。还好，小杨树足有四米高，他飞快地跑到河边，把小杨树扔过去，结果不够长，还差两米，他顾不得脱衣服，径直走进水中，再往前推了推小杨树，还好，于德福抓到了，马怀云用力往回拽，于德福终于脱离了水草区。

上岸后，于德福两腿缠绕了好多水草，不知说啥好了，嘴唇一个劲儿地抖，就是说不出话。马怀云明白，安慰他说："行了，赶紧回家换衣服。"

于德福抖抖身上的水，咧着嘴说："多亏了你啊，要不然这水草会要了我的小命。"这么说着，心里却是五味杂陈，的确是啊，当年刘云救过他的命，今天马怀云又救他一回，尽管他胡作闷楞惯了，但他的心也是肉长的，马怀云怎么对待他的，他心里有数，怎能不感慨万千呢。小眼睛一转，心下有了一个主意，打算找机会把他藏在心底多年的秘密当着马怀云的面揭开。

第六十九章

于德福的心事还是被细心的马怀云察觉了，因为于德福的眼睛忽然就比以前亮了许多。

马怀云让于德福先回家，他自己再转转。其实，马怀云是觉得有一种说不清的累在困扰着他。按理说，粉坊恢复了加工，人们心情舒畅，他应该放松才对，可他却突然感觉疲惫不堪，其实他劳累的原因是对另一项重要任务没完成的失望，所以他感觉很无助，很烦闷，很劳累。他来陈家湾是带着两个使命来的，除了驻村工作，还有一件事就是寻找娘丢失的骨殖。从来到陈家湾之后，只要有空闲时间，他就以烈士墓为啥是空坟为名找人询问，全村四五十岁以上的人几乎问了个遍，娘的骨殖下落一丝一毫的线索也没有。目前听到的只是两个传说，一是刘云下葬时，手腕上有一个雕工精美的玉手镯，人们都说那个手镯很值钱，怕是让人盯上了，可是盗墓人一般是要财宝，不可能连骨殖都要吧。再就是娘的骨殖被人偷走，卖给死光棍结阴亲了。这两个传说马怀云都半信半疑，他认为这都是猜测性的判断，到底是为啥丢的，目前还是个谜。他心里的疙瘩解不开，心情越来越沉重，感到这辈子恐怕也没有希望见到娘的骨殖了，天天都在纠结，都在无奈中度过。他知道作为儿子有责任找到娘的骨殖，让娘与爹合坟并骨，也让自己这流着娘亲血脉的根苗常去看望、祭奠，填补自己内心几十年的遗憾。让自己不再听到别人喊娘心里就涌血，不再感觉比人矮三分。可是去哪里寻找呢，当年公安局调动了那么多人都没查出来，他很迷茫，很失望，但还是鼓励自己不要丧失信心，他相信如果娘与自己的血脉相连，娘会指引他的儿子找到她。

马怀云见于德福走了，自己怀着复杂的心情来到空坟看望娘，尽管是空坟，他宁愿相信娘的灵魂还在坟包里，他跪在坟前低声说："娘，儿子无能，没把您骨殖找到，对不起您，辜负了爹对我的嘱托，我实在查不出线索，娘，儿子心里难受，恐怕是永远找不到了，儿子给您磕头。"说完，伏下身子，刚要磕头，就听身后有动静，转脸一看，是于德福跪在自己身后，马怀云一吃惊，大声问："咦？你这是……？"于德福没搭话，扑在马怀云身上喊一声："兄弟……"再没说出啥，接着就是沉默，那张脸扭向一旁，双眼紧闭。马怀云感到了于德福前胸起伏的节奏，脑子急速地运转，猜想，于德福这是啥意思？过了一会儿，马怀云拍拍于德福的肩膀，把嘴凑在于德福耳边，轻轻地说："我知道你的身世，更知道你的心情，我不迷信，但感觉你我的相遇也属于天意啊。"

听了马怀云的话，于德福脸上的肉不自觉地抽动了几下，心头掠过一丝复杂的念头。这些细微变化，马怀云并没有察觉。俩人互相劝着回了家。

马怀云呆坐了一会儿说："我本来不爱喝酒，规定也不许喝酒，可不知怎么，突然就想醉一回。"

于德福见马怀云依然郁闷，就说："我也知道你的心思，我也猜到你的身世，只是咱俩谁也没说透而已。"

马怀云说："命中注定我跟陈家湾撕扯不清。"

于德福让马怀云坐下，倒杯白开水递过去，一脸正颜正色地想说啥，可张了张嘴，一摇头，自己也坐下了。稍稍过了几十秒，突然又站起来，双手摁着马怀云的肩膀说："你先坐一会儿，我出去一趟，马上就回来，我跟你有话说。"

于德福今天突然的热情和勤快让马怀云有些不适应，难道他还有啥难事要求我帮忙？有啥话跟我说呢？就在马怀云猜测的时候，于德福回来了，嘻嘻哈哈地说："你不是想喝醉吗，我陪你喝，只是酒菜太简单，将就吧。"说着从一个塑料袋里掏出一包猪头肉、一包羊杂碎、一包五香花生米、几块豆腐干，还有几根黄瓜。

马怀云说："咱俩喝过多少次了，但我必须按原则办事，必须由我花钱，不然这酒我不喝。"

于德福微微一笑："喝几口酒犯啥错，再说，你喝我的酒永远不会犯错，今天这酒钱绝对不能让你花，你不喝，我想跟你说的话就不说了。"说着就倒了两口杯。

马怀云迟疑一下，爽快地说："好，喝就喝。"

于德福歪歪脑袋："你放心，在我家喝酒，我不会拿大喇叭广播啊。"

这么说着,端起酒杯说:"来,深深来一口。"滋溜一下,把一满杯酒倒进嘴里。

马怀云吃一惊:"啊? 一口干啊。"

于德福闭着嘴,点点头。马怀云是没那胆量,把酒杯放下,给于德福续酒。于德福用手捂住酒杯:"问,你为啥不干?"

马怀云微微一笑:"我喝不了大口酒。"

于德福端起酒杯,递到马怀云嘴边。马怀云发现于德福的眼红了,就问:"干啥这么喝。"

于德福说:"我也想喝醉!"

马怀云纳闷地问:"你也想喝醉? 为啥? 你不是想跟我说话吗? 说啊!"

于德福脸上现出红光,眼更红了。

马怀云紧着追问:"你想说啥就直说,咱俩谁跟谁啊。"

于德福连连摇头摆手:"我的心思你不知道,我是有话早想跟你说,可我不知道怎么跟你说。"他站起来,双肩抖动,嘴唇也抖动,眼泪扑簌簌落下来:"你先告诉我,偷骨殖算不算犯罪? 该不该去蹲大狱?"

"我对法律研究不多,但我觉得应该看动机和后果。"

"如果那人没啥目的,一不贪财,二不倒卖,就为了报恩呢? 算不算犯罪?"

马怀云心里似乎有了七八分的猜测,就宽慰着说:"这个应该不算犯罪吧。"

于德福猛地突然下跪,正颜正色地说:"嗯,那好,我今天把我藏在心里几十年的秘密告诉你,因为你很特殊,我说出来,你把我送监狱我也认了。"

马怀云有些着急,就催促说:"你快说实质的,别扯远了。"

"兄弟呀,你娘的骨殖,不,咱娘的骨殖,我觉得可以找到。"

"啊?"马怀云大吃一惊,站了起来,两眼死死盯着于德福:"难道你知道骨殖的下落?"

于德福说:"这样吧,在我让你看见咱娘骨殖之前,我先把来龙去脉说给你听。"

马怀云突地站起来:"你的意思是你偷了我娘的骨殖?"

"对,是我偷的,到现在我不想瞒着你了。"于德福举起酒杯:"来,咱把酒干了,我跟你细说。"

马怀云哪喝过满杯的酒,但现在情况特殊,他自己都不知道哪儿来的勇气和胆量,一仰脖,把酒倒进嘴里。

于德福眼皮垂下来,一脸严肃:"你娘,不,咱娘当年救了我,怎么救的,我就不说了,我早就认定刘云就是我娘,我在她坟前喊娘喊了几十年。洪水退后,咱娘被县里评定为烈士,那座坟旁就立了一块烈士墓碑。我逢年过节就到咱娘的坟前上香磕头。后来,我长大成人,娶了媳妇,生了孩子。我就经常带着他们娘俩去祭拜。再后来,听说县里要把烈士墓迁移集中到烈士陵园。我心里难过,也纠结,咱娘的坟要是迁移走了,我不能随时随地祭拜,那几天我饭吃不下,睡不着,反复琢磨,舍不得让县里把咱娘迁走。我专门去了趟县烈士陵园,问清明、七月十五、阴历十月一、死者的忌日、过年,烈士家属可以来上坟烧纸吗?人家说不行,如果烈士家属都来烧纸,这烈士陵园就成公墓了,有的烈士家属在清明节可以来献花。我犯了琢磨,不让上坟哪行,恩人得不到我的供奉我还不得天天做梦,再说去趟县城八十里地,我就不能尽孝心了。就动了把咱娘骨殖偷走的心思,主意拿定后,就在一个阴天的夜晚,等媳妇跟儿子都睡了,我悄悄跑到娘的坟前,磕了仨头,急急忙忙把坟刨开,把骨殖装进麻袋,把坟埋得跟原样差不多,背着咱娘的骨殖就回了家。正巧那天后半夜下了一场大雨,把扒坟的痕迹都冲没了。我知道偷骨殖犯法,不敢让人知道,怕蹲大狱啊。"

马怀云听得很入了神,也不插话。

于德福继续说:"早晨,媳妇看见麻袋,问我是啥东西,我说,那是咱娘的骨殖。媳妇就急了,你把死人骨殖弄家来啦?我说县里要把咱娘迁到烈士陵园,我舍不得,就偷回来了。媳妇问我打算怎么办,骨殖不能长久放在家里啊。那几天我去大洼里转悠,想找个地方安葬,可是看哪儿都不放心,平白无故起一座坟,万一露了馅,不光保不住咱娘的骨殖,我还要蹲大狱。那几天我吃不下睡不着。后来,县民政局的人来迁坟,挖开一看坟是空的,这才发现骨殖丢了。公安局很快来人破案了。全村人人都单问,轮到问我的时候,我就哭了,哭得鼻涕眼泪糊满脸,我说刘云是救我才死的,骨殖没了,我去哪儿祭奠。后来听说公安局推断,偷盗骨殖人的目的有两种可能:一是有人图财看上了咱娘手腕上的那个玉镯子;一是被人挖出来卖给人做了阴亲。那段时间,人们说啥的都有,还真就没人怀疑是我偷的,可我心里也长了草。思来想去,没好办法,只能把骨殖埋在我家院子里。我把这想法告诉媳妇,媳妇指着鼻子骂我,你疯啦?把死人埋在家里,这个家还住人吗?我赶紧捂住媳妇的嘴,不让她大吵大闹,我跟她说眼下实在没有好办法。我媳妇说,好,你埋吧。说完,抱着儿子就走,我追上去,堵住门口,吓唬她说,你要把我偷骨殖的事说出去,我就把你全家都杀了。我媳妇哭着点头说,保证绝对不说。说完就去了娘家。我找了个半截水泥管子把咱娘的骨殖放进去,埋好后,追到老丈人家,想劝媳妇回家,哪知道我一进门就遭到一家人的攻击，根本不让我解释，也不让进屋，我憋着气回家。转天，我喝了好多酒，又去老丈人家，站在门外警告他们一家，如果有人把我偷骨殖的事说出去，我就杀了你们全家，然后我去蹲大狱，挨枪子儿。老丈人一个劲儿地对我说，不说出去，你放心，绝对不说出去。我让媳妇出来，跟我回家。媳妇说，你不把死人骨殖弄走，就不回家。我说你就是把大天说破了，我也不会弄走。媳妇说不弄走，我就不回家，大不了离婚。我仗着酒劲儿，大声吼叫，宁可离婚也不弄走！媳妇也大声吼叫，那就离婚！就那么一通闹腾，真的就离婚了，儿子跟了媳妇，我又成了光棍一条。后来的日子，除了伺候老娘，就是祭拜咱娘，天天与酒为伴，稀里糊涂混了这些年。"

听了于德福的述说，马怀云心里也是五味杂陈，许多想法一下子都涌了上来，最让他没想到的是于德福竟然为了陪伴娘的骨殖而跟媳妇离婚，这种情义不是简单文字就能表达的，一下子对他所有的恨意都释然了。他愣愣地看着于德福，发现于德福的形象骤然高大起来。一时间，他竟然感觉腹内空空，没有了语言。他正惶惑间，于德福突然站起来，把马怀云也拉起来："兄弟，你是咱娘的亲生儿子，咱娘是我的再生亲娘，咱俩就是亲兄弟，对不对？"

马怀云点点头。

于德福抓住马怀云的手："你跟我来。"

两人手牵手走到院子里，于德福扑通——跪在两棵香椿树之间磕头："娘啊，您亲儿子来了，我得把您交给他了。"说完，起身拿过一把铁锨，就挖了起来。香椿树发达的树根已经在树下织成了罗网，于德福用铁锨把一根根树根铲断，没想到，香椿树的树根竟然发出沁人鼻息的香味。不一会儿就挖出了水泥管子，他小心翼翼地把一端的土扒拉开，然后抱起水泥管子踉跄着走了几步放在地上,伸手慢慢地从里面把一块块骨头取出来,马怀云瞪大眼睛看着,这一块块骨头就是我的亲娘呀,马怀云心里有一种欲念就是想把那些骨头都抱在怀里,与亲娘好好地亲热,可那是一堆白骨。随着于德福叫一声:"镯子还在。"就见一块骨头上套着一个依然闪光的玉镯,马怀云登时想起挎包里的那只玉镯,赶紧拿出来,那是爹临去世前交给他的玉镯,说如果有一天找到你娘的骨殖,这只玉镯与你娘手上那只玉镯是一对儿。马怀云把两只玉镯放在一起,嗯,没错,就是一对儿龙凤玉镯。马怀云记起爹说过的一段话,当年爹说,在爹跟娘成亲的婚礼上,奶奶把家传的龙凤玉镯拿出来,把龙镯给了爹,把凤镯给了娘。爹说,奶奶的意思是玉可以挡灾、辟邪,可以为爹和娘守住祥瑞的福气。马怀云细细地观察了一下这对儿玉镯,见一只绿偏蓝,一只绿偏黄,正好一阴一阳,两只玉镯颜色纹路、色段巧夺天工,爹这只有浮雕盘龙,娘这只也是浮雕飞凤,工艺精美,刀法流畅,外形清秀,色泽亮丽。马怀云看着,心里却感叹玉镯的吉祥和奶奶的期盼与祝福没能保住娘的性命。

此刻,马怀云心里的热流一浪一浪地滚过,当初他是那么憎恶于德福,没想到他为了报恩冒着坐牢的危险盗墓,又为了报恩,舍弃了婚姻,这是怎样的有情有义啊。马怀云不知怎么表达对于德福的敬重了,眼前这半截木头的形象突然高大起来。于德福望着马怀云,好像猜透马怀云的心思。马怀云此刻心里如疾风暴雨袭来,又如雷鸣闪电在心头滚过,他有些失控了,突然站起身,挥动双拳,捶打于德福,于德福不躲不闪,嘴里说着:"打吧,打吧,我该打。"

马怀云一连打了十几下,突然紧紧抱住于德福,不住地摇晃,一句话也说不出。

于德福说:"我知道你们干部不兴称兄道弟,可咱俩特殊,你认不认我都是你亲哥。"

马怀云脑子一下没反应过来,被于德福摁倒,两人双双跪在骨殖前,同声喊一句:"娘……"

于德福把那块红布铺开,把骨殖小心翼翼地裹好,装进一个蛇皮袋子,马怀云心里说不清啥滋味,爹多年的夙愿终于完成,娘的骨殖终于能跟爹合葬。这时,于德福嘟嘟囔囔地说:"兄弟呀,压在我心底多年的事总算揭锅了,你要觉得我有罪,就送我去公安局吧。"

马怀云拍拍他的肩膀:"哥啊,你是咱娘的儿子,我认为这不算犯罪,但为了你不担心,我谁也不告诉,悄悄弄走,咱继续保密。"他看一眼蛇皮袋,想起到陈家湾后第一夜的那个梦,这是不是天意呢,怎么偏偏就是蛇皮袋呢?他背起来,感觉很轻,没有如山的沉重,没有迈不动脚步的感觉,好像听到了娘的呼唤。

俩人把蛇皮袋子放进汽车后备厢,马怀云心里默默地说:"娘啊,娘,您终于可以跟我爹团聚了。"

第七十章

找到娘的骨殖,马怀云非常兴奋,不仅完成了爹的嘱托,也实现了他的夙愿,他可以坦然地告慰九泉之下的爹和娘了。他觉得这是一件让他终生难忘的大事。他感慨万千,一夜没睡。回首在陈家湾的日子,自己得到一生难得的收获,就是得到一种特殊启示,让他产生一些思考和追问:人难道只是欲望的载体,人生难道是一种迷途?人活一世究竟为了啥?

清晨,带着这些思考,他再次走到大清河堤上,流水在微风中漂荡,闪耀出刺眼而热烈的白光,清清的风在绿叶的空气里朦胧地模糊了一河清晰的柳树倒影。此刻,水汽和霞光一起激滟，连同他心里曾经的记忆，飘满陈家湾的一路彷徨……

转回到村委会，正想跟李金才请假，送娘的骨殖回县城。哪知道，让他想不到的却是一个令人振奋的好消息。就听身后有人喊他老同学。回头一看，是赵永新。赵永新很兴奋："李书记、老同学，告诉你们一个好消息，我们反复试验，发现粉条污水中含有溶解性淀粉，还有蛋白质、有机酸、矿物质等，经过分析，利用粉条加工废水研制出了可以改良盐碱地的液体有机肥料。"

没等赵永新说完，李金才就问："你说啥？液体肥料？"

赵永新说："是啊，这种肥料主要工艺是通过滤网过滤、厌氧生物滤池发酵、太阳能曝气生物滤池发酵、微生物发酵菌剂发酵等一系列深度处理，使粉条加工废水成为富含有益微生物菌群及多种次生代谢物的液体微生物肥料，使用后改良次生盐碱地土壤的微生物种群数量减少的问题，可使次生盐碱地增产百分之二十到三十。这可相当于陈家湾发现了金矿啊。"

赵永新停顿了，等李金才说话，结果李金才望着赵永新，没有想说话的意思。赵永新笑了笑，接着说："生产这种肥料既能有效减轻废水对环境的污染，又能实现废物利用，而且投资小，工艺简单，肥效显著，生产成本低，竞争优势强，市场潜力大。还节省了成本，又缓解了土壤贫瘠、板结、盐碱化，符合节能、环保、可持续发展的趋势。"

李金才站起来："赵老师，您说的是真的？"

赵永新哈哈大笑："李书记，我有必要跟您开这玩笑吗？这个液体肥料项目如果上的话，除了需要办理西大坑使用手续之外，还需要把靠近西大坑的鱼塘弄一个作为净化发酵池。"

马怀云听了，就把目光投向李金才，担心李金才会因为要用鱼塘而反应激烈。但想不到的是李金才非常安静。马怀云嘀咕,他不说话,不代表心里没琢磨,肯定会有反应。他问赵永新:"没有发酵净化池不行吗?"

赵永新说:"不行。"

李金才问:"那,建肥料厂需要多少投资?"

赵永新笑着说:"投资不会很大,我已经向学院领导递交了一份实验报告,如果顺利的话,可以申请一笔科技扶持资金,用于肥料厂建设。"

李金才在回家路上,遇到弟弟李金山。金山说:"哥啊,听说村里建肥料厂,要占用咱的鱼塘。"李金才点点头:"是,用咱鱼塘是最好的办法。"

李金山说:"殷家贤改邪归正了,这回没挑拨事,他嘱咐我别狮子大开口,适当赔偿算合理要求。"

李金才看了看李金山:"鱼塘的事你别操心,我自有主张。"俩人正说着,殷家贤从胡同里走出来,冲李金山说:"咦,金山,这些年鱼塘赚了不少钱吧?

李金山说:"赚啥钱啊,再过几天就要腾出来做肥料厂的滤池了。"

殷家贤瞅瞅李金才,笑着说:"李书记可别大公无私啊。"

李金才立马黑了脸:"阴诸葛你啥意思? 是不是又要挑拨事儿?"说完,瞪他一眼,回家去了。

殷家贤冲李金才的背影跟了一句:"李书记,你是大干部,我是平民百姓,我操不着这个闲心。"

晚上,李金才召集党支部和村委会联席会,他让马怀云坐在正座上,自己坐在马怀云身边,非常郑重地说:"告诉大家一个特大好消息,经过赵老师他们团队反复试验，粉条废水可以加工液体肥料，并且大学负责申请科技扶持资金。这可是天大的好事，镇上连续开了好几次乡村振兴专题会议，镇长每次都特别提到陈家湾，要如何如何作为，不能拖了全县乡村振兴的后腿，我一直担心，也一直在绞尽脑汁琢磨陈家湾怎么振兴？靠啥振兴？说实话，我脑仁都疼了。没想到科研团队帮咱们找到了一条路，咱必须抓住机会，利用好这个资源，还有，尽管我们家承包的鱼塘还有两年合同期，但是为了全村的利益，为了陈家湾的发展大局，我决定把靠近西大坑的鱼塘退回村委会，任何租金赔偿费用一概不提。咱要将心比心啊，马怀云来咱陈家湾后的一言一行咱都看在眼里，我一个鱼塘还舍不得吗？"

会议室里鸦雀无声。

李金才接着说："我一夜没睡，国家抓乡村振兴，陈家湾的振兴我已经看出了门道，咱们应该有大干一场的雄心，办一个以粉条加工为龙头的农业综合开发公司，发动全村各家各户投资入股，除了上肥料厂项目，还要把肥料厂办大办强。不仅咱全村种山芋，还要和周边村订山芋种植合同，把销售办大，增加外销人员和车辆，给小秀配备助手，扩大网上销售。按这个路子走下去，村民富了，集体收入也增加了，咱就可以逐步改善村容村貌，建设文化娱乐和体育锻炼场所设施……"李金才越说越兴奋，紧紧抓住马怀云的手："我看你帮扶到期也别走，我向镇上申请，把你再留两年，你跟别的帮扶干部不一样。"

马怀云呵呵笑着："是不一样，因为我跟陈家湾有特殊感情。"

殷家贤插话说："是，很特殊，有特殊感情，陈家湾有你同学陈慧珍啊。"

李金才说："阴诸葛，又胡说八道！"

殷家贤吐一下舌头："对不起,老毛病得慢慢改,慢慢改。"

马怀云呵呵一笑："我自己说吧。"他干咳一声,说道："跟陈家湾是有特殊关系,但不是陈慧珍,我跟大家说实话,我爷爷是当年在这里打游击的马军,我爹是当年在这里当公社书记的马强,我娘是当年救了于德福命的刘云。"

话说到这儿,人们大吃一惊,众多目光聚集在马怀云身上,那些目光里有惊疑,有喜悦,有遗憾。李金才也是迟疑了一下,突然上前搂住马怀云,双手拍着马怀云的后背："你呀你,我早就怀疑你跟刘云有特殊关系,那天在我家,当着我爹的面你还拍胸脯说你爹叫马全利,在工厂当工人,你爷爷叫马增军,你姓马是巧合,嘿嘿,你藏得可够深啊,到今天才说实话,我说你宁可卖掉家传名画也要给换钱投资弄厂房呢,闹了半天你跟陈家湾的关系就是不一般啊。"

马怀云脸一红："我当时还不想把自己身份亮出来。"

这时候,刘长海怀里抱着一块红布包裹来了,身后跟着于德福和殷大明。刘长海把红布包裹打开,人们一看是一块钛合金牌子,上面写着"陈家湾粉条加工协会"。刘长海金鱼眼特别地发亮,兴冲冲地说："李书记、马同志,咱是不是来个揭牌仪式?"

李金才说："择日不如撞日,我看就今天了,怀云,你先揭完牌再回县城。"

李金才突然改口称呼怀云,让马怀云突然感到十分亲切,心里一阵发热。就说："我建议,这块牌子就挂在村委会。"

李金才打开扩音器,招呼人们赶紧到村委会开会。

不一会儿,村委内会大院就聚集了几百口子人。李金才喊一嗓子:"现在揭牌!"说着和马怀云共同把"陈家湾粉条加工协会"牌子上的红布扯下,现场响起一阵热烈的掌声。李金才喊一声,下面请会长于德福讲话。

于德福颠了颠身子,又摇头又摆手:"不讲,不讲,快放鞭炮!"

李金才举着话筒兴奋地说:"不行,我还要宣布一个好消息,我们陈家湾就要发财了,经过试验小组多次反复试验,从粉坊污水中提炼出一种液体肥料,叫聚谷氨酸,这可是天大的好事。咱们的粉条废水处理过关了,将来完全可以增加粉坊户,扩大规模,加大生产量,以后,村民都能就业,人们的钱包都鼓起来,村集体也有钱了,村里公益设施建设就好办啦,陈家湾真的振兴啦!所有这些,咱都不能忘了马怀云,是他的努力才带来陈家湾的希望,而他就是烈士刘云的儿子,他是咱陈家湾的人……"

殷家贤甩一下头发,想说话,刘长海伸手摁住他,把夹板脑袋晃了晃,噘起蒜头嘴,喊一嗓子:"都别啰唆啦,吉时已到,放鞭炮!"

话音未落,噼噼啪啪的鞭炮声便急风暴雨般响起来……